anagramma
1118

Questo libro è un'opera di finzione. I nomi, i personaggi, le attività, le organizzazioni, i luoghi, gli eventi e gli episodi descritti sono frutto dell'immaginazione dell'autrice o sono utilizzati in modo fittizio. Qualsiasi somiglianza con persone reali viventi o defunte, eventi o luoghi è puramente causale.

Titolo originale: *The Worst Best Man*

Traduzione dalla lingua inglese di Alice Benassi
Prima edizione: maggio 2023

ISBN 978-88-227-7548-1

www.newtoncompton.com

Realizzazione a cura di The Bookmakers Studio editoriale, Roma
Stampato nel maggio 2023 da Puntoweb s.r.l., Ariccia (Roma)

Mia Sosa

Ancora tu!

The Worst Best Man

Newton Compton editori

Ci è voluto un villaggio per crescerci;
questa storia è per gli anziani che vi abitavano:
Mãe, Ivany e Reni.

Prologo

Hotel Stockton
Washington, DC
Tre anni prima

Max

La suoneria dei messaggi del mio cellulare cinguetta come un pettirosso, ma quel tenero pigolio non è certo adeguato a prepararmi al casino che compare sullo schermo.

Andrew: Tutto quello che hai detto ieri sera aveva senso, M. Grazie, mi hai aperto gli occhi. Non posso sposare Lina. Ho bisogno che sia tu a dare la notizia. Non preoccuparti, lei la prenderà con classe. Sparirò per qualche giorno, ho bisogno di schiarirmi le idee. Di' a mamma e papà che li chiamerò presto.

Sono troppo giovane e con troppi postumi della sbornia per stronzate del genere.

Utilizzando le poche cellule cerebrali sopravvissute agli effetti del giro dei bar della sera precedente, cerco di sintetizzare le informazioni limitate in mio possesso. Uno, mio fratello maggiore, Andrew, la quintessenza dell'uomo accomodante e che agisce sempre seguendo i piani, deve sposarsi stamattina. Due: lui non si trova nella nostra suite d'albergo, il che significa che è fuggito dopo che sono crollato la notte scorsa. E tre, Andrew non scherza mai su nulla; è come se avesse un bastone perennemente conficcato nel culo che gli impedisce di sperimentare il divertimento. Ma per quanto io continui a rigirarli, i pezzi di questo puzzle si rifiutano di incastrarsi.

È possibile che il senso dell'umorismo dormiente (e terribile) di mio fratello si sia improvvisamente risvegliato? Dio, lo spero proprio.

Mi libero dal lenzuolo attorcigliato intorno al busto, mi metto a sedere e digito una risposta veloce.

Io: Non è divertente. Telefonami. Subito.

Non risponde, così lo chiamo sul cellulare. Quando scatta la segreteria telefonica, accetto che Andrew non voglia essere raggiunto e gli auguro un rapido viaggio all'inferno.

"Non preoccuparti? Lei la prenderà con classe?". Mio fratello è un imbecille se pensa che Lina non andrà fuori di testa quando scoprirà che oggi lui non si presenterà. Non ho difficoltà a immaginare la reazione devastata della sposa, perciò mi concentro sulle due frasi del testo di Andrew che mi fanno salire ancora di più la nausea: *Tutto quello che hai detto ieri sera aveva senso, M. Grazie, mi hai aperto gli occhi.* Il problema è che non riesco a ricordare molto della sera precedente (un'intera bottiglia di tequila Patrón tende a influenzare la memoria a breve termine di una persona), figuriamoci se ho idea delle stronzate che potrei aver detto a mio fratello durante le sue ultime ore da scapolo. Tuttavia, se devo tirare a indovinare, probabilmente ho affermato che rimanere single è preferibile al matrimonio, e devo essermi comportato come se lo avessi stracciato nel gioco della vita.

Ho venticinque anni. Lui è mio fratello. È così che facciamo.

Cristo. Mi lascio cadere sul materasso e rifletto sulla mia prossima mossa. Qualcuno deve informare la sposa, e mia madre *non è* assolutamente un'opzione; è priva di tatto. In occasione del proprio ventesimo anniversario di matrimonio, ha detto a mia nonna Nola, davanti a una sala piena di invitati, che la sua unica esitazione nello sposare mio padre era stata la preoccupazione che fosse un mammone, un'afflizione che mia madre attribuiva al lungo periodo in cui nonna Nola gli aveva permesso di bere il latte dalla sua tetta. Testuali parole. Mio padre, dal canto suo, indosserebbe il suo cappello da giornalista investigativo e si lancerebbe in un'invadente missione di ricerca della verità, al fine di scoprire perché mio fratello ha abbandonato la sua fidanzata, e questo comportamento autoritario non farebbe che aggravare la situazione. Lo so per esperienza diretta: è uno dei motivi per cui i miei genitori hanno divorziato, un anno fa. Dato che la mia boccaccia è in parte responsabile dell'innesco di questa sfortunata catena di eventi, sono io la scelta più ovvia. Ma, porca miseria, quanto vorrei non esserlo.

Massaggiandomi le tempie pulsanti, mi trascino fuori dal letto e mi dirigo zoppicando verso il bagno. Pochi minuti dopo, mentre mi lavo i denti e ignoro il mio riflesso trasandato e con gli occhi rossi nello specchio, il mio telefono cinguetta di nuovo. *Andrew*. Sputo una boccata di collutorio, mi precipito di nuovo in camera e sblocco il cellulare appoggiato sul comodino, solo per rimanere deluso dal messaggio di mio padre.

Papà: Portate qui le chiappe. Tuo fratello farà tardi al suo matrimonio, se non arriva tra cinque minuti.

Tutto dentro di me si blocca: atomi, flusso sanguigno, tutto quanto. Potrei anche essere clinicamente morto. Perché, come se non bastasse, mi sono pure svegliato tardi, distruggendo di fatto la possibilità di dirottare gli ospiti prima del loro arrivo e aggiungendo un altro strato di merda a questa giornata.

Il suono della sveglia digitale dell'hotel mi strappa dal torpore e mi martella il cranio. Sbatto una mano sul pulsante di spegnimento e lancio un'occhiataccia alla piccola icona dello *snooze* che mi prende in giro nell'angolo del display. Sapete che vi dico? Non berrò mai più. No, un attimo. Questa è una falsa promessa, se mai ce ne fosse una. Solo nelle occasioni speciali. Sì, può andare. D'ora in avanti, berrò solo nelle occasioni speciali. Informare una sposa che lo sposo non si presenterà al matrimonio può essere considerata una di queste occasioni? Probabilmente no. Vorrei che lo fosse? Cazzo, assolutamente sì.

Lina

Rammarico: è questo che vedo negli occhi color whisky di Max. Nella sua postura scoraggiata. Nel modo in cui si sforza di nascondere il broncio.

Gli faccio cenno di entrare nel mio camerino. «Che succede?».

Il mio tono di voce è proprio come dovrebbe essere: calmo e controllato. A essere sincera, monitoro regolarmente la mia produzione emotiva giornaliera come alcune persone tengono traccia del loro apporto calorico quotidiano e, dato che io e mia madre abbiamo appena condiviso qualche minuto lacrimoso, o sono rimasta a corto di sentimenti o sto già per superare la quota odierna.

Dopo aver camminato fino al centro della stanza, Max si gira piano, giocherellando con il colletto della camicia con una mano. Ma il segno più evidente che qualcosa non va è che non indossa il vestito grigio chiaro che Andrew ha scelto per i suoi testimoni.

Lo incalzo con una domanda diversa. «Andrew sta bene?».

Non può stare troppo male, se Max è qui. Non lo conosco bene, vive a New York e non è stato presente alla maggior parte dei festeggiamenti prematrimoniali. Tuttavia, è l'unico fratello di Andrew e quindi, se gli fosse successo qualcosa di terribile, adesso sarebbe con lui, giusto? Be', dato che Max è stato la sua terza scelta come testimone di nozze (dopo che la prima e la seconda hanno gentilmente rifiutato), forse non si tratta proprio di una supposizione fondata.

Max aggrotta le sopracciglia, e le rughe che gli si formano

sulla fronte mi ricordano le increspature dell'acqua. «No, no, Andrew sta bene. Non è niente del genere».

Mi premo una mano sulla pancia ed emetto un respiro tremante. «Okay, ottimo. Allora che succede?».

Deglutisce. Con forza. «Lui non verrà. Al matrimonio. Dice di non poterlo fare».

Per alcuni secondi, mi limito a sbattere le palpebre e a elaborare. Sbatto, sbatto, sbatto le palpebre ed elaboro. *Dio*. Tutta l'organizzazione. La gente. La mia famiglia che è arrivata da luoghi vicini e lontani per essere qui. Immagino le conseguenze e rabbrividisco. Mia madre e le mie zie saranno furiose. Prima che questa giornata finisca, organizzeranno un gruppo di ricerca per trovare Andrew e prenderlo a calci nelle palle con l'agilità e la precisione delle Rockettes. E, considerando il loro spirito imprenditoriale, non mi stupirei se vendessero i biglietti per lo spettacolo e lo intitolassero *Lo Schiaccianoci*.

Max si schiarisce la gola. Quel suono deciso interrompe il mio flusso di coscienza, e comprendo appieno il significato della situazione.

"Oggi non mi sposo".

Avverto una stretta alla gola e una sensazione di oppressione al petto. "Oh, no, no, no. Mantieni il controllo, Lina. Sei una professionista in questo". Lotto contro le lacrime e le ricaccio nei loro condotti.

Max si avvicina. «Cosa posso fare? Hai bisogno di un abbraccio? Di una spalla su cui piangere?»

«Non so di cosa ho bisogno», rispondo con voce roca, incapace di mantenere il contegno tranquillo che speravo di trasmettere.

I suoi occhi tristi incontrano i miei, e lui apre le braccia. Mi immergo nel suo abbraccio, desiderosa di entrare in contatto con qualcuno per sentirmi meno… alla deriva. Mi stringe con un tocco leggero e in qualche modo so che si sta trattenendo, come se volesse tenermi a galla piuttosto che tirarmi giù. Attraverso la nebbia, noto che Max è umido, forse appena uscito dalla doccia, e sono colpita dall'assenza di qualsiasi profumo sulla sua pelle. Per un istante mi domando se il mio odore gli resterà incollato addosso quando se ne andrà, e un attimo dopo mi chiedo se il mio cervello stia andando in cortocircuito.

«Stai bene?», sussurra.

Non mi muovo e considero la sua domanda. Forse rimanere immobile mi aiuterà a valutare i danni. Avrei tutto il diritto di sentirmi ferita, arrabbiata, pronta a inveire contro l'ingiustizia di ciò che Andrew mi ha fatto. Ma non provo nulla di tutto questo. Non ancora. La verità è che sono intontita e molto confusa.

Andrew doveva essere "quello giusto". Per due anni abbiamo condiviso conversazioni interessanti, sesso soddisfacente e stabilità. Soprattutto, non mi ha mai fatto arrabbiare, nemmeno una volta, e non riesco a immaginare una scelta migliore come partner per tutta la vita di qualcuno che non scateni i miei impulsi peggiori. Fino a stamattina, Andrew e io sembravamo d'accordo sui vantaggi reciproci della nostra unione. Oggi, a quanto pare, lui ha cambiato opinione, e non ho idea del perché.

Max riempie il silenzio, blaterando per entrambi: «Non so cosa gli sia preso. Un minuto prima stava bene. E poi ieri sera abbiamo parlato. Abbiamo fatto il giro dei bar, sai? Tra un bicchierino di Patrón e l'altro, ho detto qualche sciocchezza. Da lì in poi è andato tutto storto. Mi dispiace. Mi dispiace tantissimo».

L'angoscia nella sua voce cattura la mia attenzione, è come un amo che attira la mia psiche. Anziché consolarmi, si sta scusando per qualcosa, e non ha senso. Scivolo via dal suo abbraccio e indietreggio. «Cosa significa che hai detto qualche sciocchezza?».

Ma abbassa il mento e fissa il pavimento. «Onestamente, non ricordo molto. Ero ubriaco».

Gli giro intorno per non essere accecata dalla luce del sole che entra dal bovindo, in modo da vederlo meglio mentre spara le sue vaccate. Oh, e poi anche il cielo sereno e senza una nuvola mi irrita; sprecare una giornata con il meteo perfetto per il matrimonio dovrebbe essere un reato punibile con almeno qualche giorno di prigione. «Come te lo ha detto? Gli hai parlato faccia a faccia?»

«Mi ha mandato un messaggio», replica Max a bassa voce, mentre il pavimento rimane l'oggetto della sua attenzione.

«Fammelo leggere», gli ordino.

A quelle parole, la sua testa si alza di scatto. Per qualche secondo non facciamo altro che fissarci. Lui dilata le narici. Io… no. Il suo sguardo guizza sulle mie labbra, che si aprono di loro spontanea volontà… finché non mi rendo conto di quello che sto facendo e chiudo la bocca di scatto.

La mia temperatura corporea sale, e sento l'impulso di strappare via il pizzo che mi ricopre le braccia e il petto. Un prurito mi si diffonde in tutto il corpo, come se milioni di formiche rosse stessero marciando sulla mia pelle al ritmo di *Formation* di Beyoncé. Scaccio mentalmente quel disagio e tendo la mano. «Devo vedere cosa ha scritto». Lui non si muove, così aggiungo: «Per favore».

Max emette un lungo respiro, poi infila la mano nella tasca posteriore dei jeans, tira fuori il telefono e tocca lo schermo. «Tieni».

Con le labbra serrate in segno di concentrazione, leggo l'accozzaglia di frasi che lo attestano: io, la venticinquenne Lina Santos, wedding planner emergente per i professionisti di Washington DC, sono ufficialmente una sposa piantata in asso. "Wow. Okay… Solo. Ottimo". Non avrei potuto scendere più in basso di così nemmeno se ci avessi provato.

Continuando a studiare il messaggio di Andrew, stringo gli occhi fino a ridurli a due fessure sulla frase che mi infastidisce di più: *Grazie, mi hai aperto gli occhi.* "Oh, davvero? E quale verità hai aiutato il mio fidanzato a capire, Max? Eh?". Dio, mi immagino quei due che parlano male di me in qualche pub malfamato. Mi fa venire voglia di urlare.

Gli rimetto il cellulare in mano. «Quindi, per riassumere: tu e Andrew ieri sera vi siete sbronzati, avete chiacchierato di qualcosa che tu affermi di non ricordare, in base a quella conversazione lui ha deciso di non sposarmi e non ha nemmeno la decenza di dirmi niente di tutto ciò in faccia».

Max tarda a convenire, ma alla fine annuisce. «Ho l'impressione che sia andata così, sì».

«È un coglione», dico senza mezzi termini.

«Non posso negarlo», risponde lui, mentre l'inizio di un sorriso osa comparire agli angoli di quella sua bocca infame.

«E tu sei uno stronzo».

Il viso gli si contrae in una smorfia, ma ho assolutamente intenzione di fregarmene dei suoi sentimenti. Qualsiasi sciocchezza lui abbia sparato ieri sera ha convinto il mio fidanzato a far saltare il nostro matrimonio. Ero *così vicina* a sposare l'uomo giusto per me, e una singola conversazione sotto l'effetto dell'alcol ha fatto deragliare tutto.

Raddrizzo la schiena, prendo il mio telefono dalla toeletta e mando un SOS a mia madre, alle mie zie e ai miei cugini:

Io: *Eu preciso de vocês agora.*

Scrivere che ho bisogno di loro in questo momento attirerà la loro attenzione; farlo in portoghese li farà arrivare nel giro di pochi secondi. Nel frattempo, fulmino con un'occhiataccia il peggior testimone che avrei mai potuto desiderare. «Max, mi faresti un favore?».

Lui avanza di un passo verso di me, con gli occhi che implorano perdono. «Qualsiasi cosa».

«Togliti. Dalle. Scatole».

1

Oggi

Lina

La portiera della limousine si apre, e gli invitati al matrimonio emettono un sussulto collettivo.

Perché la sposa è vestita di verde; color assenzio, per essere precisi.

Bliss Donahue scende con grazia dall'auto e si sistema la gonna di taffetà a strati che inghiotte la metà inferiore del suo corpo, incurante delle espressioni sbalordite della gente che assiste al suo arrivo nella locanda della Virginia settentrionale che ha scelto come location per l'evento.

Come se fosse un membro della famiglia reale, Bliss si pone di fronte ai suoi sudditi immaginari e agita una mano in aria, con il viso rivolto verso l'alto per catturare la luce del sole. Dopo una pausa di trenta secondi per ottenere il massimo effetto scenico, muove alcuni passi leggeri lungo il sentiero acciottolato, mentre il retro del suo vestito arricciato svolazza nella brezza di aprile. Alcune delle invitate più anziane storcono la bocca ed emettono sommessi versi di disapprovazione alla vista del suo abito mozzafiato. Altre rabbrividiscono visibilmente.

Discreta come al solito, mi sistemo a qualche metro di distanza, pronta a risolvere qualsiasi contrattempo minacci di rovinare la giornata di Bliss. Sebbene l'abbia avvertita che l'abito avrebbe potuto mettere in ombra i dettagli più raffinati di un evento altrimenti elegante, lei è stata irremovibile nell'affermare che quel colore insolito valorizza le sue caratteristiche migliori. A mio parere, quel vestito mette in risalto il suo discutibile senso della moda, ma, in qualità di wedding planner, il mio compito è quello di dare vita alla visione della coppia, per quanto stravagante possa essere. Per intenderci, non sono contraria a esprimere le mie perplessità se la situazione lo richiede, ma in fin dei conti questo non è il mio giorno: se Bliss vuole percorrere la navata con un abito che sembra essere stato assemblato con dei post-it in occasione di una sfida del reality show *Project Runway* – che prevede l'uso di materiali non convenzionali –, non posso certo impedirglielo.

Questo non significa che io non apprezzi le scelte anticonformiste. Ho avuto ottime esperienze con vestiti da sposa all'avanguardia (un matrimonio in cui due persone lesbiche hanno indossato entrambe un tailleur pantalone a tre pezzi color crema è stato uno dei miei preferiti) e sosterrò volentieri progetti fuori dagli schemi ogni volta che mi sarà possibile, soprattutto perché preferirei che gli schemi non esistessero. A volte, però, un abito a balze color assenzio è semplicemente... pacchiano.

Ora che Bliss ha fatto il proprio ingresso nella locanda senza contrattempi, tiro fuori il cellulare e scorro la checklist della cerimonia. Sono arrivata solo alla seconda riga quando Jaslene, la mia assistente e amica più cara, compare alle mie spalle.

«Lina, abbiamo un problema», dice.

La notizia mi scorre nelle vene come adrenalina. "Ma certo che abbiamo un problema. Ed è per questo che ci sono qui io". Armata di una rinnovata risolutezza, mi volto e attiro Jaslene lontano dall'ingresso che conduce alla location. «Che succede?».

Il suo volto ha un'espressione rilassata. *Bene.* Tuttavia, nei suoi occhi marrone scuro c'è un accenno di malizia. *Non bene.*

«Oh, no, no, no», le dico. «Hai gli occhi che brillano. Se tu lo trovi divertente, per me sarà terrificante».

Con un sorriso che sembra il ghigno del gatto del Cheshire mi afferra per un braccio e mi trascina verso le scale. «Vieni. È lo sposo. Devi vederlo tu stessa».

La seguo al piano superiore fino al camerino dello sposo e busso tre volte. Schermandomi gli occhi, apro la porta di uno spiraglio. «Se non siete presentabili, avete quindici secondi per coprire le parti importanti. Lascio a voi decidere quali. Uno, due, tre, quattro, cinque...».

«Siamo a posto. È tutto okay», risponde Ian, lo sposo.

Il tono strozzato della sua voce mi avverte che in realtà non è affatto "tutto okay", conclusione confermata dai miei stessi occhi quando entro nella stanza e allontano la mano che mi impedisce di vedere. Sbatto le palpebre. Deglutisco. Poi una domanda, ovvia ma maldestra, sorge spontanea: «Dove diavolo sono finite le tue sopracciglia?».

Indicando in direzione dei suoi tre testimoni, Ian geme. «Chiedilo a quegli stronzi. Sono loro che hanno pensato che sarebbe stato divertente rasarle la notte prima del mio matrimonio».

Tutti gli stronzi, tranne uno, sono intenti a esaminare il pavimento. Poiché ho bisogno di un bersaglio, il mio sguardo si posa sull'unico uomo che non sta cercando di evitarlo.

Accasciato su una poltrona oversize, con i capelli biondo scuro arruffati, lui rutta e alza le spalle. «Eravamo ubriachi. Cosa posso dire?». Volta gli occhi iniettati di sangue verso lo sposo. «Mi dispiace, amico».

Attraverso la stanza e mi chino per trovarmi all'altezza dello sguardo di quel cavernicolo, con le mani strette a pugno come misura preventiva. «Mi dispiace? È tutto qui? Là fuori c'è una sposa che sogna questo giorno da mesi. Vuole che sia perfetto. Vuole ricordarlo negli anni a venire. E ora lo ricorderà come il giorno in cui ha sposato un uomo con la pelle di un criceto appena nato sopra gli occhi. E tutto quello che hai da dire è: "Mi dispiace"?».

Jaslene afferra un lembo di tessuto sul retro del mio vestito e lo tira per farmi raddrizzare la schiena. «Lina, questo non aiuta la situazione».

Mi mordo l'interno della guancia mentre ricompongo il viso nella mia solita espressione fredda, calma e composta. «Hai ragione. Okay, torno subito».

Maledicendo internamente la confraternita dei testimoni di nozze idioti di tutto il mondo, esco dalla stanza, mi precipito giù per le scale e corro verso il parcheggio. Una volta entrata nella mia Volvo, arrugginita ma quasi sempre affidabile, rovisto sul sedile posteriore finché le mie mani si posano sul kit di emergenza. Lo apro e vi frugo all'interno per verificare che il materiale per il trucco sia lì dentro.

Torno indietro alla massima velocità che mi consentono le gambe e le décolleté non esageratamente scomode, senza osare guardare gli invitati che si mescolano nel foyer. Quando rientro nella stanza, scorgo una donna che a quanto pare si è aggiunta all'entourage mentre ero via. Non mi preoccupo di chiedere chi sia o perché sia qui. Le chiacchiere non sistemeranno le sopracciglia dello sposo, quindi non ho tempo da perdere.

Dopo aver sistemato il contenuto del mio kit per il make up sul tavolino, trascino una poltroncina verso lo specchio a figura intera e assesto qualche pacca leggera sulla seduta. «Siediti», dico a Ian.

Mi guarda con un'espressione diffidente. «Cosa hai intenzione di fare?»

«Cosa intendo fare? Voglio sistemare il casino che hanno combinato i tuoi testimoni, naturalmente».

«Funzionerà?», chiede lui.

Con ogni probabilità no, ma parte del mio lavoro consiste nel trasmettere fiducia in situazioni difficili. Sollevo in aria una piccola fiala. «Questo è un filler per sopracciglia, una fibra pensata per migliorarne l'aspetto, non per crearle dal nulla, ma ci aiuterà. Non saranno belle, ma almeno avrai qualcosa là sopra quando dirai: "Lo voglio"».

Come un branco di iene con le lingue di fuori, i testimoni di nozze si radunano tra loro e sghignazzano della situazione di Ian. Con amici come quelli, chi ha bisogno di altri imbecilli?

Quando li fulmino con il mio sguardo mortale, raddrizzano le spalle e tornano a esaminare il pavimento.

Ian osserva la fiala più da vicino, poi mi guarda a bocca aperta. «I miei capelli sono castani; questa roba è bionda».

«Già, be', gli sposi a cui gli amici rasano le sopracciglia la notte prima del matrimonio non hanno a disposizione una grande varietà di opzioni di colori tra cui scegliere. O questa roba, o un pennarello. Posso coprire il biondo con una polvere per sopracciglia più vicina al tuo colore naturale, dopo. Non abbiamo molto tempo, però. Cosa scegli?».

Si passa una mano sul viso. «Va bene. Facciamolo. Ma non farmele come quelle di Spock, okay?»

«Ricevuto». Scuotendo la testa e pregando gli dèi del matrimonio, mi metto al lavoro, trattenendo le risate come meglio posso. "In quel caso dovrebbe ritenersi fortunato".

Inutile dire che il risultato è un casino assurdo, e lo adoro.

In piedi, appartata in un angolo della tenda all'aperto, osservo gli ospiti che si divertono e ballano, sicura di aver evitato un'altra crisi. È vero, sembra che lo sposo abbia dei ritagli di tappeto appiccicati sopra gli occhi. E, okay, la bambina che spargeva i petali di fiori in effetti ha esclamato: «Ehi, sembra un uccello di *Angry Birds*». In ogni caso, i miei clienti sono felici, e alla fine è questo che conta. Tenuto conto che mi sono letteralmente dovuta arrangiare come ho potuto, considero una vittoria questa procedura di chirurgia sopracciliare.

Adesso posso godermi la mia parte preferita del ricevimento: la fase successiva a quella in cui gli sposi onorano le tradizioni scelte, in cui a me non resta altro da fare che stare attenta agli intoppi dell'ultimo minuto. È questo il momento in cui posso rilassarmi un po'. Non *troppo*, però. Molte nozze sono state distrutte dagli effetti di un open bar. Mi si accappona ancora la pelle quando ricordo il marito che ha tolto le mutande alla sua nuova compagna, anziché la giarrettiera. Che orrore!

«Bel salvataggio, poco fa», dice qualcuno alla mia sinistra.

Giro la testa e osservo l'interlocutrice, riconoscendola immediatamente. «Grazie. Lei era di sopra, nel camerino, vero?»

«Esatto», risponde la donna.

«Parente dello sposo?».

Annuendo, stringe le labbra e poi emette un respiro rassegnato. «Ian è mio cugino di primo grado».

«È un bravo ragazzo», ribatto.

La donna solleva un sopracciglio squisitamente arcuato e sbuffa. «Un bravo ragazzo che perde il suo fascino in compagnia dei suoi amici coglioni».

Come se fosse un segnale, uno dei testimoni mostra i denti da coniglio e inizia a ballare facendo ondeggiare i fianchi mentre ci passa accanto. Un altro si butta a terra e comincia a strisciare sulla pista da ballo come un verme. Un altro ancora imita un robot.

Li guardo impassibile, anche se la sua valutazione è esatta. «Non posso né confermare né smentire».

«Non c'è bisogno di dire nulla, davvero. Fanno già tutto da soli». Si gira verso di me e allunga una mano ben curata. Quel movimento fa sì che le punte dei suoi capelli biondi, tagliati in modo semplice ma sapiente in un bob netto lungo fino al mento, le sfiorino le guance. «Rebecca Cartwright».

«Lina Santos».

Mentre ci stringiamo la mano, ammiro la chioma lucente di Rebecca, qualcosa che io non ho mai posseduto. Persino in questo momento, i miei capelli ricci lottano contro i milioni di forcine che li tengono raccolti in uno chignon. Amo la versatilità delle mie ciocche, quindi non sono affatto invidiosa, ma devo ammettere che sono affascinata dalla simmetria dell'aspetto di questa donna: non dubito che, se la dividessi a metà e sovrapponessi i due lati del suo corpo, combacerebbero perfettamente.

«Sono molto colpita da quello che ha fatto lassù», mi dice. Si inclina leggermente verso di me e mi rivolge un sorriso cospiratorio. «Dev'essere una cosa che non si vede tutti i giorni, no? Uno sposo con le sopracciglia rasate?».

Non posso fare a meno di sorridere mentre rispondo: «Mi creda, avere a che fare con cose stravaganti come questa è un vantaggio del mio lavoro».

Rebecca si avvicina di più. «L'abito da sposa, però. Deve esserci una storia dietro, ne sono certa».

«Questa volta mi appello al quinto emendamento».

I suoi occhi azzurri brillano, poi annuisce brusca, come se avesse preso una decisione. «È anche discreta. Perde mai la calma?».

Studia il mio viso con una tale concentrazione che non mi sorprenderebbe se sulla fronte avessi il puntino rosso dell'arma automatica di un cecchino. Ma il suo sguardo non risulta inquietante, solo intenso, quindi ignoro la strana atmosfera e mi concentro sulla sua domanda. Perdo la calma? Raramente. Eppure, mi viene subito in mente il momento in cui avrei voluto strozzare quel testimone di nozze. «A volte mi capita qualche défaillance, purtroppo, ma la maggior parte delle volte sono io quella che mantiene il controllo della situazione perché, se perdo la calma io, la perderanno anche i miei clienti».

«Da quanto tempo organizza matrimoni?», mi chiede.

Ah, è qui che voleva andare a parare questa conversazione? Sta cercando una wedding planner, forse? Lancio un'occhiata alle sue mani.

«Non sono fidanzata», dichiara, mostrando le dita senza anelli. «Sono solo curiosa».

Mi si scalda la punta delle orecchie. «Mi dispiace, è un rischio del mestiere. Sono nel settore da poco più di quattro anni. Metto gli accenti sulle i dei "Sì, lo voglio", ecco cosa faccio».

«Arguto», ribatte lei, annuendo e sorridendo. «E le piace?».

La guardo, colta di sorpresa dalla domanda; nessuno si era mai preoccupato di chiedermelo, prima d'ora. Ma so cosa dire ai potenziali clienti e la risposta mi viene facile. «Mi piace la sfida di aiutare una coppia a scegliere un tema di nozze significativo. L'opportunità di organizzare il giorno speciale di due persone fin nei minimi dettagli mi dà soddisfazione. Se qualcosa va storto, e c'è *sempre* qualcosa che va storto, trovare una soluzione praticabile e rendere tutti felici mi rende orgogliosa. Location impegnative, imprevisti nella programmazione, errori nel catering: questi aspetti sono una sfida più che un peso».

Rebecca inclina la testa di lato e mi osserva con attenzione, mentre una ruga di espressione le compare in mezzo alle sopracciglia. «Deve esserci un lato negativo, però. O qualche inverosimile frustrazione. Non esiste una vocazione, e nemmeno una passione, completamente priva di ombre».

Non lo confesserei mai a Rebecca, ma organizzare matrimoni è la mia seconda occasione. Un valoroso tentativo di reinventarmi dopo che la mia prima carriera come assistente legale è fallita in maniera spettacolare. Sono figlia di immigrati brasiliani, entrambi di umili origini. Dopo l'abbandono di mio padre, sono stata cresciuta da una madre single che ha lavorato instancabilmente per garantire un futuro migliore a me e a mio fratello. Devo a lei e alle mie zie il coraggio di superare le mie carenze e di avere successo nella professione che ho scelto. In fondo, i loro sudati risparmi hanno contribuito a far decollare la mia attività. Ora non c'è più spazio per gli errori. E questa consapevolezza mi pesa, talmente tanto che il pensiero di mandare all'aria questa occasione come ho fatto con la prima mi terrorizza. È questo il lato negativo: la pressione per conseguire il successo a volte può risultare soffocante. Ma non ho intenzione di condividere il mio bagaglio personale con un'estranea. *Non mostrarti mai debole* è il mio mantra, e mi è stato utile nel corso degli anni.

Passo mentalmente in rassegna le lamentele minori che mi sento di condividere con Rebecca e ne scelgo una innocua. «I clienti indecisi a volte mettono a dura prova la mia pazienza, ma tutto sommato è un lavoro fantastico».

Lei punta il mento in direzione della pista da ballo. «Devo dire che ha fatto un ottimo lavoro. A parte il fatto che la sposa sembra un gambo di sedano, questo è davvero un bel matrimonio».

Schiocco la lingua scuotendo la testa. «Non è questo il modo di parlare di una persona che festeggia il suo giorno speciale. Bliss è adorabile in tutti gli aspetti che contano».

Un rossore si diffonde sulle guance di Rebecca. «Ha ragione, è vero». Poi alza le spalle. «Ma da oggi è una di famiglia, il che significa che le parleremo dietro ogni volta che la situazione lo richiederà. È una cosa nostra».

A essere onesta, posso capirlo. Nel corso degli anni, io e i miei cugini abbiamo sviluppato una serie di segnali con le mani e con gli occhi per parlare male dei nostri parenti o di ignari accompagnatori. Poiché li usiamo spesso durante le riunioni di famiglia, di solito c'è della musica in sottofondo e, per questo, mia madre e le mie zie credono che il nostro sistema di comunicazione segreto sia una versione aggiornata de *Il ballo del qua qua*.

«Mi permetta di farle una domanda», continua Rebecca. «Ha mai pensato di espandere la sua attività? Di mettersi in società con qualcuno, magari?».

No, no, no. Nonostante le numerose sfide che comporta essere una libera professionista, la mia attività sta crescendo a un ritmo costante, e non voglio che qualcosa rovini l'attento equilibrio che ho creato. Modificherei lo status quo solo per un'opportunità che innalzi la mia azienda a un livello superiore, e fatico a immaginare una persona che corrisponda a questa descrizione. Conscia di questo, devio la sua domanda. «Be', mi parli un po' di lei, Rebecca. Ha mai organizzato un matrimonio?».

Lei arretra e mi studia a bocca aperta. «Non ho mai avuto il piacere. Sembra divertente, però».

Oh, capisco. Mi capita di assistere a questa reazione almeno una volta durante ogni matrimonio. Le persone rimangono affascinate dal prodotto – le composizioni floreali mozzafiato, la musica perfettamente sincronizzata, gli allestimenti meravigliosi, il profumo inebriante di romanticismo nell'aria – e si convincono di poter fare anche loro quello che faccio io. «*È* divertente. Ma ci vogliono anche capacità organizzative di prim'ordine e un'estenuante attenzione ai dettagli per realizzare un evento come questo. Per fortuna, la mia assistente e io abbiamo un buon sistema. Spero che alla fine lei accetterà di lavorare con me a tempo pieno». Con il solito tempismo perfetto, Jaslene attraversa con leggiadria la pista da ballo e si dirige verso la cabina del DJ, portando sottobraccio la cartellina che mi ha rubato. E so perché: *Baby Got Back* è decisamente tra i brani da non suonare, sulla lista della coppia. «Però ascolti, se le interessa intraprendere la carriera di wedding planner, un corso online è un ottimo punto di partenza».

Lei stringe le labbra, trattenendo palesemente un sorriso. «A essere sinceri, sta stravolgendo i piani che avevo già messo in moto, ma credo che oggi noi due fossimo destinate a incontrarci».

Qual è il problema di questa donna? Quel che dice non ha alcun senso. «Non capisco».

Rebecca sospira e scuote la testa, come se si sentisse frustrata con se stessa. «Mi dispiace. Sono stata criptica, e probabilmente lei sta cercando l'uscita più vicina per scappare. In pratica, ho una proposta da farle, ma non credo che questo sia il momento né il luogo adatto per discuterne». Prende un oggetto dalla sua pochette e poi me lo porge. «Ecco il mio numero. Se vuole, posso spiegarle tutto a pranzo, uno dei prossimi giorni».

Poi si allontana, scomparendo tra la folla degli invitati all'altro capo della pista da ballo. Abbasso lo sguardo sul biglietto da visita in rilievo su cartoncino martellato, lussuoso quanto un qualsiasi invito di nozze che abbia mai visto. Insieme al numero della sua linea diretta con il prefisso 202, c'è scritto:

Rebecca Cartwright
AMMINISTRATRICE DELEGATA
DEL GRUPPO ALBERGHIERO CARTWRIGHT
Un hotel premiato da Forbes

Avete presente quel momento in cui ci si rende conto di aver appena fatto una figuraccia? Già. Proprio quello.

2

Max

Seduta sul suo trono (che, in realtà, non è altro che un'enorme sedia con relativa scrivania, entrambe strategicamente posizionate al di sopra dell'altezza degli occhi di una persona di media statura), mia madre continua a spostare lo sguardo da me a Andrew e viceversa. «Con mia grande sorpresa, il gruppo alberghiero Cartwright sta attraversando una fase di riassetto aziendale. Rebecca Cartwright, la nipote del proprietario originario, è stata appena promossa ed è ora al timone. Il suo obiettivo è soddisfare una clientela diversa: vuole concentrarsi sull'espansione del loro ristorante di lusso, incentivare le prenotazioni dei matrimoni e trasformare la loro spa nella meta principale a Washington per i weekend termali. Ha molte idee e vorrebbe la nostra consulenza per capire come promuoverle. Immediatamente. Per questo ho bisogno dei miei uomini migliori, e voi due, *insieme*, apporterete la giusta combinazione di fascino e competenza a questa collaborazione».

Io sono il fascino. Andrew è la competenza. O, almeno, così pensano tutti.

Il fatto è che mia madre è una vera e propria imbrogliona, e riesce sempre a intortare chiunque con le parole. Questa volta, però, la sua spiegazione è una pura stronzata, non geneticamente modificata e non adulterata. Vorrei che lo dicesse apertamente: non si fida di me per gestire da solo un cliente importante.

Non posso dire di essere sorpreso; purtroppo, questo è un territorio familiare, la conseguenza di un'altra ovvietà che ho imparato ad accettare: quando mio fratello e io siamo in competizione (e, se devo essere sincero, non sappiamo fare altro), lui ne esce sempre vincitore, nonostante non faccia alcuno sforzo. Quel che è peggio è che, anche quando non siamo consapevolmente in competizione, Andrew eccelle. La mia ex ragazza Emily la pensava senza dubbio così: dopo aver trascorso una giornata in presenza del mio fratello maggiore, ha deciso che, stando con me, si stava accontentando della mediocrità. Era venuta a conoscere mia madre, e se n'è andata con una serie di propositi tutti nuovi in fatto di appuntamenti romantici. È stato un Giorno del Ringraziamento divertente.

Andrew picchietta con la penna una pagina del block notes che ha appoggiato in grembo. «Abbiamo già lavorato con Rebecca in passato. È un'ottima notizia».

Vorrei scimmiottare il suo atteggiamento rilassato, ma sarebbe infantile. Inoltre, sto cercando di essere professionale; ho dato la mia parola alla mamma.

Un anno fa, nostra madre ci ha assunto come dipendenti della Atlas Communications, la sua azienda che fornisce servizi di marketing, pubblicità e branding con sede ad Alexandria, in Virginia. Lo ha fatto solo dopo che avevamo imparato le basi altrove: io a New York e Andrew a Washington e Atlanta. Prima di allora, non aveva mai avuto tempo da perdere con dei collaboratori principianti nell'ambito di marketing e pubblicità, nemmeno se si trattava dei suoi figli. Quando ci ha contattati per assumerci, ci ha fatto un'offerta vincolata a due condizioni: in primo luogo, dovevamo accettare di entrare in azienda insieme, come una sorta di pacchetto, sulla base della teoria che avremmo tirato fuori il meglio l'uno dall'altro e che un giorno avremmo preso entrambi in mano la ditta. In secondo luogo, dovevamo promettere che, una volta varcate le porte dell'attività di famiglia, ci saremmo dimenticati che lei ci aveva messi al mondo.

Capisco la sua preoccupazione per eventuali accuse di favoritismo e, se commetto un errore al lavoro, sono pienamente d'accordo che merito di subirne le conseguenze come chiunque altro. Tuttavia possiamo fingere quanto vuole, ma niente potrà mai cambiare il fatto immutabile che lei sia nostra madre. Tra l'altro, qui ci riserva lo stesso trattamento che avevamo da bambini. Per esempio, non si è fatta il minimo scrupolo nel convocarci in ufficio di domenica per una non-emergenza. Basta già solo questo a infastidirmi. Inoltre, la sua insistenza affinché io e mio fratello lavoriamo ancora una volta insieme mette a dura prova la mia pazienza, di solito abbondante. «Non siamo una coppia, sai», le ho detto. «Né due gemelli siamesi. Presumibilmente, saremmo in grado di agire da soli, se ce lo permettessi».

Perché il fatto è questo: Andrew non è così perfetto come finge di essere, e la maggior parte delle nostre grandi idee nasce da me. Non mi sto vantando, sto solo constatando i fatti. E, se nostra madre mi svincolasse dal robot che sostiene di essere mio fratello, se ne renderebbe conto anche lei. Ma, basandomi sulle esperienze passate, posso affermare senza alcun dubbio che una simile epifania non avverrà tanto presto: ai suoi occhi, più vecchio significa necessariamente più saggio perciò non importa quello che faccio, Andrew sarà sempre due anni avanti a me.

«Non fare quella faccia, Max», mi dice mentre mi fissa al di sopra dei suoi occhiali da vista con un'aggressiva montatura rossa. «La cliente ha in mente un compito speciale che richiede due persone che lavorino su progetti diversi, quindi vi mando entrambi. Non c'è bisogno di dare alla mia decisione un significato più ampio di questo, sto solo assecondando i suoi desideri e niente di più».

Be', questa è una notizia eccellente. La mia mente sta già turbinando, alla ricerca di modi per convincere Rebecca colui che vuole come account manager sono io. Se riuscirò a uscire dall'ombra di Andrew e a fare colpo su di lei, il passo logico successivo sarà assumere il ruolo di responsabile della clientela Cartwright. E, se ciò accadrà, forse mia madre si deciderà a riconoscere il valore che apporto personalmente all'azienda.

«Se voi due siete liberi», continua mia madre, «le farebbe piacere incontrarvi la prossima settimana per illustrarvi i suoi progetti. E, vista la mole di lavoro che ci fornisce la sua azienda, credo che non sia necessario sottolineare che *dovreste* rendervi disponibili a suo piacimento».

Andrew annuisce come un cucciolo obbediente. «Certamente. Faremo in modo che accada. Vero, Max?».

La mamma mi scruta in volto, e i suoi occhi si restringono fino a ridursi a due fessure, come se si aspettasse qualche rimostranza da parte mia. Perché mai dovrebbe pensare una cosa del genere?

Adotto un tono amabile. «Certamente».

Lei si alza dalla sedia e batte le mani con un forte schiocco, congedandoci. «Bene, signori, apprezzo molto che siate venuti durante il fine settimana. La cliente è ansiosa di procedere il più in fretta possibile, quindi non volevo perdere tempo».

Sono tentato di farle notare che avrebbe potuto informarci via e-mail, ma oggi non ho l'energia per fare il piantagrane. Invece, mi limito a salutarla mentre esce dall'ufficio. «A domani».

Sono quasi arrivato agli ascensori quando Andrew mi corre dietro. «Ehi, M. Aspetta un attimo».

Rallento il passo. «Cosa c'è?».

Quando mi raggiunge, mi si piazza davanti con le gambe ben distanziate e si tira su le maniche del maglione di cashmere beige. Cazzo, io indosso una felpa con il cappuccio. Tra l'altro, muoio dalla voglia di fargli notare che il suo maglione è tutto pieno di pallini sul lato sinistro, probabilmente causati dallo sfregamento con la tracolla della sua cartella griffata preferita, ma sono proprio queste cose di poco conto che gli rovinano la giornata, e io sto cercando di non fare lo stronzo.

Andrew inclina la testa da una parte mentre mi osserva con attenzione, poi dice: «Senti, so che la cliente potrebbe assegnarci progetti diversi, ma faremo comunque brainstorming insieme, giusto? Penso che sarebbe positivo, qualunque sia il prodotto finale che presenteremo».

L'ideale sarebbe fare l'esatto contrario di ciò che ha appena suggerito. *Voglio* lavorare per conto mio e dimostrare a Rebecca che, tra me e Andrew, sono io la scelta migliore. Altrimenti, in quale altro modo potrei distinguermi da lui e farmi notare?

Ci guardiamo in silenzio mentre lui aspetta la mia risposta, finché il suono del campanello dell'ascensore in arrivo rompe quell'incantesimo imbarazzante. Prima di salire, replico: «Credo che dipenderà da ciò che vuole la cliente, e lo sapremo presto. Vieni?».

Lui fa un passo indietro. «No, rispondo a qualche e-mail prima di andare». Con un sorriso compiaciuto, si batte un dito sulla tempia. «Potrei anche lavorare un po', già che sono qui». Incapace di trattenersi, aggiunge: «Ma quello di darsi da fare non è il tuo primo istinto, vero?».

Ignoro la frecciata. "Sii migliore di lui, Max". «Vado a fare qualche tiro a canestro. Sei sicuro di non volerti unire a me?».

La sua reazione è impagabile. Rabbrividisce e contrae il viso, che si raggrinzisce come il muso di un carlino.

Già, come pensavo, ma gliel'ho chiesto per gentilezza.

«Passo», risponde ridacchiando, anzi, sghignazzando. Andrew è senza dubbio il tipo di persona che sghignazza.

«Va bene. Allora ci vediamo tra», abbasso lo sguardo sul mio orologio da polso, «meno di ventiquattr'ore».

Lui mi saluta con uno stupido gesto della mano e dice: «Sì. Certo». Quando le porte dell'ascensore si chiudono, è ancora fermo nello stesso punto.

Vorrei che mio fratello e io fossimo più vicini, ma non abbiamo gli stessi interessi e non siamo mai stati amici. Sarebbe bello se interagissimo su un piano diverso da quello della competizione ma, più i miei genitori ci spingevano a stare insieme, più noi cercavamo di separarci. Okay, quest'ultima parte è soprattutto colpa mia, sono abbastanza maturo da assumermene la responsabilità.

Chissà, magari questo progetto permetterà a Andrew e a

me di mettere tra noi la distanza di cui abbiamo bisogno per andare finalmente d'accordo. O forse ci uccideremo a vicenda. Devo ammettere che potrebbe finire in un modo come nell'altro.

3

Lina

Bliss e Ian sono da qualche parte sopra l'Atlantico, diretti alla meta della loro luna di miele, quindi io sono ufficialmente libera per il resto del fine settimana. La lista delle cose da fare oggi è breve: rifornire il frigorifero, indossare una tuta e guardare Netflix. Ma prima... *pão com manteiga* e *cafezinho*.

Per consenso unanime, la colazione dei brasiliani si compone di due elementi, e due *soltanto*, che vanno consumati ogni giorno: pane con il burro e caffè. Se una persona non si attiene a questo menù, probabilmente sta organizzando un colpo di stato, oppure è un brasiliano americano di prima generazione, come me, nel qual caso si è autorizzati a concedersi un toast con uova e pancetta. Stamattina, però, mi sono svegliata con una voglia matta di una colazione tradizionale brasiliana, e il mio posto preferito per soddisfarla è Rio de Wheaton, il negozio di alimentari che mia madre e le mie zie gestiscono appena fuori da una zona commerciale nelle immediate vicinanze di Georgia Avenue a Wheaton, nel Maryland. Nota a margine: per anni le ho pregate di cambiargli nome, ma per altrettanti anni mi hanno ignorata.

Dal mio appartamento a College Park non impiego molto a raggiungere il locale. Il campanello sopra la porta tintinna quando entro, e tutti i presenti si bloccano per ispezionare l'ultima arrivata. Passando davanti a un espositore di infradito Havaianas incastrato tra pacchi di farina di manioca e rotoli di nastro adesivo, inspiro l'aroma dolce e burroso del pane appena sfornato che permea l'aria. Un terzo dello spazio del negozio è dedicato a una minuscola caffetteria, composta da tre tavolini rotondi e da un numero insufficiente di sedie, dove le sorelle servono il *cafezinho brasileiro*, o l'equivalente del caffè di Starbucks all'ennesima potenza, e il *pão*, in questo caso dei panini caldi e friabili serviti appena sfornati durante l'arco di tutta la giornata.

«*Bom dia*», saluto. «*Como vai?*»

«*Filha, um minuto*», risponde mia madre con un sorriso prima di tornare a occuparsi del cliente alla cassa. Mentre gli porge il resto, gli fa l'occhiolino. «*Obrigada*».

Un attimo. Mia madre sta flirtando? È la prima volta che vedo una cosa del genere, e mi piacerebbe *da matti* che accadesse di nuovo. Non credo che sia mai uscita con qualcuno dopo aver divorziato da mio padre, più di dieci anni fa. Il rossore sulle sue guance promette bene, però, e il modo in cui si sporge in avanti, con la testa inclinata di lato, suggerisce che quell'uomo le piaccia. Alleluia! Per quanto mi riguarda, mia madre si merita tutti gli amici di letto che desidera, per compensare la mancanza di affetto di mio padre durante il loro matrimonio.

Stringendo tra le mani una confezione da ventiquattro lattine di Guaraná Brazilia, Viviane, sorella maggiore di mia madre e matriarca della nostra famiglia, mi viene incontro e mi bacia frettolosamente su entrambe le guance. *Tia* Viviane ha due modalità operative: "indaffarata" e "in sovraccarico". Con il corpo già in movimento, diretto verso la sua prossima destinazione, si volta a guardarmi da sopra la spalla. «*Tudo bem?*»

«Tutto a posto», le rispondo. Per qualche secondo, rimango inchiodata al pavimento del corridoio centrale, mentre la gente mi passa davanti senza una vera meta: non sembrano interessati a comprare nulla, se ne stanno semplicemente… qui. Jaslene dice che gli esercenti portoricani tengono in negozio dei gatti da *bodega*; be', i brasiliani, invece, tendono ad attrarre le persone da *bodega*. Come il ragazzo del quartiere che si è invaghito della mia cuginetta Natalia; in questo momento sta fingendo di guardare il *futebol* sul televisore appeso a un angolo del soffitto del bar, mentre l'oggetto del suo amore non corrisposto, che è *molto* fidanzata, sta pulendo l'espositore dei *salgadinhos*. Una coincidenza? Io non credo.

«*Oi mulher!*», mi apostrofa Natalia, gettandosi lo strofinaccio sulle spalle. «Sei venuta a scroccare di nuovo del cibo gratis?»

«Rispetta i parenti più anziani di te, mocciosa».

Alla velocità dalla luce, lei afferra lo strofinaccio, me lo sbatte sul petto come se fosse una frusta e si protende verso di me, abbassando la voce in modo che solo io possa sentire ciò che dice. «Hai un cerchio bianco intorno alla bocca. Che cos'è? Residui di un dolce? Liquido preseminale?».

Faccio un salto all'indietro e mi pulisco in fretta il viso prima di rendermi conto che lei si è piegata in due, in preda all'ilarità. «Ah-ah. Esilarante come sempre».

«Perché la mia osservazione era plausibile, *prima*?», mi chiede tra le risate. «Voglio dire, cosa diavolo hai fatto nel tuo tempo libero?».

Niente. Assolutamente niente. La verità è che, se avessi davvero un cerchio bianco intorno alla bocca, non ci sarebbe alcuna possibilità che provenisse da un pompino, considerando che non vado a letto con nessuno da ben più di un anno. E, poiché il mio sostentamento dipende dal fatto che lavoro quasi tutti i fine settimana da marzo a settembre, non ho comunque il tempo di incontrare potenziali partner. Ultimamente, i miei orgasmi sono autoindotti, alimentati a batteria, e vengono raggiunti in meno di cinque minuti (se mi sento davvero sfacciata, posso protrarli fino a dieci). Quindi, be', non è possibile che si tratti di liquido preseminale. Resti dello zucchero a velo di una ciambella, però? Assolutamente plausibile. «Di' pure quello che vuoi, Natalia, ma la mia vita sentimentale, o la sua mancanza, non sarà oggetto di discussione né di dissezione». Schiocco le dita verso di lei. «Adesso portami caffè e pane, e fai in fretta».

«*Pfft*. Prenditeli da sola. È l'ora della mia pausa, e devo chiamare Paolo». Si toglie il grembiule e me lo porge, rivolgendomi il suo immancabile sorrisetto compiaciuto. «Puoi prendere il mio posto per un po'. Se vuoi renderti utile, s'intende». Sottolinea quell'osservazione con un forte schiocco delle sue labbra lucide, e poi mi saluta con un cenno della mano mentre si dirige verso la porta.

«Non dimenticare che mercoledì abbiamo un appuntamento», le dico.

«È la prova del mio vestito. Certo che ci sarò», mi grida lei di rimando, prima di sgattaiolare fuori.

Mi infilo il grembiule dalla testa, me lo lego in vita e aspetto… meno tre, due, uno…

«Lavati le mani», mi ammonisce mia madre.

Ogni. Santa. Volta. Come se non lo sapessi. Ma io le rispondo forse in modo brusco? Certo che no. Ci tengo alla mia vita, come chiunque altro. «Sì, *Mãe*». Mi guardo intorno nel negozio alla ricerca dei riccioli corti e ribelli dell'altra mia zia. «Dov'è Tia Izabel?».

L'altra sorella maggiore di mia madre è la più silenziosa del gruppo, e anche la meno interessata a gestire l'attività.

«È andata a fare qualche commissione», mi risponde.

Mãe è ancora impegnata alla cassa, così le stampo un bacio furtivo su una guancia e poi mi avvio verso il retro. Dopo essermi lavata e igienizzata le mani a dovere, torno al bancone e prendo un panino con le pinze; me ne infilo in bocca un pezzetto e sospiro di soddisfazione. *È davvero valsa la pena di venire fin qui.*

Finalmente, mia madre si libera e mi passa un braccio intorno alla vita. «Com'è andato il matrimonio? Era quello con il vestito verde, giusto?».

Prova una grande gioia nel conoscere tutti i dettagli delle esperienze dei miei clienti, e ha anche un'ottima memoria.

«È andato bene», replico dopo aver finito di masticare il pane. «Il vestito era decisamente intrigante come immaginavi. Oh, e gli amici dello sposo gli hanno rasato le sopracciglia la sera prima delle nozze».

Mia madre alza su di me i suoi occhi scuri spalancati. «Wow.

Non avrei mai immaginato una cosa simile. Ma sei riuscita a risolvere la situazione?».

Le rivolgo il mio sguardo che significa "Lo sai con chi stai parlando?", con una finta espressione imbronciata, per scherzo. «Certo che l'ho risolta».

Annuisce, attirandomi più vicina a sé. «Sono orgogliosa di te, *filha*».

«Grazie, Mãe». Le sue parole mi fanno raddrizzare la schiena. È tutto ciò che ho sempre voluto: rendere orgogliose Mãe e le mie *tias*. Quando i matrimoni di tutte loro sono implosi, le sorelle hanno unito le forze per crescere i figli insieme, facendo i turni per cucinare, badare ai bambini e accompagnarli a scuola e alle attività extrascolastiche. Trascorrevano il resto del tempo a pulire le case degli altri, finché non hanno accumulato abbastanza risparmi per aprire questo negozio. Grazie a loro, io sono laureata, mio fratello maggiore, Rey, è un medico tirocinante, e Natalia è molto richiesta come truccatrice libera professionista. Per ultima, ma non meno importante, viene la figlia di Tia Izabel, Solange, che sta completando la scuola di specializzazione e si prepara a cambiare il mondo.

«Pensi che quest'ultimo matrimonio ti porterà altro lavoro?», mi chiede mia madre.

«Altro lavoro? Forse. Tutto dipende dai tempi. Se c'era qualche coppia di fidanzati che non ha ancora ingaggiato una wedding planner, probabilmente mi chiamerà per sondare il terreno».

E poi c'è Rebecca Cartwright. Mi ha parlato di una proposta, e sono curiosa di sapere di cosa si tratta. Prendo mentalmente nota di telefonarle lunedì mattina, per fissare un appuntamento. Male che vada, potrò sempre aggiungerla alla mia lista sempre più lunga di contatti nella zona. Anche un vago collegamento con l'amministratrice delegata di un hotel apprezzato come il Cartwright potrebbe tornarmi utile, un giorno.

Una cliente si avvicina al bancone portando con sé della merce, e mia madre le va incontro per assisterla, permettendomi di tornare alla mia storia d'amore con il panino che ho in mano.

Lo sto sgranocchiando felicemente quando entra Marcelo, un amico di famiglia proprietario di Something Fabulous, la boutique di abbigliamento in cui ho affittato uno spazio per la mia attività.

«*Olá, pessoal*», saluta con enfasi, e la sua voce sovrasta gli applausi della folla sullo schermo televisivo. «*Tudo bem?*»

«*Tudo*», risponde Tia Viviane, mezza nascosta dietro al dispenser di bevande che sta rifornendo. «*E você?*».

Lui fa un gesto con una mano per indicare "così così", poi si avvicina a Tia Viviane e le dà un bacio sulla fronte. Sono amici da una vita, si sono conosciuti decenni fa attraverso la vasta rete sociale che aiuta gli immigrati brasiliani nel Maryland ad ambientarsi negli Stati Uniti. È stata quella stessa rete che ha trovato marito a tutte e tre le sorelle, ma nessuno dei tre uomini è rimasto nei paraggi dopo la fine dei loro matrimoni.

Per quanto riguarda Marcelo e Viviane, sospetto che siano amici di letto, ma non sono mai stata abbastanza audace da fare domande per confermare i miei sospetti. Mia zia è letale quando ha un paio di Havaianas a portata di mano.

Marcelo mi vede, e i suoi occhi si incupiscono, facendomi dubitare della veridicità delle parole che pronuncia subito dopo. «Carolina, speravo di trovarti qui. Ho delle novità».

La mia masticazione rallenta mentre poso il resto del panino su un tovagliolo e mi passo una mano sul davanti della maglietta per spazzare via le briciole. «Che succede, Marcelo?».

Lui appoggia gli avambracci sul bancone con disinvoltura. «Venerdì pomeriggio, l'agenzia immobiliare mi ha comunicato che aumenterà l'affitto per il prossimo periodo di locazione. Del sette per cento». Sospirando, fa un passo indietro e alza le mani come se si stesse arrendendo davanti a un nemico invisibile. «Per quanto mi riguarda, è finita. Non riesco più a tenere il passo, visto che tutti comprano gli abiti da sposa online oppure li affittano. Quindi, raggiungerò mia figlia in Florida e lì mi cercherò un negozietto per vendere i resti di magazzino ancora per qualche anno. Alla fine, andrò in pensione e passerò tutto il giorno a pescare. È arrivato il momento». Marcelo si avvicina e mi copre una mano con le sue. «So che questo condiziona anche te e, se potessi permettermelo, resterei, ma facevo già fatica prima, e questo aumento peggiorerà le cose».

Forzo le parole per superare l'enorme groppo di delusione che mi ostruisce la gola. «Quando termina il contratto d'affitto?». Conosco già la risposta, ma sentire la data di scadenza ad alta voce mi costringerà a confrontarmi con la realtà della mia situazione, anziché insabbiarla.

«Tra sessanta giorni», risponde lui con un sospiro.

Be', adesso è abbastanza reale, e non è una cosa da poco. Avere un ufficio in centro è essenziale per la mia attività: per la maggior parte, i miei clienti sono professionisti impegnati che apprezzano la comodità di incontrarsi in un luogo dal quale poi possono anche raggiungere altri negozi e ristoranti e organizzare le loro serate senza troppe difficoltà. Una sede a due passi da Connecticut Avenue comunica stabilità, una certa serietà che non ha bisogno di essere dichiarata. Qualsiasi ciarlatano può stampare dei biglietti da visita in una copisteria locale e definirsi wedding planner, ma un indirizzo commerciale registrato assicura a una coppia di sposi che la loro coordinatrice non farà fagotto portando con sé il suo ufficio mobile e non scapperà con i loro soldi.

Non ho bisogno di molto, in realtà, mi bastano una sede e una piccola cabina di prova, ed è per questo che il mio accordo con Marcelo rispondeva perfettamente alle mie esigenze: poiché non occupavo molta superficie, lui poteva permettersi di non farmi pagare il prezzo di mercato. Grazie ai miei tentativi poi abbandonati di trovare un ufficio, qualche anno fa, so bene che affittare anche solo uno sgabuzzino in centro mi renderebbe praticamente impossibile pagare l'affitto del mio appartamento. E, anche se riuscissi a trovare un'alternativa conveniente, con ogni probabilità sarebbe un gradino più in basso rispetto alla mia sede attuale, quindi in ogni caso questo sarà un cambiamento che non mi gioverà.

Maledizione. Non posso mandare tutto a rotoli. Non di nuovo.

La decisione di Marcelo mi ha spiazzata, e non so cosa fare per ritrovare l'equilibrio. Le lacrime minacciano di rigarmi il viso, ma mia madre e Viviane, la quale ha un'espressione severa, si scambiano uno sguardo che mi asciuga subito gli occhi. *Giusto*. Poiché ho imparato la lezione sulla mia pelle quando ero una ragazzina innocente e ingenua, ora conosco bene le regole: non dobbiamo mai lasciare che le nostre emozioni prendano il sopravvento su di noi; permetterlo è indice di debolezza, e diminuisce il rispetto che meritiamo, oppure segno di aggressività, che indurrà la gente a definirci irrazionali. E, come donne (donne di colore, nello specifico), non possiamo permetterci di essere percepite in questi termini.

Peccato che io in fondo sia una sentimentalona, pronta a piangere e a singhiozzare nel momento in cui qualcuno riesce a cavarmi la benché minima emozione. Quando ero più giovane, mio fratello e i miei cugini mi prendevano in giro senza pietà. *Bebê chorão*, mi chiamavano. "Frignona". All'epoca non me ne preoccupavo più di tanto: quanto male poteva farmi, quella mia fastidiosa caratteristica? Da adulta, tuttavia, ho scoperto che la risposta era "tanto", sicuramente più di quanto potessi gestire. Così, nel corso degli anni, mi sono costruita un'immagine che mostro agli altri, per tenere a bada i miei sentimenti. Sono molto diretta, una dura fatta di teflon insensibile ai piccoli insulti o alle offese. Non sarò mai più quella ragazza che si è resa ridicola piagnucolando per un uomo. Non sarò mai più quella persona che è crollata in un ambiente professionale e ha perso il rispetto dei suoi colleghi. La forza è uno stato d'animo, e io voglio crearla, dannazione.

Raddrizzo la schiena e sorrido a Marcelo. «Non è colpa tua, Marcelo. Non potevi prevedere un aumento dell'affitto così pesante. Sono sicura che riuscirò a trovare qualcos'altro. Quindi non preoccuparti per me. Andrà tutto bene».

Lui studia il mio volto (senza dubbio si rende conto che sto dicendo vaccate, ma non mi smentisce) con le labbra serrate in un'espressione accigliata. «Sei sicura, *querida*?».

Questo appellativo affettuoso tenta di aggirare le mie difese, ma io costruisco una barricata nella mia mente per non mostrare alcuna emozione. «*Certa*».

Tutti intorno a me, Marcelo, Tia Viviane, mia madre, persino il ragazzo che fa finta di guardare il calcio e che sta origliando la conversazione, si rilassano visibilmente, la tensione del momento viene allentata dalle mie rassicurazioni che tutto andrà bene. E deve andare bene. Andrà bene, e basta. Perché non ho altra scelta: in gioco ci sono la mia carriera e la mia fonte di reddito.

Sospirando dentro di me per la brutta piega che ha preso la mia giornata, faccio un'aggiunta dell'ultimo minuto alla mia lista di cose da fare: *sopperire ai miei sentimenti con il cibo*. Il mio sguardo si posa sul panino mezzo morsicato: no, non va bene, è troppo semplice. Ho bisogno di grassi, di carboidrati e di tonnellate di zucchero. Dov'è una dannata ciambella ricoperta di zucchero a velo, quando ne ho bisogno?

4

Lina

"Appunto per me stessa: una dozzina di ciambelle glassate possono fare miracoli sul tuo umore".

Dopo una serata trascorsa ad abbuffarmi di dolci davanti alla TV, ho accolto la nuova settimana con ottimismo e un piano che comprende un incontro mattutino con Rebecca Cartwright. Ora più che mai ho bisogno di coccolare i miei contatti e di tenere gli occhi aperti su nuove opportunità di lavoro, perciò, quando ieri sera l'ho contattata e lei si è offerta di vedermi di prima mattina, ho colto al volo l'occasione.

Secondo una rapida ricerca che ho fatto durante il tragitto in metropolitana per arrivare al luogo dell'appuntamento, il Cartwright è uno dei tre boutique hotel del gruppo Cartwright. La sede principale si trova in centro a Washington, mentre le altre due proprietà sono nella Virginia settentrionale. In un'altra vita, questo edificio ha ospitato una banca, e i resti del suo austero passato, come le grandi colonne bianche che ne fiancheggiano l'ingresso mozzafiato, sono perfettamente complementari al design semplice ma eclettico degli interni. Grazie a un enorme lucernario posto al centro della hall circolare, i pavimenti in marmo scintillano, e i raggi del sole mettono in risalto ogni dettaglio, dall'arte astratta che adorna le pareti testurizzate all'acciaio degli arredi contemporanei. Tutto ciò conferisce all'ambiente un'atmosfera raffinata ma senza pretese.

Il rumore dei tacchi di Rebecca arriva prima di lei; mentre si avvicina, la sua voce musicale aleggia nella stanza. «Lina, grazie mille per essere venuta a trovarmi con così poco preavviso».

Mi alzo dall'elegante divano di pelle gialla e le tendo la mano; la sua presa è salda ma non prepotente. Ci guardiamo negli occhi per i consueti pochi secondi e le nostre mani strette insieme salgono e scendono lievemente per tre volte; scommetto che, al liceo, entrambe abbiamo frequentato dei seminari di business etiquette.

«È un piacere rivederla, Rebecca».

«Sediamoci un attimo», dice, indicando un tavolino vicino a una finestra, con il trambusto di New Hampshire Avenue appena udibile oltre il vetro mentre ci accomodiamo. «Allora, ecco come stanno le cose: stiamo rinnovando il nostro brand in diversi settori, uno dei quali è quello dei servizi matrimoniali. Sono alla ricerca di un wedding planner che diriga questa nuova *vision* dei nostri hotel, ne sia il volto pubblico e, naturalmente, organizzi i matrimoni. Sabato sono rimasta piacevolmente colpita dal suo lavoro e vorrei che si mettesse in lizza per la posizione, ammesso che l'idea di dirigere i servizi matrimoniali di un hotel a cui Forbes ha assegnato cinque stelle e che include un ristorante pluripremiato la attragga».

Sono sbalordita, ma riesco a formulare una domanda decente. «Non sta cercando qualcuno che diriga la pianificazione generale di tutti gli eventi, vero?».

Lei sorride e annuisce. «No, esatto. Sto cercando qualcuno che si concentri sui matrimoni e sviluppi il nostro brand in quel settore specifico».

«Okay, ho capito». Strofino i palmi delle mani sulla gonna ed emetto un breve respiro. «Un'altra domanda, allora. Attualmente lavoro con un'assistente. Dovrebbe far parte di qualsiasi progetto io prenda in considerazione. È possibile?».

Questa volta, Rebecca annuisce in maniera ancora più vigorosa. «Se le offriremo una posizione come direttrice dei servizi matrimoniali e lei la accetterà, sarà autorizzata a selezionare il suo personale. Se questo significherà assumere la sua attuale collaboratrice, non avrei alcun problema. Autorizzerei cinquantamila dollari per un assistente a tempo pieno».

«E per quanto riguarda il mio stipendio?»

«Il doppio», risponde. «Per lavorare in tutti e tre gli hotel, ovviamente».

Dentro di me, mi sto dimenando come Kermit la rana. "Centomila dollari. Porca miseria". Sta succedendo davvero? Vorrei emettere un gridolino di gioia, ma contengo l'entusiasmo e analizzo le possibilità. Se dovessi ottenere questo lavoro, il problema dell'affitto non avrebbe più importanza. Mi trasferirei in un alloggio più grande e accogliente qui al Cartwright e raddoppierei anche il mio reddito. Questa è la svolta che non avrei mai immaginato potesse capitarmi, e mia madre e le mie *tias* ne sarebbero entusiaste. Ma non posso ancora fare il passo più lungo della gamba. Dovrò continuare a cercare un ufficio alternativo nel caso in cui non dovesse funzionare. Comunque, cercherò di ottenere questo impiego? Cavolo, sì. «Vorrebbe che sostenessi un colloquio per la posizione? Oggi stesso?».

Finora, Rebecca ha affrontato questa interazione con sicurezza, ma adesso sembra meno risoluta, e muove le mani come se fosse nervosa. Mi rendo conto che, per quanto ovvia, la mia non è una domanda a cui è facile dare una risposta.

«Sarò sincera», mi dice. «Dal momento in cui l'ho incontrata, ho capito che avrei avuto difficoltà a scegliere tra lei e quello che a oggi è il mio principale candidato».

Oh. Che sfiga. C'è qualcun altro (presumibilmente, qualcuno altrettanto notevole e molto qualificato) che ha già fatto colpo su di lei. Be', immagino che dovrò metterci il doppio dell'impegno per dimostrare di essere la candidata migliore.

«È qui che i miei addetti al marketing entrano in gioco», continua Rebecca. Dà un'occhiata all'orologio che porta al polso e si alza. «Spostiamoci in una delle nostre sale conferenze. Lì potremo parlare meglio».

Mi alzo di scatto dalla sedia, sono un fascio di energia che aspetta di essere liberata dal guinzaglio, ma mi costringo subito a calmarmi. «Certo, dopo di lei».

Rebecca cammina lungo il corridoio, con la parte superiore del corpo girata in modo da potermi guardare in faccia. «Si dà il caso che i miei talentuosi esperti di marketing siano qui oggi. Ho pensato che potremmo riunirci tutti insieme, così potrò spiegarle meglio la mia proposta e aggiornare loro in un unico incontro. Saranno ampiamente coinvolti nell'assisterla nella presentazione delle sue idee, e credo che si troverà benissimo con loro. Che ne dice?»

«Mi sembra perfetto».

Rebecca mi conduce in una sala conferenze e mi fa cenno di sedermi all'estremità di un lungo tavolo in vetro. «Si metta comoda. Ha bisogno di qualcosa prima di iniziare? Caffè? Acqua?».

Se c'è una cosa che mi riesce bene, è trascorrere un'intera giornata senza bere nemmeno un millilitro di liquidi. Per me, la disidratazione è una possibilità reale in qualsiasi momento. E quando sono nervosa, come adesso, il pensiero di rovesciarmi addosso qualcosa o, ancora peggio, di rovesciarlo addosso a qualcun altro, non fa che aumentare la mia agitazione. Quindi no, non voglio niente da bere. Sfoderando un sorriso misurato nella speranza di trasmettere sicurezza, mi sistemo sulla sedia e con le mani liscio il davanti della mia gonna a tubino. «Sono a posto così, grazie».

Rebecca, appoggiata alla soglia, si raddrizza. «Ottimo. Vado a prendere i ragazzi, così possiamo cominciare. Torno tra un attimo».

Adesso che sono da sola, osservo l'ambiente che mi circonda, scrutando lo spazio per individuare un punto focale a cui aggrapparmi durante la riunione, nel caso in cui avessi bisogno di calmare i nervi. È un trucco che uso dai tempi dell'università, quando ho capito che il vecchio consiglio di mia madre di immaginare tutti in biancheria intima per me non avrebbe funzionato: mi facevo prendere dalla voglia di indovinare quali marche indossassero i miei compagni di classe e i miei professori, quali stili preferissero e così via. Non c'è niente di peggio che immaginare il proprio professore di economia con una cravatta a quadri e un perizoma leopardato. Niente.

Il mio sguardo viene subito attratto dalla scultura in bronzo di una fenice appoggiata sull'unica credenza della stanza. Ecco, quella andrà bene. E immagino che ne avrò effettivamente bisogno. Rebecca non mi inganna con il suo abbigliamento business casual e il suo atteggiamento amichevole: ogni fase di questo processo fa parte del mio colloquio, e gli addetti al marketing che lei ha definito con nonchalance "i ragazzi" aiuteranno o affosseranno le mie possibilità di ottenere questa opportunità unica nella vita. Quindi, devo fare una buona prima impressione. Se dimostro la mia professionalità e li convinco della mia competenza, forse faranno un passo in più verso di me. E, dal momento che sono entrata in competizione per questo lavoro, ogni vantaggio, per quanto piccolo, è importante.

Un minuto dopo, la risata di Rebecca si diffonde nel corridoio come se fosse una tromba che annuncia il suo arrivo. Mi alzo, mi sistemo la giacca e stiracchio le labbra. Quando la porta si apre ed entrano "i ragazzi", tutta l'aria nella stanza sparisce di botto, sostituita da un improvviso afflusso di atmosfera tossica che rende difficile respirare. Mi servirebbe un forte schiaffo sul sedere per scuotermi e farmi inspirare l'ossigeno di cui ho tanto bisogno, ma non sono una neonata e a questi uomini non potrebbe importare di meno che io stia bene.

E non sto bene per niente.

Perché lì davanti a me, in tutta la sua splendida e malvagia gloria, si trova il mio ex fidanzato o, come l'ho ribattezzato dopo la rottura, il Bastardo Majora. E, come se non bastasse, al suo fianco c'è il peggior testimone di sempre: suo fratello, il Bastardo Minora.

"Merda, la mia vita fa schifo".

Cosa ci fanno qui? Insieme? Stando alle ultime notizie su di loro che ho sentito, Andrew si è trasferito ad Atlanta e si è unito al team di marketing di uno studio legale internazionale. Suo fratello vive e lavora a New York, o almeno così pensavo. Be', a quanto pare, non oggi: oggi sono i protagonisti del mio incubo. E, basandomi sui loro occhi che minacciano di schizzare fuori dalle orbite, nemmeno loro si aspettavano questa riunione di quasi-famiglia. Andrew sembra perfino un po' verde intorno alle branchie. Perciò non mi sorprende che non facciano e non dicano nulla, aspettando presumibilmente che sia io a definire il tono di questo incontro sfortunato.

Rebecca mi saluta con un sorriso allegro mentre si rivolge a loro. «Signori, vi presento Carolina Santos. Dice che possiamo chiamarla Lina per abbreviare». E a me dice: «Questi sono Andrew e Max. Sono fratelli e colleghi».

Rimerda. Non è *assolutamente* così che avevo immaginato che sarebbe andata questa giornata. Neanche nei miei incubi peggiori. Volevo dimostrare a Rebecca che il suo istinto su di me era giusto. Invece, nei prossimi secondi scoprirà che una dei due wedding planner a cui sta facendo un colloquio per una posizione straordinaria è stata mollata proprio dall'agente di marketing di cui lei ha un'ottima opinione. Come faccio a convincerla che Andrew e io possiamo lavorare insieme per costruire il brand dell'hotel per i servizi matrimoniali? Non sono nemmeno sicura che possiamo davvero farlo.

E, se lei sta valutando i pro e i contro di due candidati di tutto rispetto, scoprire che una di loro si porta dietro un bagaglio degno di una vacanza lunghissima la spingerebbe a scegliere l'altro? Se scoprisse di aver investito un lasso di tempo significativo in una simile prospettiva, perché dovrebbe accettare questo dramma? Non si tratta soltanto del disagio di lavorare con un ex fidanzato; il fatto è che io mi guadagno da vivere creando l'illusione del "vissero felici e contenti", e ammettere di non essere riuscita a realizzarla per me stessa infrangerebbe l'incantesimo. Ciò che faccio viene inevitabilmente filtrato attraverso questa lente, nonostante non abbia alcuna attinenza con le mie capacità organizzative. Di certo non è colpa mia, e no, non è assolutamente una lettera scarlatta incisa sulla mia fronte, ma chiunque, in tutta onestà, sarebbe pronto ad ammettere che il fatto che io sia una sposa abbandonata suscita compassione, soprattutto data la natura del mio lavoro.

Vorrei permettere a un fiume di lacrime di inondarmi il viso, ma *mi rifiuto* di lasciare che le persone in questa stanza mi considerino una smidollata che non merita il loro rispetto. Devo assolutamente riuscire a neutralizzare la situazione in modo da poterla affrontare al livello che Rebecca si aspetta da me. Non posso permettere che questo ricongiungimento tra noi tre si svolga in sua presenza.

L'idea non si è nemmeno ancora del tutto formata nel mio cervello, quando stringo la mano di Andrew in una presa decisa e disperata. «È un piacere conoscerla, Andrew. Rebecca dice che ha talento, quindi sono entusiasta alla prospettiva di lavorare insieme».

La sua bocca si apre, si chiude e si riapre, mentre io lo imploro con gli occhi di assecondare questo piano strampalato di fingere che siamo estranei. «Anche per me è… ehm… un piacere conoscerla».

Già, rigido come sempre, anche quando è agitato. Però ha un bell'aspetto. I suoi capelli sono più lunghi sui lati e sopra la testa, e la sua pelle chiara risplende di vitalità. L'abito blu che indossa gli valorizza le spalle larghe e la vita sottile, come se il suo corpo facesse regolarmente da stampo per costruire i manichini per l'abbigliamento maschile. Tutto molto bello, ma una cosa ora mi è ben chiara: Andrew è come un curriculum perfetto, o è ben impreziosito, oppure ci sono un mucchio di cose poco lusinghiere sul suo conto mai messe nero su bianco.

Max, dal canto suo, sembra aver sperimentato una pubertà tardiva tra i venticinque anni e il presente, perché non era così bello, l'ultima volta che l'ho visto. O forse anni fa non avevo la mentalità giusta per notarlo. In ogni caso, il tempo è stato assurdamente gentile con il fratello minore del mio ex. Dai capelli scuri e scompigliati in maniera disinvolta al taglio netto della mascella, ogni singola parte si combina con le altre per formare un insieme sorprendente. Più basso di un paio di centimetri rispetto a Andrew, Max riesce comunque a dominare la stanza. Non potrebbe mimetizzarsi sullo sfondo nemmeno se ci provasse. Inoltre, ha dei begli occhi e due cosce muscolose: una combinazione letale che su di lui è sprecata.

Max si schiarisce la gola e scivola in avanti per unirsi alle presentazioni. «Lina, è un piacere».

Ignoro la sua mano tesa. C'è un momento di disagio mentre stiamo lì a fissarci, finché lui indica il tavolo, con un sorriso da un orecchio all'altro che maschera le sue tendenze manipolatorie.

«Andiamo?», chiede. «Non vedo l'ora di sapere qualcosa di più su di lei».

Max si è calato nel suo ruolo come un attore da Oscar, mentre il fratello maggiore si fa trasportare, sballottato come un peluche trascinato da un bambino. Dovrei cogliere una qualche sorta di insegnamento, ma sono troppo in ansia per capire quale.

«Fantastico», replico.

Dopo aver emesso un lento e spero impercettibile respiro, torno rapida alla mia sedia.

Finalmente, Andrew si riprende e ci raggiunge al tavolo. Ha il viso arrossato e, sopra le sopracciglia, la sua fronte è lucida di sudore. Bene. Si merita di essere a disagio. Abbiamo parlato solo una volta dopo il matrimonio annullato, quando ha trovato il coraggio di spiegarmi che cercava *di più*. Più affetto, più conversazione, più sesso, più *tutto*. Con molta calma e freddezza, mi ha elencato i suoi desideri del tutto nuovi per me, una lunga lista di cose che probabilmente riflettevano i desideri di Max, non i suoi. Oggi, però, il suo contegno imperturbabile sembra scomparso, e sapere che sono io a ridurlo in questo stato di panico mi riempie di gioia.

«Allora… ehm… signora… uh… Santos, ci parli della sua attività», esordisce asciugandosi la fronte con un fazzoletto.

Max nasconde la sua delusione per la performance del fratello passandosi una mano sul viso, ma mi accorgo che alza gli occhi al cielo prima di cancellare qualsiasi emozione dalla sua espressione.

Il mio petto si espande mentre prendo un respiro profondo per calmarmi. Okay, non stanno facendo saltare la mia copertura; questo è incoraggiante. Quindi, immagino che andremo avanti. E, certo, sono pienamente consapevole che potrebbe essere un grosso errore. Enorme. Come Julia Roberts in *Pretty Woman*: "Lavora a percentuale? Bello sbaglio! Enorme". Ma ormai non si può più tornare indietro, no?

5

Max

Con la massima discrezione possibile, osservo la reazione di Andrew a questa monumentale svolta degli eventi. È seduto più dritto del solito e sembra tranquillo e per niente preoccupato, ma sta facendo rimbalzare una gamba su e giù a una velocità allarmante. Se dovessi tirare a indovinare, direi che rischia di pisciarsi addosso da un momento all'altro.

Questa farsa ci si ritorcerà contro. Garantito. Ma che altra scelta ho, se non quella di portarla avanti? Lina ha palesemente deciso di fingere di non conoscerci e, ora che abbiamo seguito il suo esempio, tirarci fuori da questa messinscena metterebbe a dura prova il nostro rapporto con Rebecca.

Osservo con attenzione la nostra complice mentre ci descrive la sua attività. Il suo aspetto non è cambiato molto dall'ultima volta che l'ho vista nella sua suite nuziale, quando mi ha detto di togliermi dalle scatole: stessi occhi a mandorla, stessa bocca generosa, stessa aria regale. Ha i capelli più corti, una nuvola di riccioli che le sfiora le spalle, ma per il resto è identica alla donna che ha mostrato ben poche emozioni quando le ho comunicato che Andrew non si sarebbe presentato alla cerimonia. Okay, forse la sua carnagione bruna ha assunto un tono più caldo, ma non mi inganna: quella pelle baciata dal sole nasconde un'immensa freddezza interiore. "Non avvicinarti a quella donna, Max. *È un serpente a sonagli*, avvolto a spirale su se stesso e pronto ad aggredire la sua preda innocente in qualsiasi momento. Merda, tu hai ancora addosso i segni dei suoi denti".

«Ogni mese pianifico da sei a otto matrimoni in varie fasi», spiega lei. «Di conseguenza, il mio lavoro richiede molta efficienza. Ma mi piace la sfida, e vedere il risultato mi procura sempre un'immensa soddisfazione...».

Sta seguendo un copione. Ne sono sicuro. Noto lo sforzo che sta facendo per ricordare ciò che deve dire. Ogni pochi secondi, il suo sguardo si sposta di lato, come se stesse guardando qualcosa con la coda dell'occhio; lo seguo fino alla statua di una fenice dall'altra parte della stanza. Forse sta facendo un esercizio di visualizzazione per calmare i nervi? O, forse, semplicemente trova che quell'uccello sia interessante. Chi diavolo lo sa? In ogni caso, non si può negare che sia brava. *Davvero* brava. Ma deve rilassarsi. Se non fosse così impostata, la sua voce migliorerebbe in maniera notevole.

Una volta che Lina ha finito, Rebecca annuisce educata, poi torna a guardare me e Andrew. «Voi sapete già che voglio stravolgere un po' le cose in questo posto. Sto prendendo in mano le redini, e mio nonno è pienamente d'accordo con i cambiamenti che ho proposto. Però, c'è un problema: non so assolutamente niente in fatto di matrimoni, il che significa che devo assumere qualcuno che sia competente». Si rivolge a Lina. «Ho ascoltato tutto quello che ha appena detto, ma io non riesco a prendere decisoni sulla base dell'immaginazione, perciò voglio *vedere* come sarà questa nuova *vision*, e come la persona che assumerò incorporerà in un unico pacchetto accattivante tutto ciò che la Cartwright ha da offrire. Come sfrutterebbe il nostro ristorante pluripremiato? In che modo trasformerebbe le sale da ballo? Quale proposta di menù farebbe la differenza con quella di chiunque altro? Come *venderebbe* i suoi servizi per convincere una coppia interessata ad assumerla senza pensarci due volte? Mi faccia vedere quale aspetto darebbe al nuovo sito web; un'ipotesi di nuove brochure; delle idee su un'esposizione per la Fiera degli Sposi, e così via».

Cavolo, se Rebecca è disposta a impegnarsi così tanto nella

ricerca, quanto guadagnerà Lina se alla fine otterrà il posto? Gesù, non voglio saperlo. Potrei essere tentato di cambiare carriera.

«In pratica, una sorta di rendering di come sarebbe avere me come coordinatrice dei servizi matrimoniali dei suoi hotel», conclude Lina.

Rebecca la indica con entrambe le mani. «Sì, proprio così».

«Quanto tempo avrei?», chiede lei. Ha le sopracciglia aggrottate, finora il primo segno di cedimento nei confronti della proposta della nostra cliente.

«Circa cinque settimane. Vorrei assegnare il posto prima della prossima riunione del Consiglio».

L'espressione tesa di Lina si ammorbidisce. «È fattibile». Indica mio fratello e me. «E questi signori mi aiuteranno?»

«Uno di loro, sì».

Questa affermazione cattura la mia attenzione come nessun'altra. «Solo uno di noi?», domando a Rebecca.

Lei ci rivolge un sorriso appena accennato. «Be', il fatto è questo: prima di incontrare Lina, lo scorso weekend, mi ero informata sulla possibilità di assumere un'altra persona. Ero a casa e stavo rimuginando sulla questione, quando il mio ragazzo si è messo a guardare *Hell's Kitchen*, e allora mi si è accesa una lampadina: un colloquio di qualche settimana che includa una dimostrazione pratica. "Umm", ho pensato, "perché non fare qualcosa del genere con Lina e l'altro candidato?"». Guarda Lina. «Non dirò il suo nome per motivi di privacy. Comunque, mi sono entusiasmata, ho inviato un'e-mail all'agenzia, ed eccoci qui. Vorrei sottoporre i due wedding planner a questo processo e scegliere in base alle mie impressioni generali, alle vostre referenze (a proposito, inviatemele), e alla vostra capacità di convincermi della vostra *vision*. Credo che la cosa più sensata sia dividere il gruppo in due squadre e pianificare le presentazioni verso la metà di maggio. Che ne pensate?».

Andrew deglutisce in maniera percepibile, attirando su di sé gli sguardi di tutti.

«Scusate», dice, «ho la gola un po' secca. Per me va bene».

«Idem», fa Lina in modo conciso.

«Anche per me», aggiungo io.

«E lascio a voi tre la decisione di come dividervi per formare le squadre». Abbassa lo sguardo sul telefono. «Magari potete chiacchierare un po' mentre faccio una telefonata veloce?». Rivolta a me e a Andrew, continua: «Ma non andate via quando avete finito qui, okay? Devo parlarvi del ristorante e dei servizi della nostra spa. Oh, e dell'analisi del sito web».

Noi annuiamo, e Rebecca esce a passo di marcia dalla stanza.

Gli ingranaggi del mio cervello stanno girando così in fretta che rischiano di saltare via. La situazione non potrebbe essere più perfetta. Il mio obiettivo è convincere Rebecca che sono la persona migliore per gestire il portafoglio clienti dell'azienda, e lei ha escogitato un processo di assunzione che mette me e Andrew su fronti opposti. In simili circostanze, come potrei *non* brillare?

Lina si rilassa sulla sedia, con un'espressione indecifrabile. «Mettiamo in chiaro alcune cose prima di definire i dettagli. Primo, si tratta di uno sviluppo spiacevole, ma ho intenzione di trarre il meglio dalla situazione. In secondo luogo, se potessi scegliere non lavorerei con nessuno di voi due, però non ho scelta, quindi Max, noi», con le dita disegna nell'aria le virgolette, «"lavoreremo insieme" per tutta la durata di questo progetto. Terzo: non ho intenzione di seguire i tuoi consigli, Max, quindi non disturbarti a offrirmeli. Rebecca non ha bisogno di conoscere l'entità della nostra collaborazione, e io sono più che disposta ad assumermi la piena responsabilità del progetto. La cosa migliore che puoi fare è tenerti fuori dai piedi e lasciare che sia io a fare il lavoro pesante. Ci siamo capiti?».

"Be', accidenti". Come potrei non brillare in simili circostanze? La voce pessimista nella mia testa fa una rara apparizione e sussurra: "Ecco come".

Andrew si schiarisce la gola e si china in avanti. «Aspettate. La situazione ci sta sfuggendo di mano. Forse dovremmo fare un passo indietro e considerare la possibilità di confessare tutto a Rebecca. Possiamo spiegarle che…».

Lina e io scuotiamo la testa e lui chiude la bocca.

«Come pensi di fare una cosa del genere, Andrew?», domanda Lina. «Dicendole che siamo andati nel pallone e abbiamo deciso di fingere di non conoscerci?»

«Ma è la verità, no?», chiede.

«La verità ci fa sembrare tre pazzi», gli faccio notare.

«Noi *siamo* tre pazzi», ribatte Lina. «Senti, non so cosa mi sia venuto in mente in quel momento. Mi sono fatta prendere dal panico. E non ne sono orgogliosa. Ma confessare a Rebecca che in realtà ci conoscevamo già scoperchierà un vaso di Pandora che non metterà in buona luce nessuno di noi. E io voglio davvero, davvero avere una chance per questo lavoro, okay?».

Colgo il leggero tremore della sua voce, e una parte di me guarda la sua causa con occhio più favorevole: nonostante l'assurdità della situazione, sta cercando di mantenere il controllo su di essa, e lo trovo ammirevole.

Lina si picchietta le labbra con due dita, e la sua fronte aggrottata suggerisce che sta decidendo quante informazioni condividere con noi. Poi, dopo un sospiro di rassegnazione, dichiara: «Non mi aspetto che a voi due interessi, ma questa opportunità mi risolverebbe un problema enorme, per non parlare del fatto che una posizione di questo tipo porterebbe la mia carriera a un livello superiore. Se la relazione passata tra me e Andrew influisse in qualche modo sulla decisione di Rebecca di assumermi, sarei la prima a dire che dovremmo confessare. Ma non dovrebbe avere importanza, perlomeno non in un mondo giusto. Perciò, facciamo quello che dobbiamo fare e speriamo che tutti ottengano quello che vogliono. Si tratta di cinque settimane, non di una vita». Fissa mio fratello con una determinazione impenitente che traspare dal suo sguardo inflessibile. «Me lo devi».

È vero, lui glielo deve, e anch'io.

Andrew gonfia le guance mentre si strofina la nuca e riflette sul progetto di Lina. «Lavorerai con Max?», le chiede.

«In apparenza», risponde lei con un'alzata di spalle.

Gli occhi di lui si spostano più volte dall'uno all'altra, finché le sue labbra non si incurvano in un sorriso compiaciuto. «Va bene, allora. Lavorerò con l'altro wedding planner. Coordineremo i nostri orari in modo da non incontrarci quando siamo qui». La osserva arricciando le labbra. «È strano, non trovi? Aiuterò il tuo rivale».

«La cosa non mi preoccupa più di tanto», replica lei, con il volto inespressivo e disinteressato.

Cavolo, questa donna è davvero fuori dal comune. Un minuto fa ha ammesso di essere in preda al panico, e adesso è lei a condurre la conversazione, mentre Andrew e io ci limitiamo ad assistere. Vorrei poter dire che la sua sicurezza è in parte merito mio, ma lei ha già dichiarato che intende ignorare qualsiasi cosa le dica. Come ha fatto questa giornata a sfuggirci di mano così, di botto?

Lina tira fuori il telefono. «Dammi il tuo numero, Max. Ti chiamerò per discutere del minimo indispensabile che ci toccherà fare insieme».

Con il pilota automatico, recito a memoria il mio numero e poi lo ripeto per lei.

«Ti telefonerò presto», dice, e poi esce dalla sala conferenze senza voltarsi indietro, con i fianchi che ruotano per assecondare il ritmo sostenuto dei suoi passi.

Dopo aver scrollato le braccia ed essermi massaggiato un punto dolorante del collo, mi volto verso mio fratello. Muoio dalla voglia di cancellargli dalla faccia quell'espressione soddisfatta, ma non c'è nulla che possa dire per raggiungere questo obiettivo.

«Quindi, a quanto pare saremo in competizione per conto dei nostri wedding planner», esordisce.

«Immagino di sì. Credo si possa dire che parto in svantaggio».

Andrew sbuffa.

Non l'ho mai sentito emettere un suono del genere, e mi fa sussultare. Mi ricorda la prima volta che ho sentito mia madre scoreggiare. «Cosa ci trovi di divertente?»

«Niente». Alza un bicchiere immaginario per simulare un brindisi. «Che vinca il migliore».

«Che vinca il miglior wedding planner, vuoi dire».
«Sì», replica lui con un occhiolino. «Anche».
Qualcuno qui si sta comportando in modo più arrogante rispetto a ieri, ma non c'è problema, perché questo è ciò che sappiamo fare meglio: cercare di superarci a vicenda. Io devo solo uscirne vincente. E, quando farò notare a Lina che collaborare con me la aiuterà a colpire Andrew dove gli farà più male, lei riconsidererà la sua posizione nei miei confronti.
Cavolo, che giornata. Scommetto che la maggior parte dei fratelli in questo momento commenterebbe la situazione in maniera molto diversa, evidenziando la bizzarra coincidenza di aver incontrato l'ex fidanzata in simili circostanze. Ma questo non è e non è mai stato il nostro caso. L'unica volta che Andrew si è aperto con me, ha finito per disertare al proprio matrimonio; probabilmente è meglio per tutti se limitiamo le nostre conversazioni ad argomenti di lavoro.
«Cosa diciamo alla mamma?», chiedo.
Lui fa una smorfia. «Solo quello che deve sapere. Le basi dell'incarico. Visto che abbiamo deciso di trattare Lina come se fosse una wedding planner qualunque, allora non ha senso rivelarle dettagli che le causerebbero uno stress inutile».
Andrew non mi sta prendendo in giro, non vuole ricordare a nostra madre l'*unica* occasione in cui l'ha delusa. Dopo l'annullamento del suo matrimonio, per settimane, nostra madre ha cercato di convincerlo che stava commettendo il più grande errore della sua vita. Nessuna donna con cui è uscito dopo Lina ha incontrato l'approvazione della mamma e, purtroppo, lui è il tipo di uomo che ne ha bisogno.
«Okay, non glielo diremo», ribatto.
Si accascia sulla sedia. «Bene. Allora, qual è il tuo piano per quanto riguarda Lina?».
Agito un dito avanti e indietro davanti alla mia faccia. «*Ah-Ah-Ah*. Non ci saranno scambi di informazioni, né brainstorming, né sessioni strategiche congiunte. Io lavorerò sulla proposta di Lina e tu lavorerai su quella del tuo compagno di squadra con lui o lei. Altrimenti, non sarebbe corretto».

Lo sguardo di Andrew rimbalza in giro per la stanza, mentre considera il cambiamento della nostra solita situazione. «Bene. Buona fortuna, allora».

Ricordando il modo in cui Lina ci ha fatti neri in meno di trenta secondi, credo di poter dire che ne avrò bisogno.

6

Lina

«È un disastro», piagnucola Natalia guardandosi allo specchio. «Sembro la protagonista di una produzione di Disney on Ice. O una partecipante ai campionati mondiali di pattinaggio artistico».

Siamo incastrate in uno dei camerini del negozio di Marcelo, mentre lui sta parlando con una donna in preda a un dubbio sulla scelta del velo. Ieri ho trascorso ogni momento libero, in cui non ero con un cliente o non stavo lavorando su qualche proposta, a ripensare all'inopportuna ricomparsa di Andrew e Max nella mia vita. Perciò, dovermi concentrare sulla crisi di Natalia riguardo al vestito (e, trattandosi di Natalia, ciò richiede l'impiego di ogni mia singola cellula cerebrale) costituisce una gradita distrazione.

In ginocchio ai piedi di mia cugina, Jaslene scuote il fondo dell'abito e poi alza lo sguardo verso di lei. «Non è vero. Sembri una principessa».

Natalia fissa la mia assistente con espressione dubbiosa. «Sì, una principessa Disney. Che indossa i pattini da ghiaccio e volteggia leggiadra. E poi mi dici che è bello solo perché vi pago per aiutarmi a organizzare questo matrimonio».

«No, Brontolorsa», ribatte Jaslene. «Dico che stai bene perché è vero».

«Comunque», continua mia cugina, con una mano su un fianco, «anche se fosse vero, questo vestito mi farà venire gli incubi. Riesco già a immaginarne uno». Abbassa la voce a un sussurro. «Sto camminando lungo la navata, quando Tim Gunn e Christian Siriano sbucano da dietro alcuni vasi di piante e mi dicono che il mio abito ha bisogno di essere modificato».

Ora, riguardo a *questo*, non ha tutti i torti. Perché, *cavoli*, qui c'è un sacco di roba: tulle, pizzo, taffetà e un corpetto smerlato con intricate applicazioni di cristalli. Davvero *tantissimi* cristalli. Sono tentata di cantare a squarciagola *Let it go* di *Frozen*, ma non credo che Natalia apprezzerebbe. «Posso darti un suggerimento?»

«Se è un buon suggerimento, sì», risponde lei.

Ignoro il suo sarcasmo; è un meccanismo di sopravvivenza che uso da sempre quando ho a che fare mia cugina. «Che ne dici di una tuta pantalone? È semplice ma elegante, e saresti anche comoda. E se vuoi un elemento mozzafiato, puoi scegliere un modello con lo strascico». Mi chino in avanti per fare un'ultima considerazione: «E, soprattutto, potresti aggiungerci le t-a-s-c-h-e».

«Cavolo, non farmi lo spelling così presto la mattina, Lina. Non ce la faccio».

Io la guardo stringendo le labbra. Sono le undici. «Tasche, Brontolorsa. Tasche».

«Ooh, ooh», interviene Jaslene agitando una mano. «A me servono su un vestito. Le Tasche».

Natalia alza gli occhi al cielo e si gira verso lo specchio. Emettendo un sospiro sofferente, inclina la testa di lato e studia la propria immagine riflessa. «Marcelo ci resterà malissimo, e non vorrei ferire i suoi sentimenti. Me lo sta offrendo gratis. Basterebbe qualche piccola modifica qua e là e saremmo a posto».

Mi alzo e le appoggio il mento su una spalla. «Questo è il matrimonio tuo e di Paolo, non di Marcelo. Ti piace?»

«No», ammette, ricambiando il mio sguardo attraverso lo specchio. «In realtà non mi piace per niente».

«Ed è così che vuoi ricordare il giorno del tuo matrimonio?», le chiedo.

Lei scuote la testa. «No, hai ragione. E una tuta sarebbe fighissima, assolutamente in linea con la mia personalità. Inoltre, questa potrebbe essere l'unica volta in cui una tuta sarebbe più facile da gestire rispetto a un abito da sposa, durante una pausa pipì». Spalanca gli occhi, e io ci vedo un primo barlume di eccitazione. «Riuscirei a ballare al ricevimento senza problemi. E potrei prendere ispirazione dai costumi della *Rainha da Bateria* del *Carnaval*».

«Non lasciamoci trasportare», le dico. «Non puoi mostrare il sedere al matrimonio».

Grazie al parrucchiere dominicano che glieli stira ogni settimana, i capelli di Jaslene, lunghi fino alle spalle, oscillano nell'aria mentre lei applaude eccitata. «Dei gambali viola che lasciano scoperte le chiappe e un copricapo enorme sarebbero *perfetti*. Potresti rappresentare lo stile di Prince *e anche* del *Carnaval*».

«Sì», dice Natalia, agitando i pugni in aria. Mi guarda. «Vedi? Jaslene ha capito. Così potrei rendere omaggio alla mia doppia cittadinanza».

«No», rispondo. «Sono abbastanza sicura che violerebbe le norme del decoro della location delle nozze».

Natalia sghignazza. «Non importa. Il mio sedere otterrebbe un ottimo voto da qualsiasi ispettore bacchettone».

Signore. Se c'è una sposa che ha bisogno di essere tenuta a freno, è lei. Abbandonata a se stessa, assumerebbe un'intera scuola di samba per farsi accompagnare all'altare: batteristi, ballerini, carri e tutto il resto. Ora che ci penso, non escludo che potrebbe sorprenderci tutti organizzando qualcosa del genere. Devo tenerla sotto controllo. «Dai un'occhiata su internet nei prossimi giorni e vedi se qualcosa cattura la tua attenzione. Posso fare delle ricerche in altri negozi di abiti da sposa della città. C'è un motivo se mancano cinque settimane al matrimonio e non hai ancora scelto un vestito. È ora di pensare fuori dagli schemi».

Annuisce con aria assorta. «Okay, mi hai convinta. Sarà la prima cosa che farò quando arriverò a casa, stasera». Mentre io e Jaslene raccogliamo gli accessori che Natalia ha provato, lei si occupa del delicato compito di togliersi il vestito.

«Hai bisogno di aiuto lì dentro?», le domando.

«Credo di avercela fatta», risponde lei attraverso la porta a persiana a doppia anta. «La cerniera cucita sotto la fila di bottoni è geniale. Pugnalerei qualcuno con un tacco a spillo se dovessi lottare con questi bottoncini la mattina della cerimonia».

Jaslene e io scuotiamo la testa, sapendo che mia cugina sta esagerando, solo un po'.

«Natalia, non puoi usare il tuo matrimonio come scusa per ogni cosa», ribatto. «Lo sanno tutti che pugnaleresti qualcuno con un tacco a spillo solo per il fatto che esiste».

«Proprio così», replica lei dal camerino. «Ecco perché ho sempre odiato il termine *bridezilla*. Per prima cosa, è sessista: donne sottoposte a pressioni immense che osano dichiarare ad alta voce ciò che vogliono? Bene, sono dei mostri. Ma anche perché cancella una parte della mia identità. I miei veri amici sanno che io sono sempre così».

Anche se Natalia non può vederla, Jaslene nasconde la bocca e mi sussurra: «È vero».

«Allora, tua madre ha detto a mia madre che stai facendo un colloquio per una posizione importante», continua Natalia. «Di che cosa si tratta? E perché non me l'hai detto?».

A dire il vero, non gliel'ho detto perché so che andrebbe fuori di testa e non voglio che cerchi di dissuadermi. Perlomeno, non prima che sia troppo tardi per essere dissuasa. Non sono sicura di come reagirebbe se mai dovesse rivedere Andrew o Max, ma sospetto che a un certo punto qualcuno chiamerebbe la polizia.

«Sei ancora lì?», chiede.

«Sì, sono qui. Allora, la posizione potrebbe essere un'opportunità stellare: sarei la coordinatrice dei servizi matrimoniali per il gruppo alberghiero Cartwright».

«Accidenti, Lina», esclama lei, aprendo la porta e facendo capolino. «È fantastico. Congratulazioni».

«Non ho ancora il lavoro», dico impilando alcune scatole di scarpe su un tavolino. «Il processo di selezione è complicato».

Infila un braccio attraverso la manica del top e tace un istante. «Ma quanto può essere difficile?».

Commetto l'errore di lasciare la sua domanda senza risposta per qualche secondo di troppo.

Lei guarda il viso di Jaslene, poi mi scruta dalla testa ai piedi. «Cosa non mi stai dicendo, *prima*? C'è una fregatura, vero?».

Quando si ritira nel camerino, espiro e ringrazio silenziosamente il Signore per la pausa; sarà più facile rivelarle tutto se non se ne starà lì a fissarmi. La spiegazione mi viene fuori di getto, con i nomi di Andrew e Max lasciati cadere nella narrazione come bricioline di pane che spero lei non coglierà. E, una volta terminata, il silenzio che segue mi sorprende. Guardo Jaslene, che scuote una mano come per dirmi che sono nei guai.

Prima che io possa sollecitare una reazione da parte di Natalia, lei esce dal camerino come un pistolero del vecchio West che segnalala propria presenza entrando nel saloon locale. «Dimmi che renderai la loro vita un inferno».

Se misurassimo il modo in cui le persone manifestano le loro emozioni usando una scala da uno a dieci, la maggior parte dei giorni io sarei un tre, quattro, al massimo. Jaslene sarebbe un bel sette stabile con un potenziale livello dieci quando è alticcia, uno stato di alterazione che è uno spettacolo per gli occhi, se si è abbastanza fortunati da beccarla in quelle condizioni. Natalia è un dieci, sette giorni su sette, ventiquattro ore su ventiquattro. E il modo più semplice per stemperare le sue esplosioni è quello di parlarle in tono pacato, come per tranquillizzare un cavallo imbizzarrito. Chiamatemi pure "la donna che sussurra a Natalia". «In realtà, non ho intenzione di vendicarmi, no. Ho detto a Andrew che deve tenersi alla larga da me e, anche se Max e io dovremmo lavorare insieme, intendo gestire il campo da sola. Voglio dire, non è quello che faccio già per la mia attività?».

Mi cugina allunga una mano dietro di sé per prendere il vestito, che ora è al sicuro nella sua borsa porta-abiti, e me lo porge. «L'universo ti sta dando la possibilità di rimediare a qualche torto. Perché diavolo non dovresti coglierla?».

Perché sono al di sopra di simili meschinità, ecco perché. O, più precisamente, perché non sono esperta nell'arte della meschinità e non sarei mai in grado di rendere a questa disciplina la giustizia che merita. Inoltre, insistere su una vecchia storia suggerisce che essa abbia ancora potere su di me, ma non è così. Andrew e Max non mi piacciono, e non voglio lavorare con loro, però questo non mi autorizza a torturarli. «Signore, non crediate che non abbia immaginato il modo di attirare Andrew nella mia personale Stanza Rossa della Sofferenza, ma in fin dei conti sono una professionista che deve affrontare una minaccia per la propria attività. O ottengo questo lavoro, o trovo una sede alternativa. E ho solo cinque settimane. Questa *deve* essere la mia priorità. Tutto il resto è una distrazione di cui non ho bisogno».

«Parlando da persona che può trarre beneficio dall'atteggiamento maturo con cui affronti la situazione», interviene Jaslene, «io *dovrei* appoggiare questo piano, ma ora mi chiedo se tu non abbia bisogno di una conclusione definitiva».

Mi ritraggo e inclino la testa. «Una conclusione? Con Andrew?».

Lei scuote il capo. «No, quella l'hai già avuta. Hai bisogno di chiudere con Max».

«E io credo che quelle scarpe firmate comprate in saldo che ti ostini a indossare anche se sono di un numero troppo piccolo stiano interrompendo l'afflusso di ossigeno al tuo cervello».

Lei increspa le labbra in modo malizioso. «Simpatica. Comunque, quello che voglio dire è che Max non è solo una persona con cui devi collaborare. Avete dei *trascorsi*. Sentimenti irrisolti. Una conclusione ti aiuterà ad affrontarli. Sospetto che ne avrai bisogno se vuoi lavorare con lui con successo».

Su questo punto, Jaslene si sbaglia talmente tanto da risultare imbarazzante. Come potrei trarre beneficio dal fatto di parlare con lui di una giornata che preferirei dimenticare? «Mi conosci almeno un po', Jaslene? Non mi interessa rievocare quello che ha fatto Max e gli effetti che ha avuto su di me».

Lei mi afferra una mano e la scrolla. «Stupida oca, quando ho parlato di conclusione non intendevo necessariamente che voi due doveste fare una grande chiacchierata catartica su quello che è successo». Mi fa una pernacchia. «Mi sconvolge ammetterlo, ma credo che Natalia abbia ragione. Magari è vero che l'universo ti sta dando la possibilità di rimediare a qualche torto». Quando mi limito a fissarla in silenzio, aggiunge: «Senti, ci sono diversi modi per chiudere, e uno di questi potrebbe essere rendere qualcuno infelice per soddisfare la tua anima meschina». Alza le spalle. «È solo un'idea».

«Compresa e respinta», brontolo. «Ho un lavoro da portare a termine e un'attività da gestire. Perdermi in giochetti è un lusso che non posso permettermi».

Natalia alza gli occhi al cielo e muove il collo come se stesse facendo la sua migliore imitazione di una bambolina con la testa attaccata a una molla. «Mi deludi, Lina. Soprattutto visto quello che fai per vivere. Non hai mai sentito parlare di multitasking? Puoi fare colpo su questa Rebecca *e* far soffrire i fratelli *Karacazzoff*».

Scuoto il capo. «Dostoevskij, Natalia? Davvero?».

Lei finge di spolverarsi le spalle con le mani. «Cosa posso dire? Le mie capacità di trascinatrice sono molteplici». Ha uno sguardo gentile quando mi prende le mani. «Ascolta, se hai bisogno di rimanere nella tua zona di comfort, va bene. Il tuo modo di reagire a una situazione è valido quanto il mio».

«Solo che non è altrettanto divertente, vero?», domando con un sorriso.

Mi fa l'occhiolino. «L'hai detto tu, non io». Con un dito sulla bocca, ci fa cenno di allontanarci dal camerino in silenzio. «Non voglio ancora dire a Marcelo del vestito. Non davanti ad altre persone. Stasera viene da mia madre, quindi glielo dirò allora. Per favore, copritemi».

Io e Jaslene uniamo le braccia per creare un muro umano per mia cugina, poi tutte e tre attraversiamo il negozio in punta di piedi e usciamo di nascosto dalla porta. Ci attardiamo fuori, a pochi metri dall'ingresso del negozio, fuori dalla visuale di Marcelo.

Mentre Natalia e Jaslene chiacchierano delle tempistiche del matrimonio, io fisso il vuoto, esortandomi mentalmente a raccontare a Natalia tutta la storia. Prima che possa cambiare idea, mi giro verso di lei. «C'è un'altra cosa che non ti ho detto».

Alza un sopracciglio. «C'è *dell'altro*?»

«Già. Quando ho visto Andrew e Max nella sala conferenze del Cartwright, sono andata nel panico e ho fatto finta di non conoscerli. Rebecca non ha idea che Andrew ha rotto il nostro fidanzamento, e ormai non si può tornare indietro, non se voglio avere una chance di ottenere il lavoro».

«Non dirmelo», fa mia cugina, gesticolando. «È pazzesco. Tu, la signora "Pianifico ogni centimetro della mia vita", hai orchestrato una messinscena di proporzioni epiche e ora sarai costretta a portarla avanti fino alla sua imprevedibile fine?». Finge di guardarsi intorno con fare plateale. «Dove sono i popcorn e le caramelle? Già mi immagino questa storia sul grande schermo».

«È quello che ho detto anch'io», interviene Jaslene. «Be', la parte sui popcorn. Porterei persino le chiappe in un cinema per vederla. E sapete entrambe che non mi metto il reggiseno e dei vestiti veri per un film qualsiasi».

«Sentite, non sono orgogliosa di quello che ho fatto», dico, interrompendo i loro commenti, «ma sì, ho intenzione di andare fino in fondo. Forse, dopo che Rebecca avrà preso la sua decisione, troverò il modo di dirglielo. Per allora, spero che ritenga più importante avermi come sua coordinatrice dei servizi matrimoniali, piuttosto che preoccuparsi delle mie relazioni passate».

Natalia si tormenta il labbro inferiore mentre mi osserva con attenzione. «La speranza può essere l'ultima a morire, *prima*, ma l'inganno ti si rivolterà contro e ti morderà le chiappe. Sei sicura di sapere cosa stai facendo?»

«Cavolo, no», rispondo. «Non ho assolutamente idea di quello che sto facendo, ma non lascerò che questo mi fermi. Andrew ha tutte le ragioni per continuare con questa messinscena, e suo fratello lo segue e basta. So esattamente come gestire una persona come Max».

Jaslene si schiarisce la gola e mi guarda con due spaventosi occhi a palla. «Ancora l'allergia?», le domando. «Cavolo, la mia macchina era ricoperta di polline, stamattina».

«Non proprio», replica lei, tossicchiando nella mano.

«Comunque, se gioco bene le mie carte», continuo, «Max non figurerà affatto nel processo. È così sprovveduto che firmerò il contratto di assunzione prima che si renda conto di non contare nulla».

Natalia alza la testa e sospira.

«Cosa?».

Guarda un punto al di sopra della mia spalla e i suoi occhi si restringono in uno sguardo di morte.

La colazione mi fa le capriole nello stomaco, e un formicolio mi percorre la spina dorsale. «È dietro di me, vero?»

«Già», risponde Max, con una punta di umorismo nella voce.

Perfetto. Forse la mia vita dovrebbe *davvero* diventare un film.

7

Max

Ogni avversario, per quanto valido o abile, ha un punto debole. Ho già intuito quello di Lina: vuole controllare tutto. Quando non ci riesce, il suo cervello annaspa, sbilanciandola e provocandole uno stato di agitazione e turbamento tale da indurla a fare cose assurde, come fingere di non conoscere il proprio ex fidanzato e suo fratello durante un'improvvisa riunione di lavoro. Presentandomi qui senza preavviso, sto approfittando di questa vulnerabilità. È una mossa deplorevole, lo so, tuttavia è necessaria.

Lei si gira per fronteggiarmi, con il viso contorto in una smorfia impacciata, e una lieve oscillazione interrompe la fluidità del movimento. *Eh eh*, il mio piano sta funzionando.

Le rivolgo il mio miglior sorriso super affascinante. «Lina, è bello rivederti».

Risponde con un ghigno con cui mi augura una morte atroce. «Vorrei poter dire altrettanto, ma se lo facessi mentirei. Cosa ci fa qui, signor Hartley?».

Se pensa di farmi irritare con qualche frecciatina, si sbaglia di grosso; io sono un tipo tranquillo, ci vorrebbe una stronzata monumentale per farmi arrabbiare, e la sua strafottenza non si avvicina nemmeno per sbaglio a quel livello. «Questo è un marciapiede pubblico, signorina Santos. Ci crede se le dico che mi trovavo a passare di qui proprio mentre lei parlava male di me alle mie spalle?».

Una ragazza si frappone tra di noi e mi guarda con gli occhi iniettati di veleno. «Non rispondere alla sua domanda con una domanda, verme». Si toglie un orecchino, poi l'altro, estrae un elastico e si tira indietro i lunghi capelli ricci color miele raccogliendoli in una coda di cavallo. Si sta preparando per qualcosa e, visto il modo in cui si scrocchia le nocche, non credo si tratti di un ricevimento per il tè.

«Cosa vuoi?», mi chiede, furiosa.

Mi ricordo vagamente di lei. Se la memoria non mi inganna, mi è passata davanti nel corridoio dopo che Lina mi aveva cacciato dalla suite nuziale il giorno del suo matrimonio. A quanto pare, sono anche sulla lista nera di questa ragazza. Alzo le mani. «Ehi, ehi, ehi. Perché tutta questa ostilità? Non dimenticare che ambasciator non porta pena».

«Ambasciatore?», ribatte con sarcasmo. «Questa è bella. La persona che ha convinto il fidanzato di mia cugina ad annullare il matrimonio è un complice, non un ambasciatore».

Il mio sguardo si sposta sul viso di Lina: le trema la bocca, ma non faccio nemmeno in tempo a sbattere le palpebre, che lei ha già cancellato qualsiasi espressione dal proprio volto. È questo che prova? O per lei io sono solo uno stronzo per associazione? Vorrei che mi permettesse di dare una sbirciatina nel suo cervello: è lì che avviene tutta l'azione, e deve essere un posto affascinante.

«Senti...», indico la ragazza. «Com'è che ti chiami?»

«Natalia», risponde a denti stretti. Punta un pollice in direzione dell'altra donna. «E questa è Jaslene».

Quest'ultima mi rivolge un cenno del capo con aria seria. «Ciao, Max».

Ah. Jaslene non sembra odiarmi. Scioccante. Forse è una potenziale alleata.

Mi rivolgo di nuovo alla tizia ostile. «Senti, Natalia, da quello che ho sentito deduco che sei al corrente di tutto. Quindi, saprai anche che Lina e io non possiamo evitare di lavorare insieme. Sto cercando di trarre il meglio da una situazione di disagio. Perciò, ti dispiace se parlo un attimo con tua cugina?».

Lei incrocia le braccia sul petto e si sposta verso sinistra. «Accomodati pure».

«Da soli, per favore?».

Natalia e Jaslene fanno qualche passo indietro, ma restano a poca distanza.

«Oggi sono passato per invitarti a pranzo», dico a Lina. «Penso che dovremmo parlare. Magari chiarirci e trovare un modo per procedere. Che ne dici?».

Inclinando la testa, lei spalanca gli occhi e sbatte le palpebre come un gufo sotto l'effetto di anfetamine. «Chiarirci? Perché dovremmo fare una cosa del genere? Siamo estranei, ricordi?».

"Oh, dunque stiamo giocando a questo gioco? Divertente". «Be', siamo estranei finché io collaboro, ricordi? Mi basterebbe fare una telefonata a Rebecca».

Lina raddrizza la schiena e mi fulmina con lo sguardo. «Non lo faresti *mai*».

Maledizione. Mi ha fregato. Scuoto la testa. «No, non lo farei. Ma lo sai che, nei film, quando un gruppo di ragazzini compie una cattiva azione, tra di loro ce n'è sempre uno che crolla sotto pressione e confessa tutto? Ecco, quello è Andrew. Se tu e io non coordiniamo la nostra strategia, lui si spaventerà e canterà come un canarino».

Lei fa un piccolo respiro e mi studia con il volto pensieroso. «Possiamo chiarirci qui e ora».

«Oppure possiamo farlo davanti a un bel pranzo. Come due adulti».

Si china in avanti e si appoggia le mani sulle cosce, come se si stesse rivolgendo a un bambino piccolo. «Sei sicuro che non ti metterebbe addosso troppa ansia da prestazione?».

Gesù. Quando Lina avrà finito con me, non sarò solo un'ombra di me stesso; no, sarò una versione mutata che indossa maglioni di cashmere con scollo a V, si rilassa sulle sedie Adirondack e sghignazza quando qualcuno racconta una barzelletta.

«Ben detto», commenta Jaslene.

"Alla faccia dell'alleata".

Perché mi sto sottoponendo a una simile tortura? Non erano queste le mie intenzioni. Okay, forse una piccola parte di me, quella sprezzante, si sta divertendo, ma non è questo il punto. Se non riprendo in mano la situazione, Andrew riuscirà a guidare il suo wedding planner verso la vittoria, e non posso permettere che ciò accada. Inoltre, sono stufo di essere punito per la cattiva condotta di qualcun altro. Soprattutto per quella di Andrew. Imbronciato, aggrotto le sopracciglia e mi fingo confuso. «Credo di essermi perso il momento in cui ti ho lasciata all'altare». Poi mi appoggio una mano su un fianco e con l'altra mi picchietto il mento. «Oh, aspetta un attimo. Era mio *fratello*. Scusa. A volte ci confondo. Capita anche a te, a quanto pare».

Lina socchiude gli occhi. Natalia ringhia. Jaslene sussulta.

Oh, cazzo. Le mie parole sono risultate molto più aggressive di quanto volessi. Ho esagerato, e adesso sono come un naufrago bloccato su un'isola, e queste donne sono la mia unica possibilità di salvezza. Prima che possa scusarmi, Jaslene allontana Lina. Si fronteggiano, e Jaslene le appoggia le mani sulle spalle, come se la stesse aiutando a superare una crisi personale. «Meschino è chi il meschino fa», le dice con voce incalzante. «Puoi farcela».

Lina sposta lo sguardo su Natalia, e quest'ultima annuisce come se fosse il Padrino che in silenzio impartisce l'ordine di uccidere qualcuno. Che strano trio.

Lina inspira, con il petto che si solleva alto e fiero, poi espira lentamente. «Okay, Max. Dove vorresti andare?».

Tutto qui? Non ha intenzione di scuoiarmi vivo per quella mia battuta sconsiderata? Ho l'impressione che la Regina mi abbia concesso una tregua. Ebbene, io non mi lascio sfuggire l'occasione. Ho ancora cinque settimane di tempo per appianare qualsiasi malumore. «A te la scelta. Ovunque tu voglia».

«Che ne dici del Grill from Ipanema?»

«A Adams Morgan? È proprio vicino a casa mia. Perfetto».

Lei annuisce. «Okay, ci vediamo lì tra trenta minuti».

Indico la mia auto parcheggiata in divieto di sosta. Probabilmente prenderò una multa, se non me ne vado nel giro di due secondi. «Posso darti un passaggio, se vuoi».

«No», risponde lei. «Prima devo fare una commissione. Ci vediamo lì». Si volta in direzione delle sue guardie del corpo, mentre Jaslene trascina via Natalia tirandola per una manica della camicia.

Faccio qualche passo e poi mi blocco quando sento Lina chiamare il mio nome. «Sì?»

«Non vedo l'ora», mi dice. «E apprezzo molto il gesto». Poi si sistema una ciocca di capelli dietro un orecchio e mi rivolge un sorriso timido.

Lina è già luminosa di suo, ma quel sorriso le trasforma il volto, come se improvvisamente risplendesse dall'interno. Non è soltanto splendido, è da mozzare il fiato. Inspiro profondamente, perché voglio riprendermi la mia cazzo di aria. «Ah, sì, mi fa piacere che pranzeremo insieme. A tra poco».

Lei annuisce e si volta.

Mi ritrovo in uno stato di stordimento che ho creato io stesso, cautamente ottimista riguardo ai rapidi progressi che abbiamo fatto. Mi fa capire che ho considerato tutto questo nel modo sbagliato: interagire con Lina non è una battaglia, è più simile alla preparazione di un ottimo cocktail, una scienza che perfezionerò con il tempo. Prendi una persona che pensa di avere il controllo (Lina), aggiungici qualcuno che vuole sbilanciarla (io) e mescola vigorosamente. È effervescenza racchiusa in un bicchiere, un'esplorazione di sapori sulla lingua che porta a piccoli passi avanti come quello che abbiamo appena compiuto. Con qualche altro ritocco, insieme saremo così bravi che qualcuno vorrà imbottigliare la nostra chimica.

Chimica platonica, si intende. Insomma, nient'altro che la chimica tra due persone che interagiscono a livello professionale e lavorano per un obiettivo comune.

Maledizione. Non riesco a non pensarci. Ora sono io a essere così agitato da fare cose assurde, come chiedermi cosa sarebbe successo se avessi incontrato Lina prima di mio fratello.

Lina e io abbiamo appena ordinato: un antipasto, una portata principale e un dessert per lei (dice che preferisce scegliere prima il dolce e poi procedere a ritroso), e una portata principale per me.

Fin qui, tutto bene.

Le lancio un'occhiata furtiva mentre sorseggia il suo drink, un composto torbido con lime e menta. Da quando ci siamo seduti, è serena in maniera inquietante, e io sto ricalibrando il modo in cui interagire con lei, ora che non mi lancia più pugnali con gli occhi. «Permettimi di iniziare congratulandomi con te per questa fantastica opportunità. Devi aver davvero sbalordito Rebecca. Si sta impegnando molto in questo processo di ricerca».

Lina appoggia un gomito sul tavolo e infilza il ghiaccio nel suo bicchiere con una bacchetta da cocktail. «Stavo riflettendo proprio su questo. Mi chiedevo se il suo non sia un comportamento atipico da parte di una cliente che sta cercando di rivoluzionare il proprio brand».

Ecco, *questo* è un passo nella direzione giusta. Lina si sta comportando con me come se fossi un collega qualsiasi. Come se volesse concederci la possibilità di ripartire da zero. E io intendo approfittare di questo suo atteggiamento più rilassato. «Non avevo considerato una possibilità del genere. Ma non mi sorprende. Rebecca mi sembra il tipo di persona che è perfettamente felice di seguire il proprio approccio. La buona notizia è che la sua richiesta in termini di presentazione è proprio nelle mie corde, quindi posso aiutarla, soprattutto quando si tratta di usare i social media a tuo vantaggio».

Lina annuisce pensierosa. «Be', supponiamo che io sia interessata ad affidarmi alla tua competenza settoriale. Come proporresti di preparare la presentazione?»

«Semplice. Per il momento toglierei Rebecca dall'equazione e agirei come se la cliente fossi tu. Di solito faccio ricerche sul lavoro del cliente e sulla reazione che suscita nella gente. Nel tuo caso, quindi, mi farei un'idea di cosa significhi organizzare matrimoni». C'è una frazione di secondo di disagio quando pronuncio queste parole (da parte mia, non sua) soprattutto perché mi ricordano che lei ha organizzato il proprio matrimonio, ma non ha mai vissuto il gran finale. Inoltre, sono proprio io l'imbecille che lo ha menzionato allegramente poco fa. Mi scrollo di dosso questo pensiero e proseguo. «Quindi, in sostanza, sto cercando di capire quale sia il tuo contributo e come si inserisce nel panorama generale del resto del mercato. Poi controllerei le tue referenze. Mi informerei su ciò che la gente pensa di te. Poi dovremmo parlare di come vuoi posizionarti nel settore, e fare un po' di brainstorming per capire l'aspetto che vogliamo dare alla nostra proposta. Infine, metteremmo tutto insieme per comporre la tua presentazione».

«Quindi tu...».

Arriva il nostro cameriere con l'antipasto di Lina. «*Bolinhos de bacalhau*?»

«*Sim*», risponde lei sfregandosi le mani, trepidante. «*Obrigada*».

Lui appoggia il piatto al centro, e Lina lo avvicina al suo lato del tavolo.

«Sei sicuro di non volerlo assaggiare?», mi chiede.

Io declino l'offerta. «Non sono mai stato un fan del baccalà, quindi non voglio che costituisca il mio primo approccio al cibo brasiliano».

«Capisco». Prende una delle frittelle a forma di uovo e la morde. Chiudendo gli occhi, geme. «Oh, che buono. *Troppo buono*. E non è per niente unto». Ne mette in bocca un'altra emettendo un altro verso di piacere.

Non oso guardarla. Non mentre sta spingendo il suo antipasto oltre la prima base. Accidenti, è... sconcio. Ma non riesco a resistere e, la sbircio con un occhio solo. *Merda*. Guardarla peggiora le cose. Afferro il mio bicchiere d'acqua e lo tracanno, poi mi schiaffeggio mentalmente. "Qual è il tuo problema, Max? Lasciala mangiare in pace". Forse dovrei concederle un po' di privacy, o fare una battuta per spezzare questa imbarazzante tensione unilaterale. «Se vuoi che ti lasci da sola con le tue palle di merluzzo, fammelo sapere».

Lei trasale, e i suoi occhi si aprono di scatto. Credo che si fosse dimenticata della mia presenza, e ce la metto tutta per non ridere della sua espressione sconvolta.

Indico il suo piatto quasi vuoto. «Soddisfacente, immagino?»

«Non hai idea». Si tampona gli angoli della bocca con un tovagliolo. «Tornando alla presentazione. Hai detto che ti piacerebbe costruirti un'idea di quello che faccio quotidianamente. Quindi, cosa vuoi fare, seguirmi?».

Sono grato che lei ci tenga sul pezzo: per un attimo avevo dimenticato il motivo per cui siamo qui. «Sì, proprio così. Voglio vederti nel tuo ambiente abituale. Ma voglio anche registrarti, se sei d'accordo. E alcune delle riprese potrebbero finire in un video. O potrebbero aiutarci nelle scelte stilistiche».

«Mi dirai quando stai registrando?»

«Certo».

«E poi, dal momento che in questo scenario sono io la cliente, ti atterrai ai miei desideri, giusto?».

Sì, è così, ma soltanto in parte: questa non è esattamente una situazione in cui lei può dettare legge. Non può esserlo, visto che ho un'altra cliente, quella vera, da soddisfare. «Ti ascolterò, certo. Tieni presente, però, che io lavoro per Rebecca e che devo tenere conto dei suoi interessi e di quelli del gruppo alberghiero Cartwright».

Annuisce. «È comprensibile. Grazie per essere stato chiaro al riguardo».

Se non mi sbaglio, stiamo facendo un altro passo avanti. Lei sembra ricettiva a lavorare con me, e questo conferma ciò che speravo: questo pranzo è proprio ciò di cui avevamo bisogno.

Due camerieri arrivano con le nostre ordinazioni e le posano in tavola con un gesto plateale che mi fa sentire vestito in maniera non abbastanza elegante. Su suggerimento di Lina, ho scelto la *moqueca de peixe*, uno stufato di pesce brasiliano. Lina ha preso… tutti gli altri piatti sul menu del ristorante, a quanto pare. I camerieri si dividono il compito di appoggiare le portate davanti a lei. Pollo. Riso bianco. Fagioli neri. Un contorno che sembra polenta di mais. Una scodella di pomodori e cipolle che nuotano in una specie di vinaigrette. E un piatto di verdure.

Mi chino e sollevo la tovaglia, scrutando il pavimento.

«Che succede?», mi chiede. «Ti è caduto qualcosa?»

«No, sto cercando le altre persone che ti aiuteranno a mangiare tutta quella roba».

Le sue labbra si contraggono.

"Aha. Lina si sta scongelando davanti ai miei occhi".

Lei solleva la forchetta davanti alla bocca come se avessi bisogno di istruzioni su come usare gli utensili di base. «Mangia, Max. È la cosa più saggia che tu possa fare in questo momento».

Le rivolgo un sorriso timido. «Okay, okay. Posso fare una domanda prima?».

Posa la forchetta. «Certo».

«Cos'è quella roba che sembra polenta?».

Il suo viso si illumina, e lei mi regala un sorriso radioso. «Questa è *farofa*. È farina di manioca tostata, un alimento fondamentale di ogni pasto brasiliano. Un po' di olio, cipolla e aglio aggiungono sapore. La versione di mia madre ci benedice con l'aggiunta di pancetta».

Le piace condividere questa parte di sé, e vorrei che non smettesse mai di parlare. Cerco altre domande per tenerla impegnata. «E quello è cavolo nero?»

«Alla brasiliana, sì. Noi lo chiamiamo *couve à mineira*. Invece di farlo cuocere a fuoco lento, lo tagliamo a striscioline sottili e lo saltiamo in padella con aglio e olio d'oliva. Vuoi assaggiare?».

Mi avvicino, attirato dagli odori appetitosi che provengono da sopra il tavolo. Lei solleva una forchettata di verdura e la posa nel mio piatto, su un lato. La mangio tutta in pochi secondi. «Oh, accidenti, è delizioso. Anche la consistenza è interessante».

Mi sorride, ma poi la sua espressione si incupisce, come se

si fosse appena ricordata chi sono e perché non dovrebbe essere amichevole con me. Con un sospiro, scava nel suo piatto con la forchetta. Pochi secondi dopo, si raddrizza sulla sedia e schiocca le dita. «Oh, cavolo. Ho dimenticato di dirti di provare ad aggiungere del peperoncino al tuo pesce». Arriccia il naso. «In realtà, non importa. Probabilmente sarebbe troppo piccante per te».

La mia testa scatta all'indietro. "Come, scusa? Troppo piccante?". Quell'insinuazione mi fa ridere. «Sono un grande fan della salsa di cayenna. La uso sempre. E, dato che voglio godermi questo pasto nel modo in cui dovrebbe essere gustato, fatti sotto».

Mi sorride e invita con un cenno il nostro cameriere ad avvicinarsi. «*O senhor poderia trazer o molho de pimenta malagueta?*».

Gli occhi dell'uomo si spalancano. «*Sério? Tem certeza?*».

Lina annuisce. «*Sim*».

Lui le rivolge un sorriso.

«*Certeza* significa "certo", giusto?». Le domando dopo che se n'è andato. «Riesco ad afferrare qualche parola qua e là. Probabilmente mi è di aiuto il fatto che alle superiori ho studiato spagnolo, che è molto simile al portoghese».

«Sì, voleva essere sicuro a proposito del peperoncino».

«Capito». Mi passo il tovagliolo sulla parte inferiore del viso. «A proposito, lo stufato è eccellente. Grazie per l'interessamento».

Gli angoli della sua bocca si sollevano, ma non in un sorriso; sembra che la sua mente sia altrove. Forse è ancora arrabbiata con me per l'osservazione sprezzante che ho fatto fuori dal negozio di abiti da sposa.

Dato che dobbiamo superare questa situazione, trovo il coraggio e prendo il toro per le corna. «Lina, vorrei ribadire che mi dispiace molto aver avuto un ruolo nella tua rottura con Andrew».

Lei solleva il mento e atteggia il volto in un'espressione impassibile; ci riesce con una tale disinvoltura che scommetto l'ha già fatto un milione di volte. «Non hai alcun bisogno di scusarti, Max. L'ho superata».

Non ne sono convinto. Se Lina l'avesse davvero "superata", mi avrebbe salutato come ha fatto poco fa? Avrebbe fatto un passo indietro ogni volta che ne abbiamo fatto uno in avanti? Non credo. Forse non mostra segni evidenti di risentimento, ma comunque il risentimento c'è. «Senti, posso capire perché sei gelida con me. Ma in mia difesa voglio dire che a quel tempo Andrew non era davvero pronto a sposare nessuno. Qualsiasi cosa gli avessi detto lo avrebbe costretto ad affrontare questa realtà. Quindi, in un certo senso, si può dire che ti ho fatto un favore».

Rido, nella speranza che lei si unisca a me. Sarebbe bello se un giorno potessimo guardare a questo episodio con leggerezza, sapendo che lei ha evitato una vita infelice.

«Max, credo che dovresti fermarti finché sei...».

«E poi, se voi due foste stati destinati a stare insieme, alla fine avresti trovato la strada per tornare da lui, no? Inoltre, sono sicuro che non manchino i pretendenti che vorrebbero prendere il suo posto».

Un muscolo della sua mascella si irrigidisce. Lei prende il cocktail e se lo scola. Dopo aver posato il bicchiere, si pulisce la bocca con il dorso della mano. «Giusto. Proprio così».

Il cameriere torna con la salsa al peperoncino, e io la distribuisco sullo stufato.

«Grazie», gli dico. «Non vedevo l'ora di provarla». Senza una parola, l'uomo si allontana lentamente.

«Quella non è una quantità sufficiente per vivere la vera esperienza», interviene Lina. «Assicurati di prenderne una porzione abbondante. Oh, e *devi* assaggiare qualche peperoncino intero».

Seguo il suo consiglio e aggiungo un altro po' di salsa nel piatto, leccandomi le labbra con trepidazione.

Mi osserva sotto il velo delle ciglia mentre mangio una cucchiaiata di stufato di pesce.

«Oh, hai ragione», commento. «La salsa gli dà una marcia in più». La mia lingua sfrigola per il calore, ma non è eccessivo.

Lina mi guarda con aspettativa. «Tutto bene?»

«Benissimo», replico, poi mi infilo in bocca uno dei piccoli peperoncini rossi. Questa volta sento il calore che si fa strada verso la parte posteriore della gola e giù per l'esofago. *Wow*. Picca. «Mi ripeti come si chiama questo tipo di peperoncino?»

«Malagueta», risponde. «È circa due volte più piccante del pepe di cayenna, ma non è neanche lontanamente paragonabile al diavolo piccante».

«Mmm». Mi asciugo la fronte mentre ne metto in bocca un altro e mastico. "Accidenti, fa più caldo qui dentro?". Mi guardo intorno: i clienti ridono e si godono il pranzo, ma nella mia mente appaiono come miraggi nebulosi, come se dovessero sparire, se allungassi una mano per toccarli. Qualcuno mi sta tirando la lingua; ho l'impressione che sia diventata troppo grande per la mia bocca. Mi faccio aria con il tovagliolo di stoffa mentre mi lacrimano gli occhi. "Cosa cavolo ho appena mangiato?". «Scei scicura che queshto non scia un hiaholo hiccante?».

Lina scuote la testa come per schiarirsi le idee. «Che cosa hai detto? Non riesco a capirti».

«Un hiaholo hiccante. Scembra un ho' forte».

Lei sbuffa. «Un diavolo piccante? Sembra un po' forte?». Inclina la testa. «Max, la tua lingua è a posto?».

Minimizzo la sua preoccupazione. «Scì, scì, shto bene».

Mi allontano dal tavolo e mi chino in avanti appoggiando le mani sulle cosce. Il rumore della mia sedia che raschia sul pavimento attira alcuni sguardi curiosi. *Gesù*. Forse sono un drago mutaforma e questa è la mia prima trasformazione. Di certo ho l'impressione che la mia gola sia in grado di produrre abbastanza fuoco da bruciare tutto il ristorante. Cercando di raffreddarmi la bocca, socchiudo le labbra e comincio a inspirare ed espirare. Inspiro, espiro, inspiro, espiro, inspiro, espiro. Okay, la sensazione di bruciore si sta attenuando, grazie a Dio. La mia lingua sembra ancora avvolta nell'involucro di una salsiccia, ma sopravviverò.

«Vuoi che chieda del latte al cameriere?», domanda lei.

Il suo tono è vivace, come se il mio disagio avesse alleviato il suo. Alzo la testa e studio la mia aguzzina. A giudicare dal suo sorriso mal celato, presumo che voleva che andasse a finire proprio in questo modo. Be', è già qualcosa: sotto quell'apparenza scontrosa c'è una strega. E questo cambia tutto. Non sono più divertito dalla sua impertinenza. 'Fanculo all'idea di preparare il cocktail perfetto. Non voglio altro che la sua resa. Ritirata, riorganizzazione, ripresa: ecco quali devono essere le mie prossime mosse. «Passerà, anche se non grazie a te».

«A me?», ripete lei, portandosi una mano al petto. «Sei *tu* che hai voluto il peperoncino».

«Basandomi sul tuo calcolato incoraggiamento, sì. Non pensavo che mi avrebbe strappato le papille gustative». Scuoto la testa. «Non me lo sarei mai aspettato da te».

Si tampona la bocca con un tovagliolo di stoffa. «Considerami un camaleonte, Max. Mi adatto per mimetizzarmi con l'ambiente che mi circonda, compresa la compagnia attuale».

Con un po' di fortuna, si trasformerà in un fantasma e scomparirà. «È affascinante, davvero. Non avrei mai immaginato che ti piacesse giocare. Completa la tua personalità vincente in maniera molto appropriata».

Lei mi fulmina con un'occhiataccia mortale. «Tu non sai *niente* della mia personalità».

«La giornata di oggi è stata un corso accelerato su ciò che ti fa scattare, quindi ne so molto. So anche che un tempo volevi sposare mio fratello. Posso capire il tuo tipo di personalità Myers-Briggs basandomi solo su questa informazione. STIP. Spietata, testarda...».

«Qual è il problema, Max? Pensare a una risposta perspicace va oltre le tue capacità?».

Le mie narici si dilatano di loro spontanea volontà; sono offese dalla sua sicumera. Tamburello sul tavolo con le dita e mi appoggio allo schienale della sedia. «STIP. Spietata, testarda, insensibile... E pu...».

I suoi occhi si riducono a due fessure. «Non osare dirlo, Max.

Chiamami in quel modo e ti faccio mangiare a forza l'intera ciotola di peperoncini».

«Non ti darei mai della… puttana».

Questo sembra placarla. L'aura di vapore che le fluttua intorno alla testa svanisce.

Mi chino in avanti, appoggiando un gomito sul tavolo come se stessi lanciando una sfida. «Inoltre, è un sostantivo. No, la parola da un milione di dollari è… "puerile"».

Lina si ferma, e sulla fronte le spunta una vena che somiglia a un piccolo alieno. Poi mi ringhia contro. Ringhia *letteralmente*. Ed è il suono più perfetto che io abbia mai sentito in vita mia.

Suscitare una tale risposta da parte sua è assolutamente soddisfacente e, per qualche insondabile ragione, voglio riuscirci ancora e ancora.

8

Lina

Oh, Dio. Ho appena ringhiato? In un ristorante?

Appoggio i gomiti sul tavolo, mi copro la fronte con una mano e sbircio i commensali intorno a noi. Nessuno sembra averlo notato. A parte Max, ovviamente. Il quale, nonostante solo pochi minuti fa sembrasse un maiale surriscaldato, ora mi osserva in silenzio con aria rilassata e tranquilla.

Tutto in lui mi infastidisce: la sua totale mancanza di consapevolezza di sé (genuina); il suo sarcasmo (rudimentale); il suo sorriso da ragazzino (falso); la sua mascella stupidamente cesellata che finge di accarezzare in maniera distratta (del tutto artefatta); i suoi capelli folti, tanto scuri da risultare quasi neri, che vorrei con tutto il cuore fossero tinti in modo da poterlo immaginare seduto nel salone di un parrucchiere con le strisce di carta stagnola avvolte intorno alle ciocche (naturali, purtroppo); e così via. *Grrr.*

Non andiamo d'accordo, questo è certo: lui tocca tasti che vorrei non avere. Ma sono costretta a sopportarlo, almeno per le prossime cinque settimane, e forse anche di più. Adesso è convinto che io sia immatura come lui. Peggio ancora, probabilmente sta mettendo in dubbio il fatto che io sia idonea a lavorare per il Cartwright.

"Fai un respiro profondo, Lina. Puoi risolvere questa situazione". Cerco nel mio cervello qualcosa, qualsiasi cosa, che spieghi la mia reazione esplosiva alla frecciata di Max. Non ci metto molto a trovare una causa: lo stress. *Deve* essere questo il motivo del mio malessere. Incanalo in me il potere della dea della tranquillità (che assomiglia in modo impressionante all'attrice di una pubblicità di prodotti per l'igiene intima femminile) e dico: «Max, dobbiamo liberarci di questa energia negativa. Non è salutare per nessuno dei due. Mandiamo indietro gli ultimi minuti, okay?».

Lui trae un respiro profondo, dimostrando di non essere poi così rilassato come sembra. «Hai ragione. Mi dispiace».

Mi sporgo in avanti e riduco la voce a un sussurro. «Il fatto è che sono sottoposta a un'immensa pressione, e credo che sto cominciando a sentirne il peso. Se si trattasse di una sola cosa, penso che starei bene, ma negli ultimi giorni me ne sono capitate una dopo l'altra. Il negozio di abiti da sposa dove ha sede la mia attività sta chiudendo. L'opportunità con il Cartwright, per quanto mi entusiasmi, comporta una serie di preoccupazioni. E non mi aspettavo di rivedere Andrew, non in quella sala conferenze. Non sono in me. Per niente».

Be', invece in realtà *sono* in me, ma non è questa la versione di me stessa che voglio presentare al mondo, né all'uomo che mi ha già vista in un momento di crisi della mia vita.

«Capisco», replica lui, accigliato. «A dire il vero, nemmeno io sono in me». Indica con un gesto lo spazio che ci separa. «Niente di tutto questo era necessario, quindi lasciamocelo alle spalle. Per quanto riguarda il tuo stress, c'è un'attività che potrebbe aiutarti ad alleviarlo?». I suoi occhi si spalancano. «Come per esempio un'attività fisica, intendo». Scuote la testa. «Uno *sport* o qualcosa del genere. Il lancio dell'ascia. Lo yoga». Con una smorfia, alza una spalla. «Non lo so».

Io lo guardo arricciando il naso. «I miei antistress di solito assumono forme meno attive. Guardare la TV, fare shopping, mangiare dolci, silenziare tutti gli apparecchi elettronici e leggere senza che nessuno mi disturbi».

Lui si appoggia allo schienale della sedia e mi osserva mordicchiandosi il labbro inferiore. Pochi secondi dopo, dichiara:

«Durante la settimana vado a un corso di capoeira qui in centro. Stasera, in effetti. È un modo fantastico per sfogarsi».

Sbatto le palpebre, incapace di elaborare ciò che mi ha appena detto. «Tu cosa?»

«Capoeira», ripete. «È un'arte marziale brasiliana...».

Alzo gli occhi al cielo. «So cos'è la capoeira, Max. Sono solo sorpresa che tu ne frequenti un corso».

Solleva un sopracciglio. «Perché?»

«Perché stiamo mangiando cibo brasiliano da trenta minuti e non hai mai detto di conoscere alcun aspetto della cultura del mio Paese».

È anche intrigante; suggerisce che ci sono degli strati, sotto il suo splendente ma fastidioso rivestimento esteriore.

Lui fa spallucce. «Oh. Be', ora lo sai. Pensi di volerti unire a me?»

«Cosa? Stasera?». Contraggo il viso in una smorfia. «No, non posso».

Annuisce come se il mio rifiuto non lo sorprendesse. «Ho solo pensato che ti sarebbe piaciuto fare qualcosa del genere: musica e danza mescolate alle arti marziali. Già, comunque probabilmente sarebbe troppo fisico. Hai detto tu stessa che preferisci attività meno dinamiche per attenuare lo stress».

Il nostro cameriere arriva con il mio dessert, un *brigadeiro* gigante. Max fissa la mostruosità. Sì, è un'enorme palla di cioccolato ricoperta di zuccherini; non è questa la definizione di "antistress"? E, se lui pensa che non me lo godrò fino all'ultimo boccone, si sbaglia di grosso. Posso mangiare cioccolato e seguire un corso di capoeira. Le due cose non si escludono a vicenda. «Quando e dove si tiene il corso? Potrei fare un salto. Solo per curiosità».

«Il corso?». Si gratta la testa. «Ti mando un messaggio con tutte le informazioni quando torno in ufficio. Posso darti i dettagli su cosa indossare, indicarti i punti di riferimento della zona. Ti mando il link per iscriverti».

«Oh, okay». Intingo il cucchiaio nella spessa bomba di cioccolato che ho nel piatto. «Vuoi assaggiare?».

Lui risponde con un cenno di diniego. «No, non posso. Ho la lingua fuori uso».

Il mio sguardo si posa sulla sua bocca. È una bella bocca. Non che abbia importanza.

«È fuori uso per mangiare», aggiunge. Poi sgrana gli occhi. «Per mangiare *cibo*».

«Sì, ho afferrato il concetto, Max».

Quella precisazione è superflua, ovviamente, perché lo stato della sua lingua non ha nulla a che fare con me. Tuttavia, quando qualcuno ti mette in testa un'immagine che preferiresti non vedere, il tuo cervello te la stampa sulla retina. "Oh, mio Dio, perché dei flash di lui con la faccia tra le mie gambe mi lampeggiano nel cervello? Falli smettere. Falli smettere!".

Max chiede il conto e consegna la carta di credito al nostro cameriere senza neanche guardare la cifra. «Allora, se voglio avere qualche possibilità di prendere parte alla lezione di stasera, devo tornare subito in ufficio. Va bene se me la svigno dopo aver pagato il conto? Vuoi che ti chiami un taxi o qualcos'altro?».

Scuoto la testa e respingo la sua offerta agitando il cucchiaio. «No, sono a posto così». Indico il *brigadeiro*. «Me lo godrò ancora per un po'».

Il cameriere torna con le ricevute, e Max firma la copia del ristorante.

«Mancia generosa inclusa, o vuoi che ci pensi io?», chiedo.

«Mancia generosa inclusa. Sempre».

Annuisco. Almeno questo è un punto a suo favore. «Grazie per il pranzo».

«Non c'è di che», replica alzandosi. «Forse ci vediamo stasera?»

«Forse», rispondo.

Mi rivolge un sorriso consapevole. «Okay, quindi probabilmente no».

«"Forse" significa "forse", Max». Lo saluto agitando le dita della mano libera. «*Tchau*».

«Ciao, Lina».

Lo guardo farsi strada tra i tavoli e uscire dalla porta. Ora mi sento in dovere di andare al corso solo per dimostrargli che la sua ipotesi su di me è sbagliata. E scommetto che aveva pianificato che sarebbe andata così.

La prossima volta gli farò mangiare un diavolo piccante.

«Posso dichiarare per la cronaca che penso che questa sia un'idea terribile?», dice Jaslene mentre saliamo le scale del Capoeira Afro-Brasilia Studio.

No, non la sto trascinando con me al corso solo per avere un sostegno emotivo: anche lei ha bisogno di un antistress. Terminare gli studi universitari di sera si sta rivelando più impegnativo del previsto e, poiché ha un'età superiore a quella della media degli studenti, visto che ha lasciato la scuola diversi anni fa, sta lottando con le difficoltà del nuovo programma. Per quanto mi riguarda, dopo la settimana che ho trascorso, sto cominciando ad apprezzare l'idea di imparare a mascherare la mia aggressività fisica spacciandola per una danza elaborata. Jaslene, non molto. «Ascolta, voglio solo dimostrare a Max che non sono così prevedibile come pensa. Una lezione e basta. Inoltre, hai bisogno di scioglierti un po'. E poi è capoeira. Come puoi non esserne entusiasta?».

Lei alza gli occhi al cielo e inclina la testa da un lato all'altro quando raggiungiamo il pianerottolo. «Okay, va bene. Ma quando ti chiederò di venire a lezione di pole dance, il "no" *non* sarà una tua opzione di risposta».

«Affare fatto», replico mentre varchiamo la soglia.

Non appena entro nella grande sala, so di essere nel posto giusto. C'è una folla eterogenea di persone, molte delle quali parlano in inglese ma con un accento caratteristico che nella mia mente le identifica subito come nativi brasiliani, e l'energia che stanno generando è positivamente elettrica. Tuttavia, sembra che Max non ci sia. Se non si presenta, sarò felice di rinfacciarglielo per settimane.

Io e Jaslene restiamo accanto alla porta a osservare l'ambiente vivace. Poco dopo, un gruppo composto da circa venti persone di età, sesso e colore della pelle diversi entra da un ingresso laterale, si sistema sulle sedie lungo la parete di fondo e si prepara a suonare degli strumenti, tra cui il *berimbau* a una corda, che guida i movimenti del cerchio nella capoeira. Batto ripetutamente sul braccio di Jaslene. «Hanno una vera *bateria*. Non dirmi che non sei colpita».

Lei risponde con un sorriso stizzito. «Okay, sì, in effetti è sorprendente, ma questo non significa che il ritmo dei loro tamburi mi trasformerà per magia in un fenomeno acrobatico. Sembrerò una *pendeja* là fuori. E Max non si è ancora visto».

Prima che possa ribattere, un uomo a piedi nudi che indossa un paio di pantaloni bianchi e una maglietta con il logo della palestra ci fa cenno di avvicinarci. «*Olà, meus amigos*».

«*Olá, estamos aqui para a aula inicial de capoeira*», dico, sperando che non si accorga che la mia conoscenza del portoghese raggiunge al massimo un livello intermedio.

I suoi occhi si illuminano, e le parole gli scorrono dalla bocca come se stessero navigando giù per una cascata. Riesco a coglierne solo una ogni tre o quattro, prima che Jaslene alzi una mano per rallentarlo.

«Ehi, ehi», interviene, «io sono portoricana, non brasiliana, e faccio fatica a starti dietro».

Lui arretra di un passo, sorpreso; evidentemente, pensava che fosse una connazionale. Dal momento che Jaslene frequenta molto me e la mia famiglia, le capita spesso, soprattutto perché è afro-portoricana e ha una carnagione di un color marrone intenso come la mia. L'uomo si rivolge a me. «*E você? Brasileira?*».

Le mie guance si scaldano sotto la sua ispezione. Mi provoca sempre un po' di imbarazzo dover spiegare che non parlo correntemente il portoghese. «*Sim, meus pais são brasileiros, mas eu não falo português fluentemente*».

«Nessun problema, ragazze. Io sono Raul, il vostro istruttore per oggi. Benvenute». Si sporge in avanti e si copre la bocca, fingendo di sussurrare. «Ho frequentato l'università e la scuola di specializzazione qui, e sto perdendo il mio accento. Ma non ditelo a nessuno».

Sorridendo per lo sforzo di Raul di metterci a nostro agio, Jaslene e io ci presentiamo e gli stringiamo la mano. Spieghiamo che è la nostra prima volta lì, e che il corso ci è stato consigliato da una persona che lo frequenta.

«Max Hartley», gli dico. «Lo conosci?».

Lui aggrotta le sopracciglia. «Non ne sono sicuro. Ma qui c'è un ricambio continuo di gente. Lo riconoscerò quando lo vedrò». Con un ampio sorriso, si sfrega le mani. «Be', in ogni caso, vi divertirete un sacco». Si gira con il busto e scruta l'area intorno a noi. «Lasciate le vostre cose in un armadietto e trovate un posto per fare un po' di stretching. I bagni sono sul retro. Cominciamo tra cinque minuti».

Dopo essere andate a depositare i nostri oggetti personali, Jaslene si butta a terra, opponendo una drammatica resistenza a farsi coinvolgere nella schermaglia tra me e Max. Con un sospiro, allunga le braccia per toccarsi le dita dei piedi. «Posso fare un'osservazione?».

Mi avvicino a lei e mi stiro i polpacci restando in piedi. «Certo».

«Quando ti ho consigliato di essere meschina», dice, «pensavo che saresti stata più discreta».

Faccio una smorfia e mi lascio cadere a terra. «Il peperoncino è stato troppo?».

Lei sbuffa. «Sì, Lina, sì. È come se qualcuno ti avesse detto di flirtare e tu avessi deciso di mostrare le tette».

Aggrotto le sopracciglia e mi fingo confusa. «Mostrare le tette non è flirtare?».

La testa di Max spunta nello spazio tra noi due. «Ehi, ciao!».

Sia io che Jaslene strilliamo e ci allontaniamo di scatto da lui.

Lui arretra appoggiandosi su un ginocchio e ci rivolge un sorriso ironico.

«Che cavolo fai, Max?», lo apostrofo io.

Sì, mi ha colta di sorpresa, ma più che altro sono imbarazzata. Ovviamente dovevo parlare di mostrare le tette, quando è comparso.

«Mi dispiace», si scusa lui, «non volevo interrompervi, solo salutarvi».

Okay, sembra che non abbia sentito. Un piccolo miracolo.

«Ciao», dice Jaslene, con una voce che tradisce allegria.

«Da dove vieni?», domando io.

«Ero in bagno a cambiarmi per indossare questa roba», risponde indicando la sua maglietta bianca a compressione senza maniche e i pantaloni sportivi. «È impossibile fare mosse di capoeira in giacca e cravatta».

Si alza in posizione eretta e sono costretta ad affrontare alcune scomode verità: Max ha un petto. Un petto scolpito, del tipo che posso immaginare con molta molta facilità nudo. Inoltre, presenta dei rilievi nell'area in cui un uomo medio di solito ha la pancia. I suoi addominali sono talmente fastidiosi che si vedono attraverso i vestiti. E, madre di Dio, la definizione dei suoi avambracci suggerisce che o è un maniaco dell'allenamento, o si masturba spesso. Ora che ci penso, in effetti ha l'avambraccio destro più sviluppato di quello sinistro.

"Da dove diavolo salta fuori Hartley il figo?".

Se non muovo la testa al più presto, mi verrà il torcicollo, ma il mio cervello ha difficoltà a elaborare questa ondata di informazioni. È troppo difficile da metabolizzare. Per la sicurezza di tutti, dei dati così esplosivi dovrebbero essere dosati e divulgati a scaglioni programmati; fare altrimenti sarebbe irresponsabile. "Maledetto, Max".

Al segnale di Raul, la *bateria* inizia a suonare un ritmo afrobrasiliano. I partecipanti al corso si mescolano e trovano il loro posto, mentre io mi auguro che il mio cervello dimentichi tutto ciò che ha appena visto.

Max si piazza accanto a me e si avvicina al mio orecchio. «A meno che non venga espressamente sollecitato, mostrare le tette è altrettanto grave che inviare foto di cazzi non richieste».

Oh, Dio. Lo odio. E, se c'è un po' di giustizia in questo mondo, questo corso mi insegnerà a prenderlo a calci nel sedere.

Dopo averci guidato attraverso una serie di esercizi di riscaldamento, Raul raggiunge la parte anteriore della sala, mentre la *bateria* continua a suonare in sottofondo. «L'origine precisa della capoeira non è esattamente chiara. Ci sono molte teorie sulla sua nascita. Ma sappiamo con certezza che questa arte marziale è stata fortemente influenzata dagli schiavi africani portati in Brasile nel XVI secolo. Sapete che il Brasile ha abolito la schiavitù solo nel 1888, e che durante la tratta degli schiavi sono state introdotte nel Paese circa quattro milioni di persone?».

Alcuni dei presenti scuotono la testa, mentre altri, al corrente della storia del Paese, annuiscono come se quello che lui ha appena detto fosse qualcosa di risaputo.

«C'è chi crede che sia nata nei quartieri degli schiavi», continua Raul, «o nei *quilombos*, che erano gli insediamenti fondati da coloro che riuscivano a sfuggire alla schiavitù. L'idea era che i lottatori potessero nascondere questa forma di allenamento facendola sembrare un gioco o una danza. Oggi la conosciamo come arte marziale e come simbolo della cultura brasiliana».

Raul apre i piedi, posizionandoli a una distanza tra loro pari alla larghezza delle proprie spalle, e si appoggia le mani sui fianchi. «La lezione di questa sera è incentrata sulla *ginga*. Non si può fare capoeira senza *ginga*, quindi ci concentreremo su questo movimento. Poi aggiungeremo un po' di divertimento con la *meia lua de frente*, che è un tipo di calcio frontale». Alza un dito in aria. «Oh, quasi dimenticavo. C'è qualcuno che ha già seguito una lezione? Perché questa è la prima del corso. Quella successiva inizia subito dopo questa».

Poiché mi aspetto che Max alzi la mano e si scusi in tono imbarazzato, mi giro verso di lui e sorrido a Jaslene, che si trova accanto a lui, dall'altro lato. Ma lui se ne sta lì, ascoltando doverosamente Raul e sorridendo ai compagni di corso.

«*Psst*», gli dico. «Hai sbagliato lezione, amico».

Con lo sguardo fisso davanti a sé, mi risponde: «No, non ho sbagliato. Anche per me è la prima volta».

Jaslene geme. «Voi due siete un disastro».

«Cosa vuoi dire? Non mi hai detto che avevi già seguito questo corso? O mi stai prendendo in giro adesso?».

Lui sussurra: «No, ho detto che sarei andato a un corso. Infatti sono qui. Questo è un corso. E ci sono venuto. Tutto vero. Si dà solo il caso che io sia alle prime armi come te».

Alzo lo sguardo al soffitto e conto fino a dieci. Le mie opzioni sono chiare: posso arrabbiarmi o diventare meschina. Non è una decisione difficile. Scelgo di essere meschina. Ora devo solo capire cosa fare.

Max mi agita una mano davanti alla faccia. «Ehi, non c'è bisogno di fare quello sguardo vitreo. La verità è che è da un po' che volevo provare questa palestra. È proprio dietro l'angolo rispetto a casa mia. E, visto che hai detto di essere stressata, ho pensato che avrei potuto dare un'occhiata al corso e che anche tu avresti potuto trarne beneficio».

Le sue parole mi placano, ma soltanto un po'. Sono ancora infastidita dal fatto che mi abbia portato qui con un pretesto, quindi la vendetta è d'obbligo. «Va bene, Max. Siamo qui. Tanto vale approfittarne».

«Okay, scegliete tutti un compagno», dice Raul. «Sarà la persona con cui vi confronterete per fare pratica con la *ginga*». Si gira verso Jaslene e le rivolge un sorriso dolce. «So che sei nervosa, perciò puoi lavorare con me».

Certo, magari Jaslene è nervosa, ma sospetto che l'offerta di Raul non sia motivata solo da questo.

La mia migliore amica mi guarda per avere il mio consenso, e io annuisco.

Vedendo che tutti stanno formando delle coppie, alzo il mento in direzione di Max. «Che ne dici? Vuoi fare la *ginga* con me?».

Lui finge di passarsi la mano in un colletto immaginario. «Non credi che sia un po' troppo sfacciato? Voglio dire, ci conosciamo appena. Non dovremmo prima avere un appuntamento o qualcosa del genere?».

Emetto un sibilo, e lui raddrizza le spalle. «Okay, okay», risponde. «Facciamolo».

Seguiamo le istruzioni di Raul, che ci spiega come muovere le gambe; si tratta di una serie di passi facili che incorporano il familiare movimento oscillatorio per cui la capoeira è tanto conosciuta. Max e io siamo uno di fronte all'altra, e i nostri corpi ondeggiano mentre indietreggiamo, ci spostiamo da un lato all'altro e muoviamo le braccia per proteggerci il viso.

«A mano a mano che prendete confidenza con la *ginga*, dovreste sentirvi liberi di aggiungere la vostra espressività», dice Raul alla classe. «Un po' più di brio nei fianchi. Un pizzico di giocosità nelle gambe. Poi, potete provare la *meia lua de frente*, che è fondamentalmente un calcio frontale che termina con una *ginga*, e un secondo calcio frontale con l'altra gamba per tornare ancora alla *ginga*». Raul lo mostra più volte. «Ripetete i passi e prendete confidenza con i movimenti».

La *bateria* rallenta il ritmo della musica e, mentre replico le movenze a tempo con il *berimbau*, la *ginga* inizia ad assumere una qualità sorprendentemente rilassante. Tuttavia, nell'attesa che un senso di pace totale mi avvolga, la mia mente ripensa a come sono arrivata lì. Max non è nemmeno un frequentatore abituale di questo corso. "Che testa di cavolo".

«È fantastico, vero?», mi chiede lui, ondeggiando davanti a me. Si attiene alla *ginga*, scegliendo di non incorporare i calci che Raul ci ha incoraggiato a praticare. «Credo di averci preso la mano».

«Tu credi?», gli domando. «Be', allora lasciami provare una *meia lua de frente* con te. Non può essere così difficile, no?».

Lui sorride. «Dai, forza».

Continuiamo a ripetere la *ginga* più volte, e a un certo punto io entro in azione, spostando una gamba all'indietro e poi tracciando un arco davanti al viso di Max, proprio come mi ha insegnato mio fratello Rey.

Max, colto impreparato dal calcio, fa un balzo indietro e cade sul sedere. Brontolando qualcosa a proposito della gente vendicativa, si rimette in piedi a fatica, mentre Raul viene verso di noi.

«È stato eccellente», mi dice. «Lo avevi già fatto prima?».

Annuisco. «Solo a casa. Mio fratello ha seguito un corso qualche anno fa e mi ha usata come compagna di allenamento».

Max si strofina il sedere e raddrizza la schiena. «Strano che tu non ne abbia mai fatto parola».

Gli rivolgo un sorriso compiaciuto. «Mio fratello non è un istruttore. Lo facevamo solo per divertimento. Non era un corso. Quindi, sì, sono comunque una principiante. Ti andrebbe di rifarlo?».

Lui mi ignora. «Raul?»

«Sì, amico?», risponde Raul.

«Posso cambiare partner, per favore?», gli chiede.

«Vieni», replica il nostro insegnante con un sorriso. «Lina e Jaslene possono fare coppia mentre io e te lavoriamo insieme».

Sbuffo in direzione di Max e lo saluto con un cenno della mano mentre si allontana (scappa) con Raul. Max aveva ragione: la capoeira è davvero un antistress efficace. Mi sento già meglio.

9

Max

In ritardo per la riunione settimanale del personale dell'azienda, entro nella sala conferenze e occupo la prima sedia disponibile. Mentre mi metto a sedere, la mia chiappa destra mi ricorda che è ancora dolorante per via della culata che Lina mi ha fatto prendere ieri sera.

Pochi secondi dopo, mia madre fa il suo ingresso nella stanza come un generale dell'esercito che concede una rara apparizione tra i suoi soldati.

Si sistema a capotavola e si china a leggere un foglio che il suo assistente tiene tra le mani, poi il suo sguardo salta da una persona all'altra, finché non ha stabilito un contatto visivo con tutti i presenti. «Okay, gente. Per prima cosa, parliamo degli affari in corso». Volta la testa in direzione di Andrew. «Come vanno le cose con il gruppo alberghiero Cartwright?».

Questo è uno di quei rari momenti in cui non mi dispiace che lei tenda a fare prima il punto con lui; d'altra parte, non ci troveremmo in questo casino, se non fosse per Andrew.

Il mio carissimo fratello si allenta la cravatta per guadagnare tempo. «Il piano commerciale del Cartwright?». Si schiarisce la gola. «Uhm, be', vediamo, le cose stanno andando alla grande. Non credi anche tu, Max?».

Io lo guardo, dall'altra parte del tavolo. È l'imperatore del regno delle sue stesse cazzate, un maestro nel far pesare sugli altri le sue stronzate. Lina è la *sua* ex fidanzata, non la mia, eppure vuole che sia *io* ad affrontare il poco invidiabile compito di nascondere il coinvolgimento di lei in questo progetto. Ma, come al solito, tocca a me sistemare i suoi casini.

«Con questo incarico stiamo affrontando una situazione nuova», esordisco. «In sostanza, la cliente ha progettato un colloquio a lungo termine per due persone in lizza per la posizione di coordinatore matrimoniale. Io lavoro con uno dei due candidati, e Andrew lavora con l'altro. Ognuno di noi dovrà presentare il proprio progetto tra cinque settimane».

«Interessante», commenta mia madre. «Sarà un'ottima occasione per mettere in luce i vostri diversi approcci allo stesso incarico».

"Già, proprio così". Mi fa piacere che se ne sia accorta anche lei.

Il suo sguardo si sposta da me a mio fratello e viceversa. «Ricordatevi che l'obiettivo è anche quello di ingraziarvi il cliente. Il nostro scopo è occuparci di *tutto* il marketing del Cartwright, se possibile».

«Ci stiamo lavorando», è l'inutile risposta di Andrew.

Poi, il resto del personale fa rapporto sul proprio operato, e finiamo poco prima delle undici. Mentre tutti escono dalla stanza, io controllo il cellulare per vedere se ho ricevuto delle e-mail e, quando alzo lo sguardo, trovo Andrew ancora lì seduto che mi guarda pensieroso.

«Cosa c'è?», gli chiedo.

Lui si liscia la cravatta mentre replica: «Stamattina ho parlato con l'altro candidato. Si chiama Henry, e sembra un bravo ragazzo. Ci vediamo domani per discutere i nostri progetti. E a voi come sta andando?».

"Non bene", ma non ho intenzione di condividere questa succosa informazione con lui. «Ieri Lina e io siamo andati a pranzo per parlare dell'incarico». Considero la possibilità di dirgli della lezione di capoeira di ieri sera, poi decido che non ha a che fare con il lavoro, cosa che è già una rivelazione di per sé. Quell'uscita è servita soltanto a darmi una scusa per passare più tempo con una donna irritabile, spietata ed esasperante fino all'inverosimile. E niente di tutto questo è affare di Andrew. «Abbiamo discusso un piano d'azione, e spero che metteremo a punto i dettagli questa settimana».

Sempre che lei risponda alle mie chiamate; di sicuro avrà già bloccato il mio numero.

Mio fratello stringe le labbra e annuisce, con un'aria adeguatamente colpita dal fatto che Lina e io abbiamo legato. «Come sta? Esce con qualcuno?».

"Oh, cavolo no". Non ho intenzione di fargli da spia o, peggio ancora, da agente matrimoniale. «Andrew, se vuoi sapere qualcosa su Lina, ti consiglio di andare direttamente alla fonte. Mi rifiuto di farti da intermediario».

Lui minimizza agitando una mano. «Sì, okay. Ho capito. Non è un problema. Pensavo che avrei provato qualcosa di diverso rivedendola, ma invece no, e sono sicuro che non fossimo destinati a sposarci. È una donna fantastica, però. Le auguro ogni bene».

«E ora stai cercando di aiutare qualcun altro a ottenere la posizione che lei desidera disperatamente».

Lui alza le spalle. «È un peccato che, facendo il mio lavoro, le farò perdere il suo, ma Lina è una professionista. La prenderà con classe».

Gesù. L'ultima volta che ha detto una cosa del genere mi stava chiedendo di riferirle che non l'avrebbe sposata.

«Stai dimenticando una cosa, però», ribatto.

«Cosa?», domanda lui con uno sbadiglio.

Mentre aspetta la mia risposta, si sporge in avanti appena di un centimetro, e quella reazione mi rivela che sta solo fingendo, e che in realtà non gliene importa niente di sapere di cosa si tratta.

Mi alzo dalla sedia e prendo il cellulare dal tavolo. «Adesso Lina e io siamo la squadra da sconfiggere, e ho la sensazione che insieme saremo imbattibili».

"Probabilmente".

Forse.

Dannazione. Chi voglio prendere in giro?

Sono seduto alla scrivania e sto preparando un modello di newsletter per un cliente, quando mi squilla il cellulare nella tasca posteriore. Lo tiro fuori distrattamente, mentre leggo l'ultimo paragrafo di quello che ho scritto finora. Poi guardo lo schermo, e vedo che si tratta di un messaggio di Lina che si rivela essere la risposta alle mie preghiere.

Lina: Ciao Max. Indiciamo una tregua, okay? Non ha senso portare rancore. Oggi pomeriggio ho un appuntamento per una degustazione di torte, e ho pensato che sarebbe il momento migliore per vedermi in azione. Che ne dici?

Porca miseria, questo è tutto ciò che ho sempre desiderato in un unico messaggio: perdono e torta. I dolci sono il mio punto debole, e non mi vergogno di ammettere che mi sottoporrei a maltrattamenti indicibili (come rinunciare a Netflix, per esempio) se significasse poter mangiare ogni giorno la mia torta preferita: l'impareggiabile ciambella marmorizzata con glassa di crema al burro. Non sono mai stato a una degustazione di torte, ma immagino che sarei all'altezza del compito di assaggiare dolci e, francamente, questo si profila come il miglior pomeriggio della mia vita.

Io: Le torte sono un ottimo modo per ricominciare, quindi dico di sì. Dove e quando?

Mi manda l'indirizzo della pasticceria e concordiamo di incontrarci qualche minuto prima dell'appuntamento, in modo che lei possa fornirmi qualche informazione preliminare. Lina ha già avvisato la cliente che vorrei partecipare, e a lei va bene che mi unisca a loro.

Un'ora e mezza dopo, entro nello Sugar Shoppe di Georgetown. Per un minuto buono, mi limito a osservare i dolci che sembrano ricoprire ogni superficie disponibile del locale: torte, ciambelle, éclair e cioccolatini. Per qualche altro secondo, rifletto sulla possibilità di inginocchiarmi e mettermi a pregare su questo altare di perfezione zuccherina. L'ambiente è allegro, con pareti bianche e luminose e diversi tavoli da bistrot apparecchiati con colori pastello. E i profumi. Dio, i profumi. È come se mi fossi spruzzato sui polsi dell'acqua di colonia al pasticcino. Com'è possibile che non fossi al corrente dell'esistenza di questo posto? Effettua consegne? Posso venire a lavorare qui?

Qualcuno mi urta una spalla, cancellando le dolci visioni zuccherose che mi affollano la mente. La persona che ha interrotto il mio sogno a occhi aperti è Lina, che mi guarda con le sopracciglia aggrottate e un'espressione dubbiosa. «Va tutto bene?»

«Sì», rispondo tracciando un arco con la mano. «Sto solo apprezzando il panorama».

Lei sorride. «È sorprendente, vero?». Sporgendosi per scrutare l'area dietro di me, aggiunge: «Dovremmo avere un tavolo riservato. Vado a chiedere».

Si avvicina al bancone e parla con la donna alla cassa; poco dopo mi fa cenno di spostarmi verso un tavolo in un angolo. «Quello è il nostro».

Ci sediamo uno di fronte all'altra a un tavolino così piccolo che è come se fossimo seduti una in braccio all'altro.

«Intimo», commenta.

Sbuffo. «Quello che tu consideri intimo è ciò che io definisco imbarazzante».

Lei sorride. «Oh, bene, allora non è solo una mia impressione».

Ha i capelli tirati indietro e raccolti in una coda di cavallo, e il mio sguardo è attratto dai lineamenti del suo viso: fino a oggi non avevo mai notato quanto potesse essere espressivo quando non è corrucciato. Appena è arrivata, il suo sconcerto era evidente nelle sopracciglia aggrottate. E anche adesso è difficile non notare l'ironia nei suoi occhi.

La donna al bancone arriva con una brocca d'acqua e tre bicchieri. «Stiamo aspettando il signor Sands, giusto?»

«Sì», risponde Lina. «Le dispiace se spostiamo questa poltroncina? Il mio cliente è sulla sedia a rotelle».

«Nessun problema», replica la donna. «La porto nel retro».

Suppongo che dovrei cancellare tutti i miei preconcetti sui clienti di Lina. Mi aspettavo una sposa, ma ora capisco quanto sia antiquato il mio modo di pensare. «Allora, parlami del signor Sands».

«Il signor Sands, Dillon, è lo sposo, e siamo qui per scegliere la sua torta nuziale. La sua fidanzata si è rifiutata di partecipare perché lui è la persona più indecisa del pianeta, il che significa che questo sarà sicuramente un esercizio di pazienza. Dillon è anche la persona più autoconsapevole che abbia mai conosciuto, quindi è sempre pronto ad ammettere i propri difetti».

Mi appoggio allo schienale della sedia. «È un riassunto utile. Questa è una cosa che fai per tutti i tuoi clienti?»

«Le degustazioni di torte? Assolutamente sì. Sono qui per ricordare loro che i loro ospiti potrebbero non apprezzare un intruglio ripieno di gelatina con granella di arachidi e glassa al lime. Non crederesti mai a quello che certe coppie offrirebbero, se non facessi notare loro che i lamponi sono frutti stagionali o che molte persone hanno delle allergie».

«Perché uno sposo dovrebbe avere bisogno di una torta tutta sua?».

Lei scuote la testa. «Perché a un certo punto si è sentito trascurato per via di tutte le tradizioni nuziali incentrate sulla sposa e ha deciso che, almeno nel contesto del matrimonio, aveva il dovere di ritagliarsi una nuova tradizione dedicata esclusivamente a lui».

Alzo un sopracciglio di fronte a quella sua spiegazione succinta. «Perché non mi dici cosa ne pensi davvero?».

Lina stringe le labbra per non sorridere. «Non posso. Ho lasciato la mia presentazione PowerPoint sull'ingiustizia del patriarcato matrimoniale in ufficio, sulla scrivania».

Sta scherzando, e la cosa mi piace. Più di quanto dovrebbe, probabilmente. Ho l'impressione che ci sia tutta un'altra persona da scoprire e sono incuriosito dalla personalità che si intravede a sprazzi sotto la sua facciata di pragmatismo.

«Oh, c'è un'altra cosa che dovresti sapere», aggiunge.

"Torna in carreggiata, Hartley". «Di che si tratta?»

«Dillon non sarà in grado di scegliere il gusto della torta senza un secondo parere, ma io non posso proprio aiutarlo. L'intolleranza al lattosio è una vera rottura. Se te la senti, magari potresti offrirti per fargli da secondo assaggiatore?».

Faccio un po' di scena scrocchiandomi le nocche. «Hai scelto la persona perfetta per questo compito. Posso mangiare dolci tutto il giorno, tutti i giorni».

Lei mi guarda con gli occhi ridotti a due fessure. «Speravo che avresti detto una cosa del genere».

Prima che io possa pensare troppo al messaggio contenuto in quei suoi occhi espressivi, arriva Dillon Sands, ricordandomi che tra pochi minuti dovrò ingozzarmi di torta nell'ambito di un incarico di lavoro. Che figata!

10

Lina

«Non lo so, Max. La torta marmorizzata non mi convince», dice Dillon. «Tu cosa ne pensi?».

La testa di Max scatta all'indietro come se il mio cliente gli avesse dato uno schiaffo. «Come può non piacerti la torta marmorizzata? È la perfezione fatta dolce». Per sottolineare il proprio punto di vista, affonda la forchetta nella fetta tagliandone un pezzetto e poi se la porta alla bocca muovendola come se fosse sulle montagne russe.

Si sta divertendo troppo, e non era questo il mio obiettivo.

Questi due hanno assaggiato otto diverse combinazioni di impasti e glasse, e non mostrano alcun segno di stanchezza. "Appunto per me stessa: gli uomini sono dei pozzi senza fondo".

«Ehi, Dillon, indovina cosa sto facendo?», domanda Max; ha le palpebre pesanti e sembra ubriaco per il troppo zucchero.

Il mio cliente non sta molto meglio: con il braccio sinistro appoggiato con disinvoltura allo schienale della sedia a rotelle, si sventaglia con l'altra mano. «Cosa stai facendo, amico?».

Max divora un enorme pezzo di torta marmorizzata. «Prendo due bocconi con una forchettata».

Dillon rimane a fissarlo, finché non si piega in avanti in una risata silenziosa, forse perché ha della glassa attaccata alle corde vocali.

Io non colgo la battuta. È una cosa da uomini? Oppure l'eccessiva assunzione di dolci influisce negativamente sulle cellule cerebrali?

«Vado alla toilette», dichiaro, alzandomi di scatto dalla sedia. «Con permesso». Dopo essere uscita dal cubicolo del bagno ed essermi lavata le mani, mi do una rapida occhiata nello specchio sopra il lavandino e mi rimetto il rossetto, riflettendo su cosa sia andato storto. Sarebbe potuta andare in due modi: se si fosse verificato lo scenario numero uno, Max si sarebbe rifiutato di assaggiare le torte, nel qual caso assistere mentre Dillon provava più di una decina di combinazioni di gusti e glasse lo avrebbe infastidito a morte. Ero presente quando il futuro sposo ha scelto lo stile delle boutonnière dei testimoni, e ci sono volute tre ore; volevo che Max sperimentasse quell'esperienza. Lo desideravo disperatamente. Secondo lo scenario numero due, Max avrebbe mangiato tante torte quanto pesa e avrebbe rimpianto per sempre il giorno in cui ha varcato le porte dello Sugar Shoppe. Invece, si sta abbuffando di dolci ed è la felicità fatta a uomo, del tutto incurante dello zucchero e dei grassi che sta ingurgitando.

Mi sta privando di entrambi i risultati in cui avevo sperato, e vorrei pestare i piedi per l'ingiustizia di tutto ciò. Forse non sono tagliata per i giochetti perversi. Va bene, vorrà dire che troverò un altro modo per vendicarmi di Max Hartley.

Quando torno, Dillon è accasciato contro lo schienale della sua sedia a rotelle, e Max è piegato in avanti con la fronte appoggiata sul tavolo. La tovaglia è disseminata di briciole e resti di dolci.

«State bene?», chiedo. «Cosa mi sono persa?».

Max geme. «Lui ha comprato alcune torte e mi ha sfidato a una gara a chi ne mangiava di più».

Fisso i due relitti sconvolti di fronte a me. «Avete perso entrambi, vedo».

Dillon apre un occhio. «Al contrario, io ho vinto. A dirla tutta, detengo il record per aver mangiato il maggior numero di hot dog in tre minuti, quando ero al college».

Con la testa ancora premuta contro il tavolo, Max mugola: «Questa informazione mi sarebbe stata utile tre minuti fa».

Mentalmente mi do il cinque. Non è proprio così che mi aspettavo che sarebbe sopraggiunta la sofferenza di Max, ma mi va bene lo stesso. È stato abbattuto dal suo stesso spirito competitivo; che gli serva da lezione.

«Almeno, hai scelto un abbinamento di gusto dell'impasto e glassa?», domando a Dillon.

Con la testa all'indietro, il mio cliente cerca di annuire. «Ho deciso per la torta al cappuccino e cioccolato. E per la torta quattro quarti al burro per gli ospiti che non mangiano il cioccolato».

«Fantastico», replico. «Tricia sarà molto contenta».

«Be', se non hai più bisogno di me», ribatte lui strofinandosi la pancia, «io torno in ufficio».

Max alza la testa abbastanza a lungo per stringergli la mano. «Piacere di averti conosciuto, amico. Spero che il tuo matrimonio sia esattamente come tu e Tricia volete che sia».

Dillon sorride. «Grazie. Con Lina al timone sarà fantastico, non ho alcun dubbio».

E, una volta che il mio cliente se n'è andato, sono libera di punzecchiare Max. Vibrando di soddisfazione, mi siedo accanto a lui e mi avvicino al suo orecchio. «Come va laggiù, campione?».

Lui si accascia di nuovo appoggiando una guancia sul tavolo, con il volto nella mia visuale. «Ho tanto caldo. Sono tanto pieno. E tanto gonfio». Pronuncia le parole con voce roca. «Non credo di voler mangiare mai più una fetta di torta in vita mia».

«Nemmeno quella marmorizzata con la glassa di crema al burro?», gli chiedo, senza riuscire a nascondere il mio divertimento.

Chiude gli occhi con forza e fa finta di piangere. «Nemmeno quella».

È adorabile. Assolutamente adorabile. "No. Un attimo". Il mio intento è di torturarlo. Non dovrebbe essere carino; eppure lo è, maledizione. Come potrebbe non esserlo? Sembra uno scoiattolo ubriaco. Uno scoiattolo ubriaco incredibilmente bello, ma comunque…

«Devo chiamarti un Uber o qualcosa del genere?», gli domando. «O magari il 911?».

Lui solleva il busto a rallentatore e si passa una mano tra i capelli scuri, arricciando il naso mentre cerca di riprendersi. «No, sopravviverò. Sono sopravvissuto ai peperoncini malagueta, ricordi?». Poi si gira verso di me e si pulisce la bocca. «Ho l'aspetto di uno che ha appena finito di mangiare due chili di torta?»

«Sì», rispondo. «In effetti, sì. Ne hai anche un po' spiaccicata tra le sopracciglia e su una guancia».

«Merda, sono un disastro», commenta, agitando le sopracciglia per scrollare via le briciole che vi si sono annidate.

«Vieni, lascia fare a me», intervengo, sfiorandolo sopra l'occhio con il mignolo. Quando sporge il mento per facilitarmi il compito, non posso fare a meno di notare le macchie d'oro nelle sue iridi marroni. E allora mi rendo conto che è un po' troppo vicino, che le mie mani sono su di lui e che non è così che noi due dovremmo interagire. Però non mi fermo. Perché l'unica cosa che voglio è percorrere con le dita l'arco delle sue sopracciglia, i lati del suo viso, le sue labbra, e questo è il modo in cui posso avvicinarmi di più a fare tutto ciò senza che lui pensi che sono una maniaca.

Si lecca una briciola all'angolo della bocca, e il mio sguardo si sposta sul suo, che è intenso e facile da interpretare.

Fallo, dicono i suoi occhi.

Io voglio farlo. Potrei. Solo pochi centimetri separano le nostre bocche.

"Ma, un attimo". Cosa diavolo sta succedendo? Perché ci sto anche solo pensando? Scatto subito all'indietro, e il rumore della mia sedia che struscia sul pavimento riecheggia nella pasticceria come per avvertirmi che ho quasi superato una linea invisibile.

«Va tutto bene?», domanda lui con voce tesa.

«Certo». Strofino le mani tra loro per pulirle e anche, quando sono sicura di aver eliminato tutte le briciole, continuo a evitare lo sguardo indagatore di Max frugando nella borsetta. «Mi sono appena ricordata che ho un altro appuntamento. Se voglio arrivare in orario, devo andare».

Scuote la testa. «Giusto. Ehm, anch'io dovrei muovermi».

Con la coda dell'occhio, lo guardo mentre si passa le mani sulle cosce e poi si dà una bella pacca prima di alzarsi con cautela dalla sedia.

«Mi sa che uscirai da questo posto con quattro chili in più», commento, nella speranza di spezzare la crescente tensione che sta vibrando tra noi. Francamente, voglio che torni da dove è venuta; non è assolutamente gradita.

«Non ne dubito», ribatte lui, con un guizzo di allegria negli occhi.

«Oh, prima che mi dimentichi», dico schioccando le dita. «Non posso andarmene da qui senza aver preso un paio dei loro tartufi al cioccolato al latte. Mi ricordano i *brigadeiro* che mia madre e le mie zie vendono nel loro negozio».

Mi accompagna al bancone, con passo meno saltellante rispetto a quando è arrivato. «Hanno un negozio?»

«Sì, vendono soprattutto prodotti brasiliani, anche se in realtà è un'accozzaglia di articoli. Io le prendevo sempre in giro, e per scherzo ho ribattezzato il posto "Cibo, Ciabatte e Costruzioni". Ma loro non lo trovavano divertente».

Poi mi rivolgo alla donna alla cassa: «Quattro tartufi al cioccolato al latte, per favore».

Dopo aver pagato e dopo averli ricevuti, racchiusi in un sacchettino bianco, ne prendo uno e vi affondo i denti con avidità. Alzo gli occhi al cielo mentre mastico, senza preoccuparmi di aver finito prima di parlare. «Buonissimo».

Max mi osserva mentre mangio, strofinandosi il mento con aria pensierosa. «Aspetta un attimo. Pensavo avessi detto di essere intollerante al lattosio».

Finisco il cioccolatino e mi lecco le labbra. «Non ho mai detto una cosa del genere».

«Invece sì, eccome», ribatte, spalancando gli occhi e fissandomi con espressione incredula. «È il motivo per cui mi hai chiesto di fare da secondo assaggiatore a Dillon. Ed è anche la ragione per cui in questo momento mi sento come se qualcuno mi stesse impastando lo stomaco con un mattarello».

Scuoto la testa. «No, ho solo detto che non potevo aiutarlo a scegliere una torta. E ho detto che l'intolleranza al lattosio è una vera rottura. Ed è vero». Alzo le spalle. «Per le persone che ne soffrono, suppongo. Inoltre, mi hai visto mangiare una tonnellata di cioccolato come dessert quando abbiamo pranzato insieme. Non posso farci niente se sei giunto a una conclusione sbagliata».

Con la testa inclinata, lui si passa la lingua sulla parte anteriore dei denti e annuisce come se mi vedesse con occhi nuovi. «Non so a che gioco stai giocando, signorina Santos, ma non perdiamo di vista il quadro generale. Se riusciamo a fare bene questa proposta, lavorando *insieme* anziché uno contro l'altro, ci aspetta una posizione da sogno (parole tue, non mie). Forse ti farebbe bene ricordarlo, la prossima volta che deciderai di tirarmi un altro scherzo».

Non mi sta dicendo nulla di cui non sia consapevole, ma devo ammettere che era da un sacco di tempo che non mi divertivo così tanto nello svolgimento del mio lavoro. Inoltre, preparare la presentazione e tormentare Max non devono necessariamente escludersi a vicenda. Ora capisco il punto di vista di Natalia. In ogni caso, quale potrebbe essere la sua mossa? Fare la spia su di me? E a chi? Gli rivolgo il sorriso più ampio che si possa immaginare, arrotolo il mio sacchetto di tartufi e gli faccio l'occhiolino. «Grazie per il promemoria, Max. Ma non preoccuparti, ho il pieno controllo della situazione».

Mentre lo precedo verso la porta, lui ribatte: «Alcuni mangiano torta, altri si rimangiano le parole».

Giro la testa e lo inchiodo con uno sguardo privo di ironia. «È una specie di minaccia, Max?».

Si appoggia una mano sul petto e si schernisce. «Non oserei mai».

Il tono calmo della sua voce è un tocco di classe, glielo concedo. Ma si sbaglia. Non ho intenzione di rimangiarmi le parole. Manterrò il controllo della situazione. Nessuno dei due fratelli Karacazzoff avrà *mai più* la meglio su di me.

11

Max

«Attenzione, amico!».

Troppo tardi. La palla da basket mi colpisce la nuca con uno schiocco che induce tutti i presenti in campo a girarsi nella mia direzione e a sussultare per empatia. «Cazzo». Mi chino in avanti premendo una mano sul punto che, già lo so, mi farà male per il resto della settimana.

Il mio migliore amico, Dean, corre verso di me. «Accidenti, stai bene?».

Raddrizzo la schiena e mi scrollo per sciogliere i muscoli. «Sì, tutto okay».

Dean inclina la testa e mi scruta, mentre un'espressione sospettosa si fa strada sul suo volto sudato. «Che ti succede oggi? È tutto il giorno che hai la testa da un'altra parte. Questi ragazzi ti faranno nero se non sei al massimo della forma, e tu sei al minimo. *Decisamente* al minimo».

Ha ragione. Ho la mente così confusa che sono inutile in campo. «Mi ritiro».

Dean si accosta ai ragazzi che si trovano nelle vicinanze e comunica loro che abbandoniamo il match; quelli riprendono il gioco ridistribuendosi quattro contro quattro prima ancora che siamo usciti dalla palestra. Siamo al Columbia Heights Community Center, un luogo che frequentiamo quando abbiamo voglia di fare una partitella veloce. Io non sono il giocatore migliore del mondo, ma non ho mai fatto tanto schifo come oggi.

Dopo una breve sosta alla toilette, ritrovo Dean all'esterno. Ci guardiamo a vicenda strizzando gli occhi, prima di indossare entrambi gli occhiali da sole. Fisicamente, siamo una coppia interessante. I suoi capelli biondo scuro non sono mai fuori posto, mentre i miei capelli castani sono un caos organizzato. Io evito il più possibile di farmi la barba e quasi mai sono rasato di fresco; al contrario, Dean porta sempre con sé un kit da viaggio per la rasatura nella valigetta. È anche altissimo, cazzo, mi sovrasta di almeno otto centimetri, una caratteristica che di solito usiamo a nostro vantaggio sul campo da basket (quando non gioco come una schiappa, cioè).

«Ti va di passare da me e fermarti un po'?», mi chiede. «La doccia è tutta tua, se ne hai bisogno». Mi si avvicina e annusa l'aria. «E ne hai *davvero* bisogno».

Lo spingo via. «No, è meglio che vada a casa. Domani sarà una giornata impegnativa al lavoro».

Dean vive qui vicino, in uno spazioso loft ristrutturato che prima era una mansarda e che ha acquistato con il suo decorosissimo stipendio da associato di uno studio legale. Il suo appartamento ha più comfort del mio, e ha un televisore hightech tanto avanzato che sono sicuro un giorno lo ucciderà nel sonno. Dovrei essere disgustato dai suoi eccessi, ma lui si merita i suoi giocattoli. Lavora circa sessanta ore alla settimana, dividendo equamente il suo tempo tra lavoro privato e pro bono, grazie a un ottimo accordo con il suo studio.

«Questa è la scusa più stupida che abbia mai sentito», ribatte lui. «Porta le chiappe a casa mia. Sai benissimo che vuoi parlare di quello che ti sta confondendo il cervello, di qualsiasi cosa si tratti».

Non posso discutere su questo: in effetti, il mio cervello *è* confuso, e probabilmente Dean è l'unica persona al mondo con cui mi sentirei a mio agio a parlare della fonte di tale confusione. Ci siamo conosciuti all'università, per qualche anno non ci siamo visti molto (io ero a New York e lui frequentava la facoltà di legge a Filadelfia) ma poi, quando ci siamo ritrovati ad abitare nello stesso quartiere, siamo ripartiti da dove avevamo interrotto. Lui è quell'amico da cui ritorni sempre, quello che conosce tutti i tuoi segreti e non si preoccupa dei tuoi difetti, quello che ha visto le tue foto del *prima* perché c'era anche lui. «Okay, vengo in bicicletta. Ci vediamo lì tra dieci minuti».

Quindici minuti dopo (sono più fuori forma di quanto pensassi), Dean mi apre il portone che conduce all'interno del suo palazzo. Lascio la bici in un deposito passati gli ascensori e salgo a piedi le tre rampe di scale che portano al suo appartamento.

Arrivo sulla soglia e trovo la porta aperta, così entro. Lui è davanti al frigorifero e sta tracannando una tanica d'acqua da quattro litri. Si asciuga il mento con una mano. «Ce ne hai messo di tempo ad arrivare».

Ignoro la frecciatina e punto il pollice in direzione del bagno degli ospiti. «Mi faccio una doccia. Torno tra dieci minuti».

Mentre lascio che il getto d'acqua calda compia la sua magia sui miei muscoli doloranti, penso a quanto dovrei confessare a Dean; magari non è niente e mi sto solo immaginando tutto. Forse sono uno stronzo e sto inconsciamente cercando un altro modo per competere con mio fratello. Gesù, che gran casino.

Quando ho finito di fare la doccia, indosso il cambio di vestiti puliti che tengo sempre nella borsa della palestra, butto l'asciugamano appallottolato nella cesta del bucato e raggiungo il mio amico sul divano di pelle grigia in salotto.

Lui preme un tasto sul telecomando e spegne la TV. «La pizza avanzata si sta riscaldando nel forno. Nel frattempo, dimmi cosa ti succede».

Trascorro i minuti successivi a raccontargli dell'incarico con il gruppo Cartwright. Dean non reagisce più di tanto, ma rimane a bocca aperta quando gli dico che Lina è una dei due wedding planner con cui stiamo lavorando.

«Amico, è pazzesco», commenta. «Capisco perché hai la testa

da un'altra parte. Stai cercando di ottenere maggiori responsabilità in ufficio, di staccarti da quel coglione di tuo fratello, e ora ti ritrovi pure incastrato a lavorare con la sua ex fidanzata e a mentire al riguardo».

Sono abbastanza intelligente da sapere che i miei problemi non si limitano a queste questioni. Le mie preoccupazioni derivano da tutto questo, *più* il brivido che mi ha provocato la scaramuccia con Lina a pranzo, *più* lo sforzo che ho fatto per convincerla a partecipare a un corso di capoeira che non avevo mai frequentato prima, *più* il momento in pasticceria che non riesco a togliermi dalla testa, quando lei mi ha tolto le briciole di torta dalla faccia ed è saltata via come se la mia pelle l'avesse ustionata. «È ancora più complicato di così».

Dean fissa lo sguardo sul soffitto e sospira. «Avrò bisogno di una birra per sopportare il seguito. Ne vuoi una?»

«Certo».

Mentre lui rovista nel frigorifero, io mi chino in avanti, appoggio i gomiti sulle ginocchia e unisco le punte delle dita, tentando di trovare il coraggio di pronunciare le parole ad alta voce. "Di' semplicemente quello che pensi. Lui non ti giudicherà. Non lo ha mai fatto. E ti rimetterà in riga. Niente stronzate".

Torna con due bottiglie stappate e me ne porge una. «Okay, stavi dicendo…».

Non serve a niente temporeggiare: alla fine Dean me lo caverà di bocca. «Lina e io ci siamo incontrati oggi pomeriggio. Lei doveva assistere un suo cliente in una degustazione di torte. Per farla breve, mi ha pulito delle briciole dal viso e ho sentito… qualcosa. Non so cosa diavolo fosse, ma mi è parso che lei mi si stesse avvicinando, però poi ha fatto un balzo indietro, come se quella vicinanza l'avesse fatta andare in tilt… E credo che anche lei abbia sentito quel qualcosa. Non è nemmeno la prima volta che mi capita. Da quando ci siamo rincontrati al Cartwright, continuo a notare in lei dettagli che probabilmente non dovrei notare». Bevo un lungo sorso di birra. «Dimmi di ignorare tutto questo e di andare avanti».

Lui mi assesta una pacca sulla spalla. «Ignora tutto e vai avanti».

Mi appoggio allo schienale del divano e lo guardo. «È così semplice?».

Mi fissa, con un'espressione seria. «È semplicissimo. Vuoi che ti elenchi circa dieci milioni di ragioni?»

«Credo di aver bisogno di sentirle», rispondo.

Dean si alza e cammina fino in fondo alla zona soggiorno. «Uno: lei non soltanto usciva con Andrew, ma stava per sposarlo. Non è un motivo sufficiente? Due: tua madre ti ucciderebbe. Se sapesse che Lina è tornata in gioco, direbbe a Andrew di riprendersela *subito*. Tre, rovineresti il tuo già precario rapporto con tuo fratello. Forse non è una cosa grave, ma potrebbe creare momenti di disagio nella famiglia Hartley. Quattro: stai cercando di sfuggire all'ombra di tuo fratello, ma corteggiare la sua ex ragazza ha esattamente l'effetto opposto. Il nome Emily non ti fa venire in mente niente che è destinato ad andare a rotoli? Cinque: per quanto tu sia in competizione con Andrew, riusciresti mai a convincerti che non vuoi Lina solo per il concetto sbagliato di dimostrare a te stesso che puoi conquistarla? E che dire di lei? Non si chiederebbe la stessa cosa? E infine, forse è tutto nella tua testa e lei si è spaventata perché la situazione è imbarazzante. Te lo dico in qualità di tuo amico migliore e più intelligente. In questa città ci sono centinaia di donne che sarebbero felici di sposarti, uscire o passare una notte con te. Corteggia loro e lascia stare questa donna specifica. Ti supplico».

Concordo con tutte le sue affermazioni. Cavolo, sta ripetendo i pensieri che mi sono passati per la testa durante il tragitto in bicicletta. Ma preferirei una lista più lunga. In formato tascabile e plastificata. Una guida pratica da tirare fuori se dovessi essere talmente folle da lasciare che Lina occupi troppo spazio nella mia mente. «Che altro?».

Le sopracciglia di Dean si sollevano di scatto. «Come, scusa?»

«Hai detto che mi avresti dato una decina di ragioni».

Lui fischia. «Porca miseria, se te ne servono altre oltre a quelle che ti ho fornito, San Antonio, abbiamo un problema».

Ora sono io ad aggrottare le sopracciglia. «Vuoi dire: "Houston, abbiamo un problema"».

«No, la mia ultima ragazza veniva da quella città. Mi rifiuto di nominarla per principio».

Scoppio a ridere. «Proprio quando penso che tu sia la persona più brillante che conosca, dici una stronzata assurda come questa».

Dean alza le spalle e beve un altro sorso di birra. «Comunque, non credere che non abbia notato che non hai replicato alle mie argomentazioni convincenti per confutare qualsiasi cosa tu *pensi* di aver provato mentre ti stavi riprendendo dal tuo sballo dovuto agli zuccheri».

Okay, questa è una buona osservazione. Prima non avevo le idee chiare, e la scintilla di attrazione che ho provato è stata probabilmente influenzata dai feromoni prodotti dalle torte. Devo lasciar perdere e concentrarmi sui compiti da svolgere: aiutare Lina a fare la sua presentazione e guadagnarmi il favore di Rebecca. «Hai ragione al cento per cento su tutti i fronti. Cancello tutti i dati dal *mainframe*».

Dean fa tintinnare la sua bottiglia contro la mia. «Ottimo. Ora dimmi come posso aiutarti. Vuoi che ti organizzi qualche appuntamento?».

Scuoto la testa con decisione. «Non ce n'è bisogno. Ho sempre un sacco di appuntamenti».

«Avere cento primi appuntamenti non significa frequentare qualcuno, Max. Significa nascondersi».

«Io non mi nascondo. È solo che non mi lego a nessuna. Non ci si può costringere a stare bene con qualcuno, sai».

Dean sospira. «Emily ti ha fatto credere che non sei adatto a una relazione a lungo termine. E pensi che una donna sceglierà sempre qualcun altro al posto tuo, non è vero?».

Il misero tentativo di Dean di psicanalizzarmi mi strappa una risatina. Ammetto che il motivo per cui Emily mi ha lasciato mi ha incasinato la testa per un po', ma ormai l'ho superata.

Certo, ha deciso che, tra i due, Andrew era il miglior partito ma, con tutta onestà, il fatto che preferisse mio fratello a me era un problema suo, non mio. «Amico, non è nulla di così profondo. È solo che non ho fretta di fare sul serio con una donna, tutto qui».

«Perché, se non fai sul serio con nessuna, non devi chiederti se lei sta temporeggiando con te finché non troverà qualcun altro».

Maledetto Dean. Tira sempre in ballo le cose a cui preferirei non pensare. Mi chino in avanti, appoggio gli avambracci sulle cosce e unisco le mani. «Forse è per questo che dovrei stare alla larga da Lina, giusto? Se c'è una donna che mi indurrebbe a chiedermi se sono solo uno scadente sostituto di mio fratello, è proprio lei».

«In realtà, per me Lina è una persona migliore di così. Il problema sei tu, non lei». Mi scruta con un'espressione indecifrabile, finché il timer del forno suona e mi salva.

«La pizza è pronta», dico.

Entrambi ci dirigiamo verso la cucina. Proprio mentre Dean si sta infilando un guanto da forno, il mio telefono suona nella tasca anteriore. Lo tiro fuori e sblocco lo schermo, e il mio sorriso si allarga quando leggo il messaggio di Lina:

Lina: Ehi, ciao. Venerdì sera devo incontrare dei clienti per le prove di un matrimonio. Un'altra opportunità per farti un'idea di ciò che faccio. Questa coppia posta tutto sui social media. Probabilmente potresti registrarlo. Ci stai? Non ci saranno torte, promesso.

L'idea che, da qualche parte nell'universo, Lina stia pensando a me (anche se soltanto per i pochi secondi che le ci sono voluti per scrivere questo messaggio) migliora un pochino la mia giornata. E non c'è alcun motivo per cui questo debba accadere. Accidenti, sono nei guai.

«Aspetta», dico a Dean, «fammi rispondere, ci metto un attimo».

Con una mano avvolta nel guanto da forno, Dean usa l'altra

per strapparmi via il telefono. Getta un'occhiata al messaggio di Lina e sgrana gli occhi. «Non rispondere. È fuori dall'orario di lavoro. Aspetta fino a domani».

Lo placco, cercando di riprendermi il cellulare, ma lui lo tiene sopra la testa, fuori dalla mia portata. «Riprenditi, Max. La disperazione non ti si addice».

Mi metto a sedere su uno sgabello davanti all'isola della cucina. «Non sono disperato, mi comporto solo con professionalità».

«Non è *poco professionale* aspettare l'orario di lavoro per rispondere a una collega. Prova di nuovo». Infila il *mio* smartphone nella *sua* tasca posteriore. «E, nel caso in cui questa pizza e la mia stimolante compagnia non fossero sufficienti a distrarti, terrò il tuo cellulare finché non te ne andrai. D'accordo?»

«E va bene!».

Tuttavia, non vedo l'ora di recuperare il telefono e rispondere al messaggio di Lina. Ed è proprio per questo che non lo farò. Non prima di domani mattina, almeno. Qualunque cosa mi stia succedendo, finisce adesso.

12

Lina

Copro il microfono del telefono e simulo un colpo di tosse per attirare l'attenzione di Jaslene. «Credo di aver trovato qualcosa di promettente».

Lei esclama "Evviva", muovendo solo le labbra, e finge di darmi il cinque.

Siamo entrambe al telefono alla ricerca di un potenziale spazio da adibire a ufficio, prima che i quartieri commerciali della città chiudano per il fine settimana. L'agente immobiliare con cui sto parlando ora, che mi ha messo in attesa per recuperare i dettagli dell'annuncio, dice che il suo cliente ha appena ridotto il prezzo per metro quadro, e io sto fremendo mentre aspetto che mi fornisca ulteriori informazioni sulla struttura. Se dipendesse da me, trasferirei le mie cose e quelle di Jaslene al Cartwright oggi stesso, ma non è detto che otterrò il lavoro, quindi devo trovare delle alternative.

L'agente torna al telefono e borbotta tra sé e sé con un fruscio di carta in sottofondo. Perché le informazioni non sono archiviate in un database di computer, per l'amor di Dio?

«Vediamo, vediamo», dice. «Ah, eccolo qui. È un ambiente di classe B nelle immediate vicinanze di New York Avenue. Molto vicino al centro congressi. Duecentocinquantatré metri quadrati. Possibilità di modificare la planimetria per ospitare due locatari. Include un bagno adiacente con lavandino funzionante. Ha visto le foto?»

«Sì», rispondo. La possibilità di condividere lo spazio, e quindi la spesa, è fondamentale. Ma non mi ha ancora detto quanto costa, quindi cerco di moderare l'entusiasmo. «E il prezzo al metro quadro?»

«Quarantadue dollari per un contratto di locazione di un anno. Trentotto dollari se accetta un contratto di tre anni».

Le mie spalle si abbassano di scatto, e chiudo gli occhi stringendoli forte. Non posso permettermi questo affitto *più* quello del mio appartamento. Potrei trasferirmi da mia madre e dalle mie zie, ma non mi basterebbe comunque per pagare l'affitto e avere un reddito disponibile. Un'altra strada sarebbe quella di procurarmi altri clienti, ma sono già molto impegnata e, dato che la maggior parte dei matrimoni si tiene nei fine settimana, in ogni caso ho a disposizione solo cinquantadue weekend all'anno per lavorare.

«Oh, e ci sono alcune cose che dovrebbe sapere», aggiunge l'agente. «L'impianto antincendio e una delle porte dell'ufficio non sono conformi. Dovrà apportare queste modifiche come parte del contratto di locazione. Vuole visitare l'immobile?».

Be', direi che questo è un altro buco nell'acqua. Non ho intenzione di firmare per un canone che non posso permettermi *e* di accettare di fare lavori di ristrutturazione a mie spese. «Grazie per le informazioni. Farò ancora qualche altra ricerca prima di fissare un appuntamento per una visita».

Dopo aver riattaccato, guardo Jaslene, che si sta massaggiando le tempie.

«Va tanto male?», le chiedo.

Lei annuisce. «Classe A. Cinquantasette dollari al metro quadro».

Faccio una smorfia all'idea di spendere tutti quei soldi per un ufficio per la mia attività. La situazione diventa più disperata ogni giorno che passa. Se non riesco a convincere Rebecca che sono la persona più adatta a fare la coordinatrice dei servizi matrimoniali per i suoi hotel, sono finita.

«Comunque, non risolveremo la questione stasera», osserva

Jaslene. «E tu devi essere dall'altra parte della città tra trenta minuti».

Mi alzo di scatto dalla sedia. «Dannazione. Il tempo vola quando ti fai massacrare dal mercato immobiliare commerciale di Washington».

«Il tuo taxi dovrebbe arrivare tra cinque minuti. Vai al Josephine Butler Parks Center, giusto?».

Annuisco e prendo la borsa. «Cosa farei senza di te, Jaslene?».

Lei mi lancia un bacio. «Probabilmente avvizziresti e moriresti».

Venti minuti dopo arrivo a destinazione, una casa storica a Columbia Heights con un parco mozzafiato, eleganti scalinate perfette per le fotografie di un matrimonio e sistemazione al coperto nel caso in cui il tempo non fosse clemente. Gli sposi, Brent Sales e Terrence Ramsey, si sono conosciuti alla scuola di medicina. Sono poco esigenti, facili da accontentare e concentrati su due obiettivi: dare una bella festa nel loro giorno speciale e servire cibo delizioso. Clienti come loro rendono il mio lavoro un gioco da ragazzi. E non guasta che siano anche la coppia più simpatica con cui abbia mai lavorato. Inoltre, sono notevoli, entrambi alti e con le spalle larghe, e troppo carini perché riesca a descriverli adeguatamente.

Il gruppo della cerimonia è poco numeroso, composto solo da tre amici intimi e dalla sorella minore di Brent. Gli sposi, il loro officiante e tutti i testimoni tranne uno sono in piedi nel giardino quando arrivo.

«Incrociamo le dita perché nel giorno delle nozze il meteo sia simile a questo», dico a mo' di saluto.

Brent e Terrence incrociano le dita; l'officiante, una loro amica che ha richiesto la licenza per celebrare matrimoni solo per questa occasione, alza le mani in preghiera. Dopo uno scambio generale di saluti, io e gli sposi passeggiamo fino alla cima della passerella a scalini, da cui partirà la processione.

«Ti avverto», mi dice Terrence, agitando in aria il cercapersone. «Questo fine settimana sono di turno in ospedale per il mio studio, quindi potrei dover andare via per motivi indipendenti dalla mia volontà. Non è colpa mia».

«Oh, invece sì che è colpa tua», ribatte Brent con un sorriso. «Perché sei talmente bravo in quello che fai che la gente ha sempre bisogno del tuo parere».

«Non è un problema», dico io. «Lavoreremo in base ai vostri orari. Il fotografo e il videomaker dovrebbero arrivare a momenti per fare il punto della situazione. Vorranno vedere dove vi posizionerete durante la cerimonia, in modo da poter pianificare le inquadrature e capire quale sia il posto migliore per sistemarsi. Nel frattempo, raduniamo tutti e lavoriamo sulla processione. Ovviamente, per la cerimonia vera e propria ci sarà il complesso musicale, ma ho scaricato la vostra canzone sul cellulare».

Brent e Terrence hanno deciso di percorrere la navata fianco a fianco preceduti dai loro testimoni, ognuno dei quali camminerà da solo. Abbiamo cominciato la prima prova da pochi minuti quando arrivano i professionisti… e Max.

Max indossa un paio di pantaloni neri di cotone e un maglione grigio in lana merino con scollo a V sopra la camicia. Non c'è traccia della cravatta. E non c'è nemmeno modo di ignorare che è maledettamente bello e, poiché vorrei non averlo notato, ora sono superconsapevole della sua presenza.

Parlo brevemente con il fotografo (suppongo che anche lui indossi dei vestiti) e poi questi si allontana per esaminare il suo futuro ambiente di lavoro, mentre l'operatore video lo segue da vicino.

Max se ne sta in disparte, aspettando che finiamo. Gli occhiali da sole che porta non sono abbastanza scuri da nascondere il fatto che mi sta guardando, e io mi tengo impegnata istruendo tutti sulle finezze dell'arte di camminare (già, proprio così, di camminare) per prolungare il momento in cui sarò costretta a parlargli. La sua presenza non dovrebbe turbarmi, ma invece è così.

In linea con le loro personalità, Brent e Terrence attirano Max nella loro cerchia di amicizie e si presentano, mentre io alzo debolmente una mano per comunicargli che l'ho visto. Non posso fare a meno di notare che anche lui è alto e ben piazzato come gli sposi. Loro tre se ne stanno tranquillamente lì in piedi e ridono come se si stessero facendo scattare delle foto per un servizio su *GQ*; sarebbe bello se potessi eliminare Max dalla mia immagine mentale con Photoshop, ma invece no, è fisso lì e ci resta. Uffa.

Il fotografo spunta da dietro una fila di cespugli, strappandomi un gridolino di sorpresa e inducendo tutti i presenti a cercare la fonte del suono.

Sento che mi si surriscaldano le orecchie e medito seriamente di saltare dietro gli stessi cespugli da cui è appena uscito il fotografo.

«Mi dispiace», si scusa lui, con la macchina fotografica in mano. «Possiamo far sistemare la coppia felice nel punto esatto in cui si scambierà le promesse di matrimonio? Voglio vedere dove batte il sole per capire le mie angolazioni».

Colgo al volo l'opportunità di fare qualcosa che non sia stare lì a fissare Max. «Si fermeranno alla fine della passerella», gli spiego, «e poi si sposteranno qui e si troveranno uno di fronte all'altro. Le sedie saranno sistemate in modo che gli ospiti possano guardarli mentre scendono».

Gli sposi prendono posto, e in quel momento il cercapersone di Terrence squilla. Lui lo tira fuori e si allontana, scusandosi ma anche dicendo a tutti che deve rispondere alla chiamata. Dopo un minuto, quando è chiaro dalla smorfia di scuse sul suo volto che la telefonata non sarà veloce, il fotografo sospira e si rivolge a me. «Lina, puoi sostituirlo? Ci vorrà solo un minuto. È solo che... ho un altro impegno, dopo questo».

Io non ci penso due volte: tutto per aiutare i miei clienti a ottenere le migliori fotografie possibili. Fa parte della descrizione del mio lavoro. «Certo. Spiegami di cosa hai bisogno».

Lui mi indica le mani. «Posso?».

Annuisco.

Sistema me e Brent in modo che ci troviamo l'una di fronte all'altro tenendoci per mano. «Okay, così dovrebbe andare bene».

Il videomaker si avvicina. «Magari voi due potete dire qualcosa, così controllo l'audio?»

«Posso recitare le mie promesse», replica Brent. «Li so a memoria».

L'uomo annuisce mentre regola il treppiede della telecamera. «Perfetto. Continua a parlare. E, Lina», prosegue, indicandomi, «non aver paura di parlare anche tu. Avrò bisogno di sentirvi entrambi».

Brent atteggia il volto a un'espressione seria, poi mi rivolge uno sguardo adorante. «Quindi, ci siamo. Oggi è il grande giorno. Finalmente ci sposiamo. Avevo cominciato a pensare che questo giorno non sarebbe mai arrivato, ma poi ho incontrato te. Non avrei mai immaginato di trovare la persona perfetta per me, ma è proprio questo che ho trovato in te. Non avrei mai osato nemmeno sognare che qualcuno potesse desiderarmi quanto io desidero lui, ma tu lo fai».

Il mio cliente parla con il cuore, le sue parole sono semplici ma di grande impatto, e non posso fare a meno di ricordare le promesse che avevo scritto per il mio matrimonio, quelle che non ho mai pronunciato perché lo sposo ha deciso che non era me che voleva. Non è che mi strugga ancora per Andrew, dimenticarlo è stato straordinariamente facile. Non si tratta nemmeno del matrimonio in sé, o della vita coniugale. Per me, non sono precursori necessari per la mia realizzazione. Quello che voglio è un compagno, la sicurezza di sapere che qualcuno mi copre le spalle, la possibilità di confortare ed essere confortati. Amicizia. Vacanze. Forse anche dei bambini, un giorno. Qualcuno di solido, affidabile, che non ha bisogno di passione e scintille per costruire una relazione duratura. Non so se troverò mai questa persona, e questo mi rende molto triste.

Sento le lacrime affiorare e, con orrore, mi rendo conto che è troppo tardi per scacciarle. Se solo fossi più forte di così. Se solo le mie stupide emozioni non avessero la meglio su di me ogni maledetta volta.

Una mano che stringe un fazzoletto mi compare davanti al viso. Alzo lo sguardo e vedo Max che mi fissa. C'è empatia nel suo sguardo, mentre agita il kleenex.

«Allergia?», mi domanda. «Questo periodo dell'anno è terribile, anch'io ho sempre gli occhi che lacrimano».

Prendo il fazzoletto e mi tampono gli occhi. «Già. In primavera sono sempre un disastro».

Lui annuisce. «È quello che pensavo».

Ci scambiamo uno sguardo intenso. *Lui sa*. In qualche modo ha capito che sono stata sopraffatta dalle emozioni ed è intervenuto per aiutarmi a salvare la faccia. Vorrei davvero che quest'uomo non mi piacesse, ma lui non mi dà altra scelta.

Max si rivolge al fotografo. «Credo che abbia bisogno di un secondo per riprendersi. Che ne dice se prendo io il suo posto? Dovrei solo tenere le mani di Brent e fingere di essere innamorato cotto, giusto? Posso farlo senza difficoltà».

La sua offerta mi lascia senza parole. È qui soltanto per seguire il mio lavoro, eppure non ha esitato a entrare in azione per evitare che mi mettessi in ridicolo. Anche se a malincuore, non posso non apprezzare il suo gesto. Più di quanto potrei mai dirgli.

Il fotografo annuisce con entusiasmo. «Sarebbe ancora meglio. Ha l'altezza giusta».

«Allora facciamolo», approva Brent.

Mi sposto di lato mentre Max e Brent si girano l'uno verso l'altro e si prendono per mano. Sorridono come se condividessero un segreto, e i testimoni si divertono a guardarli.

Brent rivolge un'occhiata di fuoco a Max, che si piega in due dalle risate.

«Bambini…», dice il fotografo con un sorriso bonario.

Max si fa scrocchiare il collo. «Okay, okay. Posso farcela». Diventa serio e guarda Brent.

«Ho capito che eri quello giusto il giorno in cui sono stato male e tu sei venuto a portarmi la zuppa», continua il mio cliente, fissandolo negli occhi. «Hai detto che non riuscivi a immaginare di non sapere come stessi».

Max sbatte le ciglia. «Oh, che cosa dolce».

L'operatore video ha chiesto a entrambi di parlare, ma sospetto che non avesse in mente *questo*. In ogni caso, è divertente e, mentre li guardo, sorrido coprendomi la bocca con una mano.

«Non ero mai stato innamorato, quindi non sapevo cosa cercare, cosa aspettarmi, come accettarlo», prosegue Brent.

Max trae un lungo respiro. «Nemmeno io. Ho avuto solo una relazione a lungo termine, ed è stato diversi anni fa».

«Perché vi siete lasciati?», gli chiede lo sposo.

Lui alza le spalle. «Lei ha conosciuto mio fratello e mi ha detto di aver capito che nel mare c'erano pesci più grandi e più interessanti. Non è stata così sfacciata da mollarmi per lui, ma mi ha fatto capire che era l'alternativa migliore».

Oh, no. Gli ha detto una cosa simile in faccia? Che razza di persona farebbe una cosa del genere? Non riesco neanche a immaginare di sentirmi dire che non sono all'altezza di mio fratello. E sarebbe ancora peggio se il commento venisse da qualcuno che pensavo tenesse a me. Lui ce l'ha con Andrew per questo motivo? È questa la fonte della loro rivalità?

«Mi dispiace», commenta Brent. «Come ti ha fatto sentire?».

Il mio cliente è uno psichiatra e non può farne a meno. La cosa potrebbe protrarsi un po' per le lunghe.

«Devo essere onesto?», domanda Max, con gli occhi che si sono annebbiati dalla tristezza. «Mi ha fatto sentire di merda. Sono abituato a paragonarmi a mio fratello. Lui è più grande di me, e siamo sempre in competizione. È normale. Ma quando la mia ragazza in sostanza mi ha detto che sono una sua versione scadente, be', sono sicuro che puoi immaginare che è stata una cosa difficile da gestire per un ragazzo di vent'anni». Raddrizza le spalle. «Ma ora l'ho superata».

No. Credo che non sia del tutto vero.

«Ovviamente non ti meritava», ribatte Brent. «La gente di questo tipo…».

«Brent, è tutto a posto», lo interrompe Max ridacchiando. «Questo non è il momento né il luogo adatto. Concentriamoci sulle tue promesse».

Lo sposo annuisce. «Giusto». Ruota le spalle e gonfia le guance prima di ricominciare. «Comunque, siccome per me era tutto nuovo, non mi fidavo, così sono scappato dalla nostra relazione, ti ho detto che non ero pronto a legarmi a qualcuno…».

Max scuote la testa, con un sorriso smielato sul volto. «No, è importante sapere che sei pronto. Non si può tornare indietro. Devi essere certo che questo sia esattamente ciò che vuoi».

Il suo tono divertito mi fa dimenticare per un attimo dove mi trovo e mi riporta indietro nel tempo, alla notte prima del mio matrimonio. Mi risulta facile immaginare Max che dice queste stesse parole a Andrew, a proposito di me. E, se un attimo fa Max ha detto a Brent la verità sull'entità delle proprie relazioni sentimentali, all'epoca del mio matrimonio ha dato a suo fratello dei consigli su un argomento riguardo al quale non aveva alcun quadro di riferimento. Per qualche motivo, ha deciso di immischiarsi nei miei affari nonostante sapesse ben poco di me. E ancora non so perché.

Nel frattempo, Brent non si scoraggia e continua a recitare le sue promesse nonostante le interruzioni di Max. «Ma alla fine non ho potuto combattere il tuo amore, la tua dedizione a costruire qualcosa di vero e sincero con me. E sono felicissimo di aver perso quella battaglia».

Terrence torna e spinge Max fuori dai piedi. «Basta così. Quelle parole sono destinate a me. Sei fortunato che le abbia già sentite, altrimenti adesso staremmo litigando».

Max indietreggia, sfoggia un sorriso bonario e alza le mani in segno di resa. «È tutto tuo. Sei un uomo fortunato».

Quando si volta per incrociare il mio sguardo, gli permetto di farlo, con il volto rilassato in quella che spero leggerà come un'espressione neutra.

«Grazie per il tuo aiuto», gli dico. «Finisco con loro e me ne vado. Ti contatterò quando avrò un altro appuntamento che potrebbe risultare utile».

Lui inclina la testa da un lato mentre mi valuta. «Abbiamo finito qui? Non vuoi che rimanga ancora un po'?».

Scuoto il capo, con lo sguardo concentrato sulla coppia felice a pochi metri di distanza. «Non c'è molto altro da fare. Rivedremo la processione ancora una volta e poi li lascerò andare. Non sapevo che Terrence fosse di turno e non voglio rubargli altro tempo».

Quando lancio un'occhiata a Max, noto che i suoi occhi non hanno lasciato il mio viso. In qualche modo riesce ad avere un'aria interessata e allo stesso tempo distaccata, come se stesse cercando di capire qualcosa ma desiderasse non doverlo fare. «Che ne dici se mi metto in silenzio qui da qualche parte e registro qualche video di te in azione? Loro ti hanno già dato l'okay, vero?».

Annuisco. «Sì. E sei libero di fare quello che vuoi. Goditi il fine settimana». E poi mi avvio verso Brent e Terrence. Testa alta. Spalle aperte. Una camminata vigorosa e memorabile. È faticoso ma necessario; non voglio che Max sappia che effetto ha su di me. Non mi piace nemmeno ammetterlo con me stessa.

Jaslene ha ragione: ho *davvero* bisogno di chiudere. Perché, ogni volta che mi convinco di non serbare rancore nei confronti di Max, interviene qualcosa a ricordarmi che in realtà non è così. Tuttavia, non posso chiedergli perché ha scoraggiato suo fratello dallo sposarmi. Non apertamente, perlomeno: sarebbe come ammettere che la sua risposta è importante, e non sono disposta a farlo. È un dilemma: come dovrei comportarmi? Ma, quando raggiungo i miei clienti e colgo la parte finale di un commento sull'intimidatoria madre di Brent, mi soggiunge la soluzione. I miei parenti sono un'arma potente che non uso abbastanza spesso. È arrivato il momento di sguinzagliarli contro Max.

13

Max

Da: MHartley@AtlasCommunications.com
A: CSantos@LAccentoSulSì.com
Data: 16 aprile, 9:32
Oggetto: Prossimi step

Ciao Lina,
nell'ambito del processo di preparazione della presentazione di martedì 14 maggio, vorrei parlare con alcuni dei tuoi clienti delle loro impressioni su di te e sui tuoi servizi. Quando puoi, mi invieresti i nomi e i numeri di telefono di tre clienti di riferimento? Sarebbe utile se, per ciascuno di loro, potessi includere la data e il luogo approssimativo dell'evento che hai aiutato a organizzare. Rimango in attesa di un tuo riscontro.
Cordiali saluti, Max

Da: CSantos@LAccentoSulSì.com
A: MHartley@AtlasCommunications.com
Data: 16 aprile, 9:37
Oggetto: Re: Prossimi step

Certo.

Anthony e Sandra Guerrero
443-555-3334
Matrimonio al National Mall; maggio dell'anno scorso.

Patrice Bell e Cynthia Stacks
202-555-3293
Ricevimento alla Meridian House; giugno dell'anno scorso

Bliss Donahue e Ian Grey*
215-555-8745
Matrimonio e ricevimento al Savoy Inn, nell'aprile di quest'anno.
*Tieni presente che Ian è il cugino di primo grado di Rebecca Cartwright.

Saluti,
Lina

P.S. Se sei libero questo giovedì sera, ho una consulenza per un matrimonio in Maryland a cui potresti partecipare. Questo sabato ho anche una rara giornata senza eventi in programma, quindi ho deciso di andare a ispezionare una location per un cliente. È in Virginia, a circa due ore di macchina. Se ti va di unirti a me, sei il benvenuto.

Da: MHartley@AtlasCommunications.com
A: CSantos@LAccentoSulSì.com
Data: 16 aprile, 9:41
Oggetto: Re: Prossimi step

Sono libero per entrambi. Mandami l'indirizzo per l'incontro di giovedì e ci sarò. In quell'occasione, potremo accordarci per sabato. Grazie.

Trascorro i dieci minuti successivi a lasciare messaggi ai referenti che mi ha fornito Lina. In teoria, i suoi ex clienti possono darmi un'idea delle competenze che la contraddistinguono, ma quello che cerco davvero è una visione che vada oltre le sue capacità di pianificazione: un aneddoto toccante, un momento in cui ha salvato la situazione. Un ricordo di Lina piuttosto che del matrimonio. I clienti non assumono aziende, assumono persone. Quindi, in sostanza, sto cercando un *qual-*

cosa di sfuggente che vada oltre l'indiscutibile eccezionalità del curriculum di Lina.

Di sicuro, lei non rivelerebbe mai questa informazione. Non a me, almeno. Ogni volta che penso che abbiamo fatto qualche passo avanti inoltrandoci su un sentiero più agevole, lei mi trascina indietro nel sottobosco. Forse siamo destinati a essere alleati problematici. Mi dico che dovrei essere comunque grato per questo, considerati i nostri trascorsi. Lina non mi deve nulla e io devo smetterla di comportarmi come se invece fosse così. Se c'è qualche informazione cruciale da scovare, la otterrò dai suoi clienti precedenti. Fine della storia.

Attenendomi alla tabella di marcia che mi sono autoimposto, lascio un messaggio per l'ultima persona della lista dei referenti, Bliss Donahue.

Meno di un minuto dopo, il mio telefono squilla. «Pronto, parla Max Hartley».

«Signor Hartley, sono Bliss Donahue. Mi ha appena lasciato un messaggio?»

«Sì. Grazie per avermi richiamato».

Le spiego il progetto, senza menzionare il fatto che è collegato a una posizione lavorativa per cui Lina è in lizza. «Quindi mi piacerebbe conoscere le sue impressioni generali. C'è qualcosa che vorrebbe che Lina avesse fatto in maniera diversa? Nel complesso, la raccomanderebbe?»

«Oh, con tutto il cuore», risponde Bliss.

Lo dice in tono convinto, ed è una bella notizia.

«Lina sa bene quello che fa», continua lei, «a partire dagli elementi principali, come la scelta della location, fino ai minimi dettagli, come quali sedie pieghevoli a noleggio hanno meno probabilità di pizzicare le dita degli invitati. È in grado di gestire una quantità di informazioni incredibile. E non mi ha tarpato le ali. Ho indossato un abito verde, nonostante sono sicura che lei avesse molte perplessità in proposito. Alla fine, la mia giornata è stata proprio come la desideravo. Be', a parte le sopracciglia rasate di mio marito».

«Cioè? Di cosa di tratta?».

Bliss emette un sospiro esasperato. «I suoi testimoni di nozze gliele hanno rasate la notte prima delle nozze. Giuro, sembrano comparse di *Una notte da leoni*. Sa, quel film con Bradley Cooper? Comunque, Lina ha gestito la situazione da vera professionista e, non so come, per la cerimonia lui aveva di nuovo le sopracciglia».

«Questo è davvero utile. C'è altro?»

«Be'...».

«È tutto a posto, Bliss. Il mio obiettivo è aiutare Lina, quindi, se c'è qualcosa che avrebbe reso la sua esperienza ancora migliore, ci piacerebbe saperlo».

Lei emette un respiro. «Okay, è solo che... Probabilmente non ho il diritto di dire una cosa del genere, ma vorrei che Lina *fosse* più entusiasta a proposito dei matrimoni. Non lo so. Avrei voluto che esultasse con me, quando ho trovato i fiori perfetti. O quando Ian e io abbiamo provato le nostre promesse. Ho avuto l'impressione che non sia una grande sostenitrice del "vissero tutti felici e contenti". Questo non ha mai influito sul suo lavoro, ma è qualcosa che ho percepito. Non mi odi per averlo detto, okay?»

«No, no. Le ho chiesto di darmi la sua opinione sincera e lei lo ha fatto. Grazie per aver trovato il tempo di parlare con me».

«Di niente», replica lei con voce frizzante. «Buona fortuna per il progetto».

Ed ecco che ho ottenuto l'informazione che speravo di scoprire: un aspetto del modo di operare di Lina che potrebbe condizionare il suo successo. Una parte del suo modello di business che potrei potenzialmente influenzare in modo positivo. Aiutarla a sfruttare i suoi punti di forza significa anche scoprire quelle che gli altri percepiscono come sue debolezze. Mi chiedo anche se, in effetti, Bliss non abbia ragione: forse, l'esperienza con Andrew ha lasciato Lina ferita. O magari lo era già prima di incontrare mio fratello? Ovunque mi giri, mi imbatto in un altro mistero su Lina che vorrei svelare.

Il tipico tacchettio di mia madre mi avverte che sta facendo il suo giro settimanale. Fa capolino nel mio ufficio. «Hai un minuto?»

«Sì, entra pure».

Si accomoda su una delle sedie degli ospiti e sposta lo sguardo sulle pareti, sulla scrivania e infine su di me. «Volevo solo fare il punto con te per quanto riguarda il piano commerciale del Cartwright. Dato che tu e Andrew non lavorate insieme, non posso convocarvi entrambi per una riunione. Non so bene cosa stia succedendo, e trovo che questa situazione sia destabilizzante».

Mia madre non ammette mai di sentirsi meno che pienamente sicura di sé. È la cosa di lei che amo di più e di meno allo stesso tempo. Questa sua ammissione allenta la tensione nelle mie spalle.

«Siamo nella fase di raccolta delle informazioni», rispondo. «Sto interrogando i referenti e mi sto facendo un'idea di ciò che fa un wedding planner per i suoi clienti. Sto anche facendo qualche ricerca sulla sua clientela target».

Lei annuisce con approvazione, poi aggrotta le sopracciglia. «L'ex fidanzata di tuo fratello era una wedding planner. Carolina». Il suo volto assume un'espressione malinconica a cui non sono abituato. «Chissà cosa starà facendo adesso».

Io mi stringo nelle spalle. Non ho intenzione di replicare niente; un fulmine mi colpirebbe lì sul posto.

«Che tipo di presentazione stai prendendo in considerazione?», mi chiede. «Supporti misti?».

Sono ansioso di cambiare argomento di conversazione, perciò mi lancio nella spiegazione delle mie idee preliminari. «Non siamo ancora arrivati a questo punto, e sto prendendo spunto da lei. Ma proporrò una componente video e...».

L'interfono squilla, e la voce della mia assistente risuona nella stanza: «Max, Patrice Bell è sulla linea uno. Dice che sta rispondendo alla tua chiamata in cui le hai chiesto delle referenze per Carolina Santos e L'Accento sul Sì. Sei libero?».

"Perché, Dio? Perché?".

Mia madre aggrotta le sopracciglia e si inclina in avanti sulla sedia.

Io mi schiarisco la gola. «Sammy, per favore, dille che la richiamo tra un minuto».

«Perfetto», risponde Sammy allegra, ignara degli anni di vita che mi ha appena fatto perdere.

Mia madre si massaggia le tempie e si fissa il grembo. «Vediamo se ho capito bene. La wedding planner con cui stai lavorando è Carolina Santos?»

«Sì».

La sua testa si alza di scatto e il suo viso si corruga. «E né tu né tuo fratello avete ritenuto opportuno condividere con me questa chicca?»

«Non volevamo farti preoccupare». La mia risposta mi fa guadagnare uno sguardo gelido. «Perché dovrei preoccuparmi?»

«Perché non abbiamo condiviso questa chicca nemmeno con Rebecca Cartwright».

Il silenzio può intimidire quanto un gangster della mafia, e questo momento ne è la prova lampante. Se riuscirò a trovare un modo per svenire qui e ora, eviterò la straziante conversazione che seguirà. Mi guardo intorno nel mio ufficio alla ricerca di un oggetto abbastanza pesante con cui potermi infliggere un colpo non mortale. Ma, dopo alcuni altri secondi di silenzio, con mia grande sorpresa, mia madre si alza dalla sedia e scuote la testa. «Sono delusa da voi due, ma non ho intenzione di mettermi in mezzo. Non vi dirò cosa fare, né interverrò per salvarvi. Però tenete a mente questo: se volete maggiori responsabilità qui, dovete guadagnarvele. E, se mandate tutto all'aria, tu *e* tuo fratello dovrete aggiornare i vostri curricula».

Non sta scherzando. E, dopo questo suo tagliente monologo, esce dal mio ufficio e gira a destra. C'è solo un ufficio in quel corridoio: quello di Andrew. Potrei avvertirlo, ma non lo farò. Anche lui merita di essere il bersaglio della sua ira. Voglio dire, dai, Lina è la *sua* ex fidanzata. Io sono solo uno spettatore innocente. Più o meno.

Non posso biasimare mia madre; se un altro dipendente

avesse combinato quello che abbiamo fatto noi, sarebbe stato sbattuto fuori a calci nel culo, se non avesse rimediato al suo errore. Da quando sono entrato qui, ho sempre saputo che lei non ci avrebbe coccolati. Ma, soprattutto, ha ragione: se voglio maggiori responsabilità, devo guadagnarmele. E lo farò. Niente più distrazioni. Niente più deviazioni. Niente più giochetti.

Giovedì sera mi reco a Wheaton per incontrare Lina nel negozio di alimentari della sua famiglia. Mi ha proposto di andare poi insieme da lì all'appuntamento con un cliente. Dopo aver parcheggiato nella strada dove si trova l'attività, mi avvicino all'ingresso e tiro la porta verso di me. Ma non succede nulla, perché è chiusa a chiave. Le luci all'interno, però, sono accese.

Mi ci appoggio contro e sto per tirare fuori il cellulare per mandare un messaggio a Lina, quando lei compare dall'altra parte della porta e la apre.

«Ehi, ciao», mi saluta in tono allegro. *Troppo* allegro. «Entra pure».

Ubbidisco, e sono scioccato di trovarmi davanti diverse paia di occhi che mi fissano, tra cui quelli ben poco calorosi di Natalia.

«Max, questi sono tutti», dice Lina con un gesto entusiasta della mano. «Tutti, questo è Max. Stiamo lavorando insieme a un progetto che mi aiuterà a ottenere quel posto di coordinatrice dei servizi matrimoniali di cui vi ho parlato».

Un ragazzo dietro al bancone raddrizza la schiena, e i suoi occhi si restringono su di me. Ha un aspetto familiare, ma non riesco a identificarlo. Il suo colorito e i suoi lineamenti ricordano quelli di Lina. Solo che lui è grosso. Robusto da morire. E molto più alto di me.

«Ti ho già visto da qualche parte», commenta, strizzando gli occhi come se questo lo aiutasse a riconoscermi.

«Hai ragione, Rey», interviene Lina.

Rey. Abbreviazione di Reynaldo. Adesso mi ricordo di lui: è il fratello maggiore di Lina. Abbiamo parlato qualche minuto durante la cena di prova, due giorni prima che mio fratello annullasse il matrimonio.

Lei mi rivolge un sorriso malizioso prima di rivolgersi di nuovo alla sua famiglia. «Vi ricordate di Andrew, vero? Il ragazzo che mi ha scaricato il giorno del nostro matrimonio? Be', questo è suo fratello. Quello che lo ha incoraggiato a scaricarmi. Comunque, andiamo tutti a sederci. Dobbiamo occuparci di alcuni dettagli delle nozze».

L'attenzione generale si sposta su di me, l'imbecille che non si regge bene sulle gambe.

Lina spara. Fa centro. E io sono morto.

Immagino il mio epitaffio di una sola frase: "Non se l'aspettava assolutamente".

14

Lina

Negoziare un trattato di pace tra i membri della mia famiglia riguardo ai dettagli del matrimonio di Natalia e Paolo? Oppure ottenere informazioni su Max gettandolo nella tana del leone? Chi dice che non posso fare entrambe le cose?

«Perché lui è qui?», chiede Rey lanciando un'occhiata a Max.

Tia Izabel, che si trova accanto a mio fratello dietro il bancone e che ama guardare i fuochi d'artificio ma non vuole mai provocarli, gli assesta una gomitata nel fianco.

Max si accascia in silenzio sulla sedia dietro di me. A quanto pare, mi ha eletta a suo scudo.

«Come ho detto, mi sta aiutando a preparare una presentazione per la posizione per cui mi sono candidata», rispondo. «Parte di ciò che deve fare è vedermi in azione, quindi ho pensato che questo sarebbe stato un buon modo per assistere mentre gestisco una situazione delicata».

Natalia e Paolo mi raggiungono al tavolo, mentre mia madre prende posto in un altro lì accanto. Tia Viviane, la madre della sposa e il motivo principale di questo incontro, fa ruotare la sua sedia e vi si mette a cavalcioni, sistemandosi nel proprio spazio. Ha bisogno di attenzione e la avrà. «Perché è una situazione delicata?».

Volgo lo sguardo verso Natalia e Paolo. Lo sposo, che è un ragazzo dolcissimo, stasera non aprirà praticamente bocca: non ha intenzione di scherzare con la sua futura suocera. Mia cugina è una tipa tosta, tranne quando si tratta di sua madre. Perciò, io sono qui per fare la tipa tosta al suo posto. «Abbiamo bisogno che tutti siano d'accordo su alcuni aspetti del matrimonio, e ci sono così tante idee che rimbalzano in giro, che stanno diventando opprimenti. Vogliamo rispettare i desideri e i gusti della coppia, che potrebbero non essere sempre in linea con i vostri».

«Sii più specifica, per favore», dice Viviane.

«Cominciamo dal vestito», propongo.

Tutti i presenti (e intendo davvero tutti) si raddrizzano e si appoggiano all'indietro, come se non volessero partecipare a questa conversazione. *Traditori.*

Viviane si mette le mani sui fianchi. «Cosa c'è che non va nel mio vestito?».

Deglutisco prima di rispondere. «È un po'... vistoso».

Ed è un eufemismo. È una bomba di lycra viola glitterata con inserti in rete color carne lungo la vita e i fianchi. Pensate a un misto tra *Real Housewives of New Jersey*, *Ballando con le stelle* e le signore di *World Wrestling Entertainment*. Mia madre e Izabel, dal canto loro, hanno scelto degli abiti dai toni neutri che si abbinano alla palette del matrimonio.

«È perfetto per il ricevimento», ribatte Viviane. «Farà un figurone sotto le luci, quando sarò sulla pista da ballo».

Natalia geme. «Con la quantità di brillantini che ha, quel vestito *sostituirà* le luci della pista da ballo. Luci da discoteca, più precisamente. Risparmieremo sicuramente sui costi energetici, almeno».

Max ridacchia.

A Viviane quasi si stacca la testa dal collo, quando si volta di scatto nella sua direzione. «Qui non puoi ridere». Si passa un pollice sulla gola con espressione minacciosa. «*Nunca*».

Io mi appoggio allo schienale e giro il capo per guardare Max da sopra la spalla. «Significa "mai"».

Un muscolo della sua mascella si contrae e lui mi lancia un'occhiata velata. «C'ero arrivato da solo, grazie».

Ho una gran voglia di scoppiare in una risata ma, se i miei parenti vedono che andiamo d'accordo, potrebbero essere meno severi con lui, e questa situazione è troppo divertente per non lasciarla andare avanti ancora per un po' e vedere cosa riuscirà a tirargli fuori la mia famiglia.

«Senti, Tia», dico a Viviane, «tu sei la madre della sposa, quindi sarai una parte importante della giornata di Natalia e Paolo, ma l'attenzione deve essere concentrata su di loro. Per quanto sia bello, il tuo abito costituisce una distrazione».

«È questo che provi?», domanda mia zia a sua figlia.

Lei annuisce. «Sì».

«Perché non l'hai detto subito?».

Natalia sospira. «L'ho fatto. Tipo in cinque occasioni diverse».

Viviane giocherella con un tovagliolo che stringe in mano. «Forse non ti ho sentito». Dopo qualche secondo, aggiunge: «Va bene. Sceglierò un altro vestito».

Guardo mia madre. «Mãe, la aiuti tu?»

«Sì, *filha*. Ci penso io».

Sbatto la mano sul tavolo come se fosse un martelletto. «Okay, il prossimo punto all'ordine del giorno. Lo *strogonoff de frango* sul menu».

«Lo stroganoff di cosa?», domanda Max alle mie spalle.

Rey dà una manata sul bancone e gli punta il dito contro. «Ehi, tu. Non parlare. Guarda e basta».

Max incrocia le braccia sul petto e brontola sottovoce.

Povero Max. Scommetto che si tratta di un territorio sconosciuto per lui, farsi da parte ed essere costretto a rimanere in silenzio. Di sicuro lo odia. Per quanto mi riguarda, io lo adoro, adoro, adoro. «Come te la cavi, campione? Tutto bene?»

«Sei gentile a chiedermelo, STIP».

Il suo riferimento al tipo inesistente di personalità Myers-Briggs che mi ha attribuito suscita la risata che probabilmente lui voleva ottenere. Giro la testa nella sua direzione. «Hai senso dell'umorismo anche sotto pressione. Sono colpita. E, solo per questo, ti aiuterò a tenere il passo. Lo *strogonoff de frango* è lo stroganoff di pollo. La ricetta alla brasiliana è di un rosa intenso, per via del pomodoro, e tende a macchiare i vestiti».

«Cosa c'è che non va nello stroganoff?», interviene Viviane, con la fronte aggrottata per la confusione.

Non posso essere sempre presente per mediare ogni situazione tra Natalia e mia zia, ma quello che *posso* fare è mostrare a mia cugina che le è possibile riuscire da sola. «Nat, se potessi chiedere alla famiglia una cosa che renderebbe più facile il processo di organizzazione del tuo matrimonio, cosa chiederesti?».

Lei incontra lo sguardo di Paolo, che le fa un piccolo cenno di assenso.

«Chiederei a tutti di non aumentare il nostro stress. Tutto qui».

Annuisco, incoraggiante. «Okay, e in che modo lo stroganoff ti stressa?».

Le parole le fuoriescono di getto dalla bocca come il vapore di una pentola a pressione. «È facile sporcarsi, quindi già mi immagino un disastro. Foto del matrimonio con grandi macchie rosa sui vestiti di tutti. Quella roba è come quando ti esplode una penna nella borsetta, hai presente? Ti ritrovi inchiostro ovunque. Non voglio preoccuparmi che la bambina che sparge i petali di rosa possa volerlo assaggiare, o che un invitato mi abbracci e me lo spalmi sull'abito. È solo un grattacapo di cui non ho bisogno».

«Ma è la tradizione», piagnucola Viviane.

Mia madre si alza e fa cenno a mia zia di chiudere la bocca. «*Pare de choramingar, Viviane. Ela non vuole strogonoff de frango no casamento, então não vai ter. Ponto finale!*».

"Oh. Grande, Mãe".

Max si china in avanti e mi sussurra all'orecchio: «Cos'ha detto?».

È troppo vicino, e gli sbuffi del suo alito che profuma di menta mi fluttuano sul collo come una dozzina di farfalle. Mi sposto in avanti e mi schiarisco la gola. «Ha detto che Natalia non vuole lo stroganoff al suo matrimonio, perciò non ci sarà, punto e basta».

«Adoro tua madre», commenta lui.

Anche se controvoglia, sorrido a quella sua dichiarazione sincera (anche se ridicola), poi torno in modalità business. «Ora, parliamo di una tradizione brasiliana che possiamo incorporare nel matrimonio. Qualche idea, Tia?».

Viviane si strofina il mento. «Potremmo distribuire dei *bem-casados* quando gli ospiti se ne vanno». Indica Max con un cenno del capo. «Prima che tu lo chieda, sono biscotti di pan di Spagna che si danno come portafortuna».

«Perfetto», dico. «Ora sì che facciamo progressi».

Trenta minuti dopo, abbiamo appianato una serie di divergenze e salvato il matrimonio di Natalia e Paolo. «Okay, credo che siamo a buon punto. Manca solo un mese al grande giorno, quindi se avete delle cose da fare, portatele a termine il prima possibile». Mi alzo dalla sedia e stiracchio le braccia.

«Non così in fretta», interviene mia madre. «Dobbiamo parlare con quello laggiù».

Max, che è ancora seduto, si gira da una parte all'altra guardandosi intorno. «Chi? Io?»

«Sì, proprio tu», risponde mia madre.

Izabel emette un verso di disapprovazione. «Mariana, non è necessario».

«Io penso di sì», ribatte lei con ostinazione.

Che ridere! È perfetto. Da qui in avanti se ne occuperà la mia famiglia.

Max

Perché non dico a Rey di mettermi al tappeto e farla finita? Sarebbe meglio che dover rispondere alla madre di Lina.

Mi alzo e congiungo le mani in segno di supplica. «Posso ricordarvi», lancio un'occhiata a Rey, poi alla madre di Lina, «con tutto il rispetto, naturalmente, che non sono stato io a lasciare Lina sull'altare? È stato mio fratello, in caso ci fosse confusione su questo punto».

«Ma tu l'hai incoraggiato a farlo?» chiede sua madre.

«Credo di sì. Forse non ha senso, ma a quei tempi ero un cogli… un *cretino*, un cretino immaturo. Ascoltate, lasciatemi dire la mia e poi potrete farmi a pezzi quanto volete. Lo accetterò».

Lei annuisce e mi fa cenno di avvicinarmi piegando le dita, come se fosse il personaggio di un film di arti marziali che sfida il suo avversario successivo. Quel gesto conferma ciò che avevo intuito: se non riuscirò a essere convincente, mi prenderà a calci nel culo. Traggo un respiro profondo e faccio quello che so fare meglio: individuare un tema e venderlo. «Non credo che rivangare il passato serva a qualcosa. Mi basti dire che, se mio fratello avesse amato davvero Lina, non l'avrebbe lasciata sul metaforico altare, oppure avrebbe trovato la strada per tornare da lei». Mi giro per rivolgermi direttamente a Lina. «Sempre ammesso che tu volessi riprenderlo con te, intendo».

A sua madre dico: «Ma ecco cosa so *oggi*. Mio fratello è una persona perbene: non è cattivo, raramente è scortese con qualcuno, tranne che con me, e non è uno che fa drammi. Mi aspetto che un giorno diventi un buon padre e un buon marito. Ma, dopo essere stato in compagnia della vostra famiglia per meno di un'ora, ho capito che non sarebbe stato il partner giusto per Lina. Voi vorreste per lei qualcuno pieno di vita come tutti voi. Qualcuno che la adori incondizionatamente. Che la induca a sciogliersi lo chignon e dimenticare se stessa anche solo per qualche minuto. Che la faccia piangere, ma soltanto per le ragioni più sdolcinate». Prendo un respiro profondo e alzo le spalle. «Voglio solo dire che mi dispiace per il ruolo che ho avuto nella loro rottura, ma non credo che mio fratello fosse l'uomo giusto per lei».

Piano, per non dare nell'occhio, mi giro per valutare la reazione di Lina al mio monologo. E, con mia grande sorpresa, il suo volto è inespressivo. Mi preparo a fare una battuta per stemperare la tensione, ma lei si scusa e mi passa accanto, dirigendosi verso una zona oltre la cassa del negozio.

Sua madre unisce le mani e sorride alle sorelle.

Rey gira intorno al bancone e mi si avvicina, e la parte superiore del suo corpo si slancia in direzione del punto in cui mi trovo io.

Chiudo gli occhi. «Se devi colpirmi, fallo in fretta e fammi perdere i sensi. È la cosa più umana che tu possa fare».

«Non voglio picchiarti», replica lui, mentre le sue zampe da orso si posano sulle mie spalle leggere come due piume. «Un uomo che parla della mia sorellina come hai appena fatto tu non può essere del tutto cattivo». Mi stringe leggermente le spalle. «Credo molto nelle seconde occasioni. E, visto il modo in cui tu e Lina andate d'accordo, sembra che anche lei la pensi allo stesso modo. Per me è abbastanza».

Ma non lo è per Natalia, che mi guarda scuotendo la testa con espressione torva.

«Che cosa ho fatto adesso?», domando senza riuscire a moderare la frustrazione nella mia voce.

«Hai presente quell'ipotetico individuo che hai descritto?», risponde lei. «La persona perfetta per Lina?»

«Sì? Che problema c'è con lui? O lei». Scuoto la testa. «Insomma, sai cosa voglio dire».

Natalia mi dà una pacca comprensiva sulla spalla. «Hai appena descritto il suo incubo peggiore».

Non ho la più pallida idea di cosa voglia dire. Ma stiamo parlando di Lina, quindi non dovrei sorprendermi. Un'altra parte della sua personalità che mi confonde? Be', mi sembra giusto.

Mi volto verso Natalia. «Ti dispiace spiegarti?».

Lei scuote il capo. «È il massimo che otterrai da me, amico».

«Siamo amici adesso?», le chiedo, alzando un sopracciglio.

Lei mi fa l'occhiolino. «Mi correggo. Siamo conoscenti».

«Posso farmene una ragione».

«Non hai altra scelta *se non* fartene una ragione», canticchia lei mentre fa alzare Paolo dalla sedia e lo fa girare al ritmo della musica che all'improvviso riempie il negozio.

Se l'universo mi avesse a cuore, mi innamorerei di una donna come Natalia: una persona aperta che non ha paura di dire esattamente quello che le passa per la testa. Ma invece io penso alla donna che non è più nella stanza. Mi chiedo se stia bene. Vorrei rivedere il suo sorriso riluttante. Non so molto, ma sono sicuro di una cosa: l'universo mi odia.

15

Lina

Mentre cerco di spruzzarmi dell'acqua sulla faccia, urto lo spigolo dell'armadietto dei medicinali con il gomito. Accidenti, questo bagno è minuscolo. Probabilmente me ne rendo conto solo adesso perché non ho alcun motivo per starmene chiusa qui dentro, se non quello di evitare tutta la gente là fuori.

Come diavolo ha fatto questa serata a trasformarsi in una conferenza su *L'uomo che dovrei sposare, Fondamenti*? Oh, giusto. Max Hartley, esimio professore specializzato in *Parlare a vanvera*, ci ha fatto visita. Max non mi *conosce*. Non ha idea di cosa mi passi per la testa e non capirebbe mai perché sono quella che sono. Eppure, non si fa problemi a pontificare con tono saccente con la *mia* famiglia a proposito della *mia* vita sentimentale. Lui non sa che una volta ho trovato la creatura mitica che ha descritto. Si chiamava Lincoln, e al terzo e quarto anno di università alla UMD credevo che fossimo destinati a stare insieme. Voglio dire, persino i nostri soprannomi, Linc e Lina, erano una *prova* del fatto che era stato il destino a farci incontrare.

Lincoln mi aveva corteggiato per mesi, ma io ero stata diffidente all'idea di avere una storia seria, soprattutto visto che la maggior parte dei miei compagni di classe cambiava partner con la stessa facilità con cui abbandonava i corsi che si tenevano la mattina presto. Ma non era quello il senso dell'università?

Non avrei dovuto fare lo stesso? Lincoln, però, era insistente. Mi faceva sentire speciale. Mi lusingava come nessuno aveva mai fatto prima. E così mi innamorai di lui.

E, guarda caso, quando accadde, lui decise che non ero più speciale. Cominciò a fare dei giochetti, del tipo che mi facevano piangere e urlare. Scompariva per giorni, dimenticava il mio compleanno, mi chiedeva periodicamente spazio per poi ricomparire quando gliene concedevo troppo. All'epoca io agivo ancora da persona impulsiva, e lui adorava quell'aspetto del mio carattere. Diceva che la mia passione dimostrava quanto tenessi a lui e vivacizzava la nostra relazione.

Mi ci volle molto tempo per capire che gli piaceva provocarmi; alla fine, perse perfino interesse nel farlo. Si allontanò per gradi, fino al giorno in cui entrai in una sala da pranzo affollata del campus e lo vidi che baciava e accarezzava un'altra ragazza. Se fossi stata una persona più forte, me ne sarei andata infuriata e non mi sarei mai voltata indietro. Invece rimasi lì, a guardarlo mentre faceva sentire speciale un'altra, con le viscere che mi stringevano il cuore fino a rischiare di farmelo schizzato fuori dal petto; e fui sopraffatta da una profonda tristezza. Non quella tristezza che ti induce a strafogarti di chili e chili di cioccolato, e nemmeno quella che ti fa restare per giorni sdraiata a letto a fissare il soffitto. No, quella era molto peggio. Avevo l'impressione di non riuscire a contenere tutto ciò che provavo dentro di me. Così crollai. Cominciai a lanciare accuse mentre le lacrime mi rigavano il viso. Mi disperai. Mi inginocchiai come un'attrice melodrammatica che fa un'audizione per un ruolo da comparsa in un film di serie B. Fu brutto. E anche imbarazzante. *Dolorosamente* imbarazzante. E, quando alzai lo sguardo sui volti dei miei compagni, vidi solo pietà. Avevano perso il rispetto che nutrivano per me, e non lo avrei mai recuperato. E tutto perché non ero riuscita a controllare le mie emozioni. In quel momento, giurai che non avrei mai permesso a niente e a nessuno di ridurmi di nuovo in quello stato umiliante. Da allora, ho avuto solo una ricaduta (che ha costituito l'incidente che mi ha fatto licenziare dal mio lavoro di assistente legale), ma posso dire con certezza che adesso controllo le mie emozioni, mentre in passato erano le emozioni a controllare me.

Non è giusto aspettarsi che Max capisca tutto questo, dato che non conosce i fatti. Tuttavia, non vedo perché dovrei informarlo in proposito; può credere quello che gli pare.

Lascio il mio rifugio in miniatura e torno all'ingresso del negozio, dove l'aria risuona di risate e di percussioni della samba. Il mio sguardo si posa subito su mia madre, che sta infilando un *brigadeiro* in bocca a Max. Lui geme e alza gli occhi al cielo mentre mastica e lei lo guarda felice, come se soddisfare le esigenze alimentari di Max fosse la priorità della sua vita. Rey va a cercare dell'acqua e, quando ritorna, lo pungola scherzosamente nelle costole. Tutti gli altri ballano la samba al centro della stanza. È ufficiale: stanno dando una festa di benvenuto in famiglia per Max. E in tutta sincerità, non posso biasimarli; anche io sotto sotto apprezzo la sua compagnia.

Tia Izabel mi fa cenno di unirmi al loro cerchio di danza. L'ho fatto innumerevoli volte, ma non con Max nei paraggi. Quando mi rendo conto che sto temporeggiando, mi avvicino per dimostrare a me stessa che non sto esitando solo perché c'è lui. Rey e Natalia, che sono sempre i più scalmanati quando siamo tutti insieme, alzano le mani e lanciano grida di approvazione. Il mio corpo si rilassa nei familiari passi veloci che richiedono a piedi, polpacci, sedere e fianchi di lavorare insieme in perfetta coordinazione. Mi ci sono voluti anni per perfezionare i movimenti, e ora ballare mi viene facile come camminare. Sono così persa nella musica che chiudo gli occhi e lascio che il mio corpo oscilli e ondeggi a ritmo, dimenando il busto con le braccia sopra la testa.

La canzone successiva è più lenta, e io mi adatto e comincio ad ancheggiare disegnando cerchi più piccoli con i fianchi, finché a un certo punto sollevo le palpebre e vedo Max che mi osserva in piedi accanto al bancone; il suo sguardo percorre il mio corpo e alla fine si posa sul mio viso. Il mio respiro accelera e il cuore prende a martellarmi nel petto. Ma non distolgo lo sguardo. E nemmeno lui. Se fossimo soli, colmeremmo lo spazio che ci separa: l'attrazione è fortissima.

Natalia mi urta con un'anca, facendomi perdere l'equilibrio; prima che io riesca a recuperarlo, Max esce dal negozio.

Incontro lo sguardo di mia madre con una domanda che mi lampeggia negli occhi, ma lei si limita ad alzare le spalle e a voltarsi, mentre un accenno di sorriso le solleva gli angoli delle labbra carnose. Poiché sono stata io a chiedergli di raggiungermi qui questa sera, mi sento in dovere di seguirlo per assicurarmi che stia bene, perciò spingo la porta d'ingresso e sbircio fuori. Con mio grande sollievo, lo vedo a pochi metri di distanza, che cammina avanti e indietro tra due macchine parcheggiate.

«Che succede?», gli chiedo, strofinandomi le braccia per proteggermi dall'aria fredda.

Lui alza la testa, ma non si ferma. «Avrei bisogno di fumare».

«Cosa fumi? Sigarette? Erba?».

Scuote la testa. «Nessuna delle due. Ma stasera riconsidererei la cosa. Mi sento un po'scombussolato».

«Be', se hai bisogno di andare via, sentiti libero di farlo. Qui abbiamo finito».

Max si gira verso di me e appoggia le mani sull'auto che ci separa. È un po' più pallido del solito, ma per il resto sembra in forma.

«Credo che sia una buona idea», replica. «Puoi salutare tutti da parte mia e spiegare che non mi sentivo bene?»

«Certo. Non preoccuparti. Forse qualcosa che ti ha dato mia madre ti sta disturbando lo stomaco? I *brigadeiro* contengono latte condensato».

Lui nega con un cenno del capo, ma non incontra i miei occhi. «No, no. Non è niente del genere. Sono stanco, tutto qui. Ho difficoltà a pensare con chiarezza». Il suo sguardo si sposta sul mio, poi si posa su un punto alle mie spalle. «La tua famiglia è fantastica, comunque. Intimidatoria, ma fantastica».

Gli sorrido. «È una descrizione perfetta».

«Tuo padre?»

«Non fa parte delle nostre vite», rispondo alzando le spalle. «E per noi va bene così».

Annuisce, poi batte leggermente il pugno sul cofano dell'auto. «Ascolta, per quanto riguarda le cose che ho detto prima: mi dispiace se ti ho messa a disagio. La tua famiglia sa come far sentire qualcuno sotto pressione, e io ho solo detto quello che penso. Mi rendo conto che la mia opinione non conta un cazzo, quindi facciamo finta che non abbia mai detto niente. Affare fatto?».

Potrei accettare la sua offerta di pace e piantarla lì, ma il mio istinto mi spinge a rifiutarla a priori. Questo fa di me una cattiva persona? Dio, spero di no. Nonostante ciò, gli rivolgo un sorriso talmente dolce da far cariare i denti. «Nella vita non ci sono seconde occasioni, Max». *Wow, sì che sono una cattiva persona.*

Lui stringe le labbra come se la mia risposta non lo sorprendesse. «Giusto».

Cosa cavolo ho che non va? Perché lo sto allontanando quando è evidente che lui sta cercando di sanare la frattura tra noi? Avevo deciso di metterci un punto questa sera e, adesso che ho l'occasione di farlo, mi comporto come se mi bruciasse. Forse è perché in realtà io *ho bisogno* di questa frattura tra noi. Senza il rancore a cui aggrapparmi, su cosa potrò contare per tenere Max a distanza? Sono troppo consapevole di lui perché possa essere una situazione positiva per me. Tuttavia, non posso farlo passare per il cattivo, quando non lo è. Sarebbe comodo, ma non sarebbe vero.

Lo guardo mentre armeggia con la chiave della macchina. Vuole scappare, e io me ne sto qui a impedirgli la fuga. Dovrei salutarlo, ma non voglio concludere la serata in questo modo. «Max, è vero che nella vita non ci sono seconde occasioni, ma possiamo voltare pagina e andare avanti da qui. Vorrei che fossimo amici».

Trae un respiro profondo e dà una leggera pacca sul tetto dell'auto. «Lo vorrei anch'io».

Senza darmi il tempo di ripensarci, mi lascio sfuggire: «E spero che tu non abbia dubbi in proposito, ma la tua ex ragazza si sbagliava. Sei un ragazzo fantastico, a modo tuo. Non permettere a nessuno di dirti il contrario».

«Grazie per averlo detto». Si passa una mano tra i capelli con un movimento rapido. «Ma ora devo andare. Ti chiamo per sabato».

Non aspetta la mia risposta. Confusa dal suo comportamento scortese, lo guardo camminare verso la sua macchina e salire a bordo. Si allontana nel giro di pochi secondi, come se i suoi stessi demoni lo stessero inseguendo e lui fosse determinato a seminarli.

Max

Sono passate due ore da quando ho lasciato Rio de Wheaton e sono ancora turbato. Sono anche irrequieto e nervoso da morire. Nemmeno una doccia fredda è riuscita a fare la differenza. E, come se non bastasse, Dean ignora i miei messaggi.

Una birra mi aiuterebbe, ma mi trattengo dal berne una perché, se il mio amico dovesse rispondere, andrò a casa sua. Lui saprà cosa dire per rimettermi in ordine il cervello. Per il momento, le mie sinapsi non funzionano, e i lobi lavorano l'uno contro l'altro.

Mi precipito a prendere il cellulare non appena sento la suoneria di un messaggio.

Dean: Mi dispiace, amico. Ero a un appuntamento. Che c'è?

Io: C'è qualcuno lì con te adesso?

Dean: No. Non eravamo in sintonia. La ricerca della compagna perfetta continua.

Io: Posso passare da te? Ho bisogno di parlare.

Dean: Ma ora stiamo parlando.

Io: Stiamo messaggiando.

Dean: Stai bene?

Io: Sì.

Dean: Vuoi venire da me per farti una sveltina?
Io: 'Fanculo. Posso venire o no?
Dean: Certo, ti aspetto.

Arrivo lì nel giro di quindici minuti.

Dean apre la porta e la sua sagoma riempie la soglia. «Cosa cavolo è quella roba?».

Sollevo in aria gli oggetti che stringo in mano. «Una borsa con il cambio per la notte e un cuscino. Non si sa mai».

Lui si gratta un lato del viso ed emette un pesante sospiro. «Porta qui le chiappe». Si allontana all'interno, poi si mette a sedere su uno sgabello in cucina e mi guarda mentre sistemo le mie cose in un angolo. «È tardi, e domani devo essere al lavoro molto presto. Che succede?».

Comincio a camminare avanti e indietro per tutto il soggiorno, cercando di formulare delle frasi per esprimere i miei pensieri. «Ho bisogno di sentire di nuovo quelle ragioni».

Non so dire per quanto tempo lui rimanga a fissarmi, ma mi sembra molto. Un minuto, forse?

«Che cosa è successo?». Il suo tono è rassegnato, come se avesse dei sospetti e aspettasse solo una conferma da parte mia.

«Non è successo niente. Sto cercando di assicurarmi che la situazione rimanga così».

Si alza in piedi. «Non prendermi per il culo, Max». Scuotendo la testa, fa un gesto nella mia direzione. «Non hai l'aspetto di uno a cui "non è successo niente". Che cosa hai fatto?».

Rallento e affronto il suo sguardo scettico. «Ho avuto pensieri inappropriati su Lina».

«*Solo* pensieri?».

Annuisco. «Sì. Nient'altro».

Lui alza le mani e si rimette a sedere sullo sgabello. «Qual è il problema, allora? Capita a tutti, di tanto in tanto. Fa parte del fatto che siamo umani».

Dean non capisce. Sono due ore e mezza che non smetto di avere pensieri inappropriati su Lina. Sto continuando anche *adesso*. E non voglio andare a letto perché sono preoccupato all'idea di dove mi condurranno. Sarebbe un pendio scivoloso, in senso letterale e figurato. «I pensieri sono una cosa, ma se mi spingo oltre?».

Lui gonfia le guance, poi sbuffa, scrutandomi con un'espressione perplessa. «Cosa significa?». Alcuni secondi dopo, spalanca la bocca e scoppia in una risata. «Oh, porca miseria. Hai paura di pensare a lei mentre ti masturbi?».

Sentirlo dire ad alta voce sembra molto peggio di quanto immaginassi. Mi tiro i capelli, zigzagando nel suo salotto come una pallina da ping-pong. «Non è divertente. Sono ridotto a uno schifo. Uno schifo totale».

«Cosa ti ha fatto scattare, questa volta?», mi domanda ridacchiando.

«Stava ballando nel negozio della sua famiglia, ignara del fatto che la stessi guardando. E, Dean, ti dico che sono rimasto ipnotizzato, cazzo». Gemo al ricordo dcl modo in cui muoveva il culo e i fianchi in mezzo a quella sala. «Cristo, in passato è stata sul punto di diventare mia cognata».

Il mio amico mi guarda stringendo le labbra. «Ma non lo è diventata, quindi calmati».

«Dimmi cosa devo fare», lo imploro.

Lui riflette sulla mia richiesta e poi mi chiede: «Lei mostra qualche segno di provare lo stesso sentimento? È una cosa ricambiata?»

«Non sono nemmeno sicuro di piacerle. Come persona, intendo. Ha detto che possiamo essere amici. E che sono un ragazzo fantastico. Mi sono sentito come se avessi vinto alla lotteria. Sono andato fuori di testa, cazzo. Per lei, però, non è niente. Mi tollera, e solo per il bene di questo grosso lavoro che vuole ottenere. Voglio dire, voleva sposare mio fratello. Non è possibile che sia interessata a me».

«Allora legati le mani dietro la schiena e vai a dormire, cazzo. Il mio divano è il tuo divano. Lenzuola e coperte sono nell'armadio dell'ingresso. Possiamo parlarne ancora domani». Si avvia verso il corridoio che porta alla sua camera. «Buona notte».

Brontolando per la mancanza di sostegno di Dean nel momento in cui ne ho più bisogno, vado in bagno, dove mi lavo i denti e mi passo il filo interdentale. Ancora arrabbiato, butto un lenzuolo sul divano, spengo la luce e mi tuffo sotto il piumino che ho preso dall'armadio, che sa di profumo da donna. "Non mi ha nemmeno dato delle lenzuola pulite. Che gran padrone di casa".

E, poiché non ho nient'altro da fare, mi accontento di ammirare le immagini di Lina che non smettono di lampeggiare nel mio cervello inquieto. I suoi gemiti di apprezzamento per il suo pranzo. Il momento in cui mi ha tolto le briciole dal viso. La danza della tortura.

Lei ha sempre il controllo della situazione. È distaccata. Non direi sgarbata, solo riservata. Il suo viso non rivela alcuna emozione, la sua voce è calma. Tutto e tutti hanno un loro posto. È la pianificatrice che c'è in lei, suppongo. Ma, Dio, ho voglia di disorganizzare fino all'ultimo centimetro della sua vita. Di disorientarla a tal punto da farle indossare i vestiti al contrario.

Punti extra se riesco a farle raggiungere uno stato in cui non è in grado di distinguere tra un bottone e una boutonnière.

Immagino noi due insieme, in una risoluzione ad alta definizione, con un audio eccellente e la possibilità di riprodurre la memoria su richiesta. È solo una visione della mia mano che si infila sotto la sua gonna a tubino mentre lei chiude gli occhi e ansima, ma è sufficiente per farmi balzare su dal divano, trascinare il piumino profumato di lavanda in corridoio e bussare alla porta di Dean.

«Cosa c'è?», sbraita lui.

Faccio capolino all'interno. «Fammi stare qui stanotte. Il tuo letto è enorme. Mi garantirà di non... sai... e prometto di rimanere dal mio lato».

Si batte una mano sulla fronte. «Gesù Cristo. Non hai un briciolo di autocontrollo?». Dopo qualche secondo, aggiunge: «Tutto ciò che ti devo viene cancellato stasera. Capito?»

«Sì», rispondo, sollevato che non mi stia buttando fuori.

«E, se percepisco un qualsiasi movimento dondolante, sbatto

il tuo culo sul pavimento e ti vieto per sempre di venire a casa mia».

«Nessun problema». Salto sul letto atterrando sulla schiena, poi mi risistemo il piumino sulla parte inferiore del corpo. «Grazie, amico».

«Vaffanculo», ribatte lui girandosi su un fianco. «Devi risolvere i tuoi problemi, perché questa non diventerà un'abitudine».

«Lo so».

Ci penserò più avanti. Per ora, posso stare tranquillo sapendo che sarò in grado di guardare Lina negli occhi, la prossima volta che ci vedremo. È già qualcosa.

16

Max

Da: MHartley@AtlasCommunications.com
A: CSantos@LAccentoSulSì.com
Data: 19 aprile, 11:17
Oggetto: sabato

Ciao Lina,
ho qualche domanda riguardo al viaggio di domani:
1) Andiamo in macchina insieme?
2) Come si chiama il posto che dobbiamo visitare?
3) Devo portare qualcosa?

Sarebbe perfetto se riuscissimo a discutere la nostra strategia in merito alla presentazione, ed è per questo che voto sì alla domanda n. 1.

Spero che tu stia bene.
Max

Da: CSantos@LAccentoSulSì.com
A: MHartley@AtlasCommunications.com
Data: 19 aprile, 13:13
Oggetto: Re: sabato

Ciao Max.
1) Va bene, ma guido io e prendiamo la mia macchina.
2) Fattoria Surrey Lane, Raven Hill, VA

3) Ho controllato le previsioni del tempo e potrebbe esserci un acquazzone passeggero. Trattandosi di una fattoria, sarebbe opportuno indossare stivali impermeabili. E un cambio di vestiti è sempre saggio (nel caso in cui il terreno sia fangoso).

Posso passare a prenderti sotto casa sabato mattina, oppure puoi venire da me a College Park e lasciare la macchina lì. Sappi però che, venendo da me, faresti della strada nella direzione opposta a quella in cui dobbiamo andare. A te la scelta.

Cordiali saluti,

Lina

Sto scrivendo una risposta quando Andrew bussa alla porta ed entra senza aspettare il mio permesso.

«Ciao anche a te», dico senza alzare lo sguardo dallo schermo.

«Ehi, hai un minuto?», mi chiede, sedendosi su una sedia di fronte alla mia scrivania.

«Fammi finire questa e-mail».

Io digito. Lui aspetta. Nel frattempo, nessuno dei due parla. Dopo aver premuto invio, mi appoggio allo schienale e poso le mani giunte sulla scrivania. «Che succede?»

«Due cose», replica. «Uno: il Virginia Real Estate Consortium vuole discutere il marketing per il terzo trimestre. Se possibile, entro le prossime due settimane. Quando hai un attimo, puoi comunicare a Sammy i giorni in cui sei libero per pranzo?».

Scarabocchio un appunto per me stesso per ricordarmi di farlo. «Va bene. Qual è la seconda cosa?»

«Per le presentazioni a Rebecca Cartwright, avete pensato a quale attrezzatura audio o video vi servirà? Sarà sufficiente un computer? PowerPoint su uno schermo per proiettore? Sto solo cercando di capire se dobbiamo inoltrare qualche richiesta particolare».

Ah, sì, davvero? L'attrezzatura di cui ha bisogno è sempre al suo posto perché io mi assicuro che lo sia. La verità è che non si è mai preoccupato di questi problemi prima d'ora, il che fa subito scattare il mio allarme antistronzate. Non ci vuole un genio per capire cosa sta succedendo: il mio fratellone sta ficcando il naso e lo sta dissimulando malissimo. «Non ci ho ancora pensato molto. Lina e io dobbiamo ancora parlare dei dettagli della presentazione. Al momento sono nella fase di analisi».

Andrew inclina la testa all'indietro. «Davvero? Mancano meno di quattro settimane. Non c'è molto tempo per prepararsi».

Mi stringo nelle spalle. «Ci stiamo lavorando. Credimi, tutto quello che stiamo facendo contribuirà a formare la nostra proposta, in qualche modo. Com'è il tuo partner? Henry, giusto?».

Andrew annuisce. «È un guru dell'organizzazione. È spaventosamente competente. Non vedo l'ora di mostrare a Rebecca quello che abbiamo ideato».

«Immagino che sia per questo che fanno i wedding planner: a loro l'organizzazione risulta facile».

«Nel caso di Lina, aveva altre opzioni», dice Andrew, tambureIlandosi su una coscia. «Sapevi che era un'assistente legale prima di fare questo lavoro? Dovresti farle qualche domanda in proposito, qualche volta». Si alza dalla sedia.

Mi irrita che lui sappia più cose di me a proposito di Lina. Poi ricordo a me stesso che è il suo ex fidanzato. *Dovrebbe* saperne di più. Anche questo mi irrita. Alzo lo sguardo su di lui con un sorriso autocompiaciuto. «Magari lo farò. Questo fine settimana andiamo in Virginia. Per motivi di lavoro. Potrei chiederglielo durante le due ore di macchina».

Andrew si irrigidisce, un muscolo della sua mascella si tende in risposta alla notizia.

Cazzo. Non era il caso. Riesco a immaginare Dean che ci indica ora e dice: "Ecco. Questo è ciò di cui ti parlavo, amico". Mi vergogno del mio comportamento meschino e vorrei potermi rimangiare le ultime frasi, ma non è così che funzionano le cose. Come ha detto Lina, nella vita non ci sono seconde occasioni. E ha ragione. Ci sono solo occasioni per fare meglio.

«Comunque», continuo, arrampicandomi mentalmente sugli specchi per rimediare alla cazzata che ho detto, «andiamo a visitare la potenziale location per un matrimonio. Spero che non ci uccideremo a vicenda prima di arrivare a destinazione».

Il suo corpo si rilassa di nuovo (be', si rilassa per quanto Andrew glielo consenta) e lui si dondola all'indietro sui talloni. «Buona fortuna. Mi sa che ne avrai bisogno».

Ha ragione. Ma non per il motivo che pensa lui.

«È questa la tua macchina? Una Volvo del '99? È gialla».

Lina sbuffa, mentre cerca di aprire il bagagliaio. «È del 2002, okay? E chiunque abbia un occhio attento può vedere che è color oro metallizzato». Stringe i denti mentre tira verso l'alto la leva di sblocco, finché il cofano si apre con un forte rumore metallico. «Si era solo inceppato, ma niente di grave. La macchina funziona benissimo».

Le lancio un'occhiata diffidente; non sono sicuro che sia saggio mettere le mie cose nel retro di questo bestione mascherato da veicolo. «Ho una dignitosissima Acura a meno di cento metri da qui. Non è troppo tardi per cambiare mezzo e andare con la mia».

Lei alza gli occhi al cielo. «Senti, discriminatore di auto, sono io che guido, e mi trovo bene al volante della *mia* macchina. Non alteriamo inutilmente le variabili». Borbottando tra sé e sé, gira intorno alla banana-mobile e si siede al posto di guida.

Oggi indossa dei jeans, e sinceramente non so se in futuro riuscirò più a guardarne un paio senza immaginarmelo addosso a lei. Chi l'avrebbe mai detto che esiste il feticismo del denim? Ai pantaloni ha abbinato una camicia nera con colletto che porta parzialmente infilata nella cintura, ottenendo un look che ancora una volta stravolge la percezione che ho di lei. Questo viaggio è già iniziato male, e non abbiamo ancora consumato neanche una goccia di benzina.

Sapendo di dover porgere un ramoscello d'ulivo per rimediare alla frecciatina sulla sua auto, salgo sul sedile del passeggero e sollevo il sacchetto di carta e il thermos che stringo in mano. «Ho portato degli snack».

Lei volta la testa nella mia direzione e mi scruta, poi un angolo delle sue labbra lucide si solleva in un sorriso sbilenco. «Sono le nove del mattino. Penso di poter aspettare per mangiare fino a quando non saremo arrivati a destinazione ma, se hai fame, non ti fermerò».

Alzo le spalle. «Fai come vuoi. Ma dammi un minuto per sistemarmi». Mi metto il thermos tra le gambe, in modo da potermi allacciare la cintura di sicurezza. Poi lo riprendo, gli tolgo il tappo e verso del caffè nella mia tazza da viaggio riutilizzabile. È dolce e cremoso, e probabilmente contiene più zucchero di quello di un'intera bottiglia di sciroppo d'acero, però mi piace. Molto. «Tua madre fa un caffè fantastico».

Lei arriccia il naso ma tiene gli occhi puntati sulla strada mentre si immette nel traffico. «Mia madre?»

«Sì. Stamattina sono passato da Rio de Wheaton, e lei mi ha dato il caffè e...» scuoto il sacchetto di carta, «del *pão de queijo*».

Lei rimane a bocca aperta. «Non è vero».

«Ah, signorina Santos, invece sì. Sapevo che dei brownie non mi avrebbero mai fatto guadagnare punti con te, così ho pensato di provare con il *pão de queijo*».

Lei sorride. «A cosa ti servono i punti?»

«Come assicurazione. La mia condotta passata dimostra che di sicuro in futuro combinerò qualche casino, e a quel punto avrò bisogno di incassare i crediti. Quindi, ora sto lavorando per accumularne una riserva».

«Che uomo intelligente», commenta lei, ancora sorridendo.

Passano alcuni istanti di silenzio, durante i quali sbatte le palpebre in modo talmente eccessivo da farmi domandare se non le sia finita una ciglia in un occhio, poi le sue spalle si abbassano in segno di rassegnazione. «Posso averne uno, per favore?»

«Una pallina di formaggio?».

Fa una smorfia. «Se vuoi guadagnare punti, non chiamarlo così».

Io sghignazzo. «Ma è la traduzione letterale».

«No, non lo è. La traduzione letterale è "pane al formaggio". E, comunque, è molto più di una pallina di formaggio. È un boccone di bontà friabile all'esterno e appiccicoso e caldo all'interno. E, quando lo spezzi, il formaggio all'interno fila per chilometri».

«Lo vuoi o no?», le chiedo.

«Sì che lo voglio», risponde in tono ansimante, allungando la mano.

«*Ah-ah-ah*. La sicurezza prima di tutto. Entrambe le mani sul volante, per favore».

Lei storce la bocca, ma ubbidisce. Dovrei farla guidare sempre: è molto più disponibile, quando si trova sul sedile del conducente.

Nonostante la sua espressione indolente, quando le mie dita si avvicinano spalanca la bocca e vi accoglie l'intera pallina. Non ho intenzione di fare commenti da simpaticone e, per assicurarmene, mi mordo il labbro inferiore con una forza tale da incidermi la pelle.

«È buono», dice mentre mastica, «ma sarebbe mille volte meglio appena sfornato».

«È quello che ha detto tua madre. Per mia fortuna, al negozio ne ho assaggiati alcuni ancora caldi».

Lei brontola qualche parola incomprensibile e poi dice più chiaramente: «Adesso stai perdendo i punti che hai guadagnato con il *pão de queijo*».

«Ne vuoi un altro?».

Annuisce. «Ancora uno».

Glielo do, poi me ne metto uno in bocca anch'io, rilassandomi sul sedile in vista del lungo viaggio. Quando arriva sulla Rock Creek Parkway, mi giro a guardarla. «Sei sicura che non vuoi che ti dia il cambio al volante per un tratto?»

«Mi piace guidare. In realtà, per me è un'arma antistress. Perciò, se per te non fa differenza, preferirei rimanere alla guida per tutto il tragitto».

Mi stringo nelle spalle. «Per me non fa alcuna differenza, quindi fai pure. E la musica?».

Quella domanda la mette in allarme, come se prevedesse una mia reazione negativa a quello che sta per dire, di qualsiasi cosa si tratti. «Non ascolto quasi mai musica in macchina. Sai quell'effetto antistress di cui ho ti parlato? Me lo procura il fatto di stare seduta al volante, guardare la strada ed elaborare i miei pensieri. Ma non sono certo un'egoista; se vuoi ascoltare la musica, fai pure».

«No, no. Era solo una domanda. Sono a mio agio anche in silenzio».

Lei annuisce. «Ottimo».

Finalmente abbiamo raggiunto un punto in cui non c'è più ostilità tra noi. È un cambiamento gradito, e penso che sia il momento ideale per chiederle del suo lavoro precedente. «Andrew mi ha detto che, prima di diventare una wedding planner, hai fatto l'assistente legale. Perché hai deciso di cambiare?».

Nel giro di pochi secondi, la sua espressione si indurisce come cemento a presa rapida. Se cercasse di sorridere in questo momento, di sicuro il suo viso si spaccherebbe in mille pezzi. «Tu e Andrew avete parlato di me?».

Wow. Okay, non pensavo che avrei avuto bisogno di usare i punti guadagnati con il *pão de queijo* così presto. Certo, fuori dal contesto, capisco perché non abbia apprezzato questa notizia, ma posso spiegare. «Non proprio, no. Ha fatto un commento di sfuggita sui wedding planner e sulle loro capacità organizzative e ha suggerito che alcune delle tue abilità derivano dalla tua esperienza pregressa come assistente legale. Mi ha detto di farti qualche domanda in proposito».

Lina fissa lo sguardo davanti a sé, digrigna un po' i denti e poi sospira. «Non ho scelto io di passare da assistente legale a wedding planner».

«Ah, no?».

Scuote la testa. «No, Max. Sono stata licenziata».

Dannazione. Stavamo andando così bene. Ora ho sollevato un argomento di cui ovviamente lei non vuole parlare. Serro gli occhi, maledicendo mio fratello per avermi suggerito di chiederle del suo vecchio lavoro. Anche quando non è presente, Andrew porta scompiglio nella mia vita.

17

Lina

Non sono arrabbiata con Max per aver posto una domanda innocente su suggerimento di suo fratello; sono infastidita dal fatto che suo fratello lo abbia diabolicamente incoraggiato a porre proprio *quella* domanda. Andrew non capisce l'impatto che quell'esperienza ha avuto sulla mia vita, perché non gliel'ho mai spiegato, ma sa che non mi piace parlarne. Non servirebbe a nulla rievocare quel dramma. Il suo obiettivo era indebolire il fratello, chiaro e semplice.

Lancio un'occhiata furtiva a Max, e il cuore mi si contorce alla vista della sua espressione sconvolta. Con mia sorpresa, mi sento molto protettiva nei confronti del mio compagno di viaggio, e non me lo sarei mai immaginato. «È acqua passata, okay? Ma sì, organizzare matrimoni è la mia seconda occasione».

Il suo volto si schiarisce da ogni traccia di agitazione. «La tua occasione di fare meglio, vuoi dire».

«Cosa?», chiedo aggrottando la fronte.

«Tu mi hai detto che non esistono seconde occasioni, ricordi? Quindi questa è la tua occasione per fare meglio. Credo che il termine si adatti perfettamente. E mi… mi dispiace se la mia domanda ha fatto riaffiorare dei brutti ricordi».

Alzo le spalle, minimizzando. «Non preoccuparti, Max. Non è niente di che».

Lui si agita sul sedile, prende la sua tazza da viaggio, ma cambia subito idea. «Come può non essere niente di che? Ha avuto un ruolo nel formare la persona che sei oggi. Questo conta». Scuote la testa tamburellando con le dita sul finestrino del passeggero.

Capisco che si senta frustrato nei confronti di suo fratello, ma ho l'impressione che lo sia anche per il fatto di non conoscere questa parte del mio passato. Ed è piuttosto sconcertante, ma di certo quello non è l'argomento ideale per intrattenersi durante una rapida gita nelle campagne della Virginia. Incapace di sopportare il silenzio, allungo una mano per accendere la radio. Prima che il mio dito tocchi la manopola, però, Max si gira, facendomi trasalire.

Si passa le dita tra i capelli e si schiarisce la gola. «Sarò sincero e ti dirò che odio il fatto che Andrew conosca i tuoi segreti, cazzo. Non se lo merita».

Okay, allora. Immagino che ne parleremo, che io lo voglia o no. «E quindi? Tu credi di meritarlo?»

«Io ne avrei più cura», risponde sottovoce.

Gli credo, e questo mi spaventa. Max non userebbe mai il mio passato nel tentativo immaturo di raggirare suo fratello. Ma, per quanto voglia prendere per buone le sue parole, non posso ignorare la loro natura problematica. Perché, anche se Max non se ne accorge, io me ne rendo conto: né lui né suo fratello sanno esistere senza l'altro come punto di riferimento. Nonostante gli sforzi che entrambi fanno per resistervi, il loro legame è comunque presente: il buono, il fastidioso e il cattivo.

«Nessuno ottiene qualcosa da me sminuendo un'altra persona. Vuoi conoscere i miei segreti? Dovrai guadagnarteli». Gli lancio un'occhiata con la coda dell'occhio per sottolineare ciò che intendo. «E dovrai farlo da solo».

Vorrei poter vedere la sua reazione al guanto di sfida che ho lanciato, ma è più importante arrivare a destinazione senza incidenti. Però la sento. Cavolo, la sento eccome.

«Me li guadagnerò, i tuoi segreti», ribatte con voce seria e ferma. «Te lo prometto».

Non mi sorprende che voglia provarci. Quello che mi sorprende è che *io* voglio che lo faccia. Turbata e nervosa, cerco di farmi venire in mente un altro argomento di conversazione. «Perché non discutiamo un piano per la presentazione? Mi sembra un modo produttivo per trascorrere le prossime due ore».

Trae un respiro lento e annuisce. «Buona idea». Poi prende una borsa dal sedile posteriore e ne estrae un blocco per appunti e una penna, come se fosse impaziente quanto me di voltare pagina. «Allora, ti confesso che non sapevo bene cosa facessero i wedding planner nel quotidiano, ma osservarti nelle ultime settimane mi ha aperto un mondo. Penso che un approccio che si concentri sui diversi ruoli che ricopri potrebbe essere interessante. Voglio dire, oltre ad assicurarti che il giorno del matrimonio si svolga senza intoppi, svolgi molte funzioni: intermediaria con i fornitori, esploratrice di location, consulente di moda, nutrizionista, persino consulente familiare, e sono sicuro che ce ne siano molte altre. Il trucco è che, quando una coppia inizia a pensare di eseguire tutti questi compiti da sola, si sente sopraffatta della situazione, e a ragion veduta. Questo potrebbe essere un punto di riferimento per la tua strategia di branding».

È gratificante sentirlo parlare del mio lavoro in termini così positivi. Spesso la gente pensa che i wedding planner si occupino di cose banali, ma i matrimoni che gestisco coinvolgono dinamiche familiari complesse, mettono alla prova la forza delle relazioni, onorano usanze e tradizioni culturali e abbracciano l'amore e l'unione in tutte le loro declinazioni. Non si tratta certo di sciocchezze, e fulminerei con un'occhiataccia chiunque sostenesse il contrario. Sono contenta di sapere che Max non rientra in questa categoria di persone. «Mi piace la direzione che sta prendendo. Vorrei concentrarmi sui modi pratici in cui posso aiutare una coppia. I compiti che gli sposi possono depennare dalla loro lista di cose da fare se mi assumono. È così che mi è venuto in mente il nome "L'Accento sul Sì"».

Lui fa una risatina. «Questo nome è perfetto. Nel linguaggio del marketing, diremmo che è un ottimo modo per creare un brand recall. Emerge dalla moltitudine. Ma tieni presente che, se vuoi che la tua strategia colpisca il tuo pubblico di riferimento, devi affrontare anche l'aspetto emotivo dell'organizzazione dei matrimoni. Per esempio, ho parlato con alcuni dei referenti che mi hai indicato, e un tema comune che è emerso è...».

L'esitazione nella sua voce non mi sorprende. «Fammi indovinare: non sono socievole quanto vorrebbero».

Lui fa un respiro profondo e abbassa il mento. «Sì, qualcosa del genere. Permettimi di aggiungere che hai avuto recensioni stellari su tutta la linea, ma, se c'è un punto che potrebbe essere migliorato un po', è il grado di accessibilità che gli altri percepiscono da parte tua».

Ah, ecco di nuovo quella parola. Quella che mi ricorda che non verrò mai eletta Miss Simpatia. Il mio comportamento pragmatico ha un costo, e io ne sono consapevole. Alcuni lo interpretano dandogli più significato di quello che in realtà ha. Sento anche spesso ripetere termini come "poco empatica", "inaccessibile" e "antipatica". Fa male, ma non posso biasimare gli altri per il fatto di non vedere ciò che io non mostro. Inoltre, alcuni mi etichettano con questi aggettivi senza sapere nulla di me.

L'ironia di tutto questo non è difficile da vedere: ho bisogno di rendermi più gradevole per contrastare gli effetti del personaggio che ho creato per nascondere gli aspetti *meno* gradevoli della mia personalità. L'idea mi fa girare la testa; voglio dire, non è un semplice scioglilingua, ma un vero rompicapo.

«Mi dispiace», dice Max. «Non deve essere facile sentirselo dire. Ricordati però che è un problema *di marketing*, non un problema *di Lina*».

Gli lancio un'occhiata. Lui scarabocchia sul suo blocco con le sopracciglia aggrottate.

«Max, lo capisco. Sono una professionista che lavora in un settore che tratta le emozioni come moneta corrente. Non mi faccio prendere dall'euforia o dall'entusiasmo, né vado in estasi o in visibilio con i miei clienti. Non è da me. Ma se la percezione che deriva dal non essere sentimentale ostacola i miei affari, allora sono disposta ad affrontare la questione per il bene del progetto. Devo fare del mio meglio, lo devo alla mia famiglia».

«Alla tua famiglia?», domanda.

Tamburello con le mani sul volante. «Sì, la mia famiglia. Mia madre e le mie zie mi hanno aiutata ad avviare la mia attività. Senza dimenticare i sacrifici fatti in precedenza. Non voglio deluderle».

«Sono sicuro che non potresti mai».

Vorrei poter affermare lo stesso, ma invece non posso. Le ho già deluse una volta. «Quindi, suppongo che tu voglia adottare un'iniziativa di marketing che ammorbidisca la mia immagine. È questa l'idea?».

Lui picchietta di nuovo sul blocco con la penna. «Non la metterei proprio così. Vedi, si tratta di adottare un linguaggio breve e incisivo che abbia un certo impatto sui potenziali clienti. Un'identità che faccia il lavoro emotivo per te. Non ti sto proponendo di farti riprendere mentre corri in un campo di margherite con il vento che ti scompiglia i capelli, ma scommetto che, unendo le nostre teste, potremmo trovare un concetto che ci soddisfi entrambi».

Annuisco. «Tanto vale farlo adesso, no?»

«Giusto», concorda.

Passiamo l'ora successiva a fare brainstorming e a rifiutare l'uno le idee dell'altro.

«Che ne dici di "La donna che sussurra alle spose"?», propone.

Rabbrividisco, ricordando il soprannome che io stessa mi sono affibbiata avendo a che fare con Natalia. «Mi sembra troppo banale. Mi fa pensare che stiamo supportando lo stereotipo delle bridezilla che devono essere domate. E poi, che aspetto avrebbe il logo? Una silhouette di me che strangolo una sposa con una presa al collo?».

Max scoppia in una risata. «Okay, okay, giusta osservazione».

«E che te ne pare di un gioco di parole sulla damigella d'onore? “Planner d’onore?”». Scuoto la testa. «Non lo so. Sono proprio negata in questo genere di cose».

«Non scoraggiarti. Tirare fuori delle idee e scartarle fa parte del processo».

Vedo un’area di sosta davanti a noi e mi preparo ad accostare. «Ti va bene se facciamo una pausa? Devo andare alla toilette».

Lui lascia cadere penna e blocco nella borsa. «Certo».

Mentre parcheggio, si volta di scatto sul sedile e schiocca le dita. «Ho trovato! Giochiamo con il personaggio della fata madrina. Tu sei la madrina dei matrimoni. Trasformi le cose ordinarie in roba da sogno. Proprio quando la situazione sembra senza speranza, intervieni e assicuri ai tuoi clienti un giorno magico. Dovrei rivedere un po’ il lessico, ma credo che potrebbe funzionare. La chiave è che una madrina è quella figura gentile e disponibile nella nostra vita; la persona che ci sosterrà nel momento in cui avremo bisogno di un po’ di conforto, quando le cose si fanno frenetiche. In questo modo, i potenziali clienti immagineranno che tu sarai lì per loro, guidandoli in ogni fase del percorso».

Spengo il motore. «Mi piace, in effetti. Basta che sottolineiamo che faccio molto di più che far apparire dal nulla scarpette di cristallo. Oh, e, se abbiamo bisogno di uno slogan, io voto per “Bibidi-Bobidi-Strunz”. Un po’ di verità nella pubblicità non fa mai male, e poi suona bene, non credi?».

Max mi fissa.

«Be’, che c’è?», gli chiedo.

Gli angoli della sua bocca si alzano, poi dice: «Chi sei?».

Scendo dall’auto e, prima di chiudere la portiera, mi chino e gli faccio l’occhiolino. «Ah, Max. Questo io lo so, sei tu che devi scoprirlo».

Per non essere da meno, anche lui mi strizza l’occhio. «Non vedo l’ora di cominciare la ricerca, non hai idea di quanto».

A questo punto, chiudo la portiera e mi precipito in bagno. *Oh, mio Dio*. Questa tregua potrebbe essere più pericolosa di quanto mi aspettassi.

Quando torno, qualche minuto dopo, Max è seduto sul sedile

del passeggero con gli occhi chiusi. Vorrei non notare che, sopra la barba di qualche giorno, ha la pelle liscia, né che le sue labbra sono carnose, né che ha la mascella forte e una piccola voglia a forma di fagiolo sul lato sinistro ma, nei dieci secondi in cui faccio scorrere lo sguardo sul suo profilo, è difficile evitarlo. Se sono un po' disorientata quando cerco di infilare la chiave nell'accensione, è solo perché ho guidato per quasi due ore, e il viaggio mi ha stremata. E, quando giro la chiave e non succede nulla, dev'essere perché ho le allucinazioni.

Max volta la testa e mi sbircia con un occhio. «Cosa c'è che non va?»

«Non parte. Non si mette in moto». Osservo il cruscotto. «Non si accendono nemmeno le luci».

Lui raddrizza la schiena e ispeziona il cruscotto, come se i suoi occhi potessero aiutare a risolvere un mistero che è già stato risolto. «La batteria è scarica».

«Non scherziamo, Sherlock».

Mi punta contro un dito con aria di rimprovero. «Sei tu che hai voluto portare la banana-mobile a fare la sua ultima corsa, quindi non prendertela con me, donna».

"*Et voilà*, la tregua è finita".

Accarezzo il cruscotto e il volante, implorando la mia macchina di svegliarsi. «Dai forza, tesorina. Dobbiamo solo fare qualche altro chilometro e poi potremo farti controllare».

Max geme. «È ridicolo». Scende dall'auto e tira fuori il telefono.

Scendo anch'io, e lo guardo dall'altra parte del tetto della macchina. «Chi stai chiamando?»

«Un carro attrezzi. Hai un'idea migliore?».

Aggrotto le sopracciglia. «Possiamo semplicemente chiedere a qualcuno di fare ponte con i cavi. Io lo faccio sempre».

Solleva il mento e mi guarda con gli occhi ridotti a due fessure. «Credevo che avessi detto che la macchina funzionava benissimo. Quante volte ti è capitato di doverlo fare?».

Che importanza ha? E perché mi sta facendo il terzo grado? Alzo le spalle. «Tre volte, forse? Non è un grosso problema. La maggior parte dei produttori raccomanda la sostituzione della batteria solo dopo sei o sette volte».

Lui arriccia le labbra con espressione incredula. «Non è vero».

«Be', dovrebbe esserlo».

«Per essere una persona che pianifica tutto, sei piuttosto negligente nella manutenzione dell'auto».

«La manutenzione dell'auto richiede soldi, e io non nuoto esattamente nell'oro, okay? Inoltre, io *la faccio* la manutenzione a quest'auto. Pensavo solo che la batteria avesse ancora un po' di vita».

Si dà uno schiaffo sulla fronte. «Okay, non importa. Troviamo qualcuno che possa aiutarci a rimetterla in moto».

Con le mani sui fianchi, gira su se stesso alla ricerca di un passante che possa darci una mano ma c'è un piccolo dettaglio, non trascurabile: siamo fermi qui da dieci minuti e non si è visto nessuno. Dunque, dopo qualche istante di attesa in silenzio, ammetto la sconfita: «Chiamo un carro attrezzi».

Lui sgrana gli occhi e alza le mani. «Che idea geniale. Perché non ci ho pensato io?».

«Il tuo sarcasmo manca di immaginazione», ribatto con il telefono all'orecchio. «Devi migliorarlo di qualche tacca».

Alza gli occhi al cielo. Per uno che sostiene di essere una persona estremamente tranquilla, di sicuro con me dà libero sfogo al suo lato agitato.

«Va bene, chiama qualcuno che ci porti via da qui e basta», dice. «Nel frattempo, io apro il cofano e do un'occhiata. Per assicurarmi che non ci sia qualcos'altro».

Si tira fuori dai pantaloni la camicia blu e la sbottona, rivelando la maglietta bianca sottostante.

Per poco gli occhi non mi schizzano fuori dalle orbite. «Cosa stai facendo?».

L'operatore del soccorso stradale all'altro capo della linea si schiarisce la voce. «Come prego?».

Cavolo. «Mi scusi», rispondo. «Stavo parlando con un'altra persona».

Max mi guarda inclinando la testa, con gli occhi che brillano di divertimento. «Di certo non mi metto ad armeggiare nel motore senza essermi tolto questa. Non voglio rovinarla».

«Faccio io, allora», sussurro. «La mia camicia è nera, perciò, anche se dovessi sporcarla, nessuno se ne accorgerebbe».

Lui ignora la mia offerta. «Tu fai la telefonata. Io do un'occhiata alla macchina». Poi si toglie la camicia, apre la portiera del passeggero e la stende con cura sul sedile anteriore.

Ecco, è tornato Hartley il figo... ci mancava! Sto facendo pensieri inappropriati sull'uomo che è stato sul punto di diventare mio cognato, e questo mi rende nervosa. Faccio una smorfia a quella vista allettante, costretta a prendermela con lui, colpevole di avermi turbata così all'improvviso. «Perché te ne stai lì impalato? Cosa aspetti ad aprire il cofano? Su, su».

«Vado, vado», brontola. «Non c'è bisogno di essere così scortesi. Che palle!».

Si allontana irritato, e io mi ritrovo a scrutare la sua schiena per vedere se è tutto muscoli anche lì.

Maledizione. Sì, lo è.

«Sì, la batteria è scarica», dichiara l'operatore del soccorso stradale – TJ, come dice la targhetta con il nome che porta addosso. «Ma siete fortunati. Posso rimorchiarla fino alla mia officina e, fare qualche telefonata per cercare una batteria nuova. Dovrebbe arrivare entro domani mattina».

«Domani mattina!», gridiamo all'unisono Max e io.

TJ si toglie il cappellino da baseball e si asciuga la fronte. «Be', sì. Non siamo a Washington, Dorothy e Toto. Non c'è un venditore di ricambi dietro l'angolo. Cavolo, non ci sono nemmeno angoli da queste parti. E questa è una Volvo del 2002».

«Possiamo chiamare un taxi o un Lyft», dice Max.

TJ ride. «Buona fortuna. E qui non è facile nemmeno trovare servizi di autonoleggio. La maggior parte della gente qui possiede un pick-up, oppure una macchina. Inoltre, dovrete venire a ritirare il vostro veicolo domattina».

Questo viaggio sarà un fallimento totale se non riuscirò ad

arrivare all'appuntamento, quindi sono determinata a realizzare almeno questo obiettivo. Del resto mi occuperò più tardi.

«TJ, stiamo andando alla Surrey Lane Farm. Secondo Google Maps, dista solo quattro chilometri. Puoi portarci lì prima di rimorchiare la mia auto fino alla tua officina?».

Lui si rimette il cappello. «Con piacere».

«Posso dire la mia su quello che faremo d'ora in poi?», domanda Max. «Considerando che sono io a subire i disagi della tua incapacità di prepararti all'alta probabilità di un guasto?».

Scuoto la testa. «No. Hai appena usato tutti i tuoi punti del *pão de queijo*. Mi dispiace». Mentre salgo sul camion di TJ, sento alle mie spalle l'inconfondibile brontolio di Max incazzato; questa è musica per le mie orecchie meschine.

I lussureggianti pascoli e campi della Surrey Lane Farm rappresentano un tipico panorama da cartolina. Con le Blue Ridge Mountains sullo sfondo, gli scenari pittoreschi della fattoria sono, in una parola, mozzafiato. I miei clienti hanno intenzione di scambiarsi nuovamente le loro promesse di matrimonio e qui, durante un periodo di crisi, hanno trascorso un fine settimana in ritiro di coppia. Sentono dunque un legame affettivo con questo luogo e adesso, vista l'intenzione di un rinovato impegno nella loro relazione, avrebbero piacere di tenere la celebrazione dove ha avuto inizio la loro seconda opportunità.

Max e io siamo pigiati nell'abitacolo di un pick-up per visitare gli ettari ed ettari di terreno riservati all'agricoltura sostenibile e all'allevamento del bestiame. Hannah, la nostra guida e organizzatrice di eventi della fattoria, affronta il terreno accidentato come una professionista; il mio sedere, invece, lo affronta come un dilettante. Peggio ancora, la mia coscia e quella di Max sono così schiacciate l'una contro l'altra che potremmo anche legarle con una corda e fare una corsa a tre gambe. All'inizio della giornata ho stilato una lista di domande da porre a Hannah, ma ad ogni dosso della strada sterrata il mio corpo viene sbattuto contro quello di Max e non riesco a ricordarne nemmeno una. Ogni volta che le mie parti molli entrano in contatto con le sue parti dure, sono tentata di gemere.

Max non sembra altrettanto turbato dalla nostra vicinanza, anche se ogni tanto chiude gli occhi e stringe i denti.

«Vi accompagno al fienile Starlight», dice Hannah. «È una location molto popolare per i ricevimenti, e accanto c'è un'area dove si svolgono la maggior parte delle cerimonie all'aperto».

«Fantastico», ribatto.

A giudicare dalle sopracciglia aggrottate di Max, *niente* in questo viaggio può essere definito anche solo lontanamente fantastico. Sono sicura che è ancora arrabbiato per il contrattempo dell'auto, ma non è che io abbia architettato tutto. «Ehi, Hannah, non è che per caso la locanda ha dei posti liberi per stanotte?».

Lei si morde il labbro per scusarsi. «Oh cielo, neanche uno. È al completo. Questo fine settimana ospitiamo un ritiro per coppie. Mi dispiace».

«C'è un altro posto dove potremmo stare fino a domattina?», chiede Max. «Da qualche parte nei paraggi, non troppo lontano?»

«Non a meno di un'ora da qui, no. Ma possiamo sempre ospitarvi nel fienile. Sareste sorpresi di quanto possa essere comodo il fieno».

«Di sicuro è per questo che molte persone ci si rotolano dentro», replica Max sottovoce.

Gli assesto una gomitata nel fianco. «Smettila».

All'improvviso, un urto particolarmente violento sulla strada mi fa andare a sbattere contro di lui. Per attutire l'impatto, mi tengo con una mano al poggiatesta del sedile del conducente, e con l'altra mi aggrappo a Max. Purtroppo, la parte del corpo che afferro inavvertitamente è il suo pacco. Il mio corpo si blocca, come se il mio cervello traditore sapesse riconoscere un'opportunità quando la sente. Non posso guardare. Non posso muovermi. Non riesco a respirare. E nemmeno Max, a quanto pare, perché anche lui rimane immobile come una pietra.

Il pick-up si ferma e Hannah salta fuori. «Eccoci qui, ragazzi. Vi lascio qualche minuto per dare un'occhiata in giro mentre io controllo i messaggi».

Ora che il motore è spento, il respiro di Max risulta udibile. Ed è affannoso. Del resto, lo è anche il mio.

«Ehm, Lina, potresti liberarmi?».

Sussurra la domanda; ma il volume più basso non la rende meno imbarazzante.

Lentamente, come se la mancanza di velocità potesse in qualche modo rendere il movimento impercettibile, giro la testa per incontrare lo sguardo interrogativo di Max. La mia mano è appoggiata sul suo pacco. La. Mia. Mano. È. Appoggiata. Sul. Suo. Pacco. Ma non sono in grado di fare nulla al riguardo.

«Lina», ripete brusco, e l'ultima vocale termina con un gemito tormentato.

Io ansimo, strillo e lo libero (in quest'ordine) e poi mi scaravento fuori dall'auto, dal lato del guidatore. Dalla sua prospettiva, di sicuro Max vede solo un sedere e due gomiti che si agitano, ma almeno sono riuscita a uscirne fisicamente illesa. Nella testa, però, ho un gran casino. Se ancora un altro disastro si abbatterà su questo viaggio, avrò la conferma che è stato maledetto fin dall'inizio.

18

Max

So già cosa sognerò stanotte: dei servizietti di mano. Veloci, lenti, furtivi e impellenti. E, poiché l'universo mi odia, l'ospite principale del mio subconscio sarà la mano di Lina. Non avrei voluto che succedesse, ma invece eccoci qua.

Mentre cammino pestando i piedi dietro di lei, che si dirige a passo svelto verso il fienile, cerco di convincermi a smetterla con i miei pensieri indisciplinati: "Piantala di cercare un altro significato a quello che è successo. *È stato un errore imbarazzante e niente di più.* Lei non pensa a te in quel modo, e non dovresti farlo neanche tu. Ricordi tutte le ragioni che Dean ti ha esposto? Appuntatele su un post-it e appiccicatele sulla fronte".

Quando entro nel fienile, Lina sta facendo il giro della costruzione, fermandosi ogni pochi metri per fare una domanda a Hannah. Nessuno potrebbe mai sospettare che solo un minuto fa mi ha messo una mano sul pacco. Se lei riesce a lasciarsi alle spalle l'episodio, posso farlo anch'io. Forse.

«Quanti tavoli rotondi da un metro e ottanta può ospitare quest'area?», domanda.

«Comodamente?», replica Hannah. «Sedici. Potremmo aggiungerne altri due, ma non rimarrebbe molto spazio per la pista da ballo».

Lina indica il tetto. «Impermeabile?»

«Resistente alla pioggia», risponde l'altra. «È in metallo, e i pannelli sono rialzati, quindi il deflusso è buono».

«E che mi dici delle grondaie?»

«Grondaie e tubi sono stati sostituiti appena due anni fa».

Lo sguardo di Lina sfreccia da un capo all'altro del fienile, mentre spunta voci della sua lista mentale. La sua ispezione è sistematica e approfondita. Si appoggia persino a un palo per verificare se scricchiola. Hannah attende con calma, per niente infastidita. Scommetto che sa riconoscere un professionista quando ne vede uno.

«E avete una licenza per gli alcolici?».

Hannah ride. «Babette, la proprietaria, non permetterebbe che fosse altrimenti».

Lina mi passa accanto senza degnarmi di uno sguardo. La sua concentrazione assoluta è uno dei suoi molti punti di forza e, mentre la osservo, cerco di immaginare il testo di marketing che potrebbe trasmettere questo particolare vantaggio per chi dovesse assumerla. Mi immagino la scena con facilità: Lina che svolge le proprie mansioni ignorando due famiglie in abito da cerimonia che si azzuffano dentro una fontana piena d'acqua.

«Come è alimentato il fienile?», domanda ancora. «Con dei generatori?».

Oh, giusto. Un matrimonio ha bisogno di elettricità. Sarei un pessimo organizzatore di eventi, se qualcuno mi commissionasse un incarico.

«Un paio di anni fa abbiamo fatto arrivare le linee elettriche fino al fienile, quindi è collegato all'impianto centrale», replica Hannah. «Che periodo hanno in mente i Jensen?»

«Maggio dell'anno prossimo», risponde.

«Siete fortunati, allora. Passeremo all'energia solare entro la fine di marzo. Saremo in grado di far funzionare tutto: luci, lampade termiche, apparecchiature audiovideo… grazie al sole».

Evidentemente soddisfatta di questa notizia, Lina annuisce con fervore. «I Jensen ne saranno entusiasti. Apprezzerebbero molto un locale a basso impatto energetico».

Hannah controlla l'orologio. «Se non hai altre domande, io torno in ufficio; devo uscire e starò fuori tutto il giorno.

Quando sarete pronti per visitare la locanda, spostatevi lì. Qualcuno potrà mostrarvi le aree comuni, la cucina e i bagni di servizio».

Lina le rivolge un educato cenno del capo. «Grazie mille, Hannah. Sei stata incredibilmente utile».

Rimasti soli, mi volto verso Lina con gli occhi colmi di ammirazione. Per chi vuole organizzare un matrimonio, ingaggiarla *dovrebbe* essere una scelta scontata. «Devo confessartelo: molte delle domande che hai posto non mi sarebbero mai venute in mente».

«Non sarebbero venute in mente nemmeno ai miei clienti», ribatte lei. «Ecco perché tra i miei servizi includo le visite alle location». Mi fa cenno di seguirla. «Andiamo fuori. Vorrei scattare qualche foto alla zona della cerimonia. Sul sito web c'è una galleria fotografica, ma non sono riuscita a capire bene le dimensioni».

L'area è una piazzola erbosa circondata da un sentiero circolare in pietra con un mix di pini e querce che punteggiano il perimetro. «E se dovesse piovere?», le chiedo.

«O spostiamo la cerimonia all'interno, o affittiamo un tendone come piano B». Si gira verso la locanda dietro di noi. «È bello che la zona notte e i camerini siano così vicini».

«Sarebbe bello poter dormire in una di quelle stanze», commento.

Come al solito, lei mi ignora e scatta qualche foto con il cellulare. Ha appena cominciato, quando il suo telefono squilla. Lina guarda lo schermo e tira un sospiro di sollievo. «È TJ. Spero che abbia buone notizie».

Lo spero anch'io. L'eventualità di dover passare una notte nel fienile, anche con una decina di piumini e lampade termiche, non mi entusiasma, e non ho dubbi che sarebbe imbarazzante.

Lina annuisce mentre ascolta. «Okay, TJ. È fantastico. Quindi la rimorchierai qui a che ora?». Sorride alla sua risposta. «Sei il migliore. Grazie mille». Chiude la telefonata e si lancia in un balletto celebrativo. «Un amico gli sta procurando una batteria nuova, che gli arriverà domattina presto. Dovremmo essere in grado di andarcene da qui non più tardi delle nove e mezza».

Sono molte ore da trascorrere in un fienile. Con Lina. Da solo. «E quindi, qual è la buona notizia?».

Mi mostra la linguaccia. «Santo cielo, sei proprio un raggio di sole oggi. So che non è una situazione ideale, ma sto cercando di trarne il meglio. Almeno eravamo vicini alla fattoria, quando la macchina si è rotta. Avremmo potuto trovarci nella terra di nessuno, e non sarebbe stato divertente».

Quell'osservazione buttata lì quasi per caso scatena in me una serie di pensieri sgradevoli: e se non l'avessi accompagnata? Sarebbe rimasta qui da sola... me la immagino bloccata sul ciglio della strada in attesa di qualcuno che le rimetta in moto l'auto facendo ponte con i cavi. *Gesù.* So che si vanta di essere autosufficiente, ma quando viaggia mette a rischio la sua sicurezza. Non mi piace. Peggio ancora, non mi piace davvero *per niente*, e questo mi fa arrabbiare con me stesso. «Devi mettere fine alle sofferenze della banana-mobile. Stavolta è stata la batteria. Poi toccherà all'alternatore. O al motore. Se devi guidare per lunghe distanze, dovresti prima farla controllare. Non saremmo in questo guaio, se lo avessi fatto».

Con il telefono ancora in mano, lei incrocia le braccia sul petto e mi fissa con aria risoluta. «Faccio regolarmente i controlli, ma non sono un'indovina e non riesco a prevedere quali problemi potrebbero sorgere».

«Allora devi trovarti un meccanico migliore».

«Qual è il tuo problema?», mi grida, con gli occhi ridotti a due fessure mortali.

Il volume della sua voce ci sorprende entrambi e non fa che alimentare l'inferno che mi brucia nel petto. Le rispondo a tono, senza preoccuparmi che qualcuno ci senta. «*Tu*. Sei *tu* il mio problema. E, Dio, vorrei tanto che non fosse così».

«Tutto bene, amici?», chiede un alto uomo di colore davanti alla locanda. Indossa un paio di pantaloni di cotone, una camicia bianca con il colletto e un maglione scollato a V con tanto di cravatta. Da un momento all'altro ci chiederà di diventare i suoi vicini di casa, o di fare due chiacchiere con un trolley in miniatura.

«È tutto a posto, signore», risponde Lina, spostandosi dal viso i capelli scompigliati dal vento. «Solo un lieve disaccordo su un inconveniente *di poco conto*».

«Io non lo definirei di poco conto», intervengo, «ma suppongo che tu sia libera di interpretare la situazione come meglio credi».

Ridacchiando, l'uomo scende i gradini e ci viene incontro. «Oh, cavolo. Voi due dovreste restare alla locanda, questo fine settimana».

«Ci piacerebbe», replica Lina, «ma purtroppo non abbiamo una stanza».

Lui si avvicina, coprendosi la bocca con una mano come se stesse elaborando una soluzione nella sua testa. «Riserviamo sempre una camera in più, nel caso in cui una delle nostre coppie avesse bisogno di una pausa. Non la concederei a chiunque, dato che tutti si sentono più a loro agio sapendo che alla locanda non ci sono altro ospiti. Tuttavia, per una coppia in cui è evidente la necessità di unirsi alle nostre sessioni potrei considerare questa possibilità».

Poi tende la mano. «A proposito, io sono James».

Lina gliela stringe. «È un piacere conoscerti, James, ma noi due non siamo…».

«…non siamo ancora sicuri di volerci unire al vostro ritiro», la interrompo, gettandole un braccio attorno alle spalle. «Cosa comporterebbe di preciso?». Percepisco lo sguardo interrogativo di Lina su di me, ma spero che capisca in fretta, perché questo… questo è un dono.

«Il ritiro è già in pieno svolgimento, ma potremmo aggiornarvi sui dettagli», dice James. «Facciamo alcuni esercizi. Uno si chiama "Vorrei", e mira a far parlare la coppia di ciò che ostacola la loro relazione. Facciamo anche alcuni esercizi fisici. È divertente e impegnativo. A volte diventa pesante, ma io e mia moglie lo facciamo da più di dieci anni e ormai non ci sorprende più nulla».

«Quanto costa?», gli chiedo.

«Quattrocento dollari per l'intero fine settimana. Duecento per un giorno solo. Più il costo della camera, di solito, ma, dato che è già pagata come parte del nostro accordo con la locanda, potremmo rinunciare a quell'importo. Avrei bisogno delle copie dei vostri documenti, e dovreste firmare un accordo di non divulgazione in cui promettete di non riferire quanto appreso sulle altre coppie».

Duecento dollari per non trascorrere la notte in un fienile? E dovrei pensarci? «Potresti scusarci per un minuto? Vorrei discutere con la mia... con lei di quest'idea».

James ci saluta. «Ottima pensata, giovanotto. È sempre saggio prendere insieme le decisioni, quando riguardano entrambi».

«Giusto, giusto», concludo allontanando Lina, stordita, in modo che James non possa sentirci.

Troviamo un posto sotto la chioma di un ciliegio piangente. Lina si volta verso di me e, ancora confusa, sussurra: «Cosa stai combinando, Max?»

«Non è ovvio? Ci procuro una stanza. Con un letto».

«Ma dovremo fingere di essere una coppia».

«Solo per una notte». La guardo inclinando la testa di lato. «Quanto può essere difficile?»

«Secondo me, molto», risponde Lina, con una profonda linea incisa in mezzo alle sopracciglia. «Dovremmo mentire a persone che condividerebbero con noi informazioni sulla loro vita privata. È sbagliato, le ascolteremmo senza alcun diritto».

Non ha tutti i torti, ma siamo persone sveglie: possiamo trovare un modo per non essere presenti quando gli altri parleranno delle loro esperienze. «E se ci inventassimo delle scuse per mancare alla maggior parte degli eventi? O mentre gli altri partecipanti fanno quello che devono fare, di qualsiasi cosa si tratti? Se diventa troppo pesante, possiamo sempre ritirarci e passare la notte nel fienile. Ma, per la possibilità di dormire in una stanza, io dico di provarci».

Lina si mordicchia un dito mentre considera la proposta. «E come la mettiamo con il fatto che avremmo un solo letto?»

«Tranquilla», replico io, «dormirò sul pavimento. Oppure possiamo alternarci sul letto e sul pavimento. O mettere dei cuscini tra di noi. Qualunque cosa. E possiamo anche dividere la spesa».

Lei si sposta da un piede all'altro mentre valuta cosa fare. Non l'ho mai vista così indecisa. Ma io sono disposto a usare tutte le armi a mia disposizione. «Lascia che ti chieda una cosa, perché non ricordo se l'argomento è stato affrontato prima, mentre parlavi con Hannah: dove sono i bagni nel fienile? Oh, e per caso hai portato lo spray insetticida?».

La sua testa scatta all'indietro e i suoi occhi si spalancano. «Merda».

«Proprio così», dico annuendo.

In risposta, lei mi getta le braccia al collo e mi fa l'occhiolino. «Cavolo, sarò la migliore fidanzata che tu abbia mai avuto».

Mi si rizzano i peli sulle braccia, e un brivido mi attraversa. Già. È esattamente quello che temo. Ma, ehi, almeno stanotte non dormiremo tra la paglia.

«È... accogliente», dice Lina, girando su se stessa e osservando la stanza. «Il letto deve essere una misura king size. È molto spazioso, ci staremo tutti e due».

«Tu credi?».

Lei arriccia le labbra e annuisce. «Andrà bene. Molto meglio del pavimento di un fienile, questo è certo».

Sì, il letto è grande, ma Lina sorvola sull'ovvio: è a baldacchino, completo di copertura di tulle e drappi di seta a ogni angolo. Senza dubbio è l'elemento principale della camera, mentre tutto il resto, dal piccolo comò antico alle poltrone imbottite abbinate, funge da accessorio. Se per lavoro dovessi pubblicizzare questa stanza, userei parole come "sensuale" e "decadente" per descrivere questo letto. In pratica, non aiuta una situazione già carica di tensione.

Lina ci salta sopra per testarne la solidità, poi si lascia cadere sulla schiena, allungando le braccia sopra la testa. Neanche *lei* è d'aiuto.

«È così grande che posso fare l'angelo di neve», dice, agitando le braccia su e giù sul copriletto. «Non è affatto come il letto singolo in cui dormivo da bambina».

Okay, sapete una cosa? Mi sta uccidendo. Da un lato è adorabile, dall'altro è una tortura. Ovviamente dobbiamo ridurre al minimo il tempo che trascorreremo qui dentro. Mi piazzo ai piedi del letto e le afferro le braccia mentre le sta abbassando, tirandola su a sedere. «Ha smesso di nevicare, Lina».

Lei si lascia sfuggire un'esclamazione sorpresa, guarda le nostre mani unite, poi salta giù dal materasso e per poco non mi fa cadere nella fretta di mettere distanza tra noi. Io inciampo all'indietro, e lei mi afferra per un braccio attirandomi verso di sé per non farmi cadere e, così facendo, ogni morbida curva della parte anteriore del suo corpo viene premuta contro le superfici piatte e dure del mio. Le scuse mi rimangono intrappolate in gola quando abbasso gli occhi sul suo viso e vedo il bagliore di consapevolezza nel suo sguardo sensuale. Si lecca le labbra, e il mio cuore perde il suo ritmo regolare, pompando prima in fretta e poi a rallentatore e saltando qualche battito nel mezzo. Se alzasse il mento, avvicinando la bocca alla mia, potrei anche andare in arresto cardiaco.

Un forte e rapido bussare alla porta ci trascina fuori dal momento, e ci separiamo come due pugili che si precipitano ai rispettivi angoli alla fine di un round.

«Il ritiro riprenderà presto, ragazzi», dice una voce fuori dalla porta. «Fatevi trovare nel campo sul retro tra dieci minuti».

Con lo sguardo basso mentre rovista nella borsa, Lina dice: «Vado a rinfrescarmi un po'. Ci vediamo là fuori?».

Annuisco, anche se lei non mi sta guardando. «Sì. È una buona idea».

E, francamente, abbiamo bisogno di tutte le buone idee possibili, soprattutto per contrastare quelle avventate che mi frullano per la testa.

17

Lina

Di sicuro devo aver capito male, quindi alzo la mano. «Scusa, James?».

Lui si volta e mi rivolge un sorriso allegro. «Sì, Carolina?»

«Credo che il caldo mi abbia completamente...», incrocio gli occhi, «rimbambita. Hai detto che dobbiamo giocare a palla? Tipo basket? Baseball?».

Prima che lui possa rispondere, un'enorme palla gonfiabile trasparente con gambe umane spunta da dietro il fienile e ci viene incontro. Tutti si scansano in fretta e furia.

«È un M&M's gigante!», grida qualcuno.

«Wanda, smettila di giocare», grida James, con gli occhi circondati da rughe provocate dalle risate. «Noi dovremmo essere gli adulti, qui».

Wanda, la moglie di James, lo urta e ride quando lui inciampa all'indietro. James si raddrizza e mi guarda. «Per rispondere alla tua domanda, Carolina...».

«Chiamami pure Lina».

«Per rispondere alla tua domanda, Lina», continua James, «giocheremo a bumper ball, il che significa che tu sarai la palla e che dovrai andare a sbattere». Rivolge la sua attenzione alle altre coppie (che, esclusa la nostra, sono sei) e si sfrega le mani come un cattivo dei cartoni animati. «L'obiettivo è divertirsi, sfogare l'aggressività e lavorare in squadra. Lo scopo del gioco è rimanere all'interno dell'area delimitata dai coni arancioni. Se venite urtati e buttati fuori dal campo, siete eliminati. L'ultima coppia che rimane all'interno dei coni in qualsiasi momento del gioco sarà incoronata vincitrice. È abbastanza semplice?».

Tutti annuiamo.

«Oh, un'altra cosa», prosegue James. «Le mani devono restare sempre dentro la palla. Se le usate in qualsiasi altro modo che non sia quello di aggrapparvi alle cinghie interne della sfera, sarete squalificati».

Mi giro a guardare Max. «Vedi in che situazione mi hai cacciata?».

Lui mi rivolge un sorriso sornione. «Lo so. Non è fantastico?».

«Bene, gente», dice Wanda. «Bardiamoci».

Mi sembra un po' troppo, in cambio del privilegio di non dormire sul pavimento di un fienile. Soprattutto se considero che alcune di queste coppie non stanno sorridendo e forse si sono perse la parte del discorso di James in cui ci ha raccomandato di divertirci.

«Okay, qual è la nostra strategia?», domanda Max.

Si è tolto la camicia ed è tornato a essere Hartley il figo, e io ho una voglia matta di urtarlo di brutto solo per questo. Se dovesse capitare un'altra situazione "per un pelo" come quella che abbiamo appena vissuto nella stanza, non basterebbe una doccia fredda per calmarmi.

"Vedo bagni di ghiaccio nel mio futuro. Tanti, tanti bagni di ghiaccio".

Wanda, che è una donna dolcissima con una vena malvagia, è stata così gentile da consegnarmi in anticipo la T-shirt che ogni partecipante dovrebbe ricevere alla fine del programma, e io l'ho abbinata a un paio di pantaloncini che ho preso in prestito da Max. «Investiamo tutti e basta».

Lui stringe le labbra in segno di apprezzamento. «Buona idea».

Mi infilo gli spallacci, superando il momentaneo attacco di claustrofobia che mi assale.

«Tutto bene lì dentro?», mi chiede Max.

Afferro le maniglie e mi sporgo in avanti, in modo da poterlo vedere dall'alto della palla. «Io sto bene. E tu?»

«Emozionato. Ho cercato di convincere il mio migliore amico, Dean, a farlo in un centro ricreativo locale che frequentiamo, ma lui si è rifiutato».

«Dean mi sembra un uomo intelligente».

«Sì, voi due andreste d'accordo. È una persona pratica, proprio come te. Un po' più vivace, però, direi».

Sbatto le ciglia. «Deve essere l'uomo perfetto. Hai mai pensato di uscire con lui?».

Prima che Max possa rispondere, James fischia e ci fa cenno di radunarci intorno a lui sul campo di gioco. Poiché ci siamo uniti al gruppo in ritardo, non conosciamo le altre coppie, e loro non conoscono noi. Sospetto che, essendo i nuovi arrivati che si sono presentati in ritardo (o almeno, così pensano gli altri) Max e io saremo i primi a essere presi di mira. All'esterno sono tutta sorrisi educati e cameratismo. Dentro di me penso: "Fatevi sotto, sfigati...".

Do un colpetto a Max per attirare la sua attenzione. «Ehi, vieni con me da questa parte».

Lui mi segue. «Che succede?»

«Sto pensando alla strategia. Dividiamoci. Insieme siamo un bersaglio più grosso, ma se ci separiamo sarà più difficile colpirci. Possiamo lasciare che gli altri si azzuffino tra loro finché non saremo gli ultimi rimasti in piedi».

Max indica il suo disaccordo scuotendo il corpo, e quindi la palla, avanti e indietro. «Dovremmo restare insieme. Mostrare un fronte unito. Ci attaccheranno per primi, ma, se presenteremo una difesa forte, si disperderanno e attaccheranno qualcun altro».

Resto un attimo in silenzio. «Aspetta un attimo». Mi rivolgo al nostro ospite. «James, c'è un premio per la coppia vincitrice?»

«Il diritto di vantarsi», risponde lui urlando.

Max e io ci guardiamo.

«Okay, la posta in gioco è bassa», mi dice. «Perché non proviamo a fare a modo tuo e vediamo come va? Se la strategia non funziona, proviamo a fare a modo mio. Affare fatto?».

Scuoto tutto il corpo su e giù per indicare il mio consenso. «Affare fatto».

James fischia e tutti si disperdono sul campo. Io corro in un angolo lontano, facendo attenzione a non avvicinarmi troppo al perimetro dello spazio di gioco. Prima ancora che sia riuscita a orientarmi, un tizio muscoloso con le braccia molto pelose mi blocca una gamba con la sua, mossa che mi fa barcollare verso il bordo del campo, finché non perdo l'equilibrio e cado. Le mie gambe si agitano nell'aria, prive di un punto d'appoggio, e non ho idea di come rialzarmi. Sono bloccata. Maledizione, Max aveva ragione: avremmo dovuto fare fronte comune.

Il mio compagno di squadra mi trova a terra che mi contorco e non resiste a stuzzicarmi. «Se riuscissi a prendere il cellulare e a scattare una foto per immortalare questo momento, lo farei. Non avrei mai immaginato di vederti così. Mai».

Da che pulpito! Ride della mia situazione, senza rendersi conto di essere ridicolo quasi quanto me. «Devo ricordarti, Max, che stai in piedi all'interno di una grande palla di plastica?».

Lui si sporge in avanti e mi guarda dall'alto del suo costume. «Le parole chiave qui sono "in piedi". Lo stesso non si può dire di te in questo momento. Giusto perché tu lo sappia, sembri un T-rex ribaltato. Ti aiuterei, ma...».

Attraverso la palla, lo vedo correre via, con un altro giocatore alle calcagna. Volta la testa e grida: «Torno... subito».

Non posso fare a meno di ridere mentre cerca di attraversare il campo barcollando. "Com'è possibile che mi stia davvero succedendo questo?".

Nel frattempo, io mi dondolo avanti e indietro, sperando di prendere abbastanza slancio da spingermi in posizione eretta. Ma non funziona. La mia è una perfetta imitazione di come sarebbe stato Humpty Dumpty dopo la caduta se non si fosse rotto il guscio, e rido immaginando la scena che sto offrendo agli occhi degli altri.

Con un notevole sforzo, riesco a girarmi per vedere il campo, e il mio sguardo distingue Max nel caos di palle di plastica che rimbalzano sull'erba. Con una mossa strabiliante, si lancia contro il tizio dalle braccia pelose, spingendo la mia nemesi al di là dei coni arancioni. «Sì!», urlo.

Max si scansa e torna verso di me, ansimando come un cane a pelo lungo che è stato fuori al sole troppo a lungo. «Io... ho... un'... idea».

«Be', io sono un pubblico passivo e sono tutta orecchi».

«Okay, se mi siedo dietro di te e pieghiamo entrambi le ginocchia, possiamo cercare di fare leva l'uno sull'altro per rialzarci. Non sarà bello da vedere, ma credo che funzionerà».

Lo guardo socchiudendo gli occhi e mi sposto per evitare i raggi del sole che mi accecano. «A questo punto, sono disposta a provare qualsiasi cosa».

Facciamo come ha suggerito lui e, dopo vari tentativi (uno dei quali viene sabotato da una donna che cerca senza successo di vendicarsi per conto del tizio dalle braccia pelose) riusciamo a rimetterci in piedi. Il mio senso di trionfo è sproporzionato rispetto al risultato ottenuto ma, dopo aver trascorso cinque minuti a contorcermi per terra, sono felice di essere tornata in gioco.

«Visto?», fa Max. «Come squadra siamo migliori».

Ripensando alla nostra sessione di brainstorming in macchina, comincio a pensare che abbia ragione. E, nonostante io trovi soddisfacente battibeccare con Max a piccole dosi, è molto più divertente giocare con lui come stiamo facendo oggi.

Questa volta, è Max a urtarmi per attirare la mia attenzione. «Okay, camminiamo con disinvoltura verso quella coppia e poi carichiamola. Li sbattiamo tutti e due con il culo a terra. E urliamo mentre li inseguiamo».

Gli rivolgo uno sguardo vuoto. «Perché dovremmo urlare?»

«Per intimidirli. Sai, metterli sulla difensiva. Così li destabilizzeremo». Si china in modo che possa vederlo in viso. «Inoltre, sarà una bella *sensazione*».

La sua enfasi sulla parola "sensazione" mi conduce in luoghi in cui lui probabilmente non intendeva condurmi. Mi vengono in mente decine di sensazioni piacevoli, e tutte implicano la sua partecipazione. "Concentrati, Lina. Concentrati". «Non sono sicura che urlare ci permetterà di convincere nessuno».

«Chi se ne frega di convincerli?», ribatte lui, con le sopracciglia aggrottate. «Stiamo cercando di batterli. Inoltre, non rivedremo mai più nessuna di queste persone. Non hai niente da perdere».

Be', ha ragione: è improbabile che riveda questa gente, quindi perché no? In ogni caso, nulla di questa giornata sta andando come mi aspettavo.

Alzo lo sguardo e noto quattro giocatori oltre i coni. Ciò significa che sono rimaste solo quattro coppie da eliminare. Passo alla modalità *bestia*. «Okay, Max. Facciamolo».

Barcolliamo verso i nostri bersagli, fischiettando come se stessimo solo passeggiando spensierati per il campo. Quando ci troviamo alla distanza giusta per colpire, lui grida: «Uno, due, tre!», e poi cominciamo ad andare a sbattere contro tutti.

«Non potete sconfiggerci», urla Max.

Anche io grido ai nostri avversari. «Questa è casa nostra, stronzi. Ahhhhhh!».

Max si blocca sul posto. «Esagerato, Lina. Esagerato».

Faccio una smorfia di scuse. «Mi dispiace».

Due minuti dopo, ho la voce rauca per quanto ho strillato. Max aveva ragione: è *davvero* una bella sensazione urlare con abbandono, sapendo che nessuno ti guarderà storto per averlo fatto. Be', tranne quando li chiami "stronzi".

Ora siamo rimasti soltanto noi e una coppia di figlie dei fiori che indossano delle Birkenstock abbinate. Con i calzini.

«Possiamo farcela», dice Max. «In ogni caso, probabilmente sono fatte di erba».

Sono mortificata dal fatto che abbia fatto questo commento ad alta voce, ma rido talmente tanto che mi fa male la pancia.

Una delle donne risponde: «Ah. Hai proprio ragione, pasticcino».

Prima che possiamo toglierci di mezzo, le nostre rivali si gettano entrambe a terra e si lanciano in avanti, trasformandosi nel giro di un istante in palle da bowling umane che rimbalzano e rotolano nella nostra direzione. Quando Max e io ci rendiamo conto di essere i birilli, ci guardiamo con orrore attraverso la plastica che ci separa, ma è troppo tardi per intervenire.

Siamo fuori.

La brutta notizia è che non otterremo il diritto di vantarci a cui ambivamo.

Quella buona è che mi sto divertendo come una matta.

Ma c'è un'altra cattiva notizia: sono sicura al cento per cento che ciò succede perché sto trascorrendo la giornata con Max.

«Complimenti a Lina e Max per la partita ben giocata», dice James. «Ora che ci siamo liberati di ogni energia negativa, passiamo al prossimo esercizio. Si chiama "Vorrei che tu facessi, vorrei che tu non facessi", ed è molto semplice. Un componente di ogni coppia dichiarerà tre cose che vorrebbe che il proprio partner facesse o facesse più spesso. L'altra persona rivelerà tre cose che vorrebbe che il partner non facesse o facesse di meno. Gente, non c'è bisogno di mettersi sulla difensiva: verrà il turno di tutti. Ma il punto importante è questo: la persona che parla deve spiegare il *perché* di quelle tre richieste, in modo che l'altro possa cercare di capire le sue motivazioni. Regola aggiuntiva: il partner può fare domande per capire. Ci siamo?».

Siamo seduti in un cerchio di sedie nella zona giorno della locanda, una stanza con pesanti tende di broccato, mobili in ciliegio e pareti gialle che controbilanciano l'oscurità dell'ambiente. Nonostante la pausa per il bagno e lo spuntino, il gruppo ha un'aria esausta e diffidente. Non riesco a capire se siamo meno entusiasti di questo esercizio rispetto a quello delle bumper ball semplicemente perché siamo stanchi, oppure se non siamo impazienti di affrontare l'argomento. La faccenda si sta facendo personale, e non invidio la coppia che inizierà. Wanda batte le mani una volta. «Okay, amici, chi vuole cominciare?».

Max alza una mano in aria. «Vado io».

Lo stomaco mi si annoda mentre alcune persone mi guardano per valutare la mia reazione. Come al solito, io mostro una faccia da poker, ma, nella mia testa, le carte da poker vorrei sbatterle sulla faccia di Max. Che cosa sta facendo? Noi non usciamo insieme, quindi cosa potrebbe mai avere da dire? E perché diavolo vuole che facciamo da cavie per questo esperimento relazionale?

Mi chino per bisbigliargli all'orecchio: «Perché vuoi andare per primo?».

Lui passa un braccio intorno allo schienale della mia sedia e mi sussurra in risposta: «Sto cercando di risolvere la tua preoccupazione di sentire le informazioni personali delle altre coppie. Se andiamo per primi, poi possiamo trovare una scusa e andarcene. Inoltre, non abbiamo pranzato, quindi vorrei andare a cercare del cibo».

Oh, okay. Apprezzo che sia attento ai miei dubbi. Punti *pão de queijo* sbloccati. Inoltre, dirà un mucchio di stronzate che non avranno importanza, io farò lo stesso e poi potremo andare a cercare qualcosa da mangiare. *Ottimo.*

«Max», dice Wanda. «Tocca a te».

«Devo stare seduto o in piedi?», chiede lui.

Lei si stringe nelle spalle. «Come ti senti più a tuo agio».

«Okay, allora in piedi», dichiara, alzandosi dalla sedia. «Così posso dare un po' di respiro a Lina».

«E magari proteggere i tuoi gioielli», commenta ridendo il tizio dalle braccia pelose.

La sua compagna gli assesta un ceffone sulla testa per evitare che debba farlo io.

Max trae un respiro e si passa una mano sul viso per assumere un'espressione seria. «Vi fornisco un po' di contesto: Lina e io non stiamo insieme da tanto tempo, quindi gran parte di tutto questo potrebbe essere dovuto alla novità del rapporto. O, almeno, questo è ciò che ripeto a me stesso».

"Oh, bene, Max. Un modo per dare la giusta cornice alle cose inventate che stai per confessare".

«Comunque», continua, sfregandosi le mani e fissandomi con uno sguardo limpido, più serio di quanto il momento richieda.

«Vorrei che ti aprissi con me. Ho l'impressione che tu sia sempre chiusa a tutti, e non so perché. Vorrei sapere cosa pensi, ma non lo so quasi mai. Voglio dire, ti arrabbi mai? Cioè, *di brutto*? Cosa ti rende triste? Qual è la tua peggiore paura?».

Mi contorco sulla sedia mentre lo ascolto, ma mantengo il volto impassibile. O Max sta parlando con il cuore, o è un attore esperto che sa esattamente come turbarmi. Spero che sia una performance; dopotutto, si è calato con facilità impressionante nel ruolo di un estraneo quando ci siamo ritrovati al Cartwright, due settimane fa. Però sembra così onesto. E, se non sta solo fingendo, mi ha fatto delle domande che non sono mai venute in mente a nessun altro uomo della mia vita, nemmeno a Andrew. E, maledizione, non voglio cedere alle emozioni. Non davanti a questi sconosciuti.

«Lina, vuoi controbattere?», mi chiede James.

È troppo presto per capire cosa stia succedendo, quindi mi ispeziono le unghie per sottolineare la mia (finta) noia. «No. Per ora sono a posto così».

Max annuisce, poi chiude e apre i pugni mentre prosegue. «Okay, numero due. È collegato al primo punto. Vorrei sapere cosa provi per me. Come persona. Ce l'hai ancora con me? Possiamo andare oltre quello che è successo? Perché io lo voglio. Non sono la persona che ero allora, e non credo che nemmeno tu sia la stessa che eri in passato».

Merda. Potrei picchiarlo. O abbracciarlo. Sta usando questa messinscena per parlarmi. Per parlarmi *davvero*. E non so quanto io possa dire senza rivelare dei sentimenti che probabilmente dovrei tenere per me. Max non deve sapere che sono attratta da lui. O che sta scalfendo le mie difese mentre cerca di conoscere la vera me. O che mi piace la persona che sono quando sono con lui. Ma, forse, se mi limiterò a rispondere alle sue domande precise, riuscirò a evitare che questi fatti vengano a galla.

James mi guarda. «Hai qualcosa da dire, Lina?».

Supero il nodo allo stomaco e prendo un respiro per darmi coraggio. «Tu mi piaci, Max. Come persona. Mi piaci un sacco.

Non mi aspettavo che sarebbe successo, ma in queste ultime due settimane ho fatto un po' di cose inusuali, e mi sta bene. Non ce l'ho con te. Non più. Vorrei che ci concentrassimo sulle persone che siamo oggi e che ricordassimo l'obiettivo per cui entrambi stiamo lavorando».

Lui stringe le labbra e sospira. «La presentazione. Certo. Come potrei dimenticarmene».

È deluso dalla mia risposta. È perché vuole che io scavi più a fondo? Che riveli di più? «No, non si tratta solo della presentazione, Max. Non per me, almeno». Mi sporgo in avanti. «Ma perché è così importante per te? Sapere se possiamo andare oltre il nostro passato?».

«Tutto questo è positivo, davvero positivo», osserva James. «Sei aperta rispetto a quello che lui sta dicendo. Gli fai delle domande. Tutti gli altri prendano appunti».

Max esita, chiude di scatto la bocca e poi la riapre.

«Dimmi», lo esorto.

«È legato alla terza cosa che vorrei che facessi», risponde lui.

Wanda agita una mano verso di lui. «Rivelaci quest'altra cosa, e poi sentiremo Lina».

"Oh, no, cavolo, invece no". Devo andarmene da qui. Al più presto. Se non lo faccio, supererò la mia quota emotiva giornaliera, poi mi surriscalderò e sverrò.

«Va bene», replica lui senza mai distogliere lo sguardo dal mio, «questa è l'ultima cosa, ma è importante. Vorrei che tu vedessi il potenziale che c'è in noi. So che è difficile guardarmi con occhi nuovi, soprattutto considerato il nostro passato, ma tra noi c'è *qualcosa*. Non so cosa sia esattamente, ma è forte al punto che non voglio chiudergli la porta in faccia. È una richiesta importante, lo so. Ed è complicato. E ci sono almeno dieci ragioni per cui non dovremmo nemmeno provarci. E forse tu non riesci a immaginarti con me. Ma voglio che tu sappia che, se c'è anche solo una possibilità per noi due, io sono pronto a coglierla».

Una delle signore con le Birkenstock sussulta. L'altra si lascia scivolare sulla sedia. Ho paura di muovermi, di sbattere le palpebre o di rispondere, ma sono costretta a seguire il suo esempio. Questo esercizio è fatto su misura per farmi saltare i nervi, e tutto questo è opera di Max. Dovrei essere arrabbiata per il fatto che mi abbia messo in questa posizione, ma, se devo essere onesta, *totalmente* onesta con me stessa, è un esercizio liberatorio. Qui non ho bisogno di tenere a freno i miei sentimenti, e posso scegliere di rivelare quel tanto che voglio. Inoltre, non posso ignorare il leggero sfarfallio che ho sentito nello stomaco quando Max ha detto che vuole una possibilità per stare con me. Non dovrei incoraggiarlo, dal momento che non posso dargli quello che cerca, ma lui si è messo in gioco ed è giusto che io faccia lo stesso.

Probabilmente intuendo che mi sento vulnerabile, Wanda mi si rivolge sottovoce: «Lina, vuoi condividere le tue tre cose? Non sei obbligata a farlo, se non ti senti a tuo agio. Vogliamo che tu abbia l'opportunità di parlare, ma vogliamo anche che tu faccia ciò che ritieni meglio per te».

Alzando lo sguardo verso Max, traggo un lento respiro e mi alzo in piedi. «Certo. Sono pronta».

"Okay, Lina. O la va, o la spacca".

20

Max

Quindi è questo che si prova ad avere un'esperienza extracorporea, eh? Non posso dire che mi piaccia.

Non riesco a credere di aver messo a nudo la mia anima in una stanza piena di sconosciuti. Se Lina è arrabbiata, non la biasimo, perché in questo caso la colpa è solo mia. Cazzo, lei mi ha dato un dito, confessandomi che i suoi sentimenti nei miei confronti non riguardano solo la presentazione, e io mi sono preso tutto il braccio.

Dopo essermi schiarito la voce, le lancio un'occhiata significativa e le concedo una via d'uscita. «Ehm, Lina, non dovevi rispondere a una chiamata importante?». Guardo l'orologio. «Proprio adesso? Forse dovremmo uscire e trovare un posto tranquillo».

Lei mi studia con un'espressione che non rivela nulla. Dopo qualche secondo di silenzio imbarazzante, risponde: «Ho dimenticato di dirtelo: la telefonata è stata posticipata. Non devo andare da nessuna parte. Sono del tutto libera».

Mi lascio cadere a sedere sulla sedia. *Capito.* Immagino stia tramando la mia morte. Oppure sta pensando di raccontare qualcosa di imbarazzante su di me. L'episodio delle torte, forse? E non mi sorprenderebbe se si inventasse qualche storia poco lusinghiera. Sarei impossibilitato a difendermi. Francamente, visto quello che ho appena combinato, mi merito tutto questo e altro ancora.

Quindi mi siedo e la osservo, in attesa di ciò che mi spetta di diritto.

Lina indossa la maglietta del ritiro per le coppie, e l'ha annodata di lato; in questo modo, riesco a intravedere una striscia della sua pancia. È come se stessi guardando un regalo che era sulla mia lista dei desideri dopo aver finalmente fatto il primo strappo nella carta che lo ricopre. L'unico problema è che lei mi picchierebbe, se strappassi via il resto della sua maglietta.

Si strofina le mani sul davanti delle cosce e si schiarisce la gola. «Tre cose che vorrei non facessi o che facessi di meno. Okay, ecco qui. La prima è che vorrei che tu fossi meno ignaro di quello che mi stai chiedendo quando dici che sono chiusa. Vuoi sapere se piango? Se mi arrabbio mai? Certo che sì. Ma ho bisogno di uno spazio sicuro per farlo, e non se ne trovano molti, in giro. Sono una donna, Max. E sono anche afro-latina. Essere emotiva non è esattamente qualcosa che posso permettermi di fare quando voglio, non senza ripercussioni».

«Puoi dirlo forte, ragazza», commenta Wanda.

«Una donna nera non è turbata, è *arrabbiata*. Se una persona latina affronta qualcuno, è *focosa* o *aggressiva*. Non mi piace alzare la voce in pubblico, Max. C'è un bagaglio troppo grande legato a questo. Se una donna si emoziona sul posto di lavoro, è *irrazionale* e non è adatta alla leadership. Io sono stata *licenziata* perché sono stata troppo emotiva in un ambiente dominato dagli uomini».

Stiamo parlando di avvenimenti della vita reale. È evidente che lei sta prendendo sul serio questo esercizio, e non potrei mai non fare lo stesso anche io. E, poiché l'impulso a interrogarla è fortissimo, mi arrendo nonostante le mie riserve. «Che cosa è successo, Lina? Perché sei stata licenziata?».

Chiude gli occhi per qualche secondo, poi li riapre e solleva il mento. «Prima di diventare una wedding planner, facevo l'assistente legale in uno studio prestigioso». Il suo sguardo scorre sui volti di tutti i presenti. «Adoravo quel lavoro. Ero giovane, avevo finito gli studi da neanche tre anni, e tutto ciò che desideravo era dimostrare che meritavo di essere lì. Quando ebbi la mia prima opportunità di assistere un socio durante un processo, fu in occasione di un grosso caso. Purtroppo, mandai tutto a monte. In maniera clamorosa. Sbagliai a numerare le prove. Non so se successe perché ero esausta o cosa. In ogni caso, il giudice era confuso. Il socio era confuso. *Io* ero confusa. La giuria non aveva alcun reperto da esaminare. E non sarebbe neanche stata una tragedia: il giudice ci avrebbe concesso il tempo di correggere l'errore. Ma io fui talmente sopraffatta dall'emozione, rimasi così delusa da me stessa che scoppiai a piangere. E non intendo con quelle belle lacrime che si vedono nei film. Intendo il tipo di lacrime grosse e brutte tipiche del pianto a dirotto. E, dopo, fui del tutto incapace di rimediare al mio errore perché ero imbarazzata. Il socio perse fiducia in me, e di sicuro non fu una sorpresa per nessuno».

È difficile immaginare la versione di sé che Lina ci sta descrivendo, ma non dubito che la sua storia sia vera. Tuttavia, da allora è palesemente cambiata.

«Essere licenziati non è la cosa peggiore che possa capitare», continua, «lo so *bene*. Ma essere licenziata per aver avuto un crollo emotivo è stato difficile da digerire. Lo è ancora. Soprattutto quando penso alla forza che mia madre ha dimostrato nei momenti difficili. *Detesto* il fatto di non essere stata all'altezza della sfida. In ogni caso, dopo l'accaduto, nessuno dei miei colleghi volle più lavorare con me, così alla fine mi lasciarono andare. E, senza una raccomandazione entusiasmante, faticai a trovare un nuovo lavoro. Sapendo che ero a terra per ciò che era successo, una mia amica mi chiese di aiutarla a organizzare il suo matrimonio e, come si suol dire, il resto è storia. Non voglio essere mai più la persona che ha subito quella situazione. Quindi sappi che, quando mi chiedi di mostrarti più emozioni, per me non è facile come pensi».

Merda. Io sono un uomo, per di più bianco, e rendermi conto che niente di tutto questo mi sarebbe mai passato per la mente, se Lina non mi avesse costretto a vederlo, mi fa sentire in colpa. È un privilegio che do per scontato: la possibilità di essere *chi* voglio e di dire *quello che* voglio, indipendentemente dal luogo in cui mi trovo. Quante volte ho visto un collega di sesso maschile diventare rosso in viso per un'offesa percepita e camminare pestando i piedi in una sala riunioni per questo motivo? L'ho mai guardato con scherno? No. Ma una donna in lacrime nella stessa sala riunioni? Sì, devo ammettere che la scena mi ha messo a disagio. È per questo che mia madre insiste affinché io e Andrew dimentichiamo di essere suoi figli quando entriamo in ufficio? Per non essere considerata la nostra protettrice emotiva? O magari una leader debole? È difficile da dire. Per quanto riguarda Lina, invece, ora tutto ha un senso: ha costruito dei muri intorno a sé perché ne ha bisogno. «Mi dispiace che tu abbia passato tutto questo. E io voglio diventare il tuo spazio sicuro. Se come amico o come... qualcos'altro, ovviamente dipende da te».

«Questo significa molto per me», risponde lei con un lieve sorriso. «Grazie».

Wanda si sbatte un foglio di carta sulla coscia. «Voi due state facendo proprio quello che io e James speravamo. Siete aperti. State *comunicando*». Allunga una mano e afferra quella di Lina. «E sono orgogliosa di te, piccola. Hai detto la tua verità e hai fatto in modo che lui ti ascoltasse. C'è altro? Se vuoi fermarti qui, puoi farlo».

Lina sospira. «Sì, è stata una giornata pesante e sono stanca e affamata, quindi penso che concluderò presto».

Mi accascio ancora di più sulla sedia, esausto per entrambi. Se potessi fare qualcosa per alleviare il sovraccarico emotivo che sta vivendo, lo farei.

«Un'altra cosa che vorrei che tu non facessi», riprende Lina.

Mi raddrizzo sulla sedia e il mio sguardo si sposta sul suo.

Riflette su ciò che sta per dire, come se stesse cercando di formulare la frase in modo da affrontare l'argomento con diplomazia. «Vorrei che non usassi gli altri come metro di misura del tuo successo. Anche se ti conosco da poco, mi sono accorta che sei una persona incredibile già di tuo. Competere con qualcun altro non ti aiuterà a trovare ciò che stai cercando. Devi competere con te stesso. Quando tenti di migliorare, prendi come riferimento l'ultima buona cosa che hai fatto e parti da lì».

Sta parlando di Andrew. Lo sappiamo entrambi. E senza volerlo si è imbattuta nel problema che mi fa diffidare dei miei sentimenti per lei. Mi paragona a Andrew? Usa mio fratello come metro di comparazione per misurare *il mio* valore? Credo di no. Altrimenti, perché mi consiglierebbe di non fare proprio quello? Tuttavia, mentirei se dicessi che la cosa non mi preoccupa. «Non è facile. È tutta la vita che vengo paragonato a qualcun altro. Ma prometto che ci lavorerò su».

«Bene», ribatte lei.

«C'è altro?», domanda Wanda.

Lina scuote la testa e si siede.

Non posso negare di essere deluso; ha ignorato la parte in cui le ho chiesto di dare un'opportunità a noi due. Ma cosa mi aspettavo, esattamente? Che l'ex fidanzata di mio fratello ammettesse di essere attratta da me? Che volesse esplorare la possibilità che possa esserci qualcosa di più tra noi?

Non ricordo nessuna delle ragioni per cui Dean ha detto che tra me e Lina non funzionerebbe mai, ma non importa; lei è una donna equilibrata, e in ogni caso non prenderà in considerazione le mie ridicole fantasie.

Lina

James annuncia una pausa di un quarto d'ora. Prima che anche uno solo dei presenti esca dalla stanza, Max e io ci avventiamo su di lui. È evidente che ne abbiamo abbastanza di questa farsa.

«Siamo esausti...», dico io.

«Abbiamo fame», dice Max.

Poi smettiamo di parlare e ci scambiamo un sorriso complice.

James alza gli occhi al cielo. «Andatevene, voi due. Vi siete guadagnati il resto della serata libera». Si sporge verso di noi e aggiunge sottovoce: «Gira voce che stiano preparando una cena a buffet in cucina. Magari riuscite a prendere qualcosa».

Mentre corriamo verso le porte scorrevoli, James ci chiama: «Domattina voglio le vostre valutazioni del corso».

«Certo», rispondo voltando la testa.

«Provvederemo», rincara Max, seguendomi da vicino.

Mentre tutti gli altri si spostano all'esterno per prendere un po'd'aria fresca, Max e io ci dirigiamo verso la cucina, dove un uomo e una donna stanno coprendo con la carta stagnola alcuni piatti di alluminio.

L'uomo, di mezza età, alza lo sguardo e sorride. «Siete un po' in anticipo, ragazzi. La cena non sarà servita prima di mezz'ora circa».

Max emette un brontolio (o forse è il suo stomaco). «Non è che magari potremmo prendere due pezzi di pane? Un po' di porridge? Una fetta di formaggio? Non sono esigente, mi va bene qualsiasi cosa».

La donna ride. «Be', non possiamo permettere che qualcuno dei nostri ospiti vada via affamato, no?». Ci porge due grandi piatti bianchi. «Abbiamo pollo in salamoia con pepe e limone, insalata di pomodori e fagiolini, pasticcio di patate dolci e panini caldi. Servitevi pure». Lancia un'occhiata al corridoio che conduce alla cucina. «Ma non mangiate negli spazi comuni. Non vorrei scatenare un assalto».

«È molto gentile da parte sua», la ringrazio. «Mi sta salvando da uno svenimento».

Lavoriamo insieme per alzare i fogli di alluminio e servirci. Dopo aver riempito i piatti, destreggiandoci con tutto il bottino che stringiamo tra le mani (utensili, tovaglioli, bicchieri di limonata e piatti colmi di cibo), passiamo in punta di piedi davanti alla porta d'ingresso.

«Saliamo in camera?», sussurro.

Lui annuisce. «Fai strada».

Ci sistemiamo sulle poltrone accanto al camino e divoriamo il cibo.

«Oh, mio Dio, ci voleva proprio», commento mentre mastico. «Scusa, in questo momento ho dimenticato le buone maniere».

Max solleva una coscia di pollo tra il pollice e l'indice e la addenta come un cane che attacca un osso. «Non importa. Nemmeno io sono il ritratto della raffinatezza».

Trascorsi pochi minuti, dopo aver sbranato la cena e aver usato a turno il bagno in corridoio, ci ritroviamo di nuovo sulle poltrone, incapaci di resistere alla loro morbidezza.

La voce di Max mi fa uscire dal coma alimentare in cui mi trovo. «Sai, non c'è motivo per cui non dovremmo schiacciare un pisolino sul letto. A meno che tu non diffidi di te stessa. Voglio dire, so che sono sexy da morire ma, se riuscissi a controllarti, potremmo goderci un bel materasso e potrei evitare il torcicollo».

Vorrei guardarlo in cagnesco, ma il mio cervello non è d'accordo e mi costringe a sorridergli. «Non sono sicura che ci staremmo tutti e tre, nel letto».

«Tutti e tre?», ripete.

Apro un occhio e gli faccio l'occhiolino. «Tu, io e il tuo ego».

Ridacchia mentre si alza, poi mi porge una mano (che accetto nonostante le mie riserve) e mi tira su con facilità. Questo era il piano, quindi perché all'improvviso esito a condividere il letto con lui? La sua dichiarazione di interesse durante il ritiro non significa nulla, a meno che io non lo voglia… ma forse lo voglio. Ho bisogno di spazio per pensare e non posso farlo con Max a pochi centimetri di distanza. Mi tuffo nella mia borsa da viaggio come se fosse un salvagente che mi salverà dall'annegamento. «Sono sudata e sporca. Penso che andrò in doccia prima che tutti gli altri decidano di fare la stessa cosa».

«Buona idea», ribatte. «La farò anche io, dopo di te».

Sapere che si laverà nella stessa doccia dopo di me non dovrebbe scatenarmi pensieri sconci, ma oggi niente ha più senso, quindi è ovvio che invece sia così. Lo immagino che si insapona il corpo e si accarezza, mentre sbuffi di vapore gli turbinano intorno e l'acqua gli scorre lungo il busto e le gambe. Serro gli occhi e li stringo, cercando di cancellare l'immagine nella mia mente, che però diventa sempre più vivida, come se la stessi osservando sullo schermo di un computer e i pixel si stessero affinando a mano a mano che il download procede. "Ma che cavolo fai, cervello? Smettila". «Okay, non ci metterò molto».

Una volta al sicuro nel bagno, apro l'acqua e mi spoglio. Con mio sommo orrore, scopro macchie d'erba sulle mie mutandine preferite, un'edizione limitata di La Perla che avevo acquistato per la prima notte di nozze che non c'è mai stata. Probabilmente avrei dovuto buttarle via anni fa, ma, accidenti: non sono mica costate poco. Sperando di riuscire a rimuovere le macchie prima che si fissino sul tessuto, uso un campioncino di detersivo liquido che tengo nel mio kit di emergenza e le strofino fino quasi a eliminare la chiazza, poi le lascio in ammollo in uno dei bicchieri usa e getta destinati agli ospiti della locanda. Questo è il vantaggio di essere una pianificatrice per natura: sono sempre preparata.

Be', il ricordo di Max che mi sbraitava contro a proposito della mia macchina fa pensare il contrario, ma non importa. Nessuno è perfetto.

Faccio la doccia e mi rinfresco in pochi minuti, canticchiando mentre mi rimetto il reggiseno (non posso lasciare le tette libere con Max vicino), e poi cerco la biancheria intima e la maglietta oversize del ritiro di Max, che me l'ha prestata perché la mia è sporca. Trovo la T-shirt in pochi secondi, ma, dopo aver cercato in ogni angolo della borsa l'unico capo d'abbigliamento di cui porto sempre con me un ricambio, mi rendo conto di aver dimenticato di metterci un paio di mutandine. A quel punto, vado al lavandino e fisso l'unico paio di slip che ho: sono bagnate fradice e appallottolate in un bicchiere. Imitando il personaggio di Lady Eloise, interpretato da Eartha Kitt nel *Principe delle donne*, mi guardo allo specchio e riassumo la mia situazione in un sussurro affannoso: «Non ho le mutandine».

21

Lina

“Andrà tutto bene”. La maglietta finisce appena sopra il ginocchio, quindi non rischio di mostrare le parti intime a qualcuno. Tuttavia, questa non è una situazione ideale: sto mantenendo un segreto potenzialmente sexy proprio nel momento in cui *non* dovrei pensare al sesso.

Traggo un respiro di incoraggiamento e rientro in camera.

Max si alza dalla poltrona e il suo sguardo fluttua al di sopra delle mie spalle. «Hai fatto una doccia piacevole?».

Con la borsa da viaggio traditrice issata sulla spalla, tiro giù l’orlo della maglietta. «È stata fantastica. Davvero fantastica. Mai fatto una doccia più piacevole. La migliore della mia vita».

Lui inclina la testa e alza il sopracciglio destro. «Wow. Una gran bella pubblicità».

Faccio ruotare la testa come un ventilatore da soffitto, mentre dalla mia bocca escono frasi senza senso. «Già, aspetta di provarla. È così rinvigorente. Più che rinfrescante. Ti piacerà. Ga-ran-ti-to».

Lui mi guarda con curiosità. «Uhmmm. Non vedo l’ora».

Lo saluto mentre esce dalla porta con la sua borsa in mano. «Buon divertimento!».

Quando se ne va, mi lascio cadere sul letto con un gemito. Dovrei chiudere gli occhi e soccombere a questo inebriante mix di ansia e stanchezza. E sono sul punto di farlo, finché non mi ricordo che le mie mutandine sono rimaste in bagno.

In ammollo in un bicchiere.

E in quella stanza adesso c'è anche Max.

Così, afferro la coperta ai piedi del letto e me la butto sopra la testa. A quanto pare, non ho nemmeno bisogno di dormire per evocare i miei incubi.

Pochi minuti dopo, ho un tuffo al cuore quando la porta della stanza si chiude con un clic. Stringo le cosce, con il viso ancora nascosto sotto la coperta; in questo modo, eviterò lo sguardo di Max, e lui non verrà bruciato dalle fiamme dell'imbarazzo che mi divampano sulle guance.

Il materasso si abbassa mentre lui sale sul letto in silenzio, forse pensando che mi sia addormentata.

«Com'è andata la doccia?», domando da sotto il mio mantello antimortificazione.

Lui ride. «Non ero sicuro che fossi sveglia». Dopo una pausa, dice: «È stata discreta. Una buona pressione. Niente di speciale, però».

«Devi essere più esigente di me nel fare la doccia».

«Riesci a respirare lì sotto?», mi chiede.

Scoppio in una risata sommessa, esco dal nascondiglio e mi giro su un fianco. *Oh, Gesù.* Max è disteso sopra il letto con gli stessi jeans che indossava prima e i capelli scuri quasi neri, ora che sono umidi. Si è cambiato e ha una maglietta diversa: stesso stile, altro colore. E le sue labbra sono più carnose e rosee del solito. Forse il gradevole effetto collaterale di una doccia calda?

A prescindere da quale sia la ragione, la sua sensualità è al massimo, e io ne sono rapita.

«Mi dispiace per la macchina», dico tutto d'un fiato, in preda al disperato bisogno di riempire il silenzio con una conversazione che non abbia niente a che fare con il sesso, per quanto insensata. «Sei bloccato qui per colpa mia, e mi sento responsabile».

Lui si gira su un fianco e mi scruta in viso prima di incontrare il mio sguardo. «Non mi sento bloccato, quindi non hai bisogno di scusarti. Sono io che ti devo delle scuse, piuttosto».

Sollevo la testa dal cuscino e la sorreggo con una mano, appoggiandomi sul gomito, con un sopracciglio alzato per la sorpresa. «Ah sì?».

Annuisce. «Sì». Con un sospiro, si lascia cadere sulla schiena e chiude gli occhi.

Prendendo spunto da lui, faccio altrettanto.

«Mi dispiace per quello che è successo poco fa», dice, con la voce ridotta a poco più di un sussurro. «Non meritavi che la tua vita venisse sezionata in quel modo. Non avrei dovuto approfittare della situazione. Di tanto in tanto sono impulsivo, e i risultati non sono sempre piacevoli».

Ridacchio, ricordando il mio comportamento insolitamente impulsivo delle ultime due settimane. «Max, io ho fatto finta di non conoscere te o tuo fratello durante un colloquio di lavoro e vi ho convinti a stare al gioco. Ti ho ringhiato contro in un ristorante. Ti ho quasi preso a calci durante una lezione di capoeira. Credo di averti battuto quanto a impulsività, questo mese. Inoltre, tu mi hai dato una via d'uscita e io non l'ho colta, il che significa che mi andava di parlare di alcune di quelle cose».

Lui non dice nulla per un bel po', poi mi chiede: «Ma non di tutto, vero?».

Apro gli occhi e fisso il soffitto. Ha ragione. Non ero pronta a discutere di tutti quegli argomenti. Non davanti a un pubblico. Qui, però, posso provarci.

Mi ha chiesto di vedere il potenziale che c'è tra noi due, ma non esiste. Max è l'esatto opposto di suo fratello sotto molti aspetti, ed è per questo che siamo incompatibili. Io non voglio qualcuno che mi faccia tremare le ginocchia. Odio l'idea di stare con una persona che mi stuzzica per suscitare una mia reazione. Non mi interessa pensare a un uomo più di quanto dovrei. Tutto questo è successo con Max, e non ci stiamo nemmeno frequentando. Inoltre, quale futuro potremmo mai avere insieme? Non riesco a immaginare di andare a cena con i suoi genitori e fissare la faccia del mio ex fidanzato dall'altra parte del tavolo. Lo picchierei con una baguette.

Ma forse, soltanto forse, Max è la persona perfetta con cui avere una relazione proprio *perché* è inequivocabilmente la persona sbagliata per me. Sapere già che io e lui non potremo mai avere una relazione a lungo termine non dovrebbe essere garanzia del fatto che io non mi innamori di lui?

Tuttavia, non sarebbe ingiusto nei suoi confronti? Sì, se lui cerca più di quanto io sia disposta a dargli. Parte del problema è però che io non so cosa voglia lui.

Prima che possa chiederglielo, Max salta giù dal letto.

Mi alzo a sedere e mi sposto sul bordo del materasso, facendo attenzione a tenere le gambe chiuse. «Cosa c'è che non va?».

Afferra l'orlo della maglietta che indossa e si allontana il tessuto dal corpo, sventolandosi, come se l'atmosfera nella stanza fosse diventata all'improvviso soffocante. «Esco. Mi prendo un po' di tempo per godermi l'aria di campagna».

Poi si sporge verso la maniglia della porta, ma io balzo giù dal letto e poso una mano sulla sua, impedendogli di aprirla.

Lui si ferma, ma non incontra il mio sguardo, perciò mi ritrovo a fissare il suo profilo.

«Non mi interessa una storia seria», dico con voce più affannosa di quanto non voglia. «Tu, io, noi. Non funzionerebbe, Max. Non a lungo termine. Abbiamo troppi trascorsi da risolvere».

Solleva il capo, guardando il soffitto, e io sono ipnotizzata dal modo in cui il suo pomo d'Adamo ondeggia nella sua gola. Infine, dice: «In altre parole, non hai intenzione di impegnarti».

«Giusto. Ma sono disponibile a un'amicizia con benefici. Senza promesse».

Lui si gira di lato per studiarmi, con la testa e la spalla appoggiate alla porta. «E se ti dicessi che potrei accettare una situazione del genere?».

Alzo una mano e gli accarezzo la mascella. Max chiude gli occhi, poi si strofina sulla mia mano e la sfiora con le labbra. Il calore mi si raccoglie al centro del petto e si diffonde lentamente come lava fusa. Le mie dita fremono dalla voglia di toccare la sua pelle, ma mi costringo a concentrarmi per rispondere alla sua domanda. «Se puoi accettarla, allora ti dirò l'ultimo "Vorrei che tu non facessi" che mi è rimasto».

Lui apre gli occhi. «E cioè?»

«Vorrei che non lasciassi questa stanza».

Le sue labbra si incurvano in un mezzo sorriso, come se ritenesse promettente quel mio desiderio ma volesse astenersi dal giudicare fino a quando non saprà come si svolgerà il resto della conversazione. «Posso confessarti altri miei desideri, allora?».

In punta di piedi, mi sporgo in avanti per andargli più vicino, ma senza più toccarlo, e la sensazione inebriante della trepidazione mi attraversa fino alle estremità delle dita dei piedi. «Dimmi».

Raddrizza la schiena e mi sposta dal viso una ciocca di capelli sfuggita alla coda di cavallo. «Vorrei baciarti. Vorrei toccarti. Vorrei...». Scuote la testa e mi guarda. «No, non sei pronta».

Voglio subito sapere di più, senza curarmi del fatto che questo tradisce quanto possa essere facile adescarmi. «Che altro? Posso gestire qualsiasi cosa tu voglia dire».

Lui affonda i denti nel suo labbro inferiore, inclina la testa e mi osserva con attenzione, alla ricerca di prove che dimostrino che sto dicendo la verità. Sta facendo uno sforzo evidente per apparire solo vagamente interessato ai frutti della sua ispezione, ma ha il respiro affannoso, e le sue pupille hanno preso completo possesso dei suoi occhi marroni, nascondendo il colore dell'iride. Max è eccitato. *A causa mia*. Non ho nemmeno bisogno di sentire il suo desiderio, ormai: di qualunque cosa si tratti, so già che la vorrò anch'io.

«Va bene, allora», replica con un sospiro, come se, purtroppo, l'avessi infine costretto a cedere. «Vorrei farti venire talmente forte da farti gridare fino a mandare in frantumi le finestre di questa incantevole locanda».

Inspiro nei polmoni un po' d'aria di cui ho tanto bisogno, e il mio petto si alza e si abbassa a ogni respiro. È un bel desiderio. L'eventualità di raggiungere quel livello di abbandono mi preoccupa, ma non posso negare di avere le mani sudate, né che sto contraendo di proposito la vulva perché provo un bisogno fortissimo. Se fossi sicura di non spaventarlo, gli strapperei la maglietta, la aprirei al centro e gli passerei le mani sul petto per vedere i suoi muscoli nudi flettersi come vuole la natura. Oh, sì, e voglio i dettagli: ha intenzione di farmi impazzire con la bocca? Con le dita? Con il cazzo? Con tutte e tre le cose? Non contemporaneamente, naturale, ma a più riprese, magari?

«Ti ho lasciata senza parole?», domanda, interrompendo il mio flusso di indecenza.

Scuoto la testa. «No, no. È solo che dubito che sia possibile».

Il suo volto si incupisce, come se sperasse in una risposta diversa, più significativa.

«Ciononostante, mi piacerebbe vederti provare», aggiungo.

Lui alza la testa e sussurra il mio nome (non Lina, ma *Carolina*) seguito da un movimento fulmineo che termina con me con la schiena premuta contro la porta e le sue dita avvinghiate alla mia nuca.

«Oh», commento, «sei agile».

«Troppo?», chiede, mentre il suo sguardo scorre sul mio viso in cerca di segni che indichino che ha oltrepassato il limite.

Mi aggrappo alla sua vita e lo attiro ancora più vicino: *voglio* che prema il suo corpo contro il mio. «No, il giusto».

Troppo giusto, in effetti. È un inizio notevole per un incontro che in verità preferirei non fosse niente di che. Perché ciò semplificherebbe tutto questo casino, no? Il sesso scadente è facile da rimuovere; il buon sesso è difficile da dimenticare.

Piano e con un'attenzione tale da farmi dubitare delle sue intenzioni, lui si ritrae, mi solleva il mento con l'indice e mi fissa con uno sguardo intenso che mi fa pensare alle pigre mattine domenicali, alle lenzuola stropicciate e alla luce del sole che entra attraverso tende delicate che svolazzano nella brezza. Incapace di aspettare ancora, gli mordicchio il labbro inferiore, strattonandolo finché non mi sfiora la bocca con la sua, avanti e indietro, su e giù. Lo fa più volte di quante riesca a contarne, portandoci al limite ma senza mai superarlo.

Proprio quando sono sul punto di raggiungere il mio livello

massimo di sopportazione e di implorarlo di darmi di più, lui mi fa aprire la bocca e intreccia la sua lingua con la mia, mentre le sue mani scivolano sopra la mia testa e mi intrappolano. Vorrei che non fosse bello ma, maledizione, basandomi su questa anteprima, posso dire che lo sarà di sicuro.

Quando infine ci stacchiamo, alza la testa, con un desiderio evidente che gli brucia negli occhi, e poi esamina il mio viso in cerca dei segni di… qualcosa. Se sta cercando una reazione al bacio, non è lì che la troverà. Ma, se abbasserà lo sguardo di qualche centimetro, vedrà il contorno dei miei capezzoli turgidi. E, se farà scorrere un dito sul mio petto, sentirà il cuore che mi batte all'impazzata. E, se mi infilerà le mani tra le cosce, percepirà il calore che c'è lì in mezzo. Sì, il mio corpo è pronto. La mia mente, però, è ancora qualche passo indietro. Perché siamo a un punto di non ritorno; una volta fatto, è fatto. "Ti prego, fa' che sia mediocre. Ti prego, ti prego, ti prego".

«A cosa stai pensando?», domanda.

Sposto il capo e fisso lo guardo su un punto dietro di lui. «Non vuoi saperlo».

Lui abbassa la testa e mi stampa un singolo bacio sulla mascella. «Dimmelo».

Rabbrividisco a quel leggero contatto. Di nuovo, che sia maledetto. «A essere onesta, sto sperando che la tua performance si riveli terribile. Voglio che questo sia il peggior sesso che abbia mai fatto. Risolverebbe una montagna di problemi».

Tira su la testa e alza un sopracciglio. «Perché così potresti uscirne senza più voltarti indietro?».

Non ha senso negarlo, perciò annuisco. «Sì».

Gli angoli delle sue labbra si sollevano. «Quindi mi stai dicendo che, se il sesso tra noi sarà incredibile, rimarrai delusa?».

Mostro i denti con aria imbarazzata. «Perverso, vero?».

Aggrotta la fronte. «Allora ti rimane solo una cosa da fare».

«Cosa?»

«Preparati a rimanere delusa».

22

Max

Lina mi ha lanciato una sfida, pur senza volerlo, e io intendo accettarla. Spera in un amplesso mediocre? Non con me. Ma *in che modo* posso affrontare questo compito facendo sì che lei sia incentivata a collaborare con me per raggiungere un obiettivo comune?

Faccio un passo indietro e mi accarezzo il mento mentre la osservo, alla ricerca dell'angolazione perfetta per disarmarla. È ancora appoggiata contro la porta, con il petto che si alza e si abbassa mentre aspetta che io faccia o dica qualcosa. Ripercorrendo nella mia testa gli ultimi minuti trascorsi insieme, mi soffermo sul momento in cui lei ha dato il via al nostro primo bacio; il ricordo mi fa venire un'idea che può essere geniale o stupida. «Mi serve solo una sfida ad armi pari, e credo di poterti aiutare a raggiungere il tuo obiettivo perché, vedi, io sono molto simile a un cane. Ma non come forse pensi tu, che "tutti gli uomini sono dei cani", ma piuttosto perché sono desideroso di compiacere e altamente addestrabile. Quindi credo che, se mi dirai come potrei rovinare tutto, io farò l'esatto contrario». Le mostro il pollice alzato. «Che ne dici, amica mia?».

Lei tende i muscoli della mascella mentre considera la mia proposta. «In altre parole, stai facendo ricadere la responsabilità su di me».

Faccio oscillare l'indice davanti al suo viso. «No, no, no. Sto facendo di noi due soci alla pari nel successo di questa joint venture».

Ridacchiando, lei abbassa il mento e si stringe le tempie. «Tu parli troppo».

«È vero. E alcune persone, cioè io, ribatterebbero che tu non parli abbastanza. Dunque, che ne dici? Mi dai una mano?».

Dopo alcuni istanti di silenzio, annuisce. «Okay, facciamo a modo tuo».

Sorrido. «Che in realtà è a modo tuo».

«Stai zitto, Max».

«Giusto».

Lina mi si rivolge come se stesse facendo una presentazione, gesticolando con le mani per enfatizzare. «Ecco cosa non fa colpo su di me: quando un uomo pensa che il suo cazzo abbia tutte le risposte. Di solito, questo significa che fa sesso in maniera affrettata, come se la penetrazione fosse l'unico obiettivo. Non è così. Un uomo che non si prende il tempo di esplorare il mio corpo sta sprecando un'occasione d'oro per darmi il tipo di piacere che poi sognerei a occhi aperti per settimane».

«Tenendo presente questo, posso procedere?», le chiedo.

Lei sorride. «Permesso accordato».

Elimino lo spazio che ci separa e faccio scivolare le mani sotto i suoi capelli, massaggiandole il collo. «Come si fa a non desiderare di accarezzare questa pelle splendida? Sarebbe un fottuto crimine».

Con gli occhi chiusi, lei abbandona la testa all'indietro e mi offre il collo. Faccio scorrere le labbra sulla sua clavicola e sul lato della sua gola, fino a stamparle un bacio delicato sulla mascella. La sua pelle profuma di un'inebriante combinazione di pesca e vaniglia e, se riuscirò a uscire vivo da questa stanza, andrò a caccia di un dolce che mi ricordi questo profumo.

La mia mano stringe il tessuto della sua maglietta all'altezza della vita. «Cosa c'è qui sotto? Posso vedere?».

In risposta, lei abbassa la testa e solleva la maglietta un centimetro alla volta, mettendo in mostra le cosce lisce come la seta. Sono pronto a divorarla con gli occhi, ma lei esita.

«Fammi vedere, Lina».
Si preme i denti nell'angolo del labbro inferiore e alza il tessuto di un altro paio di centimetri. *Che mi venga un colpo.* Non indossa le mutandine, e vederla depilata *là sotto* è più di quanto il mio cuore già sovraccarico possa sopportare. «Be', qualcuno qui è efficiente».
Lei ridacchia, ed è il suono più dolce che abbia mai sentito. «Non era previsto. È una storia lunga».
«Che comincia con il paio di mutandine che ho visto in bagno, vero?».
Lascia cadere la maglietta e si copre gli occhi. «Sì».
«Non farlo», dico, tirandole giù le braccia. «Le ho strizzate e le ho portate qui. Non volevo far venire un infarto a qualcuno degli ospiti. Perciò ora è il nostro segreto, un segreto di cui avrei voluto essere venuto a conoscenza mezz'ora fa. Te la toglieresti completamente?»
«Certo», risponde lei, afferrando di nuovo la T-shirt che, nel giro di pochi secondi, è sparita, gettata sulla poltrona alla sua destra.
Il primo sguardo che le rivolgo mi fa quasi cadere in ginocchio. «Lina», ansimo, incapace di dire qualcosa di profondo. Con i fianchi ampi e le tette generose racchiuse in un reggiseno blu velato, i capezzoli marrone scuro turgidi e la pelle bruna e luminosa, Lina rappresenta tutto ciò che mi eccita. Il mio pene preme contro la patta dei jeans, e ondeggio i fianchi per alleviare in parte il disagio.
«Mi piace mostrarmi», dice, facendomi uscire dalla trance in cui sono caduto, «ma solo quando anche l'altro si mostra. Non limitarti a dirmi che mi vuoi; *fammi vedere*».
La mia maglia scompare in un attimo. Poi mi sbottono i jeans e tiro giù la cerniera. Fissandola con intensità, mi abbasso i pantaloni lungo i fianchi, lasciandoli ammassati al centro delle cosce, e poi libero la mia erezione dai boxer che la trattengono. Oscilla un paio di volte, rigida e alta, finché non si stabilizza nell'aria, sull'attenti e in attesa di ordini. «Va meglio?».
Lei annuisce, con gli occhi scuri che brillano di interesse.

«Molto. Con questa arma come parte del tuo arsenale, le possibilità di vincere la guerra sono alte. Vieni qui, così posso toccarlo».

«Per favore?», ribatto, con un accenno di sorrisetto che annulla il tono offeso che sto fingendo.

«Per cortesia», dice mentre si toglie il reggiseno, rivelando i suoi seni sodi.

Distratto da quella vista, faccio un passo in avanti, e per poco non mi catapulto contro il muro.

«Prima dovresti toglierti i pantaloni», commenta lei ridendo.

Brontolando per coprire la mia gaffe, mi tolgo i jeans e li scalcio via.

«Un'altra cosa che di sicuro rende il sesso mediocre è una persona che non sa come divertirsi», continua Lina, esplicita. «Un po' di bonaria autoironia non è necessariamente una cosa negativa».

Cogliendo l'allusione, mi chino in avanti e mi assesto una pacca su una coscia. «Ma mi hai visto? Sono inciampato nei miei pantaloni! Esilarante, vero?».

«Vieni qui, Max», mi ordina con espressione divertita.

Mi piace il suo tono scherzosamente autoritario, e non me lo faccio ripetere due volte: la raggiungo con un lungo passo avanti e le metto le mani sui fianchi, mentre la mia bocca copre la sua. Emettiamo entrambi un gemito di approvazione quando i nostri corpi si uniscono di nuovo. Sono circondato da calore, morbidezza e curve, il mio nuovo luogo felice in carne e ossa. Lina fa scivolare una mano in mezzo a noi e mi accarezza, con una presa sicura e decisa. Allontano la bocca, incapace di controllare il sibilo che mi sfugge dalla gola. Questo è troppo. Lei è *troppo*. Prevedo già che vorrò ripetere questa esperienza ancora e ancora. Ora devo fare in modo che lei provi la stessa cosa entro la fine della serata.

Piego le ginocchia e la guardo. «Mi piacerebbe passare un po' di tempo qui sotto». Chinandomi in avanti, inspiro il suo profumo e mi lecco le labbra. «Qualche consiglio prima di iniziare?».

Lei afferra la maniglia della porta per sostenersi, e il suo sguardo si appanna. «Non mi piace quando gli uomini mi ci infilano la lingua come se stessero stuzzicando un nido d'api con un bastone. O quando mi masticano come se fossi uno di quegli snack croccanti che vendono nei chioschi. Il cunnilingus è un'arte. Richiede immaginazione e sottigliezza. Oh, e adoro quando un uomo mi parla in modo sconcio mentre lo fa… a piccole dosi, ovviamente, perché vorrei che ti concentrassi sul compito che devi svolgere».

Si rende conto che ora è lei che mi sta parlando in modo sconcio? Si rende conto dell'immagine allettante che mi offre mentre struscia le cosce l'una contro l'altra in trepidante attesa, con la schiena inarcata per mettere in risalto i suoi seni pieni? Se riuscirò a procurarle anche solo la metà del piacere che lei sta procurando a me semplicemente standomi qui di fronte in questo momento, le finestre di questa stanza andranno *davvero* in frantumi.

Le picchietto con una mano sulla gamba destra. «Mettimela sopra la spalla. Aggrappati ai miei capelli se ne hai bisogno. Mi piace molto».

Lei non lascia andare la maniglia, come se fosse un'ancora di salvezza che le impedisce di crollare a terra, ma solleva la gamba appoggiandomela sulla spalla e mi afferra la nuca. Affondo la faccia tra le sue cosce e la lecco nel mezzo, gemendo quando sento che è bagnata.

«Oh, Dio», ansima. «Sì, Max. Proprio così».

Alzo la testa e la guardo. «Dimmi di cosa ha bisogno la tua fica, tesoro. Di qualunque cosa si tratti, la farò».

«Il clitoride», sussurra lei. «Ho bisogno che me lo succhi. Strofinalo con i denti».

E così faccio. Senza fretta, faccio scivolare la punta della lingua all'interno e la lambisco con colpi brevi e lunghi, poi le accarezzo il clitoride con le labbra e lo succhio delicatamente, mentre con le dita separo la sua carne per arrivare dove devo.

Pochi minuti dopo, la sua presa sulla mia testa vacilla, ma lei si riprende subito e mi afferra la nuca con più forza ancora, facendo ondeggiare i fianchi a tempo con i movimenti della mia lingua. «Oh, non ce la faccio… è… ho bisogno di… è bellissimo, Max».

La sua voce si alza a ogni parola. In un mondo perfetto, mi direbbe se sta per venire, perché mi rifiuto di lasciare questo angolo di paradiso in cui mi sono imbattuto senza una buona causa. Così, decido di testare la sua prontezza usando un po' dell'immaginazione che lei stessa mi ha chiesto e le strofino i denti sul clitoride, mentre allo stesso tempo la penetro con due dita. Lei grida mentre viene, il suo corpo trema come se stesse esplodendo dal centro verso l'esterno e la sua mano colpisce la maniglia della porta finché non perde la presa.

Mentre riprende consapevolezza sbattendo le palpebre, io mi pulisco la bocca con il dorso di una mano e mi siedo sui talloni per godermi il panorama. Ha un aspetto languido e spettinato, con l'elastico che le stringeva la coda di cavallo che le penzola alle estremità dei capelli, e una patina di sudore che le bacia la pelle del ventre e delle cosce.

Potrei restare ad ammirarla in questo stato per tutto il giorno, ma non sono trascorsi nemmeno dieci secondi da quando l'ho sentita tremare sotto la mia lingua, che qualcuno bussa alla porta.

«La cucina chiuderà presto, gente, ma nel frattempo siete invitati a unirvi a noi per il bicchiere della staffa, se siete liberi».

Lina sbuffa con gli occhi spalancati, poi si copre di scatto la bocca con una mano non appena si rende conto che la sua voce potrebbe essersi sentita anche fuori dalla stanza.

«Grazie per l'invito», rispondo, «ma credo che stasera non usciremo».

Lina si piega un poco in avanti e storce il naso. «Chi vorrebbe il bicchiere della staffa quando può avere il pacchetto completo: staffe, cavallo e cavalcata?».

Era già irresistibile prima, ma scoprire che ha un senso dell'umorismo malizioso e un tempismo comico eccezionale segna il mio destino: questa donna è perfetta per me. E questo può solo significare guai. Guai puri, non adulterati e non geneticamente modificati. Ma, in questo momento, non me ne potrebbe fregare di meno.

23

Lina

Finora, Max mi ha delusa in maniera superba. Avrei dovuto sapere che non avrebbe collaborato. Del resto, nemmeno il mio corpo sta collaborando: crede che lui sia *davvero un bravo ragazzo*. E chi può biasimarlo, in effetti? Ho detto a Max che il cunnilingus è un'arte, e lui si è preso la responsabilità di creare un capolavoro degno di un'ala del Louvre appositamente dedicata.

"Che sia condannato a vivere in un mondo senza torte".

L'uomo che sarà protagonista dei miei sogni a occhi aperti per le prossime settimane si alza in tutta la sua altezza, con il grosso pene che punta verso il soffitto. Quando si muove, più muscoli di quelli che pensavo che un singolo essere umano potesse possedere si attivano e si flettono in rapida successione, come immagino facciano gli ingranaggi di un orologio analogico per scandire il passare del tempo. È affascinante, ma anche spiazzante.

So bene che c'è ancora la possibilità che lui mandi tutto all'aria, ma le probabilità non sono a mio favore e, come ha già sottolineato, io sono responsabile del successo di questa impresa tanto quanto lui.

«Dimmi una cosa», mi dice. «Hai qualcosa contro il letto?»

«Niente affatto», rispondo sollevando un sopracciglio. «Perché questa domanda?»

«Perché sto cominciando a chiedermi se la tua schiena si sia fusa con la porta».

Mi allontano dalla suddetta porta, con le guance che si scaldano sotto il suo sguardo divertito. Lancio un'occhiata al letto, la cui testata ricca di dettagli e gli eleganti drappeggi mi invitano. È che mi sembra così… intimo: alla fine, ci addormenteremo lì sopra, forse arriveremo persino a farci le coccole, se ci sentiremo abbastanza avventurosi. E dormire conduce al mattino dopo, che spesso è pieno di rimpianti e di "oh, cavolo, cosa ho combinato". Ma è sciocco pensare di poter rimandare tutto questo, e sono contenta che Max me lo abbia fatto notare.

"Pensa solo a goderti il momento, ti preoccuperai di tutto il resto più tardi".

Scuoto la testa. «Non ho alcun problema con il letto». Per dimostrarglielo, gli passo accanto, tiro indietro il copriletto e salgo sul materasso. Sdraiata su un fianco con un gomito appoggiato sul cuscino e il mento sulla mano, gli domando: «Allora, dove eravamo rimasti?».

Mi raggiunge, e anche lui si sdraia su un fianco. «Eri sul punto di istruirmi sulle finezze dell'arte di procurarti piacere».

La sua affermazione non mi convince; non ruota tutto intorno a me, e sarei egoista se mi concentrassi solo sui miei bisogni, soprattutto considerando quanto lui sia stato in sintonia con i miei. «Ribaltiamo la situazione e parliamo di ciò che piace *a te*».

Lui rimane un attimo in silenzio con espressione pensierosa, poi corruga il volto. «Sei sicura che non mi giudicherai troppo severamente?»

«Se il mio giudizio è giustificato, allora non sarà mai troppo severo».

Gemendo, alza gli occhi al cielo. «Va bene, correrò il rischio. Okay, diciamo che non mi piace fare sesso con un opossum».

Lo fisso a bocca aperta. «Fare sesso con un opossum? Di che cavolo parli? Non dirmi che sei un mutaforma».

Ride. «No, intendo quando una donna si sdraia sul materasso immobile come una statua o, come mi piace definirlo, quando fa la morta come un opossum. È inquietante da morire. Ora, non fraintendermi, non sono un totale stronzo: se una non è fisicamente in grado di cavalcarmi come una star del rodeo, lo capisco. Ma, in generale, mi piace un po' di partecipazione da parte della persona con cui vado a letto».

Mi tremano le spalle mentre immagino come deve essere fare sesso con un opossum. Quando mi riprendo, gli propongo una spiegazione alternativa. «Sei sicuro che lei non avesse una perversione di cui tu non eri a conoscenza?»

«In tal caso, non lo avrei fatto, se lo avessi saputo», replica.

«O magari tu non eri poi così eccitante. Anche questa è una possibilità».

«Sei senza cuore, e non ti tratterò con i guanti solo perché hai una fica fantastica». Si alza a sedere con disinvoltura e, prima che io possa intuire le sue intenzioni, afferra un cuscino e mi colpisce in faccia.

Urlo per la sorpresa, mi rialzo e mi metto in ginocchio, poi brandisco il mio cuscino, pronta a colpire, quando qualcuno bussa alla porta, di nuovo.

«Tutto bene lì dentro?», chiede la voce.

«Credo sia James», sussurra Max. Poi risponde: «Sì, tutto a posto».

«Stiamo solo facendo una battaglia con i cuscini», spiego io a voce troppo alta.

«Okay, be', credo che alcune persone si stiano preparando per andare a dormire», ci informa James.

«Faremo meno rumore», replico. «Promesso».

Max scende dal letto e prende i suoi jeans, poi infila una mano in una tasca posteriore e ritorna con alcune bustine di preservativi.

Lo guardo con aria consapevole, con le labbra serrate in un'espressione che significa "certo che li hai portati, insieme al tuo ego". «Per caso ti è capitato di averli a portata di mano, eh?».

Anche lui stringe le labbra, fingendo di essere offeso dalla mia domanda. «In realtà, no. Li ho trovati in bagno, nell'armadietto dei medicinali. Ci ho rovistato dentro nella remota possibilità che questo accadesse».

«Hai controllato la data di scadenza?»

«Sì».

«Dammene uno, per favore».

Si sposta in ginocchio al centro del letto e me lo porge, con la mano che trema leggermente mentre aspetta che io lo prenda. Non voglio che la situazione lo renda nervoso, ma mi chiedo se tutti i miei discorsi sul sesso (il cui scopo era aiutarmi a diventare più spavalda), non gli abbiano messo addosso una pressione inutile. Se è così, voglio rimediare. Mi avvicino a lui camminando sulle ginocchia e appoggio il preservativo sul letto. Gli poso una mano sulla spalla e mi sporgo in avanti per baciargli il petto, poi il pomo d'Adamo, poi la mascella. Quando mi raddrizzo, gli lancio uno sguardo penetrante. «Finora è stato incredibile, e credo davvero che non sia più possibile rovinare tutto». Gli premo un bacio delicato sulle labbra e allungo le mani tra noi, accarezzandogli lentamente l'uccello. «Voglio solo che ci facciamo sentire bene a vicenda».

Lui rabbrividisce contro di me, e le sue palpebre si chiudono a mezz'asta. «Aah, Lina. Penso che possiamo già cancellarlo dalla lista delle cose da fare».

«Non ancora», ribatto, spingendogli la spalla all'indietro per farlo sdraiare.

Max si siede sui talloni, poi fa scivolare le gambe davanti a sé e si lascia cadere sulla schiena. Guardo la sua pelle liscia, le sue spalle larghe, la sua erezione rigida: tutto questo aspetta solo me, e trovo allarmante la mia impazienza.

«Lina, ho bisogno di te», dice a denti stretti, con la voce che crepita come se avesse dei sassolini in gola.

Il desiderio nel suo tono alimenta la mia stessa fame, portandola a un livello superiore e minacciando di farle oltrepassare qualsiasi limite. Ho i capezzoli così turgidi che mi fanno quasi male e sono tutta bagnata in mezzo alle cosce. Con un movimento rapido, mi metto a cavalcioni su di lui, cercando il profilattico con le dita che tremano e sospirando per la frustrazione quando il pacchetto non si apre al primo strappo. Max mi palpa i seni, titillando i capezzoli con colpetti leggeri e strazianti, mentre io lotto con la confezione del preservativo che si rifiuta di cedere. Finalmente riesco a strappare quella bastarda resistente e a infilarci un dito dentro.

I miei occhi si spalancano e sento una stretta allo stomaco. «È vuota».

Max solleva la testa dal letto. «Ma che cavolo? Fammene prendere un altro».

Osservo la bustina e sbuffo. «Lascia perdere. Sono profilattici finti per fare degli scherzi, Max. Si chiamano "Noguanto". Sull'etichetta c'è scritto: "Per chi stasera andrà in bianco"».

Max arrossisce fino a diventare di una bella tonalità rosa Barbie prima di coprirsi la testa con il cuscino; poi ci ripensa e sbircia fuori. «Ammettilo, questo è il peggior sesso che tu abbia mai fatto».

Spingo via il cuscino. «Non il peggiore, ma di sicuro il più memorabile». Scendo dalla mia posizione sopra di lui e mi sposto di lato, prendendo in mano la sua erezione spessa. Prima di mettermela in bocca, aggiungo: «Ma non preoccuparti. Il meglio deve ancora venire».

24

Lina

Quando mi sveglio, il lato del letto di Max è vuoto. Fisso il soffitto e aspetto che nella mia testa cominci a ronzare la frase "oh, cavolo, cosa ho combinato", ma invece non succede. È facile capire perché: Andrew è il mio passato, Max è il mio presente. Inoltre, Max e io non siamo interessati a costruire un futuro insieme; siamo stati entrambi colti alla sprovvista dalla nostra attrazione reciproca, e ora ce la stiamo godendo per quello che è. Nessuno dei due ha motivo di sentirsi in colpa, e non c'è bisogno di preoccuparsi delle conseguenze a lungo termine perché non ce ne saranno.

Mi accoccolo sotto al copriletto, intenzionata a gustarmi qualche altro minuto di pace e tranquillità. Ma ho chiuso gli occhi solo da pochi secondi, quando Max irrompe dalla porta stringendo in mano la sua tazza portatile riutilizzabile. «Svegliati, sorridi e bevi il caffè, tesoro. È ora di mettersi in viaggio».

Mi alzo a sedere e mi sistemo i riccioli. «Ma non abbiamo ancora recuperato la macchina».

Lui si avvicina al letto, appoggia la tazza sul comodino e si china a baciarmi con dolcezza. Mentre si allontana, mi prende il labbro inferiore tra i denti, costringendomi ad alzarmi in ginocchio per prolungare quel dolce saluto. «TJ ha portato qui la tua auto in anticipo. Il conto è stato pagato (più tardi ci aggiustiamo), e ora siamo liberi di andare. È la domenica di Pasqua, quindi devo tornare a Vienna per cenare con la mia famiglia».

«Oh, cavolo, anch'io», esclamo, scendendo dal letto e stringendo la tazza tra le mani. «Già mi beccherò una tirata d'orecchi per aver saltato la messa». Bevo qualche sorso, e il liquido mi scalda la pancia come del cibo consolatorio. «Devo solo mettermi una maglia pulita e i jeans di ieri e possiamo andare».

«E magari dovresti lavarti i denti», aggiunge Max, mentre ripone il caricabatterie del suo costoso cellulare.

Fisso lo sguardo sulla sua schiena finché lui non gira la testa e mi guarda con un sorriso malizioso. Brontolando, gli lancio un cuscino in testa. «Vado a rinfrescarmi».

Mi raggiunge sulla porta e mi avvolge in un abbraccio da dietro. «Ho un suggerimento».

«E sarebbe?», domando inclinando la testa, in modo lui che possa premere le sue labbra sul mio collo.

«Perché non ti lasci addosso questa maglietta? È abbastanza lunga, e in effetti è carina. Nessuno saprebbe mai che non è stata pensata per essere indossata in pubblico. E mi permetterà di godermi la vista delle tue belle cosce durante il viaggio di ritorno».

Lo scaccio via con fare scherzoso. «Ci penserò mentre *mi lavo i denti*».

In bagno, decido che la sua idea non è male, e aggiungo una cintura sottile alla T-shirt per cercare di trasformarla in un outfit trendy. Non funziona, ma se permetterà a Max di far scivolare le mani tra le mie cosce durante il tragitto in macchina, sono disposta a sopportare questo crimine contro la moda. Mentre mi lavo i denti, mi stupisco di quanto io e lui siamo a nostro agio insieme, stamattina. Non c'è alcun imbarazzo, e lo attribuisco al fatto che siamo stati sinceri riguardo alle nostre intenzioni.

Quando rientro in camera, Max è seduto sulla poltrona, con un libro dalla copertina rigida e un foglio di carta in equilibrio sulle ginocchia. «Non dimenticare di compilare la valutazione del ritiro. James aspetta davanti alla porta d'ingresso per assicurarsi che chi lascia la locanda presto la consegni prima di partire».

Prendo il mio modulo dal comò, mi siedo sulla poltrona accanto a Max e leggo la prima domanda. «"Il ritiro ha contribuito ad avvicinare te e il tuo partner?". Considerando che eravamo a un passo dall'ammazzarci a vicenda e che abbiamo finito per regalarci orgasmi da capogiro, risponderò di sì». Max ridacchia mentre scribacchia. «Che coincidenza. Ho scritto la stessa identica cosa nella sezione commenti».

«Non è vero», ribatto, sporgendomi verso di lui per leggere il suo foglio.

Max lo solleva e se lo stringe contro il petto. «Sono cose private, signora. Si impicci della sua valutazione».

Alzo gli occhi al cielo e torno a rispondere alle domande.

Quando abbiamo finito entrambi, raccogliamo le nostre cose e ci prepariamo ad andarcene. Lancio un'ultima occhiata malinconica alla stanza prima di chiudermi la porta alle spalle. Facciamo una breve deviazione in cucina per prendere qualche muffin per il viaggio, poi incontriamo James nell'atrio, che tende una mano verso di noi: le valutazioni sono la sua priorità.

«Bene, amici», ci saluta sorridendo, «è stato un piacere conoscervi. Avrei voluto passare un po' più di tempo insieme, ma credo che voi due abbiate ottenuto quello che vi serviva da questa esperienza».

Faccio l'occhiolino a Max, e lui contrae le labbra.

«Senza dubbio, sì», risponde.

James si sporge in mezzo a noi. «Devo confessarvi che, nel corso di questi anni in cui io e Wanda abbiamo fatto questo lavoro, raramente abbiamo visto persone che stanno insieme da poco così aperte l'una con l'altra. Questo mi dice che voi due avete le basi per far funzionare davvero la vostra relazione». Indica il cuore di Max e poi il mio. «Gli strumenti ci sono. Ora dovete solo usarli. E, ricordate, la comunicazione è tutto».

Le prime fitte di senso di colpa mi centrano in pieno. James è un uomo dolcissimo, e detesto il fatto che gli abbiamo mentito a proposito del nostro rapporto solo per ottenere un soggiorno più confortevole. È vero, però, che ieri io e Max abbiamo fatto un enorme passo avanti, e questa consapevolezza lenisce il rimorso che mi attanaglia il petto. Estraggo un biglietto da visita dalla borsa e glielo porgo. «Senti, se qualche volta tu e Wanda vi trovate a Washington, chiamatemi. Mi piacerebbe invitarvi a pranzo».

James osserva il biglietto. «Sarà fatto. Ci andiamo solo per le occasioni speciali, ma Wanda mi assilla sempre per andare a vedere uno spettacolo al Kennedy Center. Magari potremmo venire e trascorrerci un'intera giornata».

Annuisco. «Sarebbe fantastico. Potrei anche consigliarvi qualche ristorante per la cena».

Max mi prende per mano, la solleva davanti a me e mi accarezza le nocche con le labbra. «Tesoro, dobbiamo andare. Ci aspetta un lungo viaggio e voglio fare un ultimo giro tra i campi di fiori».

Il mio shock momentaneo per il modo disinvolto in cui mi ha baciato la mano viene eclissato dalla confusione che provo. Vuole visitare di nuovo la fattoria? Questa è una novità per me.

«Be', non vi trattengo», dice James. «È una giornata perfetta per stare fuori. Se passate davanti alla zona in cui vengono coltivati i pomodori, non incontrerete anima viva per ore. Un posto perfetto per un picnic mattutino».

«Sì», ribatte Max, «ieri Hannah ha detto che è un luogo ideale per scattare delle foto. Ho pensato che anche Lina volesse vederlo».

"Davvero? Quando l'ha detto?".

James alza il mento verso Max. «Giuuuusto». Ci saluta sollevandosi dalla testa un cappello immaginario. «Divertitevi e tornate a casa sani e salvi».

All'esterno, faccio un giro intorno alla macchina e la ispeziono con atteggiamento materno. «La mia bambina sta bene».

«Per ora», commenta Max sottovoce.

«E TJ l'ha anche lavata».

Lui fissa l'auto; è palese che non è per niente colpito. «Ha bisogno di tutto l'aiuto possibile».

«Okay, sai una cosa?», domando, puntandogli un dito contro. «Questa auto ti porterà a casa, quindi è meglio che la tratti con gentilezza».

Scuote la testa e arriccia le labbra per fingere disgusto, ma, prima di salire in macchina, lo sento sussurrare: «Scusa, banana-mobile».

Io mi accomodo al posto di guida, accendo il motore e appoggio le mani sul volante. «Okay, come arriviamo a questo posto magico di cui hai parlato?».

Indica una biforcazione della strada sterrata; entrambi i sentieri sono contornati da file di alberi molto distanziati tra loro. «Procedi da quella parte senza deviare. Se seguiamo la strada, non ci perderemo».

«Capito». Abbasso un po' il finestrino del mio lato, abbastanza da poter ascoltare i rumori del primo mattino alla fattoria, ma non al punto da farmi scompigliare i capelli. Mi aspetto di udire il nitrito di un cavallo o il muggito di una vacca, ma più che altro sento il cinguettio degli uccelli e il rumore dei macchinari in lontananza. Il sole splende luminoso, e i suoi raggi gettano una luce dorata sui campi di fieno. «È bello qui, non trovi?».

Max annuisce. «Non avremmo potuto sperare in un giorno migliore».

Dopo un minuto di strada, il recinto che circonda il bestiame della fattoria finisce e il terreno sfuma in un misto di erba e alberi seguito da diversi campi, ognuno con il proprio cartello per indicare il tipo di ortaggio coltivato. «Sei sicuro che stiamo andando nella direzione giusta?».

Gli angoli della bocca di Max si sollevano. «No, non ne sono sicuro, ma con questo panorama fuori dal finestrino, chi se ne frega di dove andremo a finire?».

«Be', io...».

Prima che possa dirgli che *a me* frega, la scena che mi si apre davanti mi priva della capacità di emettere anche solo un briciolo di acidità. «Oh, mio Dio, guarda là». File e file di tulipani, gialli, rossi e rosa acceso, tappezzano il terreno estendendosi a perdita d'occhio. «Possiamo fermarci?»

«Speravo che lo facessimo», risponde Max, osservando la mia reazione con occhi dolci.

Parcheggio l'auto in un piccolo spiazzo e scendiamo rapidamente. Mi precipito davanti a lui, correndo lungo gli stretti sentieri tra i filari e lasciando che le mie dita bacino i petali. Mi sento come una bambina senza pensieri, e vorrei poter rimanere per sempre in questo angolo nascosto di mondo.

Max mi scatta una foto con il suo telefono, e da lì finiamo per fare uno stupido servizio fotografico, con tanto di facce buffe e pose scontate. Quando abbiamo finito, corro di nuovo davanti a lui, questa volta in direzione dell'auto, ma lui mi raggiunge rapidamente e mi prende per mano, rallentando il passo e trasformando la corsa in una passeggiata.

«È questo che volevi che vedessi?», gli chiedo.

«Già. L'ho visto nella recensione di un cliente e ho pensato che ti sarebbe piaciuto».

«Infatti lo adoro», ribatto, appoggiandogli la testa sulla spalla. «Grazie».

Lui mi cinge con un braccio e affonda il naso tra i miei capelli. «Non c'è di che».

Stiamo facendo quello che fanno le coppie, vero? Be', le coppie dei film sdolcinati, ecco. Correre nei campi di fiori, scattare foto stupide insieme, passeggiare mano nella mano. Noi non dovremmo essere così, ma in qualche modo lo siamo. Ovviamente, abbiamo bisogno di correggere la rotta.

Mi stacco dal suo abbraccio. «È ora di tornare». A passo deciso, raggiungo l'auto.

Max mi afferra per una mano e mi ferma prima che possa salire a bordo. «Aspetta un attimo e girati. È la tua ultima occasione per ammirare questo panorama».

Con le spalle curve, cedo e mi volto. Lui studia il mio viso mentre osservo il campo, poi mi spinge verso il cofano dell'auto. «Siediti. Rilassati. Goditela».

Sospiro, come se apprezzare la natura fosse fuori luogo. Ridacchiando e scuotendo la testa, lui mi solleva tra le braccia e mi deposita delicatamente sul cofano.

«Baciami», mi ordina, con gli occhi scintillanti di polvere di fata che mi ammalia il cervello.

Non dovrei, anche se lo voglio. D'altra parte, non sarebbe una sorta di correzione di rotta? Qualunque cosa accada qui, ricorderà a entrambi che si tratta per lo più di sesso con un lato di timida amicizia. Armata di questo ragionamento ineccepibile, sollevo l'orlo della mia maglietta (ah, *ecco* il motivo del suo suggerimento) e apro le gambe abbastanza da fargli spazio; e lui ci si infila con facilità, appoggiando i palmi delle mani all'esterno delle mie cosce. Gli passo le braccia intorno al collo e lo avvicino, inclinando la testa prima che le nostre bocche si incontrino.

Questo bacio è diverso. Più brutale. Più intenso. Compensa la delicatezza che gli manca con l'entusiasmo. Siamo concentrati sui risultati piuttosto che sull'esecuzione, come se volessimo scivolare l'uno dentro l'altra e il bacio fosse la porta che ci permetterà di farlo. Un rantolo si leva dal petto di Max e gli sfugge dalla gola quando attiro la sua mano tra le mie cosce.

«Toccami», riesco a dire tra gli sforzi per respirare il suo profumo e strofinare il naso contro le sue guance e la sua mascella.

«Cazzo, Lina, sei… così… calda qui», dice.

La sua voce è roca e irregolare, ma le sue dita sono sicure quando spinge rapidamente le mie mutandine di lato e ne infila due dentro di me.

«Oh, sì, così», dico. Non riesco a tenere la testa sollevata e, la lascio cadere all'indietro, allargando di più le gambe.

Lui mi accarezza ancora e ancora, il suo pollice mi sfiora il clitoride in un'agonizzante ritmo serrato che non mi dà alcun sollievo. Disperata, mi tiro su e gli pianto le unghie nelle spalle, strusciandomi sulla sua mano in modo da poter rincorrere la sensazione di sfregamento sul mio centro del piacere. Abbandono la testa nell'incavo del suo collo mentre ondeggio contro il cofano dell'auto.

«Voglio scoparti», sussurra. «Ti piacerebbe?»

«Magari», replico con un sospiro. «Non appena saremo a

casa, mi procurerò una scorta di preservativi che ci durerà per mesi».

Mi picchietta sulla spalla, e a quel punto alzo la testa e vedo che stringe un pacchettino argentato: la bustina di un profilattico. Gliela strappo di mano e la studio come se fosse una nuova forma di vita.

«Dove l'hai preso?», gli domando.

Max sorride. «Sai il tipo con le braccia pelose? Nel nostro gruppo? Me lo ha dato lui».

«Il tizio dalle braccia pelose ci è venuto in soccorso», grido. «Yahoo!».

Apro la bustina mentre Max si slaccia i jeans e se li cala lungo le cosce. Poi sollevo il sedere per permettergli di sfilarmi le mutandine.

«Avvicinati», gli dico. «Te lo metto io».

Mi sposto sul bordo del cofano e glielo prendo in mano, senza mai distogliere lo sguardo dal suo. «Sei pronto?».

Mi mordicchia il labbro. «Così pronto che potrei prendere fuoco spontaneamente per la frustrazione».

La mia mano si immerge in mezzo a noi mentre lo guido verso il mio centro del piacere. «Non possiamo permetterlo, vero?»

«No, noi…».

Si immobilizza mentre lo faccio entrare dentro di me. «Cazzo, Lina. Ho… cazzo… è… io… *cazzo*».

Mi allargo intorno al suo membro, accogliendolo in me centimetro per centimetro. È una sensazione inebriante, che mi ottunde i sensi della vista, dell'udito, del tatto, del gusto e dell'olfatto, mentre ne acuisce uno nuovo: il mio senso di Max. Se una bomba ci esplodesse a mezzo metro di distanza, non me ne accorgerei. Ma se Max sbattesse le palpebre, me ne accorgerei senza nemmeno bisogno di vederlo. «Che bello», mormoro.

Max sussulta, come se gli avessi dato una scossa elettrica per fargli riprendere coscienza, si avvolge le mie gambe intorno e sbatte le mani sul cofano. Si muove piano, spingendomelo dentro e fuori, testando l'attrito e studiando la mia reazione. «Com'è? Ti piace?».

Stringo gli occhi per concentrarmi, in modo da formulare la frase giusta. Come faccio a spiegare che lui si adatta a me in maniera perfetta? Che voglio farlo con lui ogni giorno per il prossimo futuro? Che ho la bocca secca, il seno pesante e dolorante e la testa che potrebbe scoppiarmi perché tutto questo è troppo e non è abbastanza allo stesso tempo? Non posso dirgli nulla di tutto ciò. *No, no e no*. Allora rispondo: «È bellissimo. Davvero bellissimo». Poi apro gli occhi e colgo il suo sorriso soddisfatto, e la sua espressione mi spinge ad aggiungere: «È così fottutamente piacevole che potrei venire».

«È proprio questo l'obiettivo», ribatte ridacchiando, e poi il suo sguardo si fa serio, intenso di desiderio. «E così?». Aumenta il ritmo delle spinte, ogni volta strusciando sul mio bacino prima di uscire.

Con la bocca aperta, mi aggrappo al retro della sua maglietta, cercando di fare leva su di lui per rispondere ai suoi movimenti. Max, però, ha altri piani, e mi fa sdraiare con delicatezza, in modo che la mia schiena poggi sull'auto. Mi afferra per le chiappe e mi trascina in avanti. Sono in bilico sul bordo del cofano, ma la posizione gli permette di premere il suo petto sul mio e di portare i nostri volti a pochi centimetri l'uno dall'altro. Rabbrividisco e chiudo gli occhi.

«Aprili, tesoro», chiede. «Per favore».

Non voglio farlo. Davvero, non voglio. Sono già sopraffatta da lui. Fissarlo negli occhi mentre mi procura tutto questo piacere mi provocherà qualcosa a cui non sono preparata. Non so cosa esattamente, ma *so* che succederà. E sarà irreversibile.

«Lina, non lasciarmi fare tutto questo da solo», mi implora con voce rauca.

Non so cosa sia "tutto questo", ma il bisogno nel suo tono non può essere ignorato, così ubbidisco e incontro il suo sguardo pieno di lussuria.

«Eccoti qua», dice.

Mi prende le mani e le stringe forte. Il fremito tra le mie gambe cambia percorso e si dirige verso il mio cuore, che batte così forte che forse Max dovrà farmi la rianimazione cardiaca prima che abbiamo finito. *No, no, no.* Mi riscuoto e decido di palpargli il sedere. E questo piccolo cambiamento provoca un qualche effetto su di *lui.*

«Cazzo, Lina», esclama, «sì». Solleva il busto e fa scivolare una mano tra di noi, appoggiando due dita sul mio clitoride e strofinandolo in movimenti circolari sapientemente mirati.

Il bisogno di sfogare questa tensione accumulata mi spinge a strusciarmi contro di lui. Sono disposta a tutto per venire. *A qualsiasi cosa.* «Max... Ci sono quasi. Sto...».

Mi irrigidisco contro di lui. Anche lui si immobilizza. E poi viene colto da una serie di spasmi sopra di me, mentre un flusso incoerente di imprecazioni e di "Oh, Dio" riempie la serena aria primaverile. Nonostante il suo stato di frenesia, non si dimentica di me. «Voglio che tu venga tantissimo», mi dice. Con uno sguardo feroce e determinato, traccia con le dita un cerchio gloriosamente lento e io soccombo all'orgasmo, contorcendomi sotto di lui e urlando come la volpe che viveva nel bosco dietro casa nostra quando ero piccola. Se qualcuno dovesse sentire il mio grido, penserà che Max mi stia uccidendo. È un suono angosciante, per nulla piacevole all'orecchio e veramente, irrimediabilmente mortificante. Ma mentre l'ultimo tremito abbandona il mio corpo, so solo una cosa: ne è valsa la pena.

Max si avvolge una ciocca dei miei capelli intorno a un dito e si china per premere le labbra sulle mie. Non mi infila la lingua in bocca, è solo un lungo incontro tra le nostre bocche. Un punto alla fine di questa bellissima frase. Adesso dovrei rilassarmi. Invece, il ritmo del mio cuore sta aumentando. Mi dimeno sotto di lui, con lo sguardo fisso verso il cielo.

Sento che lui mi osserva, ma non riesco a ricambiare.

Alla fine, si solleva dalla macchina e scivola fuori da me. Sento un fruscio, e poi il rumore della zip dei suoi jeans che si chiude. Senza dire una parola, mi abbassa la maglietta e mi tira su a sedere. Non posso più evitare di guardarlo, sarebbe scortese.

Lui si mordicchia il labbro inferiore mentre mi studia. Poi dà una pacca sul cofano dell'auto. «Dimentica che abbia mai detto qualcosa di poco carino sulla vecchia banana-mobile. Tu *e* lei mi avete appena aiutato a smarcare la prima voce della mia lista di cose da fare». Mi dà un bacetto sulla fronte e mi porge un fazzoletto. «Grazie».

È la cosa giusta da dire a qualcuno che ha evidentemente difficoltà a mettere nella giusta prospettiva ciò che abbiamo appena fatto. Ma *suona* sbagliata, e questo è un problema.

25

Max

Mi sveglio intontito e disorientato. "Dove diavolo sono?". Apro un occhio e vedo un cruscotto. Oh, già. La banana-mobile adesso è diventata la silenzio-mobile.

È vero che il sesso con Lina ha dato fondo alle mie risorse a tal punto che mi sarei addormentato comunque, ma mi sono assopito pochi minuti dopo essere salito in macchina perché, vista la mancanza di partecipazione da parte sua, era evidente che lei voleva che lo facessi.

Se ha bisogno di spazio, lo avrà.

E se è preoccupata per la nostra situazione, non è l'unica. Questo fine settimana è stato più intenso di quanto entrambi avremmo potuto prevedere. Ma presto saremo di nuovo a Washington, e la normalità della vita quotidiana ci aiuterà a ristabilire la relazione senza impegno che abbiamo concordato. Se conosco Lina, e credo di aver cominciato a farlo, concentrarsi sul lavoro alleverà un po' il suo disagio e le darà la certezza che possiamo gestire un rapporto senza vincoli e senza futuro.

Mi risistemo a sedere e mi riaggiusto la cintura di sicurezza sul petto. «Scusa se mi sono addormentato. Mi hai prosciugato». Maledizione. "Cosa hai appena detto a proposito del fatto di concentrarsi sul lavoro, Max?".

Tuttavia, gli angoli della sua bocca si sollevano di qualche millimetro. «Va benissimo ed è assolutamente comprensibile.

Alcune persone hanno più resistenza di altre». Stringe le labbra nell'evidente tentativo di reprimere un sorriso.

"Non farti coinvolgere. Altrimenti ti spingerai un po' troppo oltre, e lei si ammutolirà di nuovo". Apro l'applicazione appunti del cellulare e mi schiarisco la voce. «Allora, discutiamo di qualsiasi idea o concetto specifico che ti viene in mente. Durante il viaggio, eravamo entrambi d'accordo con il tema della fata madrina dei matrimoni. Hai qualche suggerimento a proposito degli scenari in cui potremmo esporre questo tema?».

Lei raddrizza la schiena e il suo viso si illumina di entusiasmo.

Questa donna è davvero una bellezza, cazzo. Devo stare attento, o mi ritroverò a volerle stare sempre accanto.

«Mi piace l'idea di rappresentare la calma in mezzo al caos», dichiara. «Immagino scene che mostrano minicatastrofi con me al centro che le risolvo. Quando i clienti mi assumono, temono che senza i miei servizi si scateni il pandemonio. Penso che sarebbe perfetto trasmettere questo concetto».

Non è una cattiva idea, ma c'è un difetto che Lina non ha considerato, e individuare i problemi è il motivo per cui io sono qui. «Tu sei abituata a lavorare con vari fornitori in diverse location e roba simile. Ma, con il Cartwright, sarà l'hotel il tuo fornitore principale, che provvederà a location, catering, camere per gli ospiti, persino agli allestimenti dei tavoli, e altro ancora. Non credo che Rebecca apprezzerebbe l'idea che il suo hotel possa essere rappresentato come il centro del caos, anche se la sua coordinatrice dei servizi matrimoniali alla fine salverà la situazione».

«Uhmm», riflette lei. «capisco cosa intendi. Fammici pensare ancora un po', allora». Poi brontola in tono scherzoso: «Certa gente deve solo mettersi in mostra e fare la saputella».

Mi strappa un sorriso, anche se sto cercando di concentrarmi soltanto sul lavoro. «Non dobbiamo deciderlo oggi. E i servizi dell'hotel?»

«Già: e i servizi dell'hotel?», ripete lei.

«Li hai provati? Una suite? Il ristorante? La spa dove gli invitati potrebbero andare per una giornata di coccole prima del matrimonio?»

«Ho provato il ristorante la settimana scorsa», risponde. «Ma a pranzo. Devo tornarci per cena. E Rebecca mi ha detto che mi farà visitare le stanze disponibili quando voglio. Credo che proporrò all'albergo di abbattere i muri tra due camere per creare una suite matrimoniale dedicata. Magari anche più di una. In questo modo si rafforzerebbe l'immagine dell'hotel come location per matrimoni».

Annuisco mentre ricomincio a scrivere. «Hai ragione. Potremmo aggiungerlo alla lista dei desideri. È chiaro che non avremo delle stanze dedicate prima della presentazione, ma credo che sarebbe intelligente lanciare l'idea come parte della tua *vision*. A proposito, potrei venire con te».

Guardando il suo profilo, noto che aggrottata leggermente la fronte; a quanto pare, non sono riuscito a buttare lì il suggerimento in maniera abbastanza fluida.

«Venire dove?», mi domanda.

«Al Blossom», rispondo. «Il ristorante dell'hotel. Per cena. Voglio dire, dovremmo essere in grado di goderci un pasto insieme di tanto in tanto, giusto?»

«Ah, certo. Sarebbe bello». Dopo qualche istante di silenzio, mi chiede: «Ti piace quello che fai?».

La domanda arriva all'improvviso, e io alzo la testa di scatto per la sorpresa. Non ho capito se lo ha chiesto perché l'idea di cenare con me la mette a disagio o se, in generale, le mie aspirazioni professionali la incuriosiscono. Potrebbero essere entrambe le cose.

Prima che possa risponderle, si affretta a spiegare: «È solo che Rebecca me l'ha chiesto di recente, e mi sono resa conto di quanto spesso le persone possano essere competenti e persino bravissime nel loro lavoro senza avere una passione per quello che fanno».

«Ci sono molti aspetti che mi piacciono tanto», replico. «Conoscere l'attività del cliente. Analizzare il mercato. Elaborare una strategia di marketing per raggiungere gli obiettivi del committente. Mi piace che la mia professione consti in parte di idee e in parte di dati, perché alimenta sia il mio lato creativo, sia quello che ha bisogno di vedere i risultati».

«Quindi quali sono gli aspetti che *non* ti piacciono?», domanda.

«Le sviolinate», rispondo sicuro. «La necessità di arruffianarsi i clienti. E di intrattenere relazioni pubbliche. Inoltre, a volte i nostri committenti hanno attività schifose o strategie fondamentalmente sbagliate, e non c'è marketing che tenga, per aiutarli a vendere un'idea di merda».

Annuisce pensierosa. «Com'è lavorare con tua madre?».

Ruoto la testa nella sua direzione, con il volto impassibile. «Una sfida. È un buon capo, ma fa fatica ad accettare che Andrew e io non possiamo fonderci in un unico essere umano perfetto. Sto cercando di uscire dalla bolla che ci avvolge, ma mia madre pensa che tutto funzioni già come dovrebbe».

«L'incarico con Rebecca», commenta. «È la tua occasione per dimostrare cosa sai fare da solo, immagino».

Proprio così. Non c'è bisogno di spiegare perché voglio separarmi da Andrew; lei lo capisce. «Hai ragione. Se riuscirò a fare colpo su Rebecca, forse mi chiederà di essere il gestore principale del suo portafoglio clienti».

Lei mi lancia un'occhiata e torna a guardare la strada. «Sempre *se* riuscirai a fare colpo su di lei più di tuo fratello, vuoi dire».

«Be', sì. Diciamo che è inevitabile. Ma vedila in questo modo: lavorando con me, per forza di cose la stai facendo pagare a Andrew».

Lei aggrotta le sopracciglia, confusa. «Però questo non è mai stato il mio obiettivo. È il tuo».

Alzo le spalle. «Non è un obiettivo; è soltanto una conseguenza».

«Il mio misuratore di stronzate dice il contrario».

Maledizione. Pensavo che avesse capito. Invece, a quanto pare, no. Questo è il problema di essere inestricabilmente legato a Andrew: anche quando cerco di evitare di vivere nella sua ombra per il mio bene, vengo trascinato di nuovo in competizione con lui. Non è colpa mia se il mio successo richiede per forza di cose il suo fallimento. Consapevole che questa conversazione potrebbe non finire bene, fingo un grosso sbadiglio, spalancando la bocca e stirando le braccia sopra la testa. «Credo di aver bisogno di un altro pisolino. Ti dispiace?».

Lei stringe le labbra e scuote la testa. «Per niente. Sai che mi piace il silenzio. E, come ho già detto, alcune persone hanno più resistenza di altre».

Ho l'impressione che non stia parlando della mia resistenza fisica ma, se invece così fosse, preferirei non confermarlo.

E, quando non voglio affrontare un problema, il sonno è sempre la risposta migliore. Sempre.

«Vuoi salire?», le chiedo. Quando non risponde, aggiungo: «Solo per vedere l'appartamento».

Abbiamo parcheggiato in doppia fila davanti al mio palazzo, una villetta a schiera di tre piani che il proprietario ha diviso in tre spazi abitativi (che poi è l'unico motivo per cui posso permettermelo). Lo svantaggio principale è che io e i miei coinquilini condividiamo la cucina. Per lo più, comunque, non ci intralciamo a vicenda.

Lina fa una smorfia. «Mi piacerebbe vedere casa tua, ma anche se non ho una laurea specialistica in lettura dei cartelli di parcheggio di Washington, direi che mi porterebbero via la macchina». Scruta la strada attraverso il parabrezza. «Inoltre, non credo ci sia un posto libero da nessuna parte».

«La domenica il parcheggio è gratuito, ma sì, sembra che sia tutto pieno». Guardo su e giù per l'isolato e non vedo altro che posteggi occupati. Scendo dall'auto con riluttanza, rallentato dalla voglia di prolungare il nostro tempo insieme. «Okay, be', magari possiamo provare un'altra...».

«Ciao, Max», mi saluta il mio coinquilino Jess, con metà del corpo fuori dalla porta d'ingresso. Lavora come responsabile del personale di un consigliere comunale di Washington, e non è quasi mai a casa. Questo è, in sostanza, tutto quello che so di lui. «Sto andando in ufficio». Guarda la macchina. «Vuoi che ti lasci il parcheggio?».

"Il mio uomo, Jess. Un giorno diventeremo migliori amici".

«Sì, sarebbe fantastico. Grazie».

«Nessun problema», risponde prima di sparire di nuovo all'interno.

Dopo che Jess e Lina hanno fatto l'ambitissimo scambio di posteggio, lei mi segue su per la breve scalinata che porta all'ingresso principale.

«Benvenuta nella mia umile dimora», le dico. «Io abito al secondo piano».

«Vivi a Adams Morgan», ribatte mentre inizia a salire i gradini. «Quanto può essere umile?»

«Non hai tutti i torti», concordo avanzando dietro di lei.

Lina fa scorrere le mani lungo la balaustra. «Allora, ascolta, non mi fermerò a lungo. Darò solo un'occhiata perché sono curiosa, poi me ne andrò».

La supero per aprire la porta di casa. «Bene, nessun problema. È proprio quello che mi aspettavo che facessi». Fingendomi agitato, prendo un respiro profondo e apro la porta. «Ecco qua».

Scivola dentro e rimane a bocca aperta. «Wow. È uno showroom di Crate & Barrel. Versione per scapoli».

Il suo sguardo si concentra subito sulla mia parte preferita dell'appartamento: la parete di mattoni a vista che si affaccia sul lato sud dell'edificio, sulla quale sono appese più di una ventina di fotografie in bianco e nero. Si volta e mi guarda, con il pollice puntato alle proprie spalle. «Non dirmi che le hai scattate tu?».

Scuoto la testa. «Assolutamente no. Sono solo un appassionato di immagini in bianco e nero. Le compro quando le trovo. Per qualche motivo, le sagre del vino sono luoghi eccellenti per acquistare arte».

Si volta verso la parete opposta, e i suoi occhi si posano sulla minipalestra nell'angolo. «Ah, allora è così che si formano tutti quei quadrati sulla pancia».

Annuisco. «Ho una regola personale: se guardo la TV, lo faccio stando su quella macchina».

«Che barbarie», commenta storcendo il naso. «Quando guardo la TV, il mio unico esercizio consiste in pause per andare in bagno e al frigorifero». Alza un indice. «Prima che mi critichi, sappi che davanti alla televisione bevo molta acqua, quindi in realtà faccio qualche centinaio di passi come parte del mio programma».

Alzo le mani in segno di resa. «Non dirò una parola».

«Uomo intelligente». Indica il corridoio. «La tua camera?».

È una domanda semplice, quindi perché la risposta mi rimane in gola? "Gesù. Datti una regolata, Hartley". «Sì».

«Non pensare sempre al sesso, Max. Voglio solo vedere se sei uno dei pochi ragazzi sotto i trent'anni che usano davvero le lenzuola».

Sorrido a questa battuta. Chi l'avrebbe mai detto che fosse una tale simpaticona? Mi copro la bocca con una mano e mi chino come se stessi per condividere un segreto. «*Psst.* Ho persino un copriletto».

A questa notizia, si dirige con fare teatrale verso la porta della mia camera. «Oh, questa la *devo assolutamente* vedere. Deve essere raro come il Diamante Hope».

In piedi sulla soglia, si sporge nella stanza e spazia con lo sguardo all'interno, mentre io la osservo dal corridoio. Mi sta immaginando mentre dormo lì dentro? O meglio ancora, sta immaginando noi due che *non* dormiamo lì dentro? Me la figuro sdraiata sopra le mie lenzuola, con i capelli scompigliati che le ricadono sul viso, mentre io mi sostengo sulle braccia come se stessi facendo le flessioni, per poi affondare in quel suo dolce corpo.

Lei batte forte le mani, e quel suono smorza il calore che si stava sviluppando in me. *Maledizione.* Non posso nemmeno vedere un letto senza pensare di portarci lei. Sono un uomo triste, tanto triste.

«Be', è stato fantastico», dichiara. «Davvero fantastico. Grazie per avermi mostrato la tua umile dimora. È bella. Davvero bella».

Finora ho visto questo lato blaterante di Lina solo quando è eccitata e pensa che non dovrebbe esserlo. Pensavo che avessimo deciso di avere una relazione senza vincoli, ma gli eventi di questa mattina sembrano averci riportato al punto di partenza. Non so cosa le passi per la testa, ma vorrei che si sentisse a suo agio con me e, se questo significa che devo aspettare che risolva ciò che la spaventa, allora lo farò.

«Mi accompagni alla porta?», mi chiede.

Come se ci fosse mai stato qualche dubbio in proposito. "Ma dai, signorina Santos. Spero che tu mi conosca abbastanza da sapere che l'educazione è un mio valore di base". «Certo».

Prima di arrivare alla porta, lei si volta e mi appoggia il palmo di una mano sullo stomaco. «Mi sono comportata in modo strano, vero? Te ne sei accorto?».

La mia bocca sta per agire di sua spontanea volontà, cercando di curvarsi in un sorriso, ma io mi oppongo: non voglio fare niente che la renda nervosa. «Dimmi cosa sta succedendo».

Sospira. «È solo che... Questo fine settimana credo di essere stato in preda all'adrenalina, ai feromoni e all'aria di primavera. E tutto è andato bene finché non mi hai portato nei campi di fiori, e a quel punto mi è sembrato troppo. E poi, una volta in macchina, quando tutta l'adrenalina, i feromoni e l'aria di primavera sono spariti, l'enormità di quello che abbiamo fatto mi ha colpito».

Solo una persona con la segatura nel cervello sarebbe rimasta sorpresa dalla sua spiegazione. Per fortuna che non è il mio caso. «A essere onesto, lo immaginavo. Ma non deve essere un problema, ricordi? Seguiremo le tue regole. Occhi aperti. Nessuna promessa. Non c'è bisogno di complicare le cose».

«Sì», risponde, con le labbra serrate e lo sguardo rivolto da qualche parte alle mie spalle. Poi scuote le braccia, come se stesse esorcizzando ciò che la turba. «Hai ragione. Be', io vado. E magari ci vediamo più avanti questa settimana?».

Annuisco. «Speravo che avresti detto qualcosa del genere».

«Okay», ribatte lei, accarezzandomi la pancia. «Bene, bene». Si volta di nuovo verso la porta, esita, poi mi guarda di nuovo in faccia e, con un'espressione dolce e la voce incerta, aggiunge: «Posso salutarti con un bacio?».

Questa cazzo di domanda ha vita propria e delle dita con cui mi sta scavando nel petto come se volesse estrarmi il cuore e consegnarlo a lei. *Porca miseria.* Gonfio le guance, cercando di fingere di prendere in considerazione la sua richiesta, perché non saprei cos'altro fare. «Ci sto pensando».

Lei mi assesta una lieve gomitata nello stomaco. «Sì o no?».

La afferro per i polsi e la attiro verso di me. «Decisamente sì».

Si appoggia al mio fianco e mette la sua mano destra nella mia mano sinistra. È una posa che ho visto in decine di occasioni speciali, quando la coppia appena sposata balla per la prima volta. Mi chiedo se l'abbia vista così spesso che adesso la sta imitando inconsciamente.

«Stiamo ballando?», le chiedo.

«No», risponde lei, intrecciando le sue dita con le mie. «È solo che mi piace accoccolarmi contro di te».

Mi chino e le passo le labbra sulla fronte. Lei coglie l'occasione per appoggiarmi l'indice sul mento e farlo ruotare in modo che le nostre bocche si incontrino. La sua lingua guida, e la mia segue. Quello che fino a un attimo fa era un solo dito è ora una carezza a cinque dita sulla mia guancia e sulla mia mascella e, nonostante i molti punti di contatto tra noi, è quella mano che mi fa rabbrividire. Ci allontaniamo lentamente, entrambi un po' storditi, e adesso sono io a essere scosso dall'enormità di ciò che abbiamo appena fatto; perché, di tutte le cose che abbiamo condiviso questo fine settimana, questo momento è quello che ricorderò di più.

26

Lina

Rey solleva con entusiasmo le mani in aria, con i palmi rivolti verso l'alto. «Alza il volume. Alza il volume».

Mio fratello maggiore è esigente quando il telecomando non è tra le sue mani. Poiché lo sappiamo, Natalia e io ce lo lanciamo a vicenda, per tenerlo fuori dalla sua portata.

«Siete proprio due pesti», dice lui mentre cerca di acchiapparlo a mezz'aria. Alla fine, io e mia cugina smettiamo di scherzare, e alzo il volume.

Siamo nel soggiorno della casetta a Silver Spring dove vivono mia madre e le sue sorelle. Con l'eccezione di me e Jaslene, tutti indossano il loro migliore abito della domenica di Pasqua e, per evitare che me lo dimentichi, mia madre fa schioccare a intervalli regolari la lingua in segno di disapprovazione per ricordarmi che il mio abbigliamento (una camicetta color crema e un paio di pantaloni color tortora) non è all'altezza. Jaslene, che a volte trascorre le occasioni speciali con noi perché vive da sola e la sua famiglia abita a New York, è esentata dalle ire di mia madre, per ora.

Paolo è riuscito a collegare YouTube al televisore, e stiamo guardando i video dei festeggiamenti del *Carnaval* di quest'anno al Sambodromo di Rio. È il culmine di uno sforzo intenso e apparentemente totalizzante da parte di decine di scuole di samba per organizzare una delle parate più elaborate del mondo.

«Allora, che scuola di samba è questa?», domanda Jaslene con un *pastel de carne* in mano. Si tratta essenzialmente di un'*empanada* di manzo alla brasiliana ma, poiché i brasiliani tendono a fare tutto in grande, questa versione ha le dimensioni di un trancio di pizza.

«*Estação Primeira de Mangueira*», risponde Natalia, appollaiata sulla poltrona su cui è seduto Paolo. Getta le mani in aria. «Il loro tema di quest'anno era perfetto, e ora sono di nuovo campioni».

Tia Izabel brontola. «Io volevo che vincesse *Unidos da Tijuca*».

Tutti, tranne Jaslene, la fischiano.

«Aspettate», dice la mia amica, con le sopracciglia aggrottate. «Cosa c'è di sbagliato in quello che ha detto?»

«Le scuole di samba brasiliane sono in realtà club legati a diverse zone della città», le spiego. «Per molti, una scuola è allo stesso livello di una squadra sportiva professionale preferita. Quindi, lealtà e rivalità sono inevitabili». Lancio un'occhiataccia scherzosa a mia zia. «È come dire che sei un tifoso dei Phillies in un bar pieno di tifosi dei Mets. Non è saggio. E chiunque in questa casa non sia un fan della Mangueira è sospetto».

Tia Izabel sbuffa e raggiunge mia madre e Tia Viviane in cucina, mentre Natalia sorride e mi dà il cinque.

«Guardate la bandiera», dice Rey. «Deve aver fatto scalpore». Si riferisce al fatto che la Mangueira ha ridisegnato la bandiera brasiliana, cambiandone persino i colori da verde e giallo a rosa, verde e bianco, per rappresentare le categorie dimenticate della società brasiliana: le popolazioni indigene, le persone di origine africana e i poveri.

«Guarda il costume di quella donna», esclama Jaslene, rabbrividendo. «Credo che mi sia venuto un dolore alla fessura del sedere per empatia. Non è possibile che quel tessuto stia su».

Per alcuni, gli abiti del *Carnaval* sono scandalosi, ma per me sono un simbolo per quanto stravagante della nostra cultura, e rimango incantata davanti allo spettacolo colorato e provocatorio che creano. Per quante volte veda il *Carnaval*, di persona o in televisione, la gara delle scuole di samba non finisce mai di stupirmi. Si preparano per mesi, costruendo carri elaborati, disegnando costumi da capogiro e perfezionando le canzoni e i balli che, si spera, conquisteranno i loro tifosi e i giudici della competizione. «Vorrei che fossimo lì, quest'anno».

«*Talvez no próximo ano, filha*», ribatte mia madre, sporgendo la testa dalla finestra passavivande della cucina.

«Ma l'anno prossimo è così lontano», replico. «E per me è difficile avere del tempo libero a marzo, visto che devo sempre prepararmi all'assalto della stagione dei matrimoni».

Natalia si avvicina e mi dà uno schiaffo sulla coscia. «Questo mi ricorda che mia madre mi ha detto che sei rimasta bloccata in Virginia per lavoro. Che cosa è successo?».

Il mio viso è inespressivo, ma il mio cervello è in stato di massima allerta e il mio stomaco si agita. «La macchina mi ha abbandonato», spiego con un cenno della mano per minimizzare. «Niente di che. La location che stavo andando a visitare era a soli quattro chilometri di distanza. Ho alloggiato alla locanda della proprietà». "Non male, Lina. Informativa ma sintetica". Con un po' di fortuna, lei si accontenterà di questa risposta e cambierà argomento.

«A Max deve essere piaciuto *un sacco*», commenta Jaslene.

Cavolo.

Le donne intorno a me e quelle in cucina voltano tutte la testa di scatto nella mia direzione. In effetti, sono quasi certa che la forza combinata dei loro movimenti abbia provocato la corrente d'aria che mi è appena passata accanto.

Gonfio le guance e mi massaggio le tempie. «Davvero, non è stato niente di che. Abbiamo trascorso la notte lì e siamo tornati la mattina dopo».

«Sono contenta che sia andata bene», dice Natalia con nonchalance, alzandosi. «Be', visto che tu e Jaslene siete entrambe qui, pensi che potremmo discutere un paio di idee dell'ultimo minuto per il matrimonio?». Sgranando gli occhi e gesticolando con le braccia in maniera esagerata, indica il piano di sopra.

«Ha in parte a che fare con quello che indosserò, quindi Paolo non potrà essere presente alla discussione».

Alzo il viso verso il soffitto, ben consapevole che ha intenzione di cavarmi informazioni sul viaggio in Virginia. Tra le mie cugine, Natalia è quella a cui sono più legata, ma è anche volubile e imprevedibile. Inoltre, è la mia parente più incline a rivelare segreti di famiglia vecchi di decenni quando è ubriaca, quindi con lei è sempre saggio muoversi con cautela. Jaslene, invece, è discreta e non giudica mai nessuno, tranne se stessa. La sua sola presenza renderà Natalia meno agitata, quindi sono contenta che ci sia anche lei.

Sospiro. «Okay, andiamo su nella tua vecchia cameretta».

«Non ci mettete troppo», si raccomanda Tia Viviane. «Tra poco si mangia».

Mia cugina fa i gradini a due a due, mentre Jaslene e io saliamo le scale come due adulte equilibrate che si muovono a velocità normale.

In camera, Natalia salta sul suo vecchio letto, atterrando a pancia in giù e puntellandosi sui gomiti. «Sputa il rospo. E rendi il racconto interessante».

Jaslene si siede sulla sedia della scrivania e aspetta semplicemente che cominci a parlare. Prima che io possa chiudere la porta, Rey sgattaiola dentro e si appoggia alla parete.

«Anch'io voglio sentire i pettegolezzi», dichiara, facendo ondeggiare le sopracciglia.

Gli faccio una pernacchia e occupo il posto accanto alla testa di Natalia. Non c'è magia nel raccontare quello che è successo, quindi apro la bocca e prego per il meglio. «Max e io siamo andati in Virginia a vedere la location di un matrimonio, mi si è scaricata la batteria dell'auto, non c'era posto nella locanda, abbiamo bisticciato, una persona che gestiva un ritiro per coppie ci ha sentiti e ci ha invitati a partecipare alla terapia, abbiamo accettato fingendo di essere una coppia per poter prendere l'unica stanza disponibile, e poi abbiamo fatto sesso. Tutto qui. Ecco cos'è successo». Inspiro e prendo aria dopo aver riversato quel vomito verbale. «Oh, potremmo anche aver concordato di continuare a frequentarci in maniera non permanente. Domande?».

Rey alza gli occhi al cielo. «Voi eterosessuali rendete tutto inutilmente complicato. Buona fortuna. Usa i preservativi. Io me ne vado».

Esce e si chiude la porta alle spalle. Noi riprendiamo la nostra discussione come se lui non fosse mai entrato nella stanza.

«Esclusiva?», chiede Jaslene.

Scuoto la testa. «Cosa?».

Lei mi prende la mano. «Tu e Max avete concordato di frequentarvi in maniera *esclusiva* e non permanente?».

Rifletto sulla domanda mentre loro mi fissano. Natalia, dal canto suo, è silenziosa in modo inquietante.

Ora che ci penso, non è che io e Max ne abbiamo discusso molto. Ci siamo limitati a stabilire cosa il nostro rapporto *non sarebbe stato*, piuttosto che cosa sarebbe stato. «Non abbiamo parlato di esclusività», rispondo. «Credo che dovrei discuterne con lui».

Natalia mi rivolge un sorrisetto, poi dice: «A meno che non ci sia un altro fratello, nel qual caso vorrai mantenerti aperta ad altre opzioni».

La guardo con la mia faccia da cattiva. «Sai, potrei far liberare uno sciame di api, alla fine della tua cerimonia». Allungo le mani come se stessi soppesando le opzioni. «Farfalle. Api. Qual è la differenza, in realtà?».

Lei mi fa la linguaccia. «Come vuoi. Non dimenticare che ti pago».

«Con un forte, fortissimo sconto, quindi non esaltarti troppo», ribatto. «Il servizio sarà proporzionato alla spesa».

Sto scherzando, ovviamente; mia cugina riceverà lo stesso trattamento che riservo ai miei normali clienti paganti. Il vantaggio per me è che posso dirle cose che non direi mai a nessun altro, il che è più che sufficiente a giustificare la tariffa ridotta per i miei servizi.

Jaslene si sposta in avanti sulla sedia. «Lina, pensi che la presentazione del mese prossimo potrebbe essere influenzata dal fatto che tu e Max state facendo…», gesticola con le mani davanti a sé, «qualsiasi cosa stiate facendo?».

La guardo con un sopracciglio alzato. «In modo negativo, vuoi dire?».

Lei alza le spalle. «Non lo so. In qualsiasi modo, immagino».

«Se non altro, credo che sarà d'aiuto», rispondo. «Siamo stati in disaccordo fin dall'inizio. Voglio dire, avevo persino dichiarato che non avrei collaborato. Ma invece, adesso stiamo lavorando insieme per un obiettivo comune. Questa è la parte più facile».

«E qual è quella difficile?», chiede Jaslene.

Sospiro. «Assicurarmi che non ci trasformiamo in due rimbambiti e non cominciamo a pensare che questa possa essere più di un'avventura».

Mi guarda accigliata. «Ma perché non può esserlo? Tu e Andrew non state più insieme, quindi quello che fate tu e Max non è affar suo».

Non ha torto. Io e Andrew ci siamo lasciati molto tempo fa, ed è stata una sua scelta, non mia. La mia attuale relazione non dovrebbe riguardarlo. Tuttavia, non mi metterò in mezzo a due fratelli i cui rapporti sono già tesi. Inoltre, non ho intenzione di incastrarmi per tutta la vita a dover interagire con il mio ex fidanzato. Sarebbe davvero imbarazzante, soprattutto per Max. E i suoi genitori? Mio Dio, cosa direbbero di tutto questo?

Natalia emette un respiro drammatico. «Santo cielo, ti immagini come sarebbero le cene con i tuoi suoceri?»

«Esattamente», replico. «E, anche se Max non fosse il fratello di Andrew, sarebbe comunque troppo… tutto. Mi sento scombussolata, quando gli sto vicino. Sono incline a dire e fare cose che di solito non faccio mai. Non è l'uomo con cui immagino di trascorrere tutta la vita».

Jaslene stringe gli occhi. «Tu non vuoi Andrew, ma vuoi qualcuno come lui, giusto?»

«*Adesso* hai capito», rispondo. «Ho bisogno di qualcuno che sia il meno provocatorio possibile. Comunque, non so perché questa conversazione sia arrivata così lontano».

«Io lo so perché», dice lei con un sorriso misterioso.

«Ma guardati», le dice Natalia. «Te ne stai seduta lì come un oracolo e roba del genere».

Allungo un braccio e dondolo la testa. «Be', che ne dici di spiegarcelo?».

Interpretando il ruolo che Natalia le ha affibbiato, la mia amica raddrizza la schiena e agita le mani, adottando un tono solenne. «Perché, nonostante tutti i motivi per cui tu e Max non dovreste stare insieme, tu stessa hai ammesso che limitare la vostra relazione a un'avventura sarà – e cito le tue testuali parole – la "parte difficile". Cosa ti dice il fatto che tu abbia già bisogno di ricordartelo?».

Natalia inclina il capo e annuisce. «Non ha tutti i torti».

Mi alzo di scatto e mi strofino le mani sul davanti dei pantaloni. «Mi dice che sono una persona attenta, tutto qui. Ormai dovreste esserci abituate. Allora, scommetto che è ora di mangiare. Siete pronte a tornare giù?».

Natalia e Jaslene si sorridono a vicenda, anche se non mi pare di aver detto nulla di divertente.

Il campanello suona proprio quando stiamo per cominciare a mangiare. Rey torna con Marcelo al seguito, e il nostro amico di famiglia occupa il posto vuoto accanto a Tia Viviane. Lui le dà una leggera spallata, e lei gli fa l'occhiolino. Sì, sono sicura che quei due si siano visti nudi.

Ci passiamo l'un l'altro i piatti da portata, in un parapiglia generale. Se in qualche momento di questo processo i vassoi vengono passati in senso antiorario, è un colpo di fortuna. Sono l'ultima a ricevere la *feijoada* e, come previsto, gli avvoltoi hanno ripulito il piatto di tutti i deliziosi pezzetti di maiale e di manzo che fanno di questo stufato di fagioli una delle mie ricette preferite.

«Davvero, gente?», dico, rovistando con il cucchiaio da portata. «Non è rimasta neanche un po' di *linguiça*». La *feijoada* non è *feijoada* senza la salsiccia di maiale piccante, quindi ora sono pronta a lottare con qualcuno.

Mia madre, che siede alla mia destra, mi mette un pezzo di *linguiça* nel piatto e continua a passare i vassoi, quando le arrivano.

«*Obrigada, Mãe*», la ringrazio.

Lei sorride, come sempre deliziata quando un'occasionale parola in portoghese mi esce dalla bocca. «*De nada, filha*».

Mentre mangiamo, Marcelo ci parla della casa di sua figlia a Vero Beach, in Florida. Secondo lui è spaziosa, e lui abiterà nella dépendance.

«Potresti venire a trovarmi», propone a Tia Viviane.

«Oppure potresti tornare tu qui a trovare me», ribatte lei sollevando il mento.

«Magari lo farò», replica lui, appoggiandosi a lei.

«Sarai uno di quei pervertiti che guardano la gente sulla spiaggia, vero?», gli chiede Natalia, scrutandolo con un sorriso.

Paolo geme. «Amore, ti prego, non farlo. È la domenica di Pasqua...».

«No», risponde Marcelo, parlando sopra Paolo e scuotendo la testa. «Quando le donne mi vedranno in costume da bagno, saranno loro che guarderanno *me*». Si china in avanti e aggiunge sottovoce: «E il mio costume è uno Speedo».

Natalia si infila un dito in bocca e finge un conato di vomito; Rey rabbrividisce. Jaslene sbatte le palpebre e fissa Marcelo.

Le loro battute riguardo al suo imminente trasferimento sorvolano sulle conseguenze: presto, io non avrò più una sede per la mia attività e, a meno che non ottenga il lavoro presso il gruppo alberghiero Cartwright, gestirò i miei affari dal sedile anteriore della mia auto.

Forse, pensando a quelle ripercussioni, mi lascio scappare una smorfia, perché Marcelo smette di ridere, e la sua espressione si fa seria.

«Sei riuscita a trovare una nuova sede?», mi domanda.

«Non ancora. Ma io e Jaslene stiamo dedicando un paio d'ore al giorno alla ricerca di potenziali sostituzioni».

«Tua zia mi ha detto che sei in lizza per ottenere un nuovo lavoro», continua lui. «Cosa andresti a fare?».

Gli parlo della posizione, accennando anche all'aumento di reddito potenzialmente significativo.

«*Dindini*», commenta Natalia tra un boccone e l'altro.

«Quindi, se otterrai questo lavoro, non dovrai più preoccuparti del contratto di locazione, giusto?», chiede Rey.

«Proprio così. Mi toglierebbe sicuramente la pressione di dosso. Inoltre, guadagnerei di più».

«Ma lavoreresti per qualcun altro», obietta Tia Viviane. «Sei pronta ad avere qualcuno che ti dice cosa fare? Anche se questo significa più soldi?».

Sono pronta? Certo che sì, cavolo. Possedere un'attività in proprio è stressante, mi vengono i sudori notturni quando viene il momento di pagare le tasse, e sarei felice di rinunciarci, se mi si presentasse un'opportunità migliore. Ma queste donne mi riderebbero in faccia se raccontassi loro i miei problemi. Sono arrivate da un altro Paese, si sono sposate e poi hanno divorziato, hanno imparato l'inglese e hanno aperto la loro attività. Non hanno tempo di ascoltare i miei stupidi problemi americani. Così sminuisco la domanda di Tia Viviane, perché così è più facile. «Ah. Sono una wedding planner: ho sempre qualcuno che mi dice cosa fare».

«Sai cosa intendo», insiste Tia Viviane.

«Non è detto che lo farei per tutta la vita», le dico. «È una grande opportunità».

«Sembra proprio di sì», interviene Tia Izabel, rivolgendomi un sorriso incoraggiante.

«Avere delle opzioni non è mai una cosa negativa», aggiunge mia madre in tono secco.

La tensione mi blocca come un fermacarte. Non posso fare a meno di pensare che siano deluse da me, in particolare Viviane. Lei è la più grande, ed è stato grazie a lei che mia madre e Izabel sono riuscite a venire negli Stati Uniti. Hanno affrontato ostacoli e li hanno superati, in circostanze molto più impegnative di quelle che sto fronteggiando io.

La verità è che il fallimento non dovrebbe essere un'opzione per me, ma, se né il piano A né il piano B funzioneranno, come potrò evitarlo? Solo allora mi rendo conto della difficoltà della mia situazione: ho bisogno di un piano C, ma non ce l'ho.

27

Max

Comincio la settimana lavorativa nello stesso modo in cui probabilmente la finirò: pensando a Lina.

Vorrei contattarla, ma non sono sicuro di quale sia la maniera migliore per procedere: mi dico che un'e-mail è troppo impersonale; un messaggio potrebbe essere troppo intimo. No, dovrei chiamarla in ufficio. In questo modo, potrei iniziare la conversazione con le questioni di lavoro, e verificare se sia il caso di concludere con una nota più personale. Dopo aver composto il numero dell'ufficio di Lina con il vivavoce inserito, mi guardo le mani sudate. Accidenti, mi sembra di essere tornato al liceo.

Risponde una voce allegra. «Buon pomeriggio, qui è L'Accento sul Sì, dove nessun dettaglio viene trascurato. Come posso aiutarla?»

«Uh, salve, sono Max Hartley. C'è Lina… Carolina Santos, per favore?»

«Max, sono Jaslene, la sua assistente».

«Ciao, Jaslene. È un piacere parlare con te in circostanze migliori».

Lei sbuffa. «Già, quel giorno Natalia era in forma come al solito. Mi dispiace se ti abbiamo fatto sentire sgradito».

«Non preoccuparti. È un bene che Lina abbia delle amiche che le coprono le spalle».

«È vero», concorda lei. «Ascolta, Lina è già al Cartwright, perciò puoi raggiungerla lì».

«Al... Cartwright?». Passo al vaglio la mia agenda mentale, domandandomi se ho saltato un appuntamento. Poi controllo il calendario del mio orologio, che indica che sono libero tutto il pomeriggio.

«Non dovevi incontrarla per la visita del... Oh, cavolo. Non importa, Max. Devo aver frainteso i suoi programmi».

Quindi, Lina è al Cartwright per visitare le camere dell'albergo in relazione al nostro progetto, ma non mi ha invitato a unirmi a lei. *Interessante*. «Grazie comunque, Jaslene».

«Max, aspetta», dice con un tono di voce meno allegro di quello che ha impiegato quando mi ha salutato, all'inizio della telefonata.

«Sì?»

«Se ci vai, parlane prima con lei. Non presentarti senza alcun preavviso. Mi sento già in colpa per averti detto dov'è».

«Hai la mia parola».

«Cerca di sfruttare la situazione in maniera positiva, okay?»

«D'accordo», la rassicuro prima di riattaccare.

Jaslene e Natalia sono fieramente fedeli a Lina. Jaslene mostra questa fierezza in modo sobrio, mentre Natalia la ostenta come se volesse farti a pezzi.

In ogni caso, sono felice che queste donne siano protettive nei suoi confronti. Se Lina me lo permettesse, anch'io la proteggerei.

Io: Ciao Lina. Volevo chiederti se ti va di andare insieme a visitare le stanze del Cartwright. I miei impegni sono piuttosto flessibili questa settimana.

Ho intenzione di rivelarle le mie fonti, ma sono curioso di vedere come replicherà alla mia domanda a risposta aperta.

Lina: In realtà sono al Cartwright proprio adesso. Non c'è molto da vedere. Ho scattato qualche foto, ma la maggior parte delle informazioni è disponibile sul sito web dell'hotel.

Io: Forse io avrei notato qualcosa che a te è sfuggito. Sai come si dice, due paia di occhi e tutto il resto.

Lina: Mmmm.

Io: Okay, mi hai beccato. Ho solo voglia di vederti.

Lina: Quanto ci metti ad arrivare qui?

Io: Sono nella hall dell'hotel. Un minuto, forse?

Lina: ???

Io: Ti spiego quando arrivo di sopra, se vuoi ancora che ti raggiunga.

Lina: Certo, sali. Stanza 408.

Io: Sto arrivando.

L'ascensore non è veloce come pensavo, perciò ci metto due minuti a raggiungere il piano. Busso alla porta e mi liscio i capelli sui lati, mentre aspetto che risponda.

Lina apre la porta e si sposta di lato per farmi entrare. «Qui abbiamo a che fare con roba di alto livello. Dove sono le tue guardie del corpo?»

«Al piano di sotto. Ho detto loro di non far salire nessuno». Entro nella stanza c scruto per qualche secondo l'ambiente circostante prima che il mio sguardo si posi su di lei. Indossa un vestito giallo con dei fiorellini blu sulla gonna. È stretto in vita e mette in mostra la sua figura formosa. Oggi ha i capelli sciolti, con le ciocche anteriori attorcigliate e tenute indietro da due fermagli gialli. All'improvviso ho una voglia matta di torta alla crema di banana. «Ehi, ciao».

«Ciao a te», risponde, con gli occhi che scintillano. «Come mi hai trovato?».

Alzo le mani. «Senti, non usarlo contro di lei, ma Jaslene ha fatto una gaffe e si è lasciata sfuggire che eri qui». Aggrotto le sopracciglia. «Ho avuto l'impressione che pensasse che avremmo fatto il tour insieme».

Lina si volta verso le finestre. «Non stavo cercando di tagliarti fuori, se è questo che vuoi insinuare».

«Non sto insinuando nulla. Stavo solo riflettendo. Comunque, capirei se non ti sentissi a tuo agio a stare da sola con me in una stanza d'albergo. Sappiamo entrambi che non hai autocontrollo quando ci sono di mezzo io».

Mi guarda e fa ondeggiare le sopracciglia. «Tu ci scherzi, ma è assolutamente vero».

«Ed è un problema?».

Lei storce il naso e muove una mano come per dire *insomma*. «Più o meno, ma comincio ad abituarmici».

È una confessione non da poco, ma so che è meglio non dare troppa importanza alla cosa. Con un ampio gesto del braccio nell'aria, dico: «Allora, ti è venuta qualche idea brillante su come usare la stanza?».

Lina mi osserva premendosi due dita sulle labbra socchiuse, con gli occhi che scintillano di malizia. «Direi proprio di sì».

Rimango a bocca aperta, e il cuore comincia a sbatacchiarmi nel petto come delle persiane in una tempesta. Tuttavia, cercherò di seguire la voce della ragione, perché siamo in quello che un giorno potrebbe essere il suo posto di lavoro. «Mi piace come la pensi, ma devo farti notare un'ovvietà».

Lei mi viene più vicina. «E sarebbe?».

Alzo una mano. «Non si sa mai chi potrebbe essere nei paraggi, e Rebecca potrebbe decidere di fare un salto quassù, nel qual caso… sarebbe molto imbarazzante».

Dean pensa che io non abbia alcun autocontrollo. Vorrei che mi vedesse ora. Sarebbe fiero di me.

Lei si immobilizza, inclina la testa di lato e serra le labbra con espressione pensosa. «Ma un bacio non può far male, no?».

Lina dà dei baci fantastici, quindi non posso assolutamente rifiutare la sua proposta. Cancello la distanza che ci separa e attiro il suo corpo contro il mio. Lei mi getta subito le braccia al collo e mi infila le dita tra i capelli sulla nuca, alzandosi sulle punte dei piedi e inclinando la testa in un'unica sequenza fluida. È una successione di movimenti che sembra istintiva, come se baciarmi facesse parte della sua memoria muscolare. È un bacio lento e tenero, perciò i miei occhi si spalancano di scatto quando le sue mani scendono lungo la mia schiena e mi si posano sul sedere. Gemo nella sua bocca e mi struscio su di lei, incapace di resistere alla possibilità di creare un attrito sufficiente a farla eccitare con i vestiti addosso.

Qualcuno bussa alla porta, e ci blocchiamo.

«Merda», sussurra lei.

«Cazzo», ribatto sottovoce.

«Lina, sono Rebecca. Ho pensato di passare a farle un saluto».

Lina mi guarda, con le labbra arricciate in segno di finto disgusto. «L'hai evocata tu».

«Non abbiamo tempo per puntare il dito», ribatto a denti stretti.

Alza le spalle. «Facciamo finta di niente. Siamo qui per lavorare».

Abbasso lo sguardo sul mio inguine, che presenta un'erezione di proporzioni notevoli. «*Questo* fa pensare che non stessimo lavorando. E non ho nemmeno una giacca per coprirla».

«Entra nella doccia», dice. «Non si accorgerà mai che sei qui».

Quindi è così che va la mia vita, adesso: ora mi nascondo nelle docce.

Sbarra gli occhi e mi scaccia. «Fila».

Io vado in bagno in punta di piedi, mentre lei si avvicina alla porta. Con la massima delicatezza possibile, scosto la tenda e mi infilo nella vasca.

«Ehi, salve», dice Lina a Rebecca. «Ho quasi finito».

«Non volevo disturbare il suo lavoro, ma Bill alla reception mi ha detto che era qui, così ho deciso di passare».

«Oh, è molto gentile da parte sua».

«Allora, cosa ne pensa della stanza?», domanda Rebecca.
«È grande. Grossa. Enorme. Imponente».
Se non sapessi che non è così, penserei che stia parlando della mia erezione.
«Lei dice?», chiede Rebecca. «Non credevo che fosse più grande della media».
«Oh sì. Sì, lo è. E io lo so bene. Ne ho viste parecchie nella mia vita, ma questa si rizza decisamente. Cioè, *spicca*. Volevo dire che spicca».
Sì. Sta parlando del mio cazzo. "Complimenti, Lina. Brava".
«È funzionale e allo stesso tempo invitante. E porterà di certo piacere a chiunque abbia la fortuna di usarla. In più, provando a usare un po' di fantasia, ha il pregio di essere predisposta per una significativa espansione».
"Proprio così, signorina Santos".
«Be', mi ha incuriosita», commenta Rebecca. «Non vedo l'ora di assistere alla sua presentazione».
«Anch'io sono emozionata».
La porta della stanza si apre.
«Lei non viene?», chiede Rebecca.
Io serro gli occhi.
«Purtroppo, non ancora», risponde Lina. «*Ma presto*».
«Va bene, allora. È stato un piacere rivederla».
«Sì, anche per me».
Conto fino a quindici dopo aver udito lo scatto della porta che si chiude, poi salto fuori dalla vasca ed esco dal bagno.
Lina è in piedi accanto alla finestra con un sorriso malizioso. «Hai una pessima influenza su di me».
La attiro conto il mio petto. Nel giro di pochi secondi, il suo sguardo si fa intenso per la trepidazione.
«Ma ci saranno delle conseguenze per il tuo comportamento spudorato», dico.
Mi fa un sorriso civettuolo. «Ah sì? Quando le metterai in pratica?».
Faccio un passo indietro e le do un lieve pizzicotto sul naso. «Purtroppo, non ancora. *Ma presto*».

Lina lascia cadere le braccia lungo i fianchi e pesta un piede. «Quando è *presto*?»

«Quando posso venire a vedere casa tua?», le chiedo.

«Stai lanciando un'esca per farti invitare?».

Certo che sì. Sarebbe molto più facile fantasticare su Lina, se potessi immaginarla nel suo letto. O che se ne va in giro in mutande e con una canottiera trasparente che le avvolge il seno…

«Max», mi chiama in tono brusco.

«Qual era la domanda?».

Lei sbuffa. «Ti ho chiesto se stavi lanciando un'esca per farti invitare a casa mia».

Fingo di avere una canna da pesca tra le mani, di lanciare la lenza e poi di tirare su Lina facendo girare il mulinello. «Sì, direi proprio di sì».

Si appoggia una mano sul cuore e si lecca le labbra. «Sei cordialmente invitato a casa mia per cena, allora».

«Quando?», domando, sapendo che per lei è una cosa importante.

«Che ne dici di venerdì?», ribatte.

Mancano quattro giorni. Vorrei pestare un piede sul pavimento e chiederle di andare da lei stasera stessa ma, dal momento che solo pochi minuti fa mi sono complimentato con me stesso per il mio autocontrollo, se mi lamentassi sarei ipocrita da morire. «Venerdì va bene».

«E non dovremo preoccuparci di svegliarci presto», fa un lungo respiro, «se vuoi restare a dormire, cioè. Dipende tutto da te. Io sono abituata a dormire da sola, quindi non devi sentirti obbligato. Era solo un…».

Faccio un passo verso di lei e le prendo la mano. «Lina, mi piacerebbe restare».

Espira. «Okay, perfetto. È un appuntamento per cena».

«Forse potremmo anche guardare un film».

«Forse», replica lei, alzando le spalle. «Se c'è tempo».

Se c'è tempo? Mi piace decisamente come suona questa risposta. «Visto che abbiamo già stabilito che non hai autocontrollo con me, me ne vado». Mi allontano da lei e mi dirigo verso la porta. Una volta lì, mi giro e le faccio l'occhiolino. «Ci vediamo venerdì».

Maledizione. Quattro giorni sembreranno una vita.

28

Lina

Da: MHartley@AtlasCommunications.com

A: CSantos@LAccentoSulSì. com; KSproul@ AtlasCommunications.com

Data: 24 aprile, 9:37

Oggetto: Materiale per la presentazione per il gruppo alberghiero Cartwright

Lina, ti presento Karen.

Karen, ti presento Lina.

Lina, Karen è la nostra graphic designer interna. Ci aiuterà a preparare il materiale per la presentazione del 14 maggio al gruppo alberghiero Cartwright. Abbiamo pensato che Karen potrebbe preparare delle pagine dimostrative per il sito web, la grafica dei social media e gli storyboard per i video. Fammi sapere se ti sembra una buona idea.

Il tema della madrina dei matrimoni è pronto, ma sto ancora lavorando sul quadro concettuale. Ci vuole più tempo di quanto pensassi. Se c'è qualcosa che ti salta all'occhio, sentiti libera di inviarmi le tue osservazioni.

Spero che tu stia bene.

Max

24 aprile, 9:54

Io: Mi piace quando sei in modalità business. Mi fa venire voglia di venirti a trovare nel tuo ufficio per poter giocare al capo e all'assistente. Sarei bravissima negli incarichi da svolgere oralmente.

24 aprile, 9:57
Max: Si può fare. Ho un sacco di incarichi da darti.

24 aprile, 9:58
Max: Mi stai mandando messaggi sconci?

24 aprile, 9:59
Io: Sì.

24 aprile, 10:00
Max: Calmati, tu. Scusa, dicevo al mio cazzo.

Da: CSantos@LAccentoSulSì.com
A: MHartley@AtlasCommunications. com; KSproul@ AtlasCommunications.com
Data: 24 aprile, 10:03
Oggetto: Re: Materiale per la presentazione per il gruppo alberghiero Cartwright

Piacere di conoscerti, Karen.

Max, sono d'accordo con l'utilizzo dei tipi di materiali che hai individuato per la presentazione e, se mi verrà in mente qualcos'altro, te lo farò sicuramente sapere. Forse c'è un motivo per cui stai impiegando più tempo del previsto sul tema della madrina dei matrimoni? Ci penserò su anche io. In ogni caso, non vedo l'ora di vedere che cosa vi inventerete.

I miei migliori saluti,
Lina

24 aprile, 10:09
Io: Ho intenzione di cucinare per te venerdì sera. Un piatto brasiliano.
Hai qualche allergia? Cibi che odi?

24 aprile, 10:12
Max: Nessuna allergia alimentare. Non sopporto i piselli. E, per

tua informazione, ho sviluppato un'avversione per i peperoncini piccanti. Starò all'erta per quelli. Ehm. Posso portare qualcosa?

24 aprile, 10:13
Io: Un dolce dello Sugar Shoppe?

24 aprile, 10:14
Perfetto. Non vedo l'ora che sia venerdì.

24 aprile, ore 10:15
Io: Anche io.

Il citofono suona proprio mentre sto sfornando l'*empadão*. Ho litigato con la ricetta cercando di dominarla, ma la superficie annerita della torta e l'odore acre di pasta frolla bruciata confermano che sono stata io ad avere la peggio.

Borbottando in meno di venti secondi una quantità di parolacce che basterebbe per un anno intero, appoggio la pirofila sui fornelli e lancio i guanti da forno dall'altra parte della stanza. Il menu adesso consiste in insalata verde e carote arrosto. A quanto pare, sto aspettando a cena Peter Coniglio.

Premo il tasto del citofono con più forza del necessario. «Sì?»

«Lina, sono Max».

«Ehi, ciao», rispondo infondendo nel mio tono tutto il buonumore possibile. «Sono contenta che tu ce l'abbia fatta. Sali». Poi gli apro il portone.

Ricordando lo stato della mia cucina, mi precipito alla porta e la spalanco. Quando Max esce dall'ascensore con una scatola della pasticceria in una mano, io sto facendo sventolare la porta avanti e indietro per arieggiare l'appartamento. Gli lancio una breve occhiata, notando i jeans scuri e la camicia bianca che indossa fuori dai pantaloni. Che sia in abiti casual o da lavoro, il suo stile personale emana sempre sicurezza senza mai dare l'impressione di essere troppo studiato. "Mi piace quello che vedo".

Le sue sopracciglia si alzano mentre si avvicina. «Problemi tecnici?»

«È un eufemismo». Quando mi raggiunge, abbandono la testa sul suo petto. «Ho rovinato la cena».

Con la mano libera, raccoglie i miei capelli e me li spinge su una spalla, privandomi del mio nascondiglio naturale. «La cena sarebbe rovinata solo se non potessi trascorrerla con te».

Alzo lo sguardo su di lui. Sto facendo un eroico tentativo per evitare di guardarlo con gli occhi a forma di cuore, ma probabilmente sembro la personificazione di quell'orrenda emoji. «Ooh, che dolce. Ti consiglierei comunque di tenere questo pensiero in sospeso fino a quando non vedrai cosa c'è da mangiare».

Dovrei anche dirgli che le dichiarazioni sdolcinate sono sprecate quando si ha una storia senza impegno, ma non riesco a sminuire la sua superba prestazione. Forse lui non ha bisogno di promemoria per ricordarsi che questa è una storiella senza complicazioni, ma io sì. "Appunto per me stessa: non farti venire idee assurde su un futuro a lungo termine con Max".

Mi segue all'interno, appoggia la scatola della pasticceria sull'isola della cucina e scruta l'ambiente. L'amministrazione lo chiama "design open space", ma la verità è che sono troppo tirchi per costruire delle pareti.

«Wow», commenta mentre gira su se stesso. «Mi hai preso in giro per il mio salotto stile Crate & Barrel. Ora io devo prendere in giro te per il tuo. Hai abbastanza candele, Lina?». Agita le mani. «Vasi, cuscini pelosi e tappeti, oh mio Dio!».

Lo spingo con fare scherzoso verso la cucina. «Che maleducato. Gli ospiti non dovrebbero commentare… Ora sto zitta».

«Donna intelligente», dice, facendomi l'occhiolino. Guarda i fornelli e indica l'*empadão*. «È quello il paziente?».

Sbuffo. «Sì».

Lui si avvicina con una mano sotto il mento, poi annuisce con aria grave. «Cosa avrebbe dovuto essere?»

«Un *empadão de frango*. Un tortino brasiliano. La crosta deve essere burrosa e friabile. Il pollo e le verdure all'interno dovrebbero essere morbidi e perfettamente conditi. Invece, abbiamo questa mostruosità».

«Ha senso tenerlo?», chiede.

«Solo per ricordarmi che non sarò mai in grado di ricreare i piatti che prepara mia madre. Per il resto, no». Emetto un respiro profondo, trattenendo le lacrime che minacciano sempre di rigarmi il volto ogni volta che mi lascio sopraffare anche solo per poco dalle emozioni. «Non so nemmeno fare una cazzo di torta salata».

Max solleva un sopracciglio. «Ehi, ehi. Guardati una puntata di *Nailed It!* e vedrai che non sei l'unica. È solo una torta».

Mi siedo su uno sgabello davanti all'isola. «Non è solo una torta, Max. Volevo preparare una cena speciale. Condividere qualcosa della mia cultura con te. Non è andata bene, ovviamente. Non so come farò a tramandare le tradizioni di famiglia, se non riesco nemmeno a seguire una ricetta di base».

Lui occupa lo sgabello accanto a me e incrocia le braccia sul bancone. «È di tua madre?».

Alzo la testa di scatto. «Cosa?»

«La ricetta», risponde. «È di tua madre?»

«Dio, no. Lei non scrive mai niente. Dice che il modo migliore per imparare è guardare e aiutare. Non capisco come a lei possa riuscire così facile. Le chiedo quanto devo aggiungere di qualcosa (farina, pomodori, aglio, qualsiasi cosa), e lei mi dice: "Un po' di questo, un po' di quello"». Mi volto verso di lui. «Max, mia madre non possiede nemmeno dei recipienti graduati».

Molte persone potrebbero ridere di questo fatto, ma in momenti come questi vorrei avere la ricetta di mia madre stampata, con su scritto cose come "125 ml d'olio", e non "Eh, circa tanto così, *filha*".

«Forse potresti provare a costringerla a fare a modo tuo. Tipo, un giorno presentati a casa sua con dei recipienti graduati e un taccuino. Quando lei dice "Un po' di questo", tu le dici "Fammi vedere quanto con questo misurino". Poi scrivi tutti i passaggi in modo da poterci lavorare su da sola».

Inclino la testa nella sua direzione, immaginando se potrebbe funzionare. «Sai, non è una cattiva idea. E magari potrei anche farle un video mentre cucina. Sarebbe bello averlo, per i posteri». Chiudo un attimo gli occhi, arrabbiata con me stessa per aver rivelato che anche una cosa così insignificante può mandarmi in crisi. Probabilmente Max adesso si starà pentendo di aver accettato questo invito a cena. Agito le mani come se potessi cancellare gli ultimi minuti con un solo gesto. «Comunque, basta discutere di robe bruciate. Non sei venuto qui per sentirmi blaterare di queste cose».

Lui si volta di lato, appoggia i piedi sull'ultimo piolo del mio sgabello e poi mi gira delicatamente il mento nella sua direzione. Rivolgo tutto il corpo verso di lui.

«Sono venuto qui per passare del tempo con te», dichiara, «e, se questo significa parlare di qualcosa che ti turba, allora non ho problemi a farlo. Il fatto che sia solo un'avventura non significa che io non sia interessato a te come persona. Sarebbe impossibile. E sospetto che sarebbe impossibile anche per te. Voglio dire, ho l'impressione che tu non condivida le tue preoccupazioni con chiunque». Mi accarezza le guance e mi stampa un bacio sulla fronte. «Perciò grazie per avermi permesso di essere più di una persona qualunque».

È possibile che il cuore si espanda nel petto? Non ne so abbastanza di anatomia per poterlo affermare con certezza, però *ho la sensazione* che il mio cuore stia facendo spazio per far entrare Max, nonostante io non ce lo voglia. "Be', cuore, di sicuro non possiamo permetterci niente del genere". È evidente che entrambi abbiamo bisogno di un promemoria che ci ricordi perché siamo qui.

Prendo le sue mani tra le mie, mi chino in avanti e gli bacio il collo, affondando il naso nella sua pelle e riempiendomi a fondo le narici di lui. Il suo profumo è un misto di terra e agrumi, come se un'arancia fosse caduta da un albero e qualcuno l'avesse raccolta dal suolo fertile e confezionata sul posto. «L'insalata si conserva, e le carote si possono riscaldare. Ti va di passare all'attrazione principale? Ho indossato una gonna per l'occasione».

I suoi occhi si fanno più profondi mentre considera il mio invito. «Non era la cena, l'attrazione principale?».

La cena *non può* essere l'attrazione principale. Non è questo che si fa quando si ha un'avventura.

Invece di rispondere alla sua domanda, mi alzo dallo sgabello e lo tiro per le mani. «Vieni con me».

Max si alza con riluttanza, tornando con lo sguardo alla torta rovinata sui fornelli. Apre la bocca, la chiude, poi la riapre. Qualunque cosa stesse per dire, adesso è nascosta, celata dietro la curva maliziosa delle sue labbra. «Intendi letteralmente, vero?».

Annuisco mentre lo conduco in camera mia. «Oh, sì».

Quando varchiamo la soglia, Max commenta: «Altri cuscini e candele, vedo», e si becca una pacca sul sedere per questo.

Si gira verso di me e alza una mano. «Senti, so che muori dalla voglia di toccarmi il sedere, ma per farlo non devi fingere di punirmi per aver fatto una valida osservazione sullo stato della tua stanza».

Lo guardo con gli occhi ridotti a due fessure. «Ti ho fatto davvero tanto male quando ho nominato Crate & Barrel, eh?».

Si appoggia le mani sul petto e solleva il mento. «Forse. È solo che è il negozio preferito di mia madre, e io ho sempre considerato il suo stile… del tutto diverso dal mio».

«Ooh, non volevo farti sentire in imbarazzo al riguardo. Dimentica ciò che ho detto». Senza fare rumore, mi sfilo la maglia a maniche corte sopra la testa e me la lancio dietro le spalle. «Questo ti aiuterà a perdere la memoria?».

Sono di fronte a lui con un reggiseno color carta da zucchero molto poco pratico: le mezze coppe non servono assolutamente a nulla, se non a dare l'impressione che il mio seno venga presentato su un piatto d'argento. Io lo chiamo "imbragatura cosmetica", un pezzo di tessuto fatto solo per: uno, valorizzare il mio décolleté, e due, essere tolto.

Max si porta due dita alle labbra e prende un lento respiro. «Chi sei? Dove mi trovo? Che anno è?».

Gli appoggio le mani sul petto e cammino in avanti, costringendolo ad arretrare finché non tocca il letto con la parte posteriore delle ginocchia e vi cade sopra. Gli sono addosso con la velocità e la destrezza di un'atleta olimpica. Nel frattempo, lui armeggia con la chiusura anteriore del mio reggiseno come se stesse eseguendo qualche gioco di prestigio.

«Hai bisogno di aiuto, socio?», gli chiedo.

Stringe i denti. «È come scassinare una serratura. Hai una spilla da balia o qualcosa del genere? Una carta di credito, magari?».

Allontano la sua mano con uno schiaffetto. «Lascia fare a me. Guarda e impara. Vedi, devi spingere la chiusura verso l'esterno e tirare su».

Lui rimane a bocca aperta. «Geniale».

Adoro il fatto che siamo a nostro agio insieme. Adoro il fatto di non dover cercare di indovinare cosa sta pensando. Siamo semplicemente in sintonia. Non c'è nessun artificio tra di noi. Siamo solo due persone che si godono l'una la compagnia dell'altra, a letto e fuori dal letto.

«Posso?», chiede con le mani alzate.

Annuisco, e lui le infila sotto le spalline del reggiseno e me lo sfila.

«E queste sono bellissime», dice.

«Fai pure. Toccale. Sai che lo vuoi».

Mi palpa i seni, e le punte delle sue dita mi sfiorano la pelle mentre mi accarezza. Alza lo sguardo per osservare la mia reazione. Ma il mio viso racconta solo una parte della storia: mi sto spudoratamente strusciando sulla sua coscia, incapace di rimanere ferma. E voglio accelerare i tempi perché so cosa mi aspetta vicino al traguardo. Quando mi sfiora i capezzoli con i pollici, cado in avanti, strofinandomi contro di lui.

«Posso prendere un preservativo?», gli chiedo. «Per favore?». La mia voce è bassa e impaziente. E anche vogliosa da morire.

Lui annuisce, con la bocca che si apre senza articolare parole.

Scendo dal letto e prendo un pacchettino dalla ciotola dei profilattici sul comò. Lo getto sul letto, mi sfilo la gonna e le mutandine e mi avvento sui suoi jeans. Max, il mio fidato assistente, si sbottona la camicia e se la toglie ben prima che io abbia finito.

«Sei veloce», commento, facendo un passo indietro in modo da lasciargli spazio per liberarsi dei vestiti.

«Sono impaziente».

Si alza dal letto giusto il tempo necessario per togliersi le scarpe e tirarsi giù i jeans, calciando tutto in un angolo. Il mio sguardo incontra il suo quando si prende il membro in mano e lo accarezza, lentamente. *Oh, Dio.* Una sauna personale mi avvolge, il calore origina dentro di me e mi si diffonde nelle braccia, nel retro delle ginocchia e nella distesa di pelle tra le cosce. Non mi reggo bene in piedi e mi sento frastornata. Con mani tremanti, afferro la cassettiera dietro di me. Lui mi guarda con sempre maggiore intensità mentre si tocca, rendendo facile immaginare che sono io a procurargli piacere.

Sempre guardandomi e accarezzandosi l'erezione, fa scivolare la mano libera di lato e la muove sul materasso finché le sue dita non trovano il preservativo. Strappa il pacchetto con i denti, e la forza del movimento parla per lui, come se volesse dire: "Guarda cosa mi fai".

Si srotola addosso il profilattico affidandosi solo al tatto, senza mai distogliere lo sguardo dal mio viso. Io lo fisso, con le labbra socchiuse per ricordarmi di respirare e le mani appoggiate al comò per sorreggermi.

«Mi chiedo se tu mi desideri quanto io desidero te», dice.

Non conosco l'entità del suo desiderio, ma se è tale da confondergli la mente e da fargli male dappertutto, allora la risposta è sì. «Tirerò a indovinare e risponderò di sì».

«Vieni qui e prendi quello che vuoi, allora».

Mi rimetto dritta e mi dirigo verso il letto, tendendo le mani quando sono abbastanza vicina da raggiungerlo. Lui le prende e mi sostiene in modo che io possa mettermi a cavalcioni delle sue cosce. Lo stuzzico, sfiorandogli la punta dura mentre mi sistemo, finché i nostri corpi non sono perfettamente allineati, e a quel punto affondo sopra di lui.

«Max», ansimo, serrando gli occhi e vedendo delle macchie.

Il nostro è un incastro con una splendida aderenza assoluta. Rimango immobile per qualche secondo, limitandomi solo a sentire cosa si prova ad averlo dentro di me. Poi stringo i muscoli e mi sollevo da lui, godendomi l'attrito.

Max pronuncia il mio nome con voce soffocata e mi afferra il sedere, spingendo verso l'alto quando io spingo verso il basso. «Possiamo farlo per sempre?».

Spalanco gli occhi di colpo. A giudicare dal suo sguardo allucinato, deduco che la domanda ha colto di sorpresa anche lui. Mi struscio più in fretta, concentrandomi sul fremito del mio corpo piuttosto che sui pensieri che minacciano di mettere radici nel mio cervello inaffidabile. Lui mi fa scorrere le mani su per la schiena, accarezzandomi le spalle, prima di spostare di nuovo le dita sui miei capezzoli. Il suo tocco si lascia dietro piccole scintille che aumentano gli spasmi tra le mie gambe. È lento, lussurioso e deliziosamente straziante. Più io aumento la velocità e più lui rallenta, finché non riduce il ritmo fin quasi a fermarsi, come se volesse dimostrarmi che non sempre tutto è sotto il mio controllo.

«Ho bisogno di venire», dico con un filo di voce.

«E lo farai», ribatte, con la voce roca come la mia. «Guardami, Lina».

Riporto lo sguardo da un punto sopra la sua spalla al suo viso, rallentando per concentrarmi su di lui. «Sono qui».

«Ci sei davvero?», mi domanda. «Lascia andare tutto ciò che pensi debba succedere e limitati soltanto a sentire. Ti prometto che io sarò lì con te».

Potrei innamorarmi di lui. Rendermi ridicola con gli occhi a forma di cuore e i brillantini che mi zampillano dal petto. Per tante ragioni, Max non dovrebbe essere quello giusto per me, e di sicuro non lo è per la versione di me stessa che ho bisogno di essere. Sono intrappolata in un labirinto e non so dove girarmi, ma, da qualche parte in lontananza, la sua voce mi chiama e, anche se non so dove mi condurrà, io la seguo comunque. Limitarmi soltanto a sentire? Posso farlo. Sono con lui? Sì, voglio esserci. Perciò annuisco.

Con un bagliore trionfante negli occhi, Max attira il mio torace contro di sé e seppellisce il viso nei miei seni. Dondoliamo l'uno contro l'altro per diversi minuti, i nostri respiri affannosi e lo sbattere delle nostre cosce sono gli unici suoni nella stanza. Mi stacco, cercando le sue labbra, e trovo la sua bocca desiderosa quanto la mia.

Per tutto il tempo lo cavalco con forza e, quando ci stacchiamo per prendere aria, lui mi accarezza la mascella e la riempie di baci, cercando di capire se il mio orgasmo è vicino. «Lina, tesoro… ci sei… quasi?»

«Sì», riesco a rispondere.

E riesco a malapena a tenere la testa alta. Il piacere che si diffonde a spirale nel mio corpo è come un'ancora che mi lega a questo momento senza lasciare spazio ad altro. «Max, ho bisogno delle tue dita».

Lui mi ringhia in un orecchio e fa scivolare la mano in mezzo a noi, sfiorandomi il clitoride con il pollice.

«Sì, così», dico, continuando a strusciarmi su di lui.

Alza gli occhi su di me, con lo sguardo intenso e le labbra gonfie che mi trasmettono che è confuso quanto me. «Stringiti intorno a me, piccola. Stringi più che puoi». La sua voce è intrisa di desiderio, e non fa che accrescere il mio.

Mentre mi contraggo intorno a lui, le sue dita vagano su di me, finché non trova una splendida angolazione che produce la giusta quantità di attrito sul mio clitoride. Tutto ciò che posso fare in risposta è chinarmi su di lui e pronunciare il suo nome: «Max… Max… sì, proprio lì, Max».

«Cristo», esclama, con la voce intrisa di stupore. «Non posso credere che stiamo così bene insieme, tesoro. Come puoi non volere tutto questo ancora e ancora?».

Mi stringo intorno a lui, cercando di raggiungere l'orgasmo che è appena fuori dalla mia portata, e che sta crescendo. Quando lui cambia il suo approccio, usando il medio e l'indice per disegnare cerchi stretti perfettamente centrati sul mio clitoride, tutte le mie terminazioni nervose sembrano fondersi in un unico ciclo continuo di piacere che scorre attraverso di me come miliardi di fuochi d'artificio che esplodono nello stesso momento. Gridando il suo nome, mi agito, rabbrividisco e mi contorco, una massa di vibrazioni e movimenti che non riuscirei a controllare nemmeno se volessi.

Continuo a tremare per quelli che sembrano minuti, attraversata da lievi scosse, e, quando finalmente torno a malapena in me, anche Max sta tremando contro di me, e le sue braccia mi avvolgono in un abbraccio stretto mentre lui spinge dentro di me. «Cazzo, Lina. Sì, sì, cazzo, sì, cazzo». Si immobilizza, poi emette un lungo gemito e si accascia all'indietro.

Quando i nostri cuori smettono di correre, gli stampo un bacio leggero sulla fronte e sorrido.

«Cosa c'è di così divertente?», mi chiede, e il suo respiro caldo mi stuzzica il collo.

«Stavo pensando che siamo una coppia eloquente. Tutti i "sì" e i "cazzo" sono una testimonianza della reale profondità del nostro vocabolario».

«È importante disporre di una vasta gamma linguistica», ribatte con una risata. «E, comunque, i nostri corpi comunicano come se padroneggiassero il loro linguaggio. A me va bene così. E a te?».

Imito le sue parole perché non posso fare molto di più. «Sì, anche a me va bene così».

Ora che sono in grado di mettere insieme pensieri coerenti, mi torna in mente che lo scopo di questa "attrazione principale" era quello di ricordare a noi due (be', più che altro a me), che la nostra è solo un'avventura. Ma, mentre lo avvolgo con le braccia, ammetto con me stessa di non essermi nemmeno lontanamente avvicinata al mio obiettivo.

29

Max

Sentire il sedere di Lina contro la mia erezione mattutina è la mia sveglia preferita in assoluto. Attirato dal profumo di pesca dei suoi capelli, le cingo la vita con un braccio, mi avvicino e mi riempio le narici del suo odore. Lei geme e si accoccola nella nuova posizione.

Non so dove ci porterà tutto questo, e nemmeno se stiamo andando da qualche parte, ma suppongo che l'approccio migliore sia quello di seguire il mio stesso consiglio e non preoccuparmi di ciò che *è stato* o *dovrebbe essere*, concentrandomi su ciò che *è*. Perché vado a letto con la donna che mio fratello ha quasi sposato e non ho alcun interesse a cambiare la mia situazione attuale.

Lina stiracchia le braccia ed emette un sospiro felice.

«Buongiorno», le sussurro nell'orecchio.

Allunga una mano dietro di sé e mi accarezza la mascella. «Buongiorno a te». Poi solleva la testa. «Ahi. Perché c'è un ramoscello nel letto?»

«Cosa?».

Con la fronte aggrottata, si mette a sedere e allunga le mani sotto le coperte alla ricerca di ciò che l'ha distratta, di qualsiasi cosa si tratti. Finché non mi afferra il cazzo. «Oh, scusa. L'avevo scambiato per un ramoscello. Pensavo che mi fosse rimasto attaccato addosso qualcosa mentre facevo giardinaggio. Non importa».

Con le labbra incurvate in un'espressione divertita, non faccio nulla per alcuni secondi e poi le salto addosso, buttandola sul materasso mentre lei urla e si finge offesa. Alla fine riesco a bloccarla e a premerle il mio "ramoscello" contro l'apice delle cosce.

Piuttosto soddisfatta di sé, mi rivolge un sorriso sbilenco, con gli occhi che brillano di malizia.

«Soffri il solletico?», le domando.

Lei scuote la testa. «Per niente».

La osservo in silenzio mentre i suoi occhi si dirigono verso un punto sopra la mia spalla. È lo sguardo che fa quando mente, e ormai non mi frega più. «Be', se è così, allora questo non ti dispiacerà». Ringhiando, mi tuffo sotto le coperte e le solletico il retro delle gambe e i lati della vita. Lina strilla, si agita contro di me come una giumenta imbizzarrita e mi scaraventa giù da lei in pochi secondi.

Mi sdraio a pancia in su e fisso il soffitto, con un sorriso stupido stampato in faccia, talmente stupido che riesco persino a *percepirne* la stupidità. Se dipendesse da me, passeremmo la giornata insieme, nutrendoci di queste buone vibrazioni. Ma non dipende solo da me, e Lina è ancora titubante riguardo alla nostra relazione. Forse c'è un modo per far continuare questa giornata senza renderla nervosa. Conoscendola, se c'è di mezzo il suo lavoro, vorrà partecipare. «Andiamo a cena stasera. Al Blossom». Mi giro su un fianco e noto il modo in cui i suoi occhi si allargano alla proposta. «Mancano poco più di due settimane alla presentazione, quindi dovremmo cominciare a pensare come vogliamo rappresentare il ristorante dell'hotel».

Si alza a sedere e si sistema alcune ciocche di capelli dietro l'orecchio. «Già, grazie per il promemoria. La presentazione *dovrebbe* essere la nostra priorità». Emette un profondo sospiro e alza gli occhi al cielo. «Ma oggi ho un sacco di cose da fare. Ti va di incontrarci lì?»

«Non mi dispiace venirti a prendere».

Lei scuote la testa. «No, non c'è problema. Probabilmente

sarò da quelle parti, quindi sarà facile prendere un taxi e venire direttamente al Blossom».

"Se questo ti fa sentire meglio, certo". A lei rispondo: «Va bene. Comunque devo fare qualche commissione prima di cena». Mi sporgo e le do un bacio sulla guancia. «Sono stato molto bene. Vado in bagno e mi tolgo dai piedi».

Non posso biasimarla perché vuole che il nostro rapporto rimanga superficiale, ma una parte di me si chiede il motivo di tanto sforzo da parte sua. Io sono fatto così, anche se cerco di mantenere una relazione senza vincoli. Perché lei non può fare lo stesso? Forse il suo bisogno di tenere le distanze è un sintomo della spinta e dell'attrazione che ci ha fatti avvicinare sin dall'inizio. Forse noi siamo così e basta. Quello che so è che il suo atteggiamento è davvero costruito quando mette in discussione le mie intenzioni. O sono io che sto mettendo in discussione le sue? Potrebbe benissimo avere un sacco di cose da fare oggi, e io mi sento semplicemente insicuro del posto che occupo nella sua vita. Cristo.

Lei abbassa le spalle, forse sorpresa del fatto che non mi stia impegnando per convincerla a fare altro sesso. «Oh. Okay, sì. Che ne dici se prenoto per le sei?».

Mi alzo e mi stiracchio, scacciando con uno sbadiglio la sonnolenza residua. «Perfetto».

Cosa è ancora più perfetto? Far sentire Lina scombussolata. Perché non voglio essere l'unico in questa situazione. "Benvenuta nel club *Mi piaci tantissimo e non so cosa fare in proposito*, signorina Santos. La stavamo aspettando".

«Benvenuti al Blossom, signori. Io sono Camille, e questa sera sarò la vostra cameriera. Siete già stati qui da noi?».

Lina annuisce. «Solo a pranzo, però. Non vedo l'ora di provare qualche altro piatto del menù».

Camille sorride. «Ottimo. Siamo felici di riaverla con noi. Per spiegare al signore qui presente», continua, voltandosi nella mia direzione, «qualsiasi membro del personale al piano può aiutarvi, sia che abbiate bisogno di altra acqua o di una posata, sia se dovessi impiegare troppo tempo a portarvi il conto». Si china e riduce la voce a un sussurro. «Questa seconda eventualità non si verifica mai».

Un altro cameriere arriva a riempirci d'acqua i bicchieri, mentre un altro ancora posa un cestino di pane al centro del nostro tavolo.

Camille ci porge un sottile foglio di carta per uno. «Questo è il nostro menù degustazione ed è molto richiesto, attualmente. Sarò felice di rispondere alle vostre domande dopo che avrete avuto modo di guardarlo. Nel frattempo, posso farvi iniziare con un cocktail?».

Lina ordina un Martini al melograno, e io un Tom Collins.

Quando Camille se ne va, lei si china in avanti come se volesse svelarmi un segreto. «Muoio dalla voglia di provare il Martini. L'ho visto sul menù quando sono venuta a pranzo, ma non volevo rischiare di essere alticcia durante un appuntamento di lavoro pomeridiano».

«Be', ora puoi essere alticcia con me. Dovrebbe essere divertente».

Un sorriso le danza sulle labbra mentre scruta il suo foglio. Non riesco a smettere di guardarla. Il vestito semplice che indossa le abbraccia le curve, e il colore rosso intenso le mette in risalto la pelle luminosa. I capelli le ricadono su una spalla in una cascata di riccioli trattenuta da un fermaglio dorato sulla tempia.

Incontra il mio sguardo oltre il bordo del suo menù. Mi raddrizzo sulla sedia.

«Cosa stai pensando di prendere?», chiede.

Sinceramente, sto pensando che è bellissima. Per quanto riguarda il menù, non l'ho ancora nemmeno guardato.

«Io sto prendendo in considerazione la loro rivisitazione della paella», continua. «Coniglio, maiale, riso, *chorizo*... *gnammy*: la lista degli ingredienti è lunga. Ma è per due persone. Ti andrebbe di condividerla?».

Metto da parte il foglio. «Sì, mi piacerebbe dividerla con te». Faccio scorrere lo sguardo sulla sala da pranzo principale del ristorante, prendendo nota dell'arredamento e dei dettagli. «Allora, cosa ne pensi del design dell'ambiente?».

Lina appoggia il menù sul tavolo e si gira a guardare a destra e a sinistra prima di scrutare l'area dietro di me. «Adoro le pareti in *shiplap* grigio invecchiato. E i fiori di campo sotto le applique sono il tocco perfetto per legare insieme il nome e l'arredamento. È un po' più buio di quanto vorrei, ma è accogliente. Sembra quasi una fattoria di lusso». Il suo sguardo si posa sul centrotavola. «Mettere la candela in un barattolo di vetro vintage sistemato su un vassoio è proprio ciò di cui la stanza ha bisogno. È rustico e chic allo stesso tempo».

Mentre la guardo descrivere con disinvoltura il design dell'interno del ristorante, finalmente capisco che cosa mi infastidiva a proposito del concetto di madrina dei matrimoni che abbiamo scelto per la presentazione: non è il mezzo migliore per mostrare il talento di questa donna incredibile.

Ero talmente convinto che l'elemento personale dovesse essere in primo piano da perdere di vista la vera identità della persona dietro al servizio che stiamo cercando di vendere. Sono rimasto intrappolato nel pensiero che la corazza sviluppata da Lina sia un elemento negativo. Invece, dopo la giornata trascorsa insieme alla Surrey Lane Farm, mi sono convinto che lei debba gran parte del proprio successo all'abilità di usare quella corazza a suo vantaggio, se e quando ne ha bisogno. In definitiva, è una sua scelta decidere chi lasciare entrare nella sua vita, da chi farsi vedere in lacrime, chi lasciare fuori dalle sue mura o con chi condivide le sue emozioni. E questo non sminuisce ciò che lei ha da offrire; le permette solo di affrontare ambienti diversi rimanendo nella sua zona di comfort.

Il punto di forza di Lina è che porta a termine le cose. Come ha sempre riconosciuto, non diventerà mai la migliore amica di un cliente, né piangerà al suo matrimonio o salterà di gioia quando la sposa trova l'abito perfetto. Non è nel suo stile. Ma organizzerà il miglior matrimonio possibile con le risorse che ha a disposizione. Ed è *questo* ciò che ogni cliente dovrebbe volere. Ora devo solo spiegarle perché voglio cambiare tattica. «Possiamo parlare un attimo della proposta?».

Beve un sorso d'acqua e si appoggia le mani in grembo. «Certo. Va tutto bene?»

«Sì», rispondo. «È solo che… Non credo che dovremmo usare l'idea della madrina dei matrimoni. Non sei tu».

Lei si accascia contro la sedia e il suo sorriso si allarga lentamente. «Posso confessarti un segreto?»

«Certo».

«È un sollievo. Ci ho pensato molto nei giorni scorsi, e aspettavo il momento giusto per parlartene. Mi è sorto il dubbio che quell'idea avrebbe dato l'impressione che volessimo strafare. O che mirassimo a rendermi più simpatica a discapito di ciò che so fare meglio».

Annuisco. «Proprio così, 'fanculo la simpatia. Non dobbiamo cambiare niente di te; dobbiamo solo sfruttare i tuoi punti di forza, che sono molti. Penso che un tema incentrato sul tuo ruolo di wedding concierge potrebbe essere efficace. Si ricollega all'attività dell'hotel, evoca ancora l'idea che darai a ogni matrimonio il tuo tocco personale e si rivolge a una fascia più ampia della tua clientela. Cosa ne pensi?».

Si china in avanti e mi stringe la mano. «Penso di essere fortunata a lavorare con te, e ora non vedo l'ora di fare questa presentazione».

Probabilmente sono raggiante. Soddisfare lei dà soddisfazione a me, ma riuscire a fare colpo facendo semplicemente il mio lavoro rende il tutto ancora più speciale. «Ottimo. Allora parlerò con…».

Una mano si posa sulla mia spalla, e una voce dietro di me pronuncia il mio nome.

Sorpreso, mi volto e vedo Nathan Yang, un amico d'infanzia del vecchio quartiere, che mi sorride. Il mio cuore riprende un ritmo normale. «Nathan! Cavolo, come stai? Sono passati secoli».

Lui annuisce. «Già, è vero. Davvero troppo tempo». Poi guarda Lina. «Scusate l'interruzione, ma dovevo salutare un vecchio amico».

Lei gli rivolge un sorriso amichevole. «Non c'è problema».

«Stai cenando da solo?», gli chiedo.

Nathan si passa le mani sul davanti della giacca nera. «No, no. Sono il manager del ristorante. Lavoro qui da circa un anno».

«Wow. È fantastico», ribatto. «Congratulazioni, amico. Io e Lina stavamo giusto elogiando l'arredamento».

«Grazie mille. Sono orgoglioso di questo posto». Guarda di nuovo Lina con gli occhi ridotti a due fessure, come se cercasse di capire dove l'ha già vista.

Mi si secca la bocca. *Oh, merda.* Nathan era anche amico di Andrew, e sono abbastanza sicuro che sia stato invitato al suo matrimonio con Lina. Se ci fosse un modo per disattivare quella parte del cervello che controlla il riconoscimento facciale, sottoporrei il mio amico a un'operazione in questo preciso momento.

«Lina. Max. Che piacere vedervi», dice una voce alle spalle di Lina. «Nathan vi sta trattando bene?».

Rebecca? È uno scherzo, vero? Chi cazzo ho ucciso in una vita precedente? Il mio sguardo si dirige verso Lina, che sembra raggelata sul posto. "Va tutto bene. Possiamo farcela, nessun problema. Stiamo lavorando. Non è niente di che". Mi alzo e stringo la mano alla mia cliente. «Salve, Rebecca. È bello vederla. Io e Nathan stavamo giusto facendo due chiacchiere. Siamo cresciuti insieme». Agito una mano tra me e Lina. «E noi due stavamo parlando del design dell'interno. Cercavamo di capire quali fossero i punti di forza del ristorante. È decisamente un locale da consigliare. Poi proveremo il cibo».

Rebecca si sfrega i palmi delle mani l'uno contro l'altro. «Sono felice che finora vi sia piaciuto». Si china in modo che solo noi possiamo sentire. «E il ristorante è al massimo del suo splendore durante il fine settimana, quindi è una buona scelta venire in un periodo di punta. Se ne avete l'occasione, provate il menù degustazione speciale. Nathan ha fatto un ottimo lavoro e ha attirato un sacco di ospiti, grazie a quello».

Lina le rivolge un sorriso tirato. «Non stento a crederci».

Rebecca lancia un'occhiata al suo sottile orologio d'oro.

«Devo cenare con mio nonno. Sta controllando le nostre proprietà. E di sicuro controllerà anche me».

Nathan si appoggia un dito sulle labbra mentre osserva Lina. «Scusa se ti sto fissando, ma mi sembri un viso familiare. Ci siamo già incontrati?».

Lina sprofonda sulla sedia e si fa aria con le mani. «Fa caldo qui, no? Qualcuno deve aver alzato il riscaldamento».

Nel frattempo, Rebecca lancia occhiate curiose a tutti, passando dall'uno all'altro come se stesse assistendo a una partita di tennis. «Lina, si sente bene?»

«Oh, sì sto bene», risponde lei con voce roca. Si schiarisce la gola. «È solo che all'improvviso mi sento un po' sottotono».

Vorrei cingerla tra le braccia e nasconderla allo scrutinio di Nathan, ma sarebbe poco professionale e soprattutto strano. "Tranquillo, Max. Con un po' di fortuna, Rebecca se ne andrà prima che Nathan faccia il collegamento".

«Ehi», esclama il mio amico, puntando un dito in direzione di Lina. «Ora mi ricordo. Tu sei Carolina Santos. Eri fidanzata con il fratello di Max, Andrew. Mi dispiace che non abbia funzionato». Poi arrossisce. «Accidenti. Ho fatto una gaffe. Mi scuso per averlo menzionato».

"Maledizione. Alla faccia della fortuna".

Rebecca inclina la testa e studia Lina.

Con un'espressione priva di emozioni, Lina ispeziona il ristorante con gli occhi stretti, come se stesse cercando la via di fuga più efficace.

Mi chiedo come faccia a mantenere la calma. Quanto a me, io sono pronto a strisciare sotto il tavolo, e il mio cervello non funziona abbastanza velocemente da escogitare qualcosa che allenti la tensione. E poi, cosa diavolo potrei dire?

Rebecca scuote la testa. «Be', devo essermi persa qualche comunicazione al riguardo, ma potremo risolvere tutto lunedì mattina». Fa rimbalzare lo sguardo tra me e Lina, con la bocca irrigidita in una linea dura, poi dice: «Lunedì mattina presto, magari?».

Annuiamo entrambi, senza incontrare il suo sguardo.

«Devo andare alla toilette», dichiara Lina, alzandosi bruscamente con il volto ancora inespressivo. «È stato bello rivederla, Rebecca». Si rivolge a Nathan. «Ed è stato un piacere conoscerti».

La guardo camminare spedita in direzione dei bagni, e Rebecca e Nathan fanno lo stesso.

"Cazzo, che disastro".

30

Lina

La *speranza può essere l'ultima a morire*, prima, *ma l'inganno ti si rivolterà contro e ti morderà le chiappe.*

L'avvertimento di Natalia mi risuona nelle orecchie come la campana di una chiesa. Din. *Sveglia! Sei sorpresa?* Don. *Ma certo che ti hanno beccata.* Din. *Ora Rebecca non solo prova pena per te, ma ha anche perso la fiducia nei tuoi confronti.* Don. *Cosa farai adesso?* Din. *Immagino che tu possa dimenticarti quel lavoro per il Cartwright.* Don. *Almeno non hai pianto davanti a tutti.*

Con i pugni stretti lungo i fianchi, cammino avanti e indietro per il bagno evitando di specchiarmi. Non c'è bisogno di vedere le mie lacrime, le sento scivolare sulle guance.

Qualcuno bussa alla porta.

Sussulto, poi mi asciugo rapidamente il viso, o almeno ci provo. «È occupato», grido.

La porta si apre di uno spiraglio. «Lina, sono io. Posso entrare?»

«Non è una buona idea, Max. Mi riprenderò. Dammi solo un… *hic*», mi viene il singhiozzo, «dammi un secondo ed esco».

«Piccola, stai piangendo. Lascia che ti aiuti».

«Come puoi aiutarmi, Max? Ho mandato tutto al diavolo con le mie stesse mani».

Lui rimane in silenzio per un momento. Poi parla con qualcun altro.

«Ci serve solo un minuto, okay?», dice alla persona. «È nel pieno di una crisi mestruale».

Probabilmente ho capito male. «Hai appena detto che sono nel pieno di una crisi mentale?»

«No, non scherzerei mai su una cosa del genere. Ho detto *mestruale*. Ho solo una vaga idea di cosa possa comportare, ma la signora sembra aver capito e si è allontanata».

Sbuffo. Riesce a farmi ridere anche quando sono in preda a una "crisi mestruale".

«Hai appena riso?», mi chiede. «Vedi? Ti sto già aiutando».

Seguono alcuni secondi di silenzio, e il mio stomaco ribolle quando considero la possibilità che se ne sia andato. «Max? Sei ancora lì?»

«Sono qui, Lina. Mi fai entrare? Per favore?».

La sollecitudine del suo tono suggerisce che mi sta chiedendo qualcosa di più del semplice permesso di entrare in questo bagno. Ma cosa succederà se mi vedrà in questo stato e non mi giudicherà né mi compatirà? Probabilmente mi innamorerò di lui, ecco cosa. Perché sarà l'unico uomo ad aver visto la mia parte più vera senza per questo perdere la stima che nutre per me. Andrew non ha mai visto la vera me. Ed è questo il motivo per cui sono stata in grado di gestire alla grande la rottura con lui. Non ho pianto, né urlato, né fatto scenate. Ho mantenuto la dignità di fronte al suo abbandono perché non gli avevo mai dato il mio cuore. Anche quando gli ho chiesto di riconsiderare la sua decisione, l'ho fatto con calma e logica, sottolineando i motivi per cui stavamo bene insieme. E, quando ha rifiutato di cambiare idea, ho voltato pagina.

Quindi, perché mai dovrei dare a qualcuno il potere di farmi sentire di nuovo debole? Sarebbe la definizione stessa di autosabotaggio. Inoltre, penso di avere già dato, per oggi: considerando quello che è appena successo là fuori, credo che sarebbe saggio imporre una moratoria al danneggiamento autoinflitto.

«Ehi, Lina», dice Max.

«Sì?»

«Mi limiterò a parlare, okay? Penso che possa essere d'aiuto».

«*Hic*», un altro singhiozzo, «okay».

«Ecco come stanno le cose. Vorrei che Andrew e io fossimo più vicini. Ma non è così. Fin da piccoli, i nostri genitori hanno incoraggiato la competizione tra noi; pensano che la rivalità tra fratelli possa essere uno stimolo positivo. Dicono che fa sì che ci sproniamo a vicenda. In una certa misura, è vero. Ma significa anche che non sappiamo come dialogare l'uno con l'altro, a meno che non cerchiamo di superarci, di prevaricarci, di scavalcarci in tutto. E, io sono davvero stanco di tutto questo».

Questo spiega molte cose; quando stavamo insieme, Andrew parlava a malapena di Max, e ora capisco perché. Se penso a quello che sapevo di Max allora (il fratello minore di Andrew che abitava a New York) e a quello che so adesso, la differenza è comica. L'uomo alla porta è vivace, dolce, divertente e sexy e molto di più del "fratello minore di Andrew".

«Non ne sono del tutto sicuro», dice. «Il water è traboccato, quindi stanno pulendo».

Aggrotto la fronte. «Cosa?»

«Sto spiegando a questa persona perché non può entrare nella toilette», mi risponde.

«Oh».

«Comunque, questo incarico con Rebecca», continua. «So che ti ho detto che è la mia occasione per staccarmi da Andrew da un punto di vista lavorativo. Per distinguermi in modo da non dover essere sempre legato a lui in ogni occasione. Ma c'è di più. Voglio solo essere me stesso, vivere la mia vita senza dover costantemente fare riferimento a lui. Voglio essere la prima scelta di Rebecca solo perché sono bravo in quello che faccio. Forse allora Andrew e io potremmo imparare a piacerci a vicenda». Rimane in silenzio per un momento, poi la sua voce torna a riempire l'aria, anche se è più debole di prima. «Non so perché ti sto rivelando tutto questo. Ho solo pensato che dovessi sapere che quello che è successo stasera riguarda anche me. Questa cliente potrebbe aiutarmi a stare in piedi da solo. E credo che possiamo risolvere la situazione insieme, se mi lasci entrare».

In qualche modo Max sa che, se condivide un pezzo di sé, io sarò propensa a fare altrettanto. Non posso tenerlo fuori. Sarebbe inutile provarci. Così mi avvicino alla porta, tiro la maniglia e sbircio fuori. Lui è appoggiato alla parete a destra della porta, con le mani dietro la schiena e il viso rivolto verso il soffitto.

«Ehi», gli dico.

Si gira verso di me, restando appoggiato al muro. «Ciao».

Lo prendo per mano e lo trascino dentro il bagno.

Dopo pochi secondi, mi passa i pollici sotto gli occhi e mi asciuga le lacrime.

«Sei così coraggiosa», dice con dolcezza. Dopo una pausa, aggiunge: «Sei davvero una tipa tosta, nonostante le lacrime e tutto il resto».

Alzo gli occhi al cielo e agito una mano su e giù indicandomi. «Là fuori, sì. Qui dentro? Questo non è l'aspetto di una tipa tosta».

Allunga le braccia davanti a sé e io mi lascio cadere contro il suo corpo, liberando un respiro tremante mentre lui mi avvolge in un abbraccio stretto.

«Il fatto è che», dice con il mento appoggiato sopra la mia testa, «non c'è un solo modo per essere tosta. Tua madre e le tue zie che vengono qui e si rifanno una vita? Sono toste. Mia madre che gestisce la sua azienda anche dopo aver divorziato da mio padre? È tosta. Affrontare gli ostacoli sul proprio cammino e reinventarsi nel frattempo? Tosto. Si può essere grandiosi in tanti modi. Anche se si piange nel farlo. Cavolo, *soprattutto* se si piange nel farlo».

«Non è così semplice e tu lo sai», ribatto contro il suo petto.

«Hai ragione. Lo so. O meglio, lo so adesso. Perché tu mi hai fatto comprendere quanto sia complicato. Però, devi capire soltanto che per me tu sei fantastica, forte e, sì, una vera tipa tosta. Non posso controllare quello che pensano gli altri, ma io sono certo di quello che so».

E pensare che non avevo intenzione di farlo entrare in questo bagno. O nel mio cuore. Non riesco più a immaginare di non fare entrambe le cose. Non condivido la vera me stessa con molte persone: la mia famiglia e Jaslene sono le uniche eccezioni. Ma sono pronta a fare un'eccezione anche per Max. Lui mi capisce come nessun altro uomo ha mai fatto.

Qualcuno bussa alla porta, e pochi secondi dopo entra una cameriera. «Signori, c'è una lunga fila qui fuori. Ha risolto la sua crisi mestruale, signora?».

Io e Max ci separiamo, e io rimango a bocca aperta per le sue parole. Come siamo arrivati al punto in cui lei riesce persino a porre questa domanda restando seria?

«Sono a posto», rispondo. «Grazie».

Trascino Max fuori dal bagno, tenendo il volto girato in modo da evitare gli sguardi infastiditi della gente che aspetta il proprio turno in una toilette con due soli WC.

«Devo andare a casa e bere fino a addormentarmi», dichiaro. «Possiamo parlare del problema con Rebecca domani».

Lui mi cinge le spalle con un braccio. «Dobbiamo comunque mangiare. Che ne dici di prendere la paella da asporto?».

Emetto un gemito. «Sembra una buona idea, ma ci vorrà una vita perché sia pronta».

«E se ti dicessi che l'ho già ordinata?», domanda facendo oscillare le sopracciglia.

«Ti ringrazierei dal profondo del mio cuore e ti risponderei che stasera faremo entrambi allenamento».

Fa una smorfia. «Merda. Che peccato».

«Perché?»

«Perché non l'ho ancora ordinata», replica.

«Ma pensavo...», scuoto la testa. «Non importa».

Quest'uomo è assurdo, ma non vorrei che fosse diverso. Lo trascino fuori dalla porta. Paella o no, stasera faremo lo stesso allenamento.

«Max, devo alzarmi». Picchietto con un dito il polpo spaparanzato sul mio corpo. «Max».

Non si muove.

«Max, in cucina c'è una torta marmorizzata con glassa di crema di burro».

Lui si stiracchia e solleva la testa. «Cosa? Davvero?».

Approfitto del suo stato di torpore e mi sfilo da sotto di lui. "Che ingenuo". Per quanto mi piacerebbe trascorrere la mattinata a letto a farci le coccole, ho promesso a Natalia e Paolo che li avrei raggiunti al Rio de Wheaton per esaminare la disposizione dei posti per il ricevimento.

Lui si alza a sedere, stendendo una mano dietro di sé e massaggiandosi la nuca con l'altra, con il lenzuolo drappeggiato con noncuranza sulla metà inferiore del corpo. «Mi hai mentito sulla torta per svegliarmi?».

«Sì. Mi dispiace».

Si passa una mano sul viso. «Ho preso nota. Ma mi vendicherò». Dopo aver sprimacciato il cuscino dietro di sé, si appoggia con la schiena alla testiera del letto e mi guarda mentre mi raccolgo i capelli in una coda di cavallo alta. «Allora, sei pronta a parlare di un piano d'azione per affrontare Rebecca Cartwright? Ignorare il problema non lo farà sparire, sai».

Mi sposto alcune ciocche dal viso, temporeggiando. Non so come spiegare a Rebecca le mie azioni senza sminuirmi ancora di più ai suoi occhi. Inoltre, sospetto che ora le probabilità che mi dia un'occasione equa di ottenere il posto siano scarse o nulle. Se penso troppo all'opportunità che ho sprecato, non farò altro che permettere alle emozioni di sopraffarmi, e non cambierà nulla. Credo che a questo punto dovrei limitarmi a riconoscere il mio errore e assicurarmi che né Andrew né Max ne paghino le conseguenze. Oh, e dovrò trovare un ufficio alternativo. «Sinceramente, non so ancora cosa dirò a Rebecca, ma vorrei parlarle da sola. Questo casino è opera mia, e sono io che devo sistemarlo». Mi schiarisco la gola e appoggio il sedere contro il comò. «Per te andrebbe bene? Voglio dire, so che anche tu vorrai fare il punto con lei, ma vorrei parlarle prima io».

Mi osserva un attimo, poi annuisce. «Mi fido di te per gestire la situazione. Fammi solo sapere come reagisce, e io la contatterò in seguito».

«Affare fatto. E ora devo *davvero* prepararmi».

«Non voglio trattenerti», ribatte lui, alzando le spalle.

Max finge di non avere interesse a rallentarmi, ma io so bene come stanno le cose. Con la coda dell'occhio, lo vedo che si passa le dita sulle labbra con un movimento circolare. Il lenzuolo, che fino a pochi secondi fa lo copriva sotto la vita, a quanto pare gli è sceso fino alle cosce. Mentre sfreccio per la stanza raccogliendo gli indumenti usati e cercandone di puliti, strizzo gli occhi ogni volta che lui si trova all'interno del mio campo visivo. Questo ha l'effetto desiderato di trasformare la mia visione del suo corpo in una sagoma amorfa con zero attrattiva. O faccio così, o gli salto addosso e perdo l'appuntamento con Natalia e Paolo.

Lui si mette in ginocchio, con il pene che ondeggia di qua e di là a proprio piacimento, e poi si avvicina arrancando al bordo del letto. «Cos'hanno i tuoi occhi che non va? Ti senti bene?»

«Sì, sto bene», rispondo strizzandoli ancora di più. Da questa prospettiva, il suo pacco assomiglia quasi a un pappagallo che dondola in una gabbia. E… oh Dio, questo significa sicuramente che è giunto il momento di andarmene. «Credo che i miei occhi siano solo un po' stanchi per tutto il pianto di ieri. La mia vista dovrebbe migliorare presto».

«Ma perché non mi guardi?», mi chiede in tono sconsolato.

Sbuffo e lo affronto. «Max, sto cercando di fare la brava. Devo andare a questo appuntamento, ma tu te ne stai in ginocchio sul mio letto con il tuo coso che dondola qua e là». Mi azzardo a lanciargli un'occhiata. «A proposito, quando smetterà? Un pendolo non si stabilizza, prima o poi?».

Lui ride e scuote i fianchi, innescando nuovamente l'oscillazione. «Quando smetterà di fare cosa?».

Oh, per l'amor del cielo. Non ho ancora nemmeno preso il caffè. Brontolando sottovoce, afferro la biancheria pulita e l'accappatoio e lo saluto. «*Tchau*, Max. Vado a farmi una doccia».

«Posso unirmi a te?», domanda, guardandomi con occhi da cucciolo.

Mi fermo davanti alla porta della camera e gli punto un dito contro. «No. Resta lì. Se ti importa qualcosa di me, resta dove sei».

Lui alza le mani come per arrendersi e si lascia cadere all'indietro sul materasso. «Mi importa di te molto più di», mima nell'aria le virgolette, «"qualcosa", quindi considerami neutralizzato». Sprimaccia il cuscino e vi appoggia la testa, chiudendo gli occhi. «Goditi la doccia».

Oh, è astuto. Come faccio a resistergli, se gli bastano le parole per disarmarmi? È impossibile. Accettando la sconfitta (o forse è una vittoria), torno nella stanza, premo le nocche sul materasso e mi sporgo verso di lui. «Mi godrò ancora di più la doccia con te dentro».

Mi ruba un bacio casto. «E Natalia e Paolo?»

«Mi preparerò più in fretta». Gli do un lieve pizzicotto sul naso. «Solo per te».

Non appena pronuncio queste parole, mi viene in mente che negli ultimi giorni ho fatto molte cose solo per Max, e questa constatazione non mi disturba quanto invece dovrebbe.

31

Lina

Dopo un'ora trascorsa a lavorare alla disposizione dei posti a sedere al ricevimento di Natalia e Paolo, ci imbattiamo in un ostacolo, e il suo nome è Estelle. È l'amica di famiglia che partecipa a tutti gli eventi, anche se nessuno ammette mai di averla invitata.

Mia cugina traccia una X rossa sul nome di Estelle. «Non può sedersi vicino a mia madre. Se dovesse lamentarsi della torta, Mãe gliela spiaccicherà in faccia».

Tia Viviane passa accanto al tavolo e commenta: «Esatto. Gliela spiaccicherò in faccia e sarà una sensazione *bellissima*».

Continua a camminare mentre lancia questa sua dichiarazione e, quando alzo lo sguardo dalla piantina, lei è già sparita.

«Tia Viviane si è già bevuta qualche caipirinha?»

«È sobria come non mai e al massimo della felicità», risponde Natalia, indicando con un pollice la direzione in cui abbiamo visto sparire Viviane.

«Va bene», continuo. «E se mettessimo Estelle al tavolo dodici?».

Paolo scuote la testa. «Lei e Lisandro hanno avuto una storia, qualche tempo fa. Basterebbero un paio di bicchieri e si salterebbero addosso. Ci sono dei bambini a quel tavolo».

«Okay, e il numero sette?», chiedo.

Natalia geme. «Estelle è arrabbiata con Lynn perché un paio

di mesi fa non l'ha invitata per un weekend tra ragazze a New York».

«Ci sono!», esclamo schioccando le dita. «Diamo a Estelle l'indirizzo sbagliato per il ricevimento. Problema risolto».

«Magari», brontola Natalia. «Aspetta. Mettiamola al tuo tavolo. Avrai un'influenza positiva su di lei. Jaslene non avrà bisogno di un posto a sedere perché assumerà il ruolo di organizzatrice principale dell'evento».

Questa è un'ottima osservazione. Io e Jaslene non ci scambiamo spesso i ruoli durante un incarico in corso, ma in occasione di questo matrimonio voglio cederle il passo perché Natalia è la mia cugina preferita, e vorrei godermi un po' di tempo con lei e la mia famiglia. Inoltre, di recente Jaslene ha chiesto di avere maggiori responsabilità, e questa è l'occasione ideale per dargliele.

Paolo cerca di assestare una gomitata a Natalia in modo sottile, ma nulla in lui è sottile.

Lei si gira a guardarlo con gli occhi spalancati. «Cosa c'è?».

Lui fa un cenno con la testa verso di me.

«Oh, cavolo», dice Natalia. «Non starai pensando di portare qualcuno, vero? Un accompagnatore o roba simile?».

"Domanda interessante, Nat". Immagino quanto vorrebbe che dicessi di no, ma in realtà io sto effettivamente pensando di chiedere a Max di accompagnarmi, se riesco a trovare il coraggio. «Be', ora che mi ci fai pensare, volevo parlarti proprio di questo».

Viviane appare dal nulla, e lo stesso fa mia madre.

«Sì?», chiedo loro.

«Oh, niente», replica mia madre mentre si pulisce le mani in un asciugamano e guarda alle mie spalle. «Volevo solo vedere la tabella».

«È da un'ora che ci stiamo lavorando», ribatto; riconosco una sua bugia, quando ne sento una. «Hai bisogno di vederla adesso?»

«Sì», risponde lei, indicandomi con un cenno della testa. «È esattamente quello che ho detto».

Tia Viviane è troppo impaziente per assorbire informazioni di nascosto. È il tipo di persona che te le cava di bocca a ogni occasione. «Cos'è questa storia dell'accompagnatore? Chi porteresti?».

Prendo un respiro profondo e poi espiro lentamente. «Max Hartley, okay?».

Viviane minimizza agitando una mano. «Ancora quel lavoro? Pensi che se lo inviterai al matrimonio ti aiuterà a ottenerlo?».

Io e Natalia ci scambiamo un'occhiata, con un'espressione divertita negli occhi.

"Tua madre è così sprovveduta".

"Tesoro, lo so. Lascia perdere".

«Tia Viviane, voglio chiedere a Max di venire con me perché mi piace trascorrere del tempo con lui. È una spiegazione sufficiente?».

La sua risposta si limita a un vago verso dubbioso.

Mia cugina mi stringe una mano. «Certo che può venire, sciocca». Dà una gomitata a Paolo. «Vero?».

Lui alza le spalle. «Sì, certo».

«Sarebbe solo un'occasione per socializzare, okay?». Butto lì l'ultima novità, sperando che nessuno ne faccia un dramma. «Le mie possibilità di ottenere il lavoro sono andate in fumo. Il mio potenziale capo ha scoperto che ho mentito sul fatto di non conoscere Andrew e Max, quindi dubito che mi lascerà fare la presentazione».

Tia Viviane e mia madre trascinano le sedie verso il minuscolo tavolino e mi guardano con aspettativa. *Accidenti.* Ovviamente vogliono una spiegazione. Per fortuna, mia madre viene chiamata alla cassa, e la sua espressione nasconde a malapena l'irritazione per il fatto che qualcuno voglia *comprare* qualcosa in un *negozio*.

Tia Izabel spunta dalla stanza sul retro. «Che succede?».

Tia Viviane la aggiorna. «Hai presente il lavoro per cui Lina era in lizza? Ha mentito sul fatto di non conoscere il suo ex fidanzato e suo fratello. Stiamo aspettando il resto della storia».

Mia madre torna e si piazza davanti a noi con le mani sui fianchi. «Okay. Finisci».

Fornisco loro la versione Bignami della disfatta, mentre loro provvedono agli effetti sonori: un coro di "Ooh", "Aah" e "*Ta brincando, nés*", che si può tradurre con "Stai scherzando, vero?".

Tia Izabel si fa aria sventolandosi con entrambe le mani. «Voi ragazzi americani avete troppo tempo per mettervi nei guai. Se steste a casa con la famiglia, cose del genere non accadrebbero».

«Già, è proprio per questo che Solange si è data alla pazza gioia quando se n'è andata», ribatte Natalia sottovoce.

Le assesto un calcio sotto il tavolo e con il solo movimento delle labbra le ordino: "Stai zitta"; per tutta risposta, lei alza gli occhi al cielo.

Tia Izabel non sa che la sua unica figlia, Solange, ha attraversato un periodo di ribellione dopo essersene andata di casa per andare al college, e sono sicura che Solange vorrebbe tenere mia zia all'oscuro delle proprie prodezze. E comunque, ormai è acqua passata. Ora che mia cugina frequenta l'università, si è calmata.

«*Filha*», interviene mia madre. «Quindi adesso cosa succede?»

«Non lo so». Mi massaggio le tempie. «E mi dispiace. So che sto sprecando le opportunità che mi avete concesso e odio il fatto di aver lasciato che le mie stupide emozioni mi portassero ancora una volta su una strada distruttiva. Credetemi, so che nessuna di voi avrebbe fatto gli errori che ho commesso io. Ma troverò una soluzione per uscire da questo pasticcio. In un modo o nell'altro, farò sì di non essere una delusione per voi».

Mia madre lascia cadere le braccia e appoggia una mano sulla mia. «Perché dici una cosa del genere? Non potresti mai essere una delusione. Tutto ciò che vogliamo è che tu sia felice».

«La felicità non mi sembra abbastanza, Mãe», replico. «Non quando penso ai sacrifici che hai fatto tu». Guardo le mie zie. «Non quando penso ai sacrifici che avete fatto *tutte voi.* Dovrei costruire sulle fondamenta che mi avete dato. Lavorare di più. Ottenere di più. Non è questo che dovrebbe fare la generazione successiva?».

Mia madre sospira. «Io mi sono fatta il mazzo perché tu e tuo fratello non doveste farvelo. La mia ricompensa è vedere che fai qualcosa che ami e che ti ci guadagni da vivere. Tutto ciò che ho sempre voluto è che stessi bene, e tu stai *più* che bene, Lina. Concentrati su questo».

«Vorrei solo essere forte come te», le dico. «Guarda cosa hai realizzato».

Lei mi scuote il braccio. «E guarda cosa hai realizzato *tu*. Hai una tua attività, *filha*, e questo richiede capacità e molta forza. Sì, hai affrontato qualche ostacolo lungo la strada, ma è la vita. Non pensare mai di dover essere esattamente come me. Noi due non siamo la stessa persona. Io non sono perfetta o sovrumana, ho solo fatto quello che dovevo fare in quel momento. Ora è il tuo turno. E tu sei molto più forte di quanto pensi».

Sta ripetendo quello che mi ha detto Max quando eravamo rintanati nel bagno del Blossom. Forse hanno ragione sul fatto che non mi attribuisco abbastanza credito per quello che sono riuscita a fare finora.

Mia madre si sposta dietro di me e mi getta le braccia sulle spalle. «Vivi la tua vita, non la nostra. Finora hai fatto un ottimo lavoro. E, se questo incarico è quello che vuoi, lotta per ottenerlo. Se invece vuoi mantenere la tua attività in proprio, fallo. Costruisciti un futuro che abbia senso per te, non per qualcun altro».

Dio, ha ragione. Invece di preoccuparmi di essere all'altezza dei loro standard, devo concentrarmi sul soddisfare i miei. E, mentre le lezioni di mia madre e delle mie zie mi serviranno sempre da guida, ciò che ha senso per loro non avrà necessariamente sempre senso per me. Non sarà quindi sinonimo di un mio fallimento, ma vorrà semplicemente dire che starò vivendo la mia vita. Allungo un braccio e le stringo la mano. «Grazie per esserci sempre, Mãe».

«Ricorda solo una cosa», aggiunge lei.
«Cosa?».
Alza l'indice e mi guarda con gli occhi ridotti a due fessure. «Se mi metterai in una casa di riposo, ti perseguiterò dall'oltretomba».

Io: Sono appena tornata a casa. Ho trascorso la serata con mia madre.

Max: La prossima volta che la vedi, dille che mi mancano i *brigaderos*.

Io: *Brigadeiros*.

Max: Giusto. Non ripeterò più questo errore. Com'è andata con la disposizione dei posti?

Io: Tutto sistemato. Resta solo un posto vuoto accanto a me. Vuoi occuparlo?

Max: Qual è la data del matrimonio? Non importa granché, anche perché si suppone che si terrà durante il fine settimana, e dunque ci sarò. Però, sarebbe utile saperla per poterla segnare sul calendario.

Io: 18 maggio. Alle 11.00.

Max: Cavolo. Proprio quella mattina sarò di ritorno da un viaggio di lavoro. Dunque arriverei un po' dopo. Va bene lo stesso?

Io: Va bene. Puoi raggiungermi al ricevimento. Un po' di Max è sempre meglio che niente.

Max: Sei proprio un'adulatrice. Abbiamo un appuntamento, allora.

Io: Sono nervosa all'idea di parlare con Rebecca domani.

Max: È più tranquilla della maggior parte della gente. Non ho dubbi che troverai la cosa giusta da dire.

Io: Grazie. Farò del mio meglio. Mi preparo per andare a letto.

Max: Buonanotte, L.

Io: Buona notte, M.

Probabilmente, però, non dormirò affatto. Non quando ci sono così tante cose che dipendono dal mio incontro con Rebecca di domattina.

Gli uffici del Cartwright sono fatti per essere frenetici. Dentro piccoli cubicoli, gli impiegati gridano istruzioni per telefono. I suddetti telefoni squillano senza sosta, come se nessuno fosse in grado di rispondere a una chiamata. Un gruppo di uomini si trova in piedi intorno a un distributore dell'acqua e sembra in attesa che qualcuno immortali l'attimo in una foto di repertorio.

Rebecca esce dal suo ufficio e si toglie gli occhiali da vista in un modo che fa molto *Diavolo veste Prada*, con tanto di svolazzo dei capelli… intende di certo mettermi in riga durante la riunione. Con la coda dell'occhio, vedo gli uomini accanto al distributore dell'acqua disperdersi in varie direzioni. È come se lei avesse finito di contare e avesse gridato "Via!" e tutti fossero corsi a rintanarsi da qualche parte per giocare a nascondino. Questa non è la Rebecca a cui sono abituata, e questa sua versione non mi fa ben sperare.

«Lina», esordisce. «Dov'è Max?».

Wow. Quindi, non merito neanche un "È un piacere vederla".

Mi alzo e mi liscio le mani sui pantaloni. «Gli ho chiesto di concederci un'opportunità per parlare da sole, prima».

Rebecca incrocia le braccia sul petto e aggrotta le sopracciglia come se l'idea fosse assurda. «Non vorrà parlare con me da donna a donna, spero».

«No», rispondo. «Volevo parlare con lei da *persona* a *persona*».

Lei sospira, lascia cadere le braccia e si gira verso la porta del suo ufficio.

«Mi segua, allora».

Durante il tragitto, non dialoga affatto con me. È allarmante vedere quanto sia cambiato il suo atteggiamento da quando ha scoperto che Andrew e io eravamo una coppia.

Entro nel suo ufficio e mi accomodo sulla sedia che mi ha indicato. L'arredamento qui è un'estensione dell'hotel: bello ma senza alcun tocco personale che lo contraddistingua come il dominio di Rebecca.

Lei si siede alla scrivania, con le mani giunte davanti a sé, e mi scruta. «Al momento io non ho nulla da apportare alla conversazione, quindi dica pure tutto quello che pensa di dover dire».

Prendo un respiro abbastanza profondo da farmi sollevare il petto e poi faccio quello che avrei dovuto fare fin dall'inizio: dire la verità. «Io e Andrew ci siamo fidanzati quattro anni fa e dovevamo sposarci tre anni fa. La cerimonia non c'è mai stata: lui ha deciso che non poteva andare fino in fondo. Premiamo il tasto di avanzamento veloce fino al giorno in cui lei ha accompagnato Andrew e Max nella sala conferenze. Non vedevo Max dal giorno delle nozze, e Andrew dalla settimana successiva. In tutta onestà, sono andata nel panico. Volevo continuare a fare colpo su di lei. Volevo che pensasse che sono un'organizzatrice di matrimoni professionale e imperturbabile che ha tutto sotto controllo. In pratica, volevo essere la persona che ha attirato la sua attenzione all'inizio. Ma ero preoccupata di come avrebbe reagito e, soprattutto, di come avrei reagito io allo stress di dover affrontare una riunione non prevista e non gradita con il mio ex fidanzato. Ora che ci penso, sarebbe stato davvero degno di nota se avessi ammesso che Andrew è il mio ex fidanzato senza mostrare alcun tipo di sentimento. Probabilmente mi avrebbe assunto all'istante».

Il viso di Rebecca si ammorbidisce, passando dal granito alla carta vetrata: è ancora ruvido, ma ora suggerisce una certa flessibilità.

Io continuo. «Non volevo farmi vedere in preda alle emozioni o, peggio ancora, piangere. E mi lasci dire», annuisco con decisione, «che era una possibilità reale. Odio l'idea di apparire debole in qualsiasi circostanza, e rabbrividisco al pensiero che qualcuno possa perdere il rispetto che nutre nei miei confronti a causa di questo. Così ho teso la mano e ho fatto finta di non conoscere Andrew e, credo per lo shock o per un senso di dovere nei miei confronti, lui e Max sono stati al gioco. Non è stata una loro idea ma, una volta che la cosa è stata messa in moto, immagino che non sapessero come confessare e trovare una spiegazione soddisfacente. Mi dispiace averli trascinati in questa storia e spero che non li penalizzi per il mio errore».

Rebecca si appoggia all'indietro allo schienale della sedia. «Non è necessario che li difenda. La sua versione dei fatti sarà sufficiente, per ora».

Gonfio le guance e incontro il suo sguardo tiepido. «Be', nell'interesse della piena trasparenza, dovrei dirle che io e Max ci stiamo frequentando. E che Andrew non lo sa».

Rebecca sgrana gli occhi e rimane a bocca aperta. «Ma questa è una soap opera».

Oh. È passata alle parolacce. Ora sono nei guai. «Non mi aspetto che capisca perché ho agito in quel modo…».

«Lina, invece lo capisco», ribatte con calma. «Non mi piace quello che ha fatto, ma ne comprendo il motivo. Vede, io sono l'amministratrice delegata di un gruppo alberghiero fondato da mio nonno. La mia preoccupazione è sempre stata quella che la gente pensi di potermi fregare perché», alza gli occhi al cielo, «è palese che occupi questa posizione come risultato di un favoritismo. E non è solo la mia immaginazione. È successo così tante volte che ormai me lo aspetto. Con lei, però, ho avuto la sensazione che non sarebbe stato un problema. Cerco di non costruire muri che rendano difficile interagire con i miei collaboratori, ma ho anche io i miei giorni. E oggi è stato uno di quelli, in gran parte perché ho scoperto che lei, Andrew e Max mi avete ingannato. Le persone fanno quello che devono fare per proteggersi da ciò che temono. Io non sono diversa. Nemmeno voi, a quanto pare. Quindi, sì, lo capisco, ma non mi piace. Questo è tutto quello che posso dirle».

È confortante parlare con qualcuno che non solo si relaziona con la mia esperienza, ma che non giudica del tutto negativamente il mio modo di reagire alle difficoltà. Proteggersi dal dolore non significa essere sbagliati: significa essere umani. Sono grata a Max per avermi aiutata a capirlo. Ognuno deve decidere se e quando abbassare il proprio scudo; non è possibile abbassarlo con chiunque. Io non ho abbassato il mio con Andrew. E, a volte, il privilegio di stare dietro a quello scudo bisogna guadagnarselo. Così come Max si è guadagnato un posto dietro il mio. «Per me significa molto che lei capisca, anche se è arrabbiata per quello che ho fatto. Almeno uscirò da questa esperienza sapendo che la mia reazione non è stata del tutto fuori luogo. È già qualcosa». Mi alzo dalla sedia e le porgo la mano. «È stato un piacere conoscerla e le auguro buona fortuna per la ricerca».

Rebecca fissa la mia mano, con le sopracciglia aggrottate. «Non così in fretta, Lina. Non abbiamo finito qui. Considero tutto questo parte del suo colloquio. Ho detto che avrei preso la mia decisione tenendo conto di tutto, ed è ancora così». Alza il mento e mi studia. «A meno che lei non voglia ritirare la sua candidatura?»

«Assolutamente no», rispondo senza esitazione. «Vorrei comunque essere presa in considerazione. Grazie».

Lei minimizza agitando una mano. «Dica a Max che è fuori dai guai. Per ora. Per quanto riguarda il resto, io non so nulla. Lascio a lei il compito di risolvere le cose con lui e Andrew».

Annuisco. «La ringrazio per l'opportunità, Rebecca».

«Francamente, spero che mi stupisca con la sua presentazione», ribatte. «Perché questo è stato… un bel colpo».

Non potrei essere più d'accordo.

Eppure, se io e Max ci impegneremo per preparare una presentazione da urlo, alla fine potremmo ottenere quello che vogliamo.

32

Max

L'interfono suona, e la voce di Sammy riempie il mio ufficio. «Max, c'è qui una persona che sostiene di essere il tuo migliore amico. Dice inoltre che hai avuto un pessimo ruolo nel vostro rapporto».

Scuoto la testa. "Che bastardo bisognoso di attenzioni". «Fallo entrare, Sammy».

Meno di dieci secondi dopo, Dean compare sulla porta con un sorriso arrogante e un abito a tre pezzi.

«È primavera, amico», gli dico. «Il gilet è eccessivo».

Entra nel mio ufficio e prende posto su una sedia di fronte alla mia scrivania. «Non sono venuto qui perché tu possa criticare le mie scelte in fatto di abbigliamento».

Mi alzo e chiudo la porta, soprattutto per sicurezza, perché non si sa mai cosa uscirà dalla sua bocca. «Perché sei qui, allora?».

Lui unisce le punte delle dita, appoggia i gomiti sulle cosce e mi fissa. «Ho cercato di capire perché non ti sento da una settimana e mezzo. Mi sta bene se non ci vediamo tutti i giorni, ovviamente, ma abbiamo un impegno settimanale con il basket (che tra l'altro è la mia unica forma di esercizio fisico) e, per la prima volta in assoluto, tu non ti sei presentato. Quindi stavo cercando di scoprire cosa ti tiene tanto occupato». Si alza in piedi. «E mi si è accesa una lampadina. "Sta trascorrendo molto tempo con Lina, lavorando diligentemente alla proposta per il Cartwright", ho pensato. Poi mi sono chiesto: "Se Max sta passando molto tempo con Lina, quale possibile scenario lo indurrebbe a ignorare il suo migliore amico?". E allora mi è venuto in mente», finge di schioccare una frusta, «come un lampo di luce, mi è venuto in mente: Max e Lina stanno ballando la samba orizzontale».

Sospiro. «È il mambo orizzontale, idiota».

Lui alza un dito. «Prima di tutto, lei è di origine brasiliana, quindi va bene la samba, ho fatto le mie ricerche in proposito. Secondo, è tutto quello che hai da dire?».

Mi passo una mano sul viso. Quando Dio distribuiva i migliori amici, avrei dovuto fare più domande sulle specifiche del mio. Dean offre sempre un mix sconcertante di consigli saggi e commenti discutibili, e questi ultimi mi fanno sempre dubitare se accettare i primi. In ogni caso, non posso barattarlo. «Va bene. Ecco come stanno le cose: abbiamo fatto una breve gita, e lì sono successe delle cose».

«Sono successe delle cose?», ripete, sollevando entrambe le sopracciglia.

«E stanno ancora succedendo. È davvero tutto quello che posso dirti».

«No, non lo è», ribatte. «Non ho bisogno di un resoconto dettagliato, ma magari puoi dirmi cosa stai pensando. Sai, fare qualche accenno ai progetti che hai con questa donna».

Non posso fare a meno di ridacchiare per la finta indignazione nella sua voce. «Mi stai chiedendo se le mie intenzioni sono onorevoli?».

Alza le spalle. «Qualcosa del genere. E non solo per il suo bene, ma anche per il tuo».

Dean ci tiene, su questo non c'è ombra di dubbio. Non dovrei essere così duro con lui. Ma questo non è il posto giusto per parlare di me e Lina. E poi, non posso fare progetti che coinvolgano Lina se non insieme a lei. «Amico, non ho risposte alle tue domande. So solo che mi piace, probabilmente molto più di quanto dovrebbe a questo punto».

Annuisce. «E dunque, che ruolo ha tuo fratello in tutto questo?».

Prendo una penna dalla scrivania e la faccio roteare tra le dita. «Finora, non ne ha uno. Non parliamo molto di lui. Quando siamo insieme, ci siamo solo noi due, nessun altro. Io non penso a Andrew, e nemmeno lei. Voglio dire, a seconda degli sviluppi, dovremo rivelargli cosa sta succedendo. Quantomeno per cortesia, o qualcosa del genere. Ma nel frattempo, sono concentrato su Lina».

«Be', e tutte le cose di cui abbiamo discusso?», mi chiede Dean. «I motivi per cui non dovreste stare insieme. Uscire dall'ombra di tuo fratello. La tua famiglia. La competizione tra te e Andrew. Tutto questo è irrilevante ora?»

«No, ha ancora importanza», replico. «Però non ne ha quanta pensavo. Per prima cosa, non sono più interessato a competere con mio fratello. Lina dice che devo competere con me stesso, con la migliore versione possibile di me qui fuori. E ha ragione».

Dean annuisce. «Mi piace questa donna».

«Inoltre, per quanto mi riguarda, Andrew è solo un uomo con cui lei è uscita molto tempo fa. Ognuno di noi ha dei trascorsi amorosi, e si dà il caso che tra i suoi ci sia anche mio fratello».

«E i tuoi genitori?», domanda Dean.

«A mio padre non importerà. Mia madre si adatterà. E poi, chi lo sa? Forse alla fine diventerà comunque la suocera di Lina».

«Ehi, ehi, ehi, frena. È questa la direzione che sta prendendo?».

Scuoto la testa. «Non ancora, no. Ma chi ci dice che un giorno non possa accadere? Senti, non mentirò dicendo che tutto questo non ha importanza. Ma, se voglio davvero portare avanti questa relazione, e lo voglio, troverò il modo di affrontare le questioni che non possono essere accantonate».

Riascolto le mie stesse parole nella mia testa: "Se voglio davvero portare avanti questa relazione, e lo voglio"...

Perché diavolo me ne sto seduto qui a discuterne con Dean? Devo parlare con Lina e dirle che voglio più di un'avventura, a prescindere dagli ostacoli. Non c'è motivo per cui non possiamo avere un futuro insieme, se lo vogliamo entrambi.

Il modo in cui Dean mi guarda corrugando la fronte, però, smorza il mio entusiasmo. «Perché quella faccia? Di' quello che ti passa per la testa».

Lui sospira. «Non lo so, Max. Quello che è successo con Emily ti ha fatto dubitare di te stesso. Sono solo preoccupato che tu stia sorvolando sulla questione senza considerare quanto questa storia potrebbe incasinarti».

In effetti, Emily mi ha messo in crisi. Voglio dire, non capita tutti i giorni che una persona con cui sei uscito per un anno ti dica che avrebbe voluto conoscere prima tuo fratello. Ma Lina ha dimenticato Andrew. Non è affatto la stessa situazione. «Sì, ho capito cosa intendi. E, guarda, se avessi il sentore che Lina sia ancora interessata a Andrew, potrei pensarla in maniera diversa, ma non sembra avere il benché minimo interesse a riprendere una relazione con lui. E a me basta questo». Mi alzo di scatto dalla sedia. «Dean, devo andare».

Arrivo sulla porta e la spalanco, quando lui mi chiede dove diavolo sto andando. «Se voglio portare avanti questa relazione, devo dirglielo, non credi?»

«Dire cosa a chi?», chiede mia madre fuori dal mio ufficio. «Esci con qualcuno e non me l'hai detto?».

Non è di questo che ho bisogno in questo momento. Le appoggio le mani sulle spalle. «Mamma, ti voglio bene. E ti prometto che ti spiegherò. Ma devo fare qualcosa prima di tirarmi indietro».

Lei mi prende il mento tra le mani e sorride. «Ma guardati. Qualcuno è innamorato».

Mia madre non si abbandona mai a dimostrazioni d'affetto in ufficio con Andrew o con me. Immagino che la prospettiva che io faccia sul serio con una donna l'abbia spinta a infrangere la sua regola personale.

Alza il mento, fingendo di essere offesa dal mio silenzio. «Bene, d'accordo. Fai quello che devi. Ma devo chiederti una cosa: hai visto tuo fratello? Ci sono dei fogli per la presentazione del Cartwright sparsi per la sala conferenze».

«L'ho visto passeggiare avanti e indietro in quella stessa stanza mentre entravo», le dice Dean.

«Non ho idea di dove possa essere», rispondo io. Poi lancio un'occhiata al mio amico, che è ingobbito sulla sedia e si massaggia la nuca. «Dean, tranquillo, si risolverà tutto. Vediamoci all'allenamento di basket questa settimana».

Lui mi liquida con un cenno sbrigativo e si porta una mano alla fronte. Ma lo ignoro, perché in questo momento sono concentrato sull'obiettivo di confessare a Lina i miei sentimenti. Non posso certo lasciarmi abbattere dalle sue preoccupazioni.

Mentre salgo sul taxi, realizzo quanto il piano di mettere in gioco il mio cuore sia fallace, almeno per due motivi: sto ancora aspettando di conoscere l'esito dell'incontro tra Lina e Rebecca, e non so se Lina sia al lavoro. Se la riunione non è andata bene, oggi non farò alcuna dichiarazione grandiosa. Così le mando un messaggio formulato con attenzione per ottenere le informazioni di cui ho bisogno e allo stesso tempo nascondere il mio proposito di farle una sorpresa.

Io: Ehi, L. Sei già tornata dall'incontro con Rebecca?

Lina: Stavo per mandarti un messaggio. Come si dice, le grandi menti… Sì, sono tornata al negozio. L'incontro è andato bene. Ti va di parlarne a pranzo?

Ora che mi ha invitato, non ha senso dissimulare le mie intenzioni.

Io: Perfetto. Posso essere lì tra 20 minuti.

Lina: Come? Non sei in ufficio?

Io: Sono su un taxi. Sono già per strada.

Lina: Okay. Allora a tra poco.

Io: Okay.

Mentre l'auto percorre la George Washington Parkway, intravedo parti del fiume Potomac attraverso le chiome degli alberi che costeggiano la strada. Non riesco a guardare nulla che abbia a che fare con la natura senza ricordarmi di quando io e Lina abbiamo fatto l'amore sul cofano della sua auto. Un bel fiore che sboccia in un cespuglio? *Cofano*. L'erba che cresce sul terreno? *Cofano*. Uccellini nel cielo? *Cofano*. E sta diventando fastidioso: c'è un sacco di natura qui fuori.

«Cosa ti fa sorridere, amico?», mi chiede il mio autista, Benny. Sembra circa sulla cinquantina, e ha una pancia che mi ricorda quella di mio padre.

Colgo il suo sguardo nello specchietto retrovisore. «Sto pensando a una donna. Ho intenzione di dirle che voglio stare con lei».

Annuisce, e la sua bocca si incurva in un sorriso malinconico. «È sempre meglio dire alla persona a cui si tiene quello che si prova, bello o brutto che sia. L'onestà è l'*unica* politica, lo dico sempre».

«Sì, speriamo solo che le piaccia quello che ho da dire».

Quindici minuti dopo, Benny mi lascia davanti a Something Fabulous. In vetrina sono esposti manichini che indossano abiti da sposa e hanno bouquet di fiori al posto della testa. Una tenda azzurro chiaro ornata di fiocchi funge da tettoia per il negozietto. Quando entro, un campanello sopra la porta tintinna.

Un uomo con i capelli scuri e ricci che si ingrigiscono alle tempie e un metro appeso al collo mi saluta con un sorriso. «Salve. Mi chiamo Marcelo. Come posso aiutarla?»

«Sto cercando Lina… Carolina Santos, voglio dire».

Inclina la testa e stringe gli occhi su di me. «La sta aspettando?».

Faccio un respiro profondo e mi ergo in tutta la mia altezza. «Sì».

Mi sorride. «Vada pure sul retro. Sta finendo una prova d'abito».

Percorro uno stretto corridoio fino a raggiungere quattro camerini, ognuno dei quali è chiuso da tende velate che coprono l'entrata ad arco. Dentro due di essi c'è attività.

«Le ragazze...».

«Chiamale "donne", se proprio devi», interviene Lina. «O "signore", anche se non mi piace neanche quello. Ma le tette non sono ragazze. "Tette" va bene. E, per favore, astieniti dal chiamare qualsiasi cosa "parte femminile"».

«Be', okay», dice l'altra persona a voce alta. «Quando Paolo vedrà le mie *tette* il suo cazzo esploderà».

Okay, si tratta di Natalia.

Un sussulto proveniente da un altro spogliatoio mi ricorda che sto origliando. Busso alla parete esterna. «Lina, sono Max. Sono arrivato. Vuoi che ti aspetti fuori?».

Lei separa le tende e sporge la testa fuori, con un dolce sorriso sul viso. «Ehi, ciao. Abbiamo quasi finito e Natalia è già vestita. Aspetta». Un minuto dopo, tira indietro la tenda. Scarpe, scatole aperte e carta velina ingombrano il pavimento. Natalia è seduta su una sedia e si sta allacciando le scarpe da ginnastica, mentre Jaslene sta sistemando con cura il suo vestito da sposa in una borsa porta-abiti.

«Be', se non è il ragazzo che in qualche modo è riuscito a farsi strada nel cuore di mia cugina strisciando come un serpente», dice Natalia.

Lina la guarda a bocca aperta, poi si volta dall'altra parte.

«Vuoi dire come un *verme*?», le chiedo sorridendo.

Natalia scuote la testa, punta l'indice e il medio verso i propri occhi e poi verso i miei. «No, intendo proprio *serpente*».

Jaslene chiude la cerniera della borsa porta-abiti e prende una scatola. «Ignorala, Max. Natalia è così con tutti». Appallottola un mucchietto di carta velina e la butta in un cestino. «Anche con il suo futuro marito».

Natalia getta la testa all'indietro. «Non sono mica un orco». Mi guarda dall'alto in basso. «Ma, giusto per essere chiari: sei ancora in prova».

«Accolgo con piacere l'opportunità di farti cambiare idea», ribatto.

Jaslene spinge via Natalia. «Forza, lasciamogli un po' di spazio. Ti offro un frullato al bar in fondo all'isolato».

Che sia benedetta quella donna. Più tardi le manderò qualcosa dallo Sugar Shoppe.

Dopo aver impilato le ultime scatole su una sedia, Lina mi si avvicina con uno sguardo intenso e seducente. «Ehi, ciao». Mi passa le braccia intorno al collo, si alza sulle punte dei piedi e mi sfiorala bocca con le labbra. È proprio *questo* che voglio. Che ci salutiamo con un bacio. Che ci vediamo a metà giornata per andare a pranzo. Che ci rintaniamo da qualche parte per una sveltina quando ci viene la voglia. Le appoggio le mani in vita e la attiro più vicina a me, approfondendo il bacio. Entrambi gemiamo quando le nostre lingue si incontrano.

Da qualche parte, in lontananza, qualcuno si schiarisce la gola. Nonostante sappia che dovrei allontanarmi da lei, mi sento completamente stordito, ma mi riprendo non appena sento Lina sussultare.

«Andrew, cosa ci fai qui?», domanda.

Mi giro e vedo mio fratello in piedi fuori dal camerino. Il suo volto è inespressivo, ma ha una mano stretta a pugno lungo un fianco.

«Sono venuto a chiederti della presentazione», risponde a Lina. «Volevo assicurarmi che Max stesse facendo il suo lavoro. E invece, mi trovo davanti questo: mio fratello e la donna che stavo per sposare si baciano in un negozio di abiti da sposa».

Lina, che con una mano si sta coprendo la bocca con cui mi ha appena baciato con tanta dolcezza, abbassa il braccio e si gira verso di lui. «Oh, ma dai, Andrew. Mi rendo conto che questo possa essere un po' scioccante, ma non fare la parte del fratello tradito. Sei tu che mi hai lasciata, ricordi? Il giorno del nostro matrimonio, per giunta. *Tre* anni fa».

Non avevo mai immaginato questo scenario, quindi faccio fatica a formulare le parole giuste per reagire, e quello che viene fuori è goffo e inefficace: «Andrew, non stiamo facendo nulla di sbagliato. Se ci rifletti un attimo, vedrai che ho ragione».

Mio fratello mi fissa e gonfia le guance. «Ho capito, Max. Non è che abbiamo mai seguito un codice di fratellanza o altro».

«Dio, spero proprio di no», interviene Lina in tono beffardo.

Alzo la testa verso il soffitto e conto fino a dieci. "Non lasciarti innervosire da lui. Ora si sfogherà perché è stato colto alla sprovvista". Mi pento del fatto che non glielo abbiamo detto prima. Davvero. Io e mio fratello non siamo molto uniti, ma, se mi metto nei suoi panni, posso capire che voglia sapere cosa sta succedendo.

«Immagino che avrei dovuto prevederlo», continua. «Con te, tutto è una competizione. Sì, è possibile che ti piaccia Lina, ma so che, nei più profondi recessi del tuo cervello, volevi soltanto ciò che una volta era mio».

Faccio un passo avanti. «Non fare lo stronzo, Andrew. Tanto per cominciare, lei non è mai stata tua, e sai che non è...».

Anche Lina si fa avanti. «So tutto della vostra storia di competizione, Andrew. Max mi ha informata su tutto. È inutile continuare a parlarne».

Mio fratello inclina la testa e solleva un sopracciglio. «Oh, davvero? Come fai a esserne così sicura, Lina? Conosco mio fratello da molto più tempo di te». Mi blocca con la sua espressione compiaciuta. «È per via di Emily? È il tuo modo di dimostrare a te stesso che anche tu puoi rubare il cuore di una donna? Be', non funzionerà. Ricordati bene questo, fratellino: Lina voleva sposare *me*. *Io* ho deciso di non sposarla. E, anche dopo che non mi sono presentato al matrimonio, *lei* mi ha chiesto di ripensarci».

Lina sospira. Il mio stomaco si contorce. Non sapevo che Lina avesse cercato di riconciliarsi con lui. C'è qualcosa che mi turba in questo fatto e, per quanto voglia metterlo da parte, non ci riesco. Sta cercando di farmi infuriare, *lo so*, ma non posso negare che ci stia riuscendo. Lina voleva lui. Sarebbe ancora con lui, se Andrew non l'avesse lasciata. Diamine, se lo sarebbe ripreso anche *dopo* che lui l'aveva respinta.

«Pensaci, Max. Se non avessi detto di no, ora saremmo sposati. Forse saresti persino diventato zio». Scuote la testa. «Non riesco a capire. Sei sempre stato tanto preoccupato di vivere nella mia ombra, eppure adesso corri dietro alla donna che stavo per sposare. Non mi sembra una strategia vincente».

Andrew sta andando alla grande, cazzo. Non l'ho mai visto così. Continua a lanciare attacchi verbali e non vuole mollare. Il problema è che lui è mio fratello: sa esattamente quali sono i miei punti deboli. Ma Lina non ha bisogno di sentire queste stronzate. Gliene ha già combinate abbastanza. «Andrew, così non otterremo niente. Cerca di pensare a qualcun altro, per una volta». Faccio un gesto in direzione di Lina. «Qualsiasi cosa tu voglia dire su di me, va bene. Ma lei non si merita questo».

Lina mi appoggia una mano sulla schiena, e questa piccola dimostrazione di solidarietà mi tiene con i piedi per terra.

Andrew schiocca la lingua. «Be', la situazione sta diventando imbarazzante, quindi vi lascio soli a risolvere la questione». Si volta per andarsene, poi si ferma e alza un dito in aria. «Oh, aspetta un attimo. Ho dimenticato di dirvi la parte divertente. Ti piacerà un sacco, Max».

«Oh buon Dio», mormora Lina.

Gesù. Perché non se ne va? Se potessi essere certo che non distruggeremmo questo posto, lo caccerei fuori a calci io stesso. «Andrew, di' quello che devi dire e vattene».

«Consideratelo il mio piccolo regalo per voi. Un regalo di nozze anticipato, se volete. Max, tu non mi hai incoraggiato a cancellare il matrimonio. Hai passato la maggior parte della serata a parlare di dove avresti trascorso la luna di miele, se mai ti fossi sposato». Si china e si rivolge a Lina in un sussurro: «Il Costa Rica è la sua destinazione preferita, a proposito».

Scuoto la testa. «Ma nel tuo messaggio hai scritto che le cose che avevo detto avevano senso. Che avevo ragione quando ho sostenuto che non eri pronto a sposarti. L'ho letto con i miei occhi, cazzo. Anche Lina l'ha letto».

«Certo, l'hai letto», ribatte Andrew, «ma te lo ricordi?».

La vista mi si annebbia e una nuova scarica di adrenalina mi attraversa. Di sicuro mi sta prendendo per il culo. Che stronzate diaboliche ha in mente? «Perché diavolo avresti dovuto mentire su una cosa del genere?».

Lui sospira. «Sinceramente? Non volevo affrontare mamma e papà da solo. È stato molto più facile fare i conti con la loro delusione, dal momento che anche il mio fratello più giovane e megapersuasivo aveva influenzato la mia decisione». Si volta verso Lina, che scuote la testa e cammina avanti e indietro alle mie spalle. «Comunque, saranno felici di sapere che tornerai in famiglia, Lina. Sono sicuro che mia madre sorvolerà sul modo in cui la tua ricomparsa influenzerà le dinamiche familiari. Sono anche sicuro che sia un sollievo per te sapere che non avevi motivo di odiare Max, soprattutto ora che entrambi avete ogni motivo per disprezzarmi. Grazie al sottoscritto, potrete godere di un nuovo inizio sfavillante… e tutti noi saremo una grande famiglia felice».

Lina fa un passo avanti e si mette al mio fianco. Lo fissiamo entrambi con un'espressione stupita sul volto.

Andrew sospira. «L'ultima parte era sarcastica, comunque». Ci saluta con un cenno della mano e, come ultimo regalo di addio, ci fa omaggio del suo ghigno compiaciuto da mangia-merda che gli si addice davvero tanto. «Statemi bene».

Una volta che mio fratello se n'è andato, mi prendo la testa tra le mani e faccio un respiro profondo. Quel messaggio. Quello stupido messaggio, che è stato passato da un membro all'altro della nostra famiglia come prova del mio ruolo nell'intero disastro, era una bugia. Tuttavia, per quanto mi faccia venire voglia di sferrare un pugno in faccia a Andrew, quel messaggio è l'ultima delle mie preoccupazioni.

Tutte le relazioni richiedono lavoro. Ma una relazione che inizia come la nostra non ha grandi possibilità. E a cosa porterebbe? A finire esattamente dove non voglio essere, bloccato di nuovo nell'ombra di Andrew? A vivere la vita che lui ha abbandonato? Ad amare una donna che all'inizio amava *lui*? A chiedermi ogni giorno se sono all'altezza di sostituire la persona con cui *lei* voleva stare? Non mi merito una cosa simile.

E nemmeno Lina. Pensavo di poter superare il suo legame con mio fratello, ma la verità è che non ci riesco. Avrò sempre paura di essere la seconda scelta. O che lei si stia accontentando. È questo ciò da cui Dean mi ha messo in guardia fin dall'inizio, non è vero?

Allora capisco: ho intrapreso una relazione che non ha alcuna possibilità di prosperare. E questo non è giusto per nessuno dei due. L'onestà è l'*unica* politica, giusto?

Lina scuote la testa. «È successo davvero? Mi sembra di essere ai confini della realtà».

Traggo un lungo respiro. «Sì, è successo».

E, purtroppo, da qui in poi la situazione non potrà che peggiorare.

33

Lina

E pensare che l'ho quasi sposato. Di certo sono scampata a una gran testa di cazzo.

Max si tiene ancora il capo tra le mani. Deve avere il cuore spezzato, sapendo che Andrew lo ha incolpato di essere una delle ragioni per cui ha deciso di non sposarmi. Merda, mi pento di tutte le cose che ho detto e fatto quando pensavo che la colpa fosse in parte sua. Ma siamo comunque giunti al punto in cui dovevamo arrivare, no?

Gli stringo una spalla. «Ehi, va tutto bene. Il peggio è passato».

Lui alza la testa e mi rivolge un sorriso triste. «Già. Non mi aspettavo che oggi avrei dovuto affrontare tutto questo. Di certo avevo altri piani».

Faccio scorrere la mano lungo il suo petto e aggancio l'indice al passante della cintura dei suoi pantaloni. «Vuoi uscire? Possiamo parlare a pranzo».

Il suo sguardo si sposta su un punto dietro la mia spalla. È una mossa che conosco bene, perciò mi metto subito in allerta.

«Credo che questo confronto mi abbia distrutto», risponde massaggiandosi la nuca. Mi guarda. «Che ne dici di rimandare il pranzo?».

È comprensibile. Non capita tutti i giorni che tuo fratello scopra che esci con la sua ex fidanzata. «Certo, ma lascia che ti spieghi in breve la storia di Rebecca. Abbiamo fatto una bella chiacchierata. Imbarazzante, ma utile. Ha capito perché mi sono sentita costretta a mentire. Non lo apprezza, ma lo comprende. L'ha definita una soap opera».

Le sue spalle si irrigidiscono. «Non ha tutti i torti. Se devo essere onesto, tutto questo casino mi costringe a fare la domanda da un milione di dollari: che cavolo stiamo facendo, Lina?».

Aggrotto le sopracciglia e faccio un passo indietro, togliendo il dito dal passante della sua cintura. «Cosa vuoi dire?».

Lui si volta e comincia a camminare avanti e indietro nella zona dei camerini. «Voglio dire, perché siamo», agita le mani, «insieme? Cosa pensiamo che possa succedere?». Senza smettere di camminare, si strofina le tempie come se rispondere alla sua stessa domanda gli avesse fatto venire mal di testa. «Ecco cosa penso: eravamo rimasti intrappolati nel mondo dei sogni, dove non era importante che tu avessi quasi sposato mio fratello. Un mondo in cui non mi importava che lui fosse sempre sullo sfondo. Conosci i miei problemi. Il pensiero che Andrew ci guarderà sempre con quel suo sorrisetto compiaciuto è», alza le mani e piega le dita come se fossero artigli, «fottutamente esasperante. Cazzo, tu l'hai persino detto fin dall'inizio, che tra di noi non avrebbe funzionato a lungo termine». Sospira. «Il punto è questo: entrambi meritiamo una relazione che non si sviluppi all'ombra di mio fratello. E, siamo onesti, tu sai esattamente cosa vuoi, ed è un uomo molto più simile a Andrew di quanto io non sarò mai».

Qualcuno qui pensa di aver capito tutto di me, ma si sbaglia di grosso. Ma il mio istinto mi dice che si tratta di problemi suoi, non miei. «Che cosa vuoi, allora?».

Si passa una mano sul viso ed emette un lungo respiro. «Voglio essere il primo. Voglio qualcuno che pensi che *io* sia la cosa migliore che gli sia mai capitata. Tu stavi per sposarlo, Lina. *Lui* ha scelto di andarsene, non tu. Anche dopo che non si è presentato al vostro matrimonio, hai cercato di fargli cambiare idea. Questo significa qualcosa. Non posso essere la tua seconda scelta, Lina. Ci sono troppi trascorsi tra me e Andrew per poterli mettere da parte».

«Sì, ho cercato di fargli cambiare idea. Pensavo che lui fosse quello che volevo. Quello di cui avevo bisogno. Ma mi sbagliavo e...».

Alza una mano. «E voglio essere consapevole che non ho conquistato la donna che amo a causa di una stupida competizione con mio fratello. Non posso esserne certo al cento per cento, Lina. Non potrò mai. E tu? Credi che sia giusto per entrambi?».

Mi si stringe lo stomaco. Queste sono tutte vaccate. Sono scuse per allontanarsi da me. Per fingere di farlo anche per il mio bene. Se mi volesse solo per il gusto di *conquistarmi*, non gli importerebbe cosa provo per lui; vorrebbe vincere a tutti i costi. No, si sta arrampicando sugli specchi. Dopo tutti i discorsi sul fatto di *stare con lui e basta*, di *lasciarsi andare*, di *lasciarlo entrare*, gli sono bastate un paio di frasi subdole da parte di quel cretino di suo fratello per mandarlo in tilt. *Incredibile*. La fitta al petto mi spinge a parlare. «Tu pensi che fossimo condannati fin dall'inizio».

Ci fissiamo. Lui interrompe per primo il contatto visivo.

«Sì», conferma. «Che senso ha cercare di aggiustare qualcosa che potrebbe essere impossibile da sistemare? Non sarebbe meglio limitare i danni adesso, prima che qualcuno si faccia male?».

Vorrei urlargli che lui mi sta facendo del male proprio in questo preciso momento, ma anni di autoconservazione mi premono una mano invisibile sulla bocca. Perché allora ha voluto conquistarmi? Perché mi ha detto tutte quelle cose al ritiro? Sul nostro potenziale. Sul fatto che non riesce a smettere di pensare a me. Perché mi ha detto che gli importa di me molto più di "qualcosa"? Perché? Perché? Perché?

Ho l'impressione che lo spazio dove dovrebbe trovarsi il mio cuore sia vuoto, come se qualcuno mi avesse strappato quell'organo dal petto con la stessa facilità con cui si strappa una pagina da un quaderno. Se è così che mi sento ora, a un soffio dallo scoppiare in lacrime per il dolore che mi sta causando, come mi sentirei tra un anno? O tra due. O cinque.

Questi sentimenti profondi non fanno bene alla salute, tirano fuori emozioni che è meglio lasciare sottochiave. Be', lui da me non le avrà. Né oggi, né mai.

Eppure, una vocina nella mia testa mi dice di lottare per lui. Ha paura, e capisco perché: pensa di non essere all'altezza. Non riesce a capacitarsi dell'idea che io abbia preferito lui a Andrew e crede che mi stia accontentando della seconda scelta. Ma dirgli che tutto questo non è vero non gli farà cambiare idea, e non so se esista un modo per convincerlo che si sbaglia.

Mi prende una mano e la stringe, facendomi uscire dai miei pensieri contrastanti. «Ehi».

«Ehi», rispondo.

«Non è facile per me», dice, «ma sappiamo entrambi che questa relazione aveva una data di scadenza. Il fatto che oggi Andrew si sia presentato qui ha solo accelerato i tempi. E, forse, è meglio così».

Sentirlo riassumere la nostra relazione in modo così succinto mi priva di ogni energia per combattere contro di lui su questo fronte. Non posso costringerlo a stare con me, e non è giusto che debba farlo. L'approccio migliore è dire la mia e dedicarmi ai compiti che mi aspettano. Una frase da stronza avvicinabile ma tosta dovrebbe andare bene. «Senti, credo che tu stia sminuendo quello che c'è tra noi, ma non ho intenzione di pregarti di stare con me. Se vuoi che finisca qui, allora così sia. La cosa positiva è che sono fiduciosa che possiamo gestire la situazione come due adulti. Mancano solo due settimane alla presentazione, e tutto il lavoro può essere svolto via e-mail o per telefono». Libero la mano dalla sua. «Perciò, finiamo quello che dobbiamo fare e fammi ottenere quel lavoro, okay?».

Lui sorride debolmente. «Va bene».

«Conosci la strada per l'uscita, vero?».

Raddrizza la schiena. «Certo. Ci sentiamo presto».

"Vattene e basta. Vai, vai, vai".

Quando esce dal camerino, prendo un respiro tremante e lascio scorrere le lacrime.

La buona notizia è che non ho pianto davanti a lui, anche se ne avevo una gran voglia.

Quella cattiva è che, a giudicare da quanto fa male vederlo andare via, credo di essere già innamorata di lui.

«Lina, che ci fai ancora qui? Siamo uscite circa un'ora fa».

Jaslene mi fissa dall'ingresso del camerino con un grosso bicchiere di carta in mano.

Che cosa sto facendo? Mi deprimo. Mi compatisco. Ritorno sui miei passi per capire cosa avrei dovuto fare di diverso. «È solo che ero stanca e ho deciso di sedermi, tutto qui».

Si avvicina e mi mette una mano sulla fronte. «Ti senti male? Hai bisogno che ti prenda qualcosa?»

«Non sono malata, Jaslene. Non fisicamente, almeno».

Poiché Jaslene si fa sempre carico dei problemi degli altri, non rimango sorpresa quando si accomoda su una sedia dall'altra parte del tavolo. «Ma soffri per amore. È così?».

Le lacrime ora mi scorrono liberamente sul viso. «Già. È così che si chiama la sensazione che provi quando vorresti poterti estrarre il cuore dal corpo e non usarlo mai più?».

Jaslene posa il bicchiere sul tavolo, mettendoci prima un tovagliolino sotto, poi mi porge un fazzoletto. «Che cosa è successo?»

«Andrew».

Lei si contorce sulla sedia, con gli occhi spalancati. «Cosa? È passato di qua?». I suoi occhi si socchiudono. «Oh... *oh*... ha visto Max, vero?»

«Già».

«*Chacho*! Che tempismo terribile! Vi stavate...».

Natalia irrompe nel camerino stringendo in mano un bicchiere grande il doppio di quello di Jaslene. «Sono tornata, *mulheres*! Vi sono mancata?»

«Sempre», risponde Jaslene, con un tono piatto che sottolinea il suo sarcasmo.

Natalia miagola e le soffia contro, aggiungendo alla fine un movimento che mima un graffio con due dita. «Continua così e ti revoco l'invito al mio addio al nubilato». Si siede a terra di fronte a noi, incrociando le gambe con fare teatrale. «Ora, raccontami cosa è successo. Oh, merda, Lina, stai piangendo».

Annuisco, poi racconto la versione abbreviata del casino di oggi pomeriggio, con un singhiozzo ogni quattro parole. Ci vuole un'eternità.

Jaslene mi tempesta di domande per farmi raccontare la storia nella versione lunga. Natalia, nel frattempo, rimane in silenzio, sorseggiando di tanto in tanto il suo frullato di frutta. È doloroso ripercorrere tutto di nuovo, ma suppongo che questo faccia parte del processo. Catarsi.

«Non hai niente da dire tu?», chiedo a mia cugina.

Lei scuote la testa. «Sto ancora assimilando. Inoltre, mi sento davvero in colpa per il modo in cui ho trattato Max».

Jaslene fa schioccare la lingua. «Max starà bene». Si sporge in avanti e mi stringe una mano. «Mi dispiace che tu stia soffrendo. Se potessi prendere anche solo un po' del tuo dolore, sai che lo farei. Vuoi andare a lezione di capoeira stasera? Potrebbe aiutarti a non pensare a lui».

Gemo e mi lascio scivolare più giù sulla sedia. «Dubito che sia possibile, ma sono disposta a provare qualsiasi cosa».

Natalia beve un altro sorso del suo frullato, poi schiocca le labbra. «Okay. Quindi, per come la vedo io, la situazione è questa: Max ha paura. Tu hai paura. Andrew è senza speranza. E tutti e tre dovete darvi una regolata». Mi fa l'occhiolino. «Ma sappi che io faccio il tifo per voi due».

Mi viene da ridere per il suo riassunto conciso. «Grazie, Natalia. Posso sempre contare su di te per dire come stanno le cose».

«Mi sbaglio?», fa lei, con le mani alzate in segno di domanda.

Di noi tre – Max, Andrew e io – sono probabilmente l'unica a riconoscere che non si sbaglia affatto.

Max

Mia madre mi lancia una penna. «Sei con noi oggi?».

Annaspo nel tentativo maldestro di acchiapparla al volo e mi raddrizzo sulla sedia. «Cosa? Sì, sono qui. Non c'è bisogno di ricorrere all'aggressione fisica».

Lei si appoggia all'indietro contro lo schienale della sua poltrona da ufficio e mi studia per dieci secondi buoni prima di dire: «Be', se avessi prestato attenzione, sapresti che ho posto una domanda».

«Che era…?».

Si volta verso Andrew. «*Tu* lo sai qual è la domanda?».

Ma lui sta fissando il blocco degli appunti che tiene in grembo, così lei lancia una penna anche a lui. «Che diavolo sta succedendo a tutti e due?».

Sono passate meno di ventiquattr'ore da quando la mia relazione con Lina è implosa, quindi so qual è il mio problema. Per quanto riguarda Andrew, chi cavolo se ne frega.

Mio fratello, però, non è ancora con noi.

Nostra madre sbatte il pugno sulla scrivania per attirare la sua attenzione. «Andrew».

Lui sussulta e scarabocchia qualcosa sul blocco. «Capito».

«Capito *cosa*?», gli chiede lei.

«Qualsiasi cosa tu abbia bisogno che faccia», risponde in tono incerto.

Lei appoggia i gomiti sulla scrivania e si massaggia le tempie. «Okay, ricominciamo da capo. Cosa sta succedendo con il piano commerciale Pembley?».

Questo cliente è in mano a Andrew; come al solito, io sono il suo assistente. Lui sfoglia il suo blocco alla ricerca delle pagine contrassegnate con la linguetta del colore che corrisponde a quel progetto. «Pembley. Dobbiamo incontrarli la prossima settimana. Ti va ancora bene, Max?»

«Sì», rispondo.

«E il gruppo Cartwright?», chiede mia madre.

"Intendi la cliente che volevo ottenere per dimostrarti che sono degno di gestire da solo i miei portafogli clienti? Oh, non lo so. Rebecca sa che le abbiamo mentito. La wedding planner che dovrei aiutare probabilmente mi getterebbe in un tritalegna, se ne avesse la possibilità. E, se sarò costretto a stare qui seduto insieme a mio fratello per più di un quarto d'ora, mi avventerò contro di lui". «È tutto a posto. Karen dovrebbe mandarmi i modelli in giornata. Li invierò a Lina subito dopo».

Mia madre annuisce. «Bene».

Scruta Andrew. «E tu? Come sta andando?».

Lui si dà uno strattone alla cravatta. «Be', Henry non è d'accordo con la direzione attuale che abbiamo intrapreso, quindi stiamo scartando i progetti e proveremo qualcosa di nuovo».

Interessante. È per questo che ieri camminava avanti e indietro e lanciava fogli in sala conferenze? Non vedo l'ora di vedere che cosa hanno escogitato. Anche se, ora che ci penso, Rebecca non ha mai accennato al fatto che assisteremo alle presentazioni degli altri. Dovrei chiedere se io e Lina possiamo andare per primi, nel caso in cui mio fratello decidesse di rubarci le idee. Non lo escluderei.

«Non è incoraggiante, Andrew», commenta nostra madre. «Ho bisogno che prepari un progetto al più presto».

«Lo farò», risponde. «Promesso».

Lei unisce le mani sulla scrivania, si appoggia sui gomiti e mi guarda. «È da un po' che voglio chiedertelo: come sta Lina? Sta bene?».

Non posso parlare di lei in modo spassionato. Mi ucciderebbe. E ho già incassato abbastanza colpi, per quanto riguarda Lina. 'Fanculo. Se vado a fondo io, trascino giù anche lui. Punto un pollice in direzione di Andrew. «Chiedilo a lui. L'ha vista proprio ieri».

La testa di nostra madre scatta all'indietro. «Davvero? Perché?».

Volto la parte superiore del corpo verso mio fratello e mi preparo a ricevere una spiegazione. «Sì, Andrew. Dicci perché sei andato a trovare Lina al lavoro, anche se sono io quello incaricato di aiutarla».

Lui si schiarisce la gola. «È come ho detto. Volevo assicurarmi che tu stessi facendo il tuo lavoro».

«Avevi intenzione di strapparle qualche informazione sulla nostra presentazione, vero?», gli domando. «Non volevi che io lo sapessi, così sei andato da lei. Perché non riuscivi a farti venire in mente nemmeno un'idea, senza il mio contributo».

Mio fratello sospira, fingendosi annoiato. «Pensa quello che vuoi, ma avevo dei legittimi motivi di lavoro per essere lì. Al contrario di te».

Nostra madre ci guarda accigliata. «E questo cosa vorrebbe dire?».

È ridicolo. Io e Andrew stiamo litigando come bambini. E per cosa? Per poterci superare a vicenda agli occhi della mamma? Non ho alcun interesse a farlo. «Quello che intende dire è che io e Lina siamo diventati qualcosa di più di semplici amici o colleghi. Nessuno dei due l'aveva pianificato, naturalmente, e qualunque cosa fosse è ormai finita, quindi non ha senso né discuterne», indico Andrew, «né, nel tuo caso, punzecchiarmi. Quando siamo in questo ufficio, voglio lavorare. Tutto qui». Scivolo sul bordo della sedia, preparandomi ad andarmene. «Ma, per evitare che ci siano altri segreti tra noi, perché non confessi, Andrew?».

Nostra madre si toglie gli occhiali da vista. «Cosa dovrebbe confessare?».

Io e mio fratello ci fissiamo per alcuni secondi, poi lui abbassa il mento e si allenta la cravatta.

«Max non mi ha mai scoraggiato dallo sposare Lina», dice. «Me lo sono inventato».

Lei sussulta. «Che cosa?».

Non ho bisogno di ascoltare queste cazzate. «Abbiamo finito, qui? Se sì, io vi lascio, in modo che possiate parlare».

Lo sguardo di nostra madre rimbalza tra me e Andrew. «Abbiamo finito».

Mi alzo e vado verso la porta. La mia priorità è aiutare Lina a ottenere il lavoro dei suoi sogni. Tutto il resto sono stronzate.

Prima che io esca, mia madre mi richiama.

«Max, aspetta».

Mi volto verso di lei. «Sì?».

Incontra il mio sguardo, con le labbra serrate in una linea determinata, poi dice: «Di qualunque cosa si tratti, la supereremo. Te lo prometto».

Non so cosa rispondere. Non c'è nulla da superare. Niente di importante, comunque. Le rispondo agitando debolmente una mano. «Sì. Ci vediamo più tardi».

34

Max

Da: MHartley @AtlasCommunications.com
A: CSantos@LAccentoSulSì.com
Data: 1 maggio, 10:24
Oggetto: Materiale per la presentazione al gruppo alberghiero Cartwright

Ciao Lina,
allego qui le simulazioni delle pagine del sito web e le grafiche per i social media preparate da Karen. Poiché gli storyboard sono più impegnativi, inizieremo a prepararli quando saremo certi che ti senti a tuo agio con l'approccio attuale. Fammi sapere cosa ne pensi.
Spero che tu stia bene.
Max

Da: CSantos@LAccentoSulSì.com
A: MHartley@AtlasCommunications.com
Data: 1 maggio, 10:57
Oggetto: Re: Materiale per la presentazione al gruppo alberghiero Cartwright

Grazie.
Sono curiosa: tu cosa ne pensi?

Vedere che ha risposto alla mia e-mail basta a farmi battere forte il cuore nel petto. Guardo lo schermo strizzando gli occhi, desiderando che compaia qualche parola in più, ma questo è tutto ciò che otterrò. Cos'altro dovrei aspettarmi? Lei sta facendo esattamente quello che ha detto che avrebbe fatto: si sta comportando come un'adulta. E io dovrei fare lo stesso.

Da: MHartley@AtlasCommunications.com
A: CSantos@LAccentoSulSì.com
Data: 1 maggio, 11:02
Oggetto: Re: Materiale per la presentazione al gruppo alberghiero Cartwright

Penso che abbiamo fatto bene a scegliere il concetto di wedding concierge. I tuoi servizi si integrano perfettamente con quelli che i Cartwright già offrono, e questo mi fa pensare che la transizione potrebbe avvenire senza problemi. Spero che Rebecca Cartwright la pensi come me.

P.S. Come stai?

Da: CSantos@LAccentoSulSì.com
A: MHartley@AtlasCommunications.com
Data: 2 maggio, 9:43
Oggetto: Re: Materiale per la presentazione al gruppo alberghiero Cartwright

Ciao Max,
ho avuto modo di esaminare tutto il materiale che mi hai inviato. Ti prego di estendere i miei ringraziamenti a Karen per l'ottimo lavoro svolto.
Concordo sul fatto che il concetto di wedding concierge si integra perfettamente con gli attuali servizi del Cartwright. Sono entusiasta al pensiero di fare la presentazione e non vedo l'ora di vedere gli storyboard.
I miei migliori saluti,
Lina

Sono felice che sia soddisfatta del nostro lavoro, e vorrei che avesse risposto alla mia domanda. Faccio fatica a trovare una scusa per mantenere aperto il dialogo, così la mia risposta risulta, in una parola, patetica.

Da: MHartley@AtlasCommunications. com
A: CSantos@LAccentoSulSì. com
Data: 2 maggio, 10:13
Oggetto: Re: Materiale per la presentazione al gruppo alberghiero Cartwright

Te li invierò presto.

Dean mi manda un messaggio qualche minuto dopo.

Dean: Io e te beviamo qualcosa al Maroon venerdì prossimo.

Io: Perché?

Dean: Così puoi passare un po' di tempo con me. Cavolo, non sei in lutto.

Io: Mi dispiace. Certo, va bene.

Ha ragione. Una rottura può essere difficile, ma devo dimenticare Lina.

«Dean, perché siamo qui?».
Lui si appoggia una mano dietro a un orecchio e si sporge verso di me. «Cosa?»
«Perché. Siamo. Qui?».
Si sta muovendo seguendo il ritmo della musica, una roba techno che non ho alcun interesse ad ascoltare. «Siamo solo in giro per locali di venerdì sera. Ti ricordi come ci si diverte, vero?».
Scaccio la sua domanda agitando una mano.
Una cameriera con un paio di ali argentate si china verso di lui e posa due drink sul tavolino di fronte a noi. Se anche questi sono come gli altri che abbiamo bevuto stasera, saranno

belli forti. Il locale non è affollatissimo, ma vorrei che lo fosse, così non sarei costretto a vedere quanto sia triste questo posto.

Siamo seduti su un divano di velluto viola; la gente di fronte a noi è spaparanzata su un divano di camoscio verde. A Lina piacerebbe tantissimo quello viola. Questo pensiero ne scatena subito molti altri: me la immagino nel suo appartamento. Poi immagino *noi due* nel suo appartamento. Nel suo letto. Nella sua doccia. Di fronte all'isola della cucina a sorseggiare il caffè prima di andare ognuno per la propria strada.

Dean mi assesta un buffetto sulla nuca. «Smettila».

«Di fare cosa?», ribatto in un tono che è più un ringhio che un tentativo di conversazione.

«Smettila di pensare a lei», risponde, seguendo con lo sguardo una donna dall'altra parte della sala. «È passata più di una settimana. È ora di accettare la scelta che hai fatto e di andare avanti».

Sembra un'affermazione definitiva. E anche triste.

Mi porge un bicchiere. Non ho idea di cosa ci sia dentro, ma lo tracanno comunque in due sorsi. Jack e Coca.

«A meno che...», dice lui.

«A meno che, cosa?».

Indica le persone che si mescolano nel locale. «A meno che non ti sembri sbagliata. C'è un altro modo in cui vuoi incontrare qualcuno? Su una App di appuntamenti? In chiesa? Con un appuntamento al buio organizzato da uno dei tuoi amici? Se vuoi, posso organizzartelo io».

Nessuna di queste opzioni mi interessa. Sono rovinato, cazzo, e non sono nemmeno arrabbiato per questo. «Devo pisciare». Mi alzo dal divano barcollando e per poco non do una facciata sul pavimento.

Dean salta in piedi. «Ehi, amico. Forse dovremmo andare a casa».

«Okay, sì. Fammi solo...», mi muovo come se avessi in mano un idrante, «sistemare questa faccenda e poi usciamo».

Nella toilette, con mia sorpresa, mi reggo in piedi bene. Quando torno, la musica si sente appena, e un uomo è in piedi su un palchetto in fondo alla sala. «Oh merda», dico senza rivolgermi a nessuno in particolare. «È la serata dell'improvvisazione?».

La gente intorno a me rabbrividisce di imbarazzo. Forse dovrei darmi una calmata, ma in che altro modo potrei intrattenermi?

Una grande mano mi assesta una pacca sulla schiena e mi stringe una spalla. «Sei pronto, amico?».

Mi scrollo di dosso Dean, perché *devo* partecipare all'open mic. È scritto da qualche parte. Indico il palco. «Vado lassù».

Lui aggrotta le sopracciglia. «Lassù dove?»

«Là», rispondo indicando di nuovo il palco. «Devo togliermi un peso dallo stomaco». Alzo le braccia in aria e schiocco più volte le dita. «Una poesia o qualcosa del genere. Sì, una poesia».

Dean si passa una mano sul viso. «Pensi che ti sarà d'aiuto, eh?».

Gli do dei colpetti sul petto. «Ne sono sicuro».

Annuisce. «Bene. Ti accompagno su. Resta dietro di me». Si fa strada tra la folla mentre io mi aggrappo al retro della sua camicia umida. Poi parla con una donna, puntando un pollice verso di me. Lei mi lancia un'occhiata e annuisce.

Dean si gira e mi fa il segno di okay con le dita. «Sei il prossimo. Fatti valere».

L'uomo al microfono e la donna con cui Dean stava parlando chiacchierano per qualche istante. Poi, il tizio dice: «E ora, stiamo per ascoltare un breve discorso da parte di un signore che ha bisogno di sfogarsi. Fate un applauso e date un caloroso benvenuto a Climax».

Barcollo sul palco e sussurro all'orecchio del presentatore.

«Oh, scusate», dice nel microfono. «Soltanto Max». Mi passa il microfono e salta giù dalla bassa piattaforma.

Socchiudo gli occhi di fronte alle luci forti puntate sul palco e faccio un passo indietro per evitarne il bagliore. Dopo essermi schiarito la gola, inizio il mio one man show, parlando sottovoce con una cadenza lenta:

«Lina
Il suo nome è Lina
Lina, Lina, Lina, Lina
Lina adesso dov'è andata?
Perché l'ho allontanata?
Lina, Lina, Lina, Lina
Come una danza si muove Lina
La sua risata è dolce e argentina
Non avrebbe mai…
fatto cadere in un pozzo la mia monetina
A volte è seria sopra ogni cosa
E questo la rende misteriosa».

La folla è entusiasta. Me ne accorgo. La gente annuisce e sorride. Ma non posso stare qui sopra troppo a lungo perché ho lo stomaco sottosopra.

«Comunque
Lina è il mio cuore
Fin dall'inizio l'avrei dovuto capire
Anche mia madre ne è rimasta incantata…».

«Oooh», esclama qualcuno tra il pubblico.

«L'unico problema è che
con mio fratello era fidanzata».

«Oh, dannazione», grida qualcun altro.

Poi c'è un "oooh" collettivo tra il pubblico, seguito da chiacchiere e mormorii elettrizzati. "Già. Proprio così". Tutti sanno che questo tipo di situazione è pericolosa.

Dean viene a prendermi all'angolo del palco. «M, lassù sembravi Adam Sandler in *Prima o poi me lo sposo*. Un classico». Mi mette una mano su una spalla. «Ma comincio a pensare che questa storia con Lina non sparirà solo perché lo vuoi».

Ma deve. Non voglio chiedermi se io e Lina stiamo insieme solo perché lei non ha potuto stare con Andrew. Mi distruggerebbe. Voglio essere la cosa migliore che le sia mai capitata, nello stesso modo in cui lei è la cosa migliore che sia mai capitata a me. E Andrew non andrà da nessuna parte. Mi ricorderà costantemente che il cuore di Lina non è tutto mio. Non completamente. “No, non ho intenzione di accontentarmi di questa infelicità, grazie”. Adesso posso anche soffrire, ma, prima o poi, il dolore acuto di questa perdita si attenuerà. Un giorno.

Lina

Chi avrebbe mai immaginato che ci fossero così tante canzoni con il tema della cavalcata?

Natalia mi spinge mentre tira fuori dal reggiseno delle banconote da un dollaro. Tiene in mano la mazzetta di soldi e la sventola. «Ehi, cowboy. Risparmia un cavallo e cavalca me».

Jaslene, che è alticcia, le toglie i soldi di mano. «Ho qui la sella, tesoro. Dov'è il mio pony?».

Devo parlare con la persona che ha approvato questa uscita. Oh, un attimo. Sono stata io.

Manca una settimana al matrimonio di mia cugina, e io ho ceduto alla sua richiesta di portarla a vedere uno spettacolo di spogliarello maschile a Washington. Ma non è questa la parte problematica.

«Portatelo qui», urla Tia Izabel.

Questo è il problema: devo gestire Jaslene e quattro donne della nostra famiglia, non una sola. Certo, voglio che si divertano, ma non permetterò a nessuna di loro di oltrepassare i limiti della decenza o di infrangere le regole del locale: mettere le mani in posti che non si possono toccare, dire qualcosa di volgare o iniziare a spogliarsi. Tenere traccia di tutte mentre guardano lo spogliarello è come giocare ad Acchiappa la talpa. “Smettetela. No, non puoi lanciare i soldi. Giù quella mano. No, non hai bisogno di un altro drink, Natalia. Sì, *è vero e no*, non puoi toccarlo. Jaslene, quello non è un vibratore! Ehi, non puoi salire sul palco se non ti invitano”.

«*Shake what your dada gave ya!*», canta Tia Viviane.

Come fa a sapere le parole della canzone al punto da cambiarne il testo?

«*Shake what your dada gave ya!*», le fa eco Natalia.

Oh, ecco come.

Mia madre ha una mano appiccicata al viso come una stella marina. È interessante notare, però, che tiene le dita distanti in modo da poter di sbirciare lo spettacolo, se lo desidera. *Dovrei* godermi la nostra serata in città. Apprezzo un ballo sapientemente coreografato eseguito da un gruppo di ragazzi muscolosi tanto quanto lo apprezza chiunque altro. Ma le movenze oscillanti mi fanno pensare a Max sul mio letto e, al momento, il mio cervello non è interessato al pacco di nessun altro.

Mia madre mi urta con la spalla e si stringe al mio fianco. Le altre sono distratte da un nuovo ballerino che sta salendo sul palco; indossa un paio di gambali che lasciano scoperte le chiappe. Natalia ne sarà contenta.

«Cosa c'è che non va, *filha*?», mi chiede. «Oggi sembri triste».

«Non è niente, Mãe. Sono solo stanca».

Ci stiamo essenzialmente urlando in faccia a vicenda per farci sentire. «Hai litigato con Max?», domanda.

Mi ritraggo e aggrotto le sopracciglia, riflettendo con le labbra serrate. «E questa come ti è venuta in mente?».

Scuote la testa. «È solo che... Ho pensato che magari ci fosse qualcosa tra voi. E ora mi sembri smarrita, così mi è sorto il dubbio».

Non posso nascondere nulla a mia madre. Non per molto, comunque. «Sì, c'è stato qualcosa tra noi... ma ora non c'è più. È stata una sua scelta».

«È stata una scelta sbagliata. Spero che tu lo sappia».

«All'inizio lo pensavo anch'io, ma ora non ne sono più tanto sicura».

Non posso certo biasimare Max per aver temuto che la nostra relazione fosse condannata fin dall'inizio. Forse lo era. Una cosa è innamorarsi del fratello del proprio ex fidanzato, un'altra è innamorarsi del fratello del proprio ex fidanzato quando questi due fratelli sono in competizione da sempre. Eppure, tra di noi ci sono stati momenti talmente intensi e perfetti che non posso fare a meno di immaginare che ne avremmo vissuti tanti altri. E mi manca stare con l'unico uomo che adorava la vera me, che mi copriva le spalle, che mi faceva sentire al sicuro e libera di condividere le mie paure e le mie delusioni. Vorrei poter cancellare i ricordi che ho di lui, perché non si può sentire la mancanza di qualcuno che non si ricorda.

"Oh, Dio. Fa male".

Un lampo d'argento attira la mia attenzione, poi il presentatore passa davanti al nostro tavolo, cercando tra la folla una volontaria che si sieda al posto d'onore sul palco.

Tia Viviane agita le mani e indica se stessa come se fosse un'agente di rampa che dirige un aereo sulla pista.

Il presentatore le passa accanto senza fermarsi.

Tia Viviane mette le mani a coppa davanti alla bocca e gli urla: «Non ignorare una donna più anziana con i fianchi larghi e il sedere grosso. Anch'io voglio divertirmi».

Lui si ferma, poi si gira verso di lei. Con un sorriso malizioso, le si avvicina, le tende la mano e le dice: «Vieni con me, allora».

"Oh, per la miseria".

Lei lo prende per mano e sale i gradini saltellando. Poco dopo, un ballerino alto, con le spalle larghe e la pelle scura, comincia a girarle intorno e infine la invita a sedersi. Viviane si sfrega le mani in attesa dello spettacolo. Lui la provoca mentre balla, sollevandosi la canottiera per farle intravedere i propri pettorali duri e gli addominali scolpiti.

Mia zia finge di sbadigliare.

Lui getta la testa all'indietro e si mette le mani sui fianchi; Tia Viviane è un enigma che sta cercando di decifrare. Si rivolge verso il pubblico con una mano intorno all'orecchio, solleva la mano libera su e giù nell'aria mentre il presentatore dice: «Fatevi sentire se volete di più».

Il ballerino si passa le mani sugli addominali e fa roteare i fianchi, poi tira i lati dei suoi pantaloni a strappo rivelando un perizoma nero, che scompare quando si china in avanti.

Ha messo il culo in faccia a Tia Viviane.

Ha messo *il culo* in faccia a Tia Viviane.

Natalia scoppia a ridere a crepapelle. Jaslene strilla, salta su dalla sedia e agita in aria il pugno in segno di approvazione.

Tia Viviane sorride, ma non sembra molto colpita. Il presentatore le si avvicina e le mette il microfono vicino alla bocca. «Cosa c'è che non va? È troppo per te?».

Lei aggrotta le sopracciglia. «Troppo? Non è abbastanza». Incrocia le braccia sul petto. «Potrei vedere la stessa cosa sulla spiaggia di Copacabana. Anzi, potrei vederne un sacco. Ci sono culi e mutande stile filo interdentale ovunque».

Il presentatore e il ballerino si guardano alzando le spalle, e poi il primo riaccompagna Tia Viviane al suo posto.

Sai che c'è? Starò bene, con o senza Max. Preferirei stare con Max? Mille volte, sì. Ma, se non è destino, sono comunque fortunata per innumerevoli motivi: queste donne meravigliose e i miei vibratori sono i principali.

Ora devo solo ottenere il lavoro dei miei sogni. Dovrebbe essere sufficiente.

Deve esserlo.

35

Max

Il giorno della presentazione per il Cartwright, Lina entra nella sala conferenze con una cartella di cuoio in una mano e una grande tazza da asporto nell'altra. Un elegante fermaglio le tiene i capelli legati in una coda di cavallo alta, senza una ciocca fuori posto. Il suo tailleur pantalone blu, abbinato a una camicetta color crema, comunica autorità e sicurezza, mentre lo smalto rosa shocking che spunta dalle scarpe open toe rimanda al suo lato allegro di cui sono stato testimone in prima persona.

Mentre si avvicina, mi strofino le mani sulle gambe dei pantaloni, cercando di asciugarmi i palmi sudati. Una fitta di rammarico mi stringe la bocca dello stomaco quando mi rendo conto che non posso salutarla con un bacio di benvenuto. Più si avvicina, più il mio petto si contrae; il bisogno di toccarla è palpabile ma impossibile da soddisfare. Il mio cuore è impazzito, salta e inciampa come meglio crede, probabilmente solo in base alla sua vicinanza. Più di ogni altra cosa, sento un senso di speranza, perché spero che oggi otterrà la cosa che più desidera: il lavoro dei suoi sogni.

«Ciao», mi saluta con un sorriso educato.

«Ciao», rispondo io.

È difficile mettere insieme le parole. La mia testa è un groviglio di rimpianti e di "se". Per fortuna, Lina non conta sulle mie capacità oratorie per ottenere questo lavoro, ma farà lei stessa la presentazione.

Indica il tavolo agitando una mano. «È tutto qui?».
Annuisco. «Sì. Sono arrivato qualche minuto prima e ho controllato l'intero progetto per la quarta volta. Sentiti libera di verificare tu stessa. Se manca qualcosa, ho i file sul computer portatile, e possiamo stamparli qui».
«Speriamo che non sia necessario», dice, prendendo posto al tavolo. Confronta la pila di fogli con gli appunti sul suo cellulare. «Allora, qualche consiglio dell'ultimo minuto?».
Mi siedo di fronte a lei. «Sii te stessa. Stai vendendo te stessa. Se non credi veramente in quello che dici, nemmeno Rebecca ci crederà».
«Ottimo consiglio», ribatte, con le mani che continuano a sfogliare le pagine. «Okay, credo che sia tutto pronto. Sono contenta che abbiamo deciso di non usare PowerPoint. A volte la carta è la cosa migliore, soprattutto quando si tratta di presentare opuscoli e simili. La disamina delle pagine del sito web dovrebbe essere un gioco da ragazzi. Ieri le ho riguardate almeno una dozzina di volte».
Fa un respiro profondo e appoggia le mani giunte sul tavolo. Io fisso lo sguardo nella sua direzione, desiderando che mi guardi, ma i suoi occhi sono puntati fuori dalla finestra.
«Lina».
Si alza di scatto. «Vado alla toilette prima di cominciare».
Mi alzo in piedi mentre si allontana e mi ributto sulla sedia una volta che è uscita. "Concentrati su di lei. Concentrati sulla presentazione. Tutto il resto sono stronzate".
Lina rientra alcuni minuti dopo. Rebecca la segue a distanza di un minuto.
«Buongiorno, Lina». Mi saluta con un cenno del capo mentre si accomoda. «Max».
Mi allungo oltre il tavolo e le stringo la mano. «È un piacere rivederla, Rebecca».
«Anche per me». Sfoglia il raccoglitore che ha davanti. «Cominciamo?».
Lina si alza dalla sedia e prende posto davanti a noi. «Sono pronta».

Rebecca la guarda con aspettativa. Io le faccio un cenno di incoraggiamento.

Lei apre le spalle e inizia. «L'Accento sul Sì è un'azienda leader nell'organizzazione di matrimoni, con un triplice approccio alle esigenze dei clienti. Primo: il servizio personalizzato è fondamentale. Ci pregiamo di conoscere le esigenze individuali dei clienti e di soddisfarle. Due: nessun dettaglio è troppo piccolo. Ci prendiamo cura di ogni minimo particolare in modo che la coppia non debba farlo. Tre: i matrimoni sono un'opportunità per essere creativi. In altre parole, non esiste un solo modo di sposarsi, così come non esiste una coppia tipo. Questa filosofia ci permette di esplorare la nostra immaginazione e di trasformarla in realtà».

La sua voce è forte e le sue parole sono chiare e dirette. Sto mentalmente agitando il pugno in aria per festeggiare il risultato ottenuto finora. Se Lina ha fatto colpo su Rebecca, è logico pensare che lei sia rimasta colpita anche da me.

«Ora, il Cartwright mette sul piatto la propria eredità di eccellenza...».

Rebecca inclina la testa verso di lei e sorride.

Poi Lina mette in risalto la reputazione, i servizi e la grandiosità del Cartwright e, anche in questo caso, gestisce il materiale con facilità e sicurezza.

«Quindi, come combinare le competenze dell'Accento sul Sì con le risorse e la dedizione del Cartwright? Fornendo servizi personalizzati di wedding concierge proprio come l'hotel fornirebbe servizi di concierge ai propri ospiti...».

Lina fa il resto del suo discorso in modo impeccabile, includendo l'aneddoto sulle sopracciglia rasate del cugino di Rebecca, che le fa guadagnare grasse risate da parte di entrambi.

«E questo è tutto», conclude infine. «Queste sono le mie idee per ottenere la posizione di coordinatrice dei servizi matrimoniali presso il Cartwright».

Rebecca le rivolge un elogio entusiastico e si precipita alla riunione successiva.

Con gli occhi pieni di lacrime di felicità, Lina mi cinge la vita con le braccia e mi appoggia la testa sulla spalla. «Ce l'abbiamo fatta, Max. Ce l'abbiamo fatta. Anche se non otterrò il lavoro, saprò che abbiamo messo insieme una presentazione da urlo».

So che non verserebbe quelle lacrime davanti a chiunque, e sono onorato di far parte della ristretta cerchia di persone che hanno la possibilità di vedere questa sua versione priva di difese. «*Tu* hai messo insieme una presentazione da urlo. Io sono stato semplicemente al tuo fianco, come ti ho sempre detto che avrei fatto».

Nessuno dei due si stacca dall'abbraccio, nonostante sia già durato più di quanto si possa considerare professionale. Sono tentato di dirle che ho sbagliato. Che voglio un'altra possibilità. Ma ho paura. Ho paura che lei non provi gli stessi sentimenti che provo io per lei. Ho paura che i miei sentimenti siano troppo grandi per essere ricambiati.

Infine, l'abbraccio termina quando Lina fa un passo indietro e agita le mani. «Devo tornare alla base. Ho un paio di appuntamenti per vedere degli uffici, nel caso in cui questo tentativo non dovesse andare a buon fine».

«Sì, sì. Capisco», dico, raddrizzandomi la cravatta e sistemandomi i gemelli. «Hai fatto un ottimo lavoro oggi».

Lei sorride e saltella sul posto. «Ahhh, sono così esaltata. Incrociamo le dita, eh?».

Io incrocio le dita di entrambe le mani e anche gli occhi per buona misura. «Sono tutto incrociato».

Mi indica i piedi. «E quelli?».

Incrocio anche quelli.

«Bene», commenta.

«Lascia qui tutto quello che non ti serve. Lo prendo io e lo riporto in ufficio».

«Sei sicuro?», domanda.

«Affermativo».

«Okay, be', ti farò sapere non appena saprò qualcosa. Grazie ancora».

«Non c'è di che».

Si avvia verso la porta e io osservo ogni suo passo, finché non si gira e mi regala uno dei suoi sorrisi, di quelli che un tempo erano riluttanti ma che ora arrivano spontaneamente; questo indica sia che in un breve periodo abbiamo fatto molti progressi da quando ci siamo conosciuti, sia che la nostra impasse è tutta colpa mia. Vorrei poter riprogrammare il mio cervello in modo da non preoccuparmi di essere la sua seconda scelta, ma anche il solo pensare a questa possibilità mi fa dolere il petto.

Tuttavia, voglio passare del tempo con lei, in qualsiasi modo lei me lo permetta. «Lina, a proposito del ricevimento del matrimonio di Natalia...».

Ora si volta completamente verso di me. «Sì?»

«Vorrei comunque venire, se per te va bene. Ho detto che mi sarei unito a voi e vorrei mantenere la promessa».

Lei inclina la testa e mi rivolge uno sguardo inespressivo. «Non sei obbligato a farlo, Max».

«Ma io voglio farlo».

E, non appena pronuncio queste parole, mi rendo conto di quanto sia impreparato all'eventualità di non avere più un motivo per rivederla. E se non ottenesse il lavoro? O se Rebecca decidesse di affidare il suo parco clienti a qualcun altro? Nessuna delle due ipotesi mi piace, sia perché significherebbe che non abbiamo raggiunto i nostri obiettivi, sia perché cancellerebbe ciò che rimane del nostro legame.

«Lo voglio», ripeto.

Lei stringe le labbra e annuisce. «Okay, allora ci vediamo al ricevimento».

Quindi passerò del tempo con Lina e farò finta che il mio cuore non sia a pezzi. Sembra uno spasso. Sono un uomo dai molti talenti, ma escogitare idee brillanti che non mi torturino non è uno di questi.

36

Lina

«Respira, tesoro. Sarai fantastica».

Jaslene segue il mio consiglio e fa un respiro per calmarsi. «Okay, okay. Posso farcela. Lo so. È solo che... Voglio che il giorno di Natalia sia il più perfetto possibile, e sono nervosa all'idea di essere responsabile della sua riuscita».

Le appoggio le mani sulle spalle. «Non sei da sola in questa situazione. Io sarò qui tutto il giorno, se avrai bisogno di me. Ora ripassiamo la tua checklist mattutina e assicuriamoci di essere sul pezzo».

Lei annuisce e tira fuori il telefono dalla tasca del tubino azzurro. «Okay. Chiedere ai fornitori esterni l'orario di arrivo previsto. *Fatto*. Confermare la connessione all'App di localizzazione per tutti i mezzi di trasporto del matrimonio». Fa scorre il dito sullo schermo dello smartphone. «La limousine sta arrivando a casa sua adesso. *Fatto*. Cambiare il messaggio della segreteria telefonica dell'ufficio per includere il numero di cellulare di emergenza». Ha un sussulto. «Merda. Non l'ho ancora fatto. Lo faccio subito».

Esce di corsa dal mio ufficio e si rifugia nel suo cubicolo proprio mentre mi squilla il cellulare.

Guardo lo schermo e riconosco subito il numero di Rebecca. Un fremito mi attraversa il ventre. "Oddio. *È il momento*". «Pronto, parla Lina Santos».

«Lina, sono Rebecca Cartwright».

«Salve, Rebecca».

«Non ho intenzione di usare mezzi termini», esordisce. «Non credo che lei si aspetti che lo faccia».

Non sembra promettente. Ho sicuramente sbagliato una o due battute durante la presentazione, ma nel complesso mi è parso di aver fatto un buon lavoro, e lei mi sembrava colpita. Maledizione. Forse il partner di Andrew l'ha lasciata senza fiato?

«Ho appena incontrato il consiglio di amministrazione e ho comunicato loro che le avrei fatto un'offerta per entrare a far parte del Gruppo Cartwright come coordinatrice dei servizi matrimoniali. Sono rimasta impressionata dal suo lavoro per il matrimonio di Ian e Bliss, e la sua presentazione all'inizio di questa settimana è stata eccellente. Nonostante qualche intoppo, ha dimostrato di essere la candidata più adatta a questa posizione. Sarei lieta di lavorare con lei».

Sollevo in aria la mano libera mentre con l'altra stringo il telefono contro la guancia. «Rebecca, sono entusiasta di questa notizia. Davvero, davvero entusiasta».

«Be', è un buon inizio», ribatte. «Qualche obiezione a continuare a lavorare con Max per sviluppare il nostro materiale di marketing?».

Non esito. «Nessuna». Sono sicura che io e Max possiamo lavorare insieme anche se non siamo legati sentimentalmente.

«Ottimo», dice Rebecca. «Le invierò un'e-mail con i dettagli dell'offerta e le informazioni sui benefit. Se ha domande riguardo a qualsiasi argomento, mi chiami pure. Sarò lieta di sentirla quando avrà preso una decisione».

«Grazie mille».

Decido di dirlo alla famiglia domani, perché voglio che la loro attenzione si concentri interamente su Natalia e Paolo, ma il mio istinto è quello di condividere la notizia con Max per primo.

Io: Ho ottenuto il posto!

Max: Congratulazioni, Lina. È una notizia fantastica. Non potrei essere più felice per te.

Io: Ora avremo qualcos'altro da festeggiare.

Max: Lo champagne lo offro io.

Ci sono così tante cose che vorrei dirgli. Voglio ringraziarlo per avermi incoraggiata a essere me stessa durante la presentazione e per non aver insistito su un tema che non si adattava alla mia personalità. Voglio che sappia che apprezzo i momenti in cui è stato vulnerabile con me, al ritiro e nel bagno del Blossom, perché mi ha fornito uno spazio sicuro proprio quando ne avevo bisogno. Voglio ringraziarlo per avermi salvata durante le prove del matrimonio di Brent e Terrence, quando sono stata sopraffatta dall'emozione pensando ai miei passi falsi in campo sentimentale. E vorrei dirgli che voglio tornare in quel campo di fiori e non trattenere nulla, questa volta. Invece, gli rispondo:

Io: Grazie.

Perché la verità è che non è cambiato nulla, e non posso costringerlo a dare una possibilità alla nostra relazione.

Decido invece di concentrarmi sul traguardo monumentale che ho raggiunto, corro fuori dall'ufficio per condividere la notizia con la mia migliore amica. «Jaslene, ho ottenuto il lavoro».

«Ahhhh». Lei ruota sulla sedia, salta in piedi e mi abbraccia. «Sono così felice per te».

Ci prendiamo per mano e balliamo in preda alla gioia. «Dovresti essere felice anche per te. Se vuoi un posto come assistente della coordinatrice dei servizi matrimoniali, il lavoro è tuo».

«Sì, certo che *sì*». Mi abbraccia di nuovo, finché qualcuno non si schiarisce la gola, e a quel punto ci separiamo.

Merda. Oggi il negozio è chiuso in onore del matrimonio di

Natalia e Paolo, ma stamattina, quando sono entrata, ho dimenticato di chiudere a chiave la porta. Ora mi ritrovo davanti Andrew.

«Andrew, cosa ci fai qui?».

Dentro di me, rabbrividisco. L'ultima volta che gli ho posto questa domanda ha fatto una scenata e il mio rapporto con Max è andato in pezzi.

«Mi dispiace presentarmi così all'improvviso, Lina. Potresti dedicarmi solo un minuto del tuo tempo?».

L'apprensione nel suo tono mi rende curiosa di sentire cosa ha da dire. Alzo l'indice in aria. «Hai un minuto».

Andrew mi segue nel mio ufficio.

Incrocio le braccia sul petto e rimango sulla soglia. «Ti ascolto».

Lui sfrega tra loro i palmi delle mani con un movimento circolare, prima di parlare. «Mi dispiace. È così semplice e così difficile. Mi dispiace di aver annullato il nostro matrimonio in quel modo, non te lo meritavi. E mi dispiace per il mio comportamento l'ultima volta che sono stato qui. Non ho scuse, quindi non cercherò di trovarne una. Non mi aspetto che mi perdoni, però dovevo dirtelo; mi sto facendo un esame di coscienza e alcune delle cose che vedo non mi piacciono».

«Tuo fratello è la prossima persona di questo tuo tour di redenzione? Perché ne ha bisogno».

Andrew storce le labbra di lato, come se esistessero opinioni ugualmente ragionevoli sulla questione e lui non avesse ancora deciso in un senso o nell'altro. «Trattare con Max è un po' più complicato, ma ci sto lavorando. Nel frattempo, sto prendendo alcune iniziative per conto mio e ho pensato che tu dovessi saperlo, nel caso in cui questo influisse sul tuo pensiero riguardo alla posizione con Rebecca o al tuo rapporto con mio fratello».

Inclino la testa di lato. «Sai già del lavoro?».

Andrew annuisce. «Il wedding planner che stavo aiutando mi ha fatto sapere che non ha ottenuto il posto, quindi ho pensato che lo avessi ottenuto tu». Sospira. «In ogni caso, lavorare al piano commerciale del Cartwright mi ha fatto capire che sto ricadendo nelle cattive abitudini, come quella di cavalcare la scia di Max o di cercare di fare in modo che sia lui a rimediare ai miei errori. La verità è che sono stato così preso dalla mia rivalità con lui che senza quella non so più chi sono. Questo mi terrorizza. Sono in una fase di stallo, non faccio nulla che mi riguardi personalmente e credo di dovermi costringere a fare di più da solo. Perciò, lascio la Atlas... be', mia madre mi ha dato otto settimane per capire dove andare».

Rimango a bocca aperta. «Tua madre ti ha *licenziato*?».

Il calore gli accende le guance. «Be', credo sia giusto dire che abbiamo preso insieme questa decisione. Entrambi ci siamo resi conto che non stavo bene nella mia situazione attuale. Max è molto più bravo di me nel mio lavoro. In ogni caso, l'azienda di Atlanta dove ho lavorato in passato dice che mi riaccoglierà a braccia aperte, quindi magari sarà lì che finirò». Alza le spalle. «Chi lo sa. Ma quello che è successo qui mi sta tormentando, e volevo scusarmi».

Non so se sia sincero, e non ho intenzione di perdere tempo a cercare di capirlo. Si è scusato, e suppongo che impegnarsi in un po' di autoriflessione non gli faccia male. «Apprezzo lo sforzo, Andrew. Grazie».

Ora che ha cercato di fare ammenda, mi aspetto che se ne vada, ma invece rimane qui, in piedi nel mio ufficio, e mi fissa.

Molto imbarazzante. *Aiutami, Jaslene*.

Batto le mani. «Okay, be', io devo andare a un matrimonio, quindi...».

Lui spalanca gli occhi. «Giusto». Si riprende dallo stordimento.

Mentre mi passa accanto, mi dice: «Abbi cura di te».

«Anche tu, Andrew».

Santo cielo. Si preannuncia già una giornata senza precedenti. Un fratello è sistemato. Ma, purtroppo, non ne mancano altri.

Non riesco a smettere di sorridere alla coppia di sposini novelli mentre li guardo entrare nel luogo del ricevimento. E la gente non smette di commentare la location: una galleria d'arte con patio esterno nel quartiere Penn Quarter di Washington.

«Hai trovato tu questo posto per loro, Lina?», chiede la famigerata Estelle.

È seduta di fronte a me ed è stata un'adorabile compagna di tavolo. La sua reputazione di provocare inutili drammi sembra immeritata.

«È stata una delle opzioni che ho mostrato loro, sì, ma l'idea di celebrare il matrimonio in una location unica è venuta a loro due».

Estelle mi rivolge un sorriso complice. «E probabilmente è più economico, no? Lo sanno tutti che Viviane è», attacca i gomiti al corpo come per fingere di avere le braccia corte, «molto attenta ai soldi».

Come non detto. Estelle è un'ospite da incubo.

Ma non le permetterò di rovinare la festa di Natalia. Il meteo è perfetto, la giornata è soleggiata ma il caldo non è eccessivo al punto da risultare fastidioso, e Jaslene evita catastrofi con la sua cartellina come Wonder Woman devia i proiettili con i suoi bracciali. Mia cugina Solange, che è qui solo per il fine settimana, passa da un tavolo all'altro affascinando senza sforzo gli invitati come una direttrice di sala professionista. Mia madre, che è seduta con Tia Viviane, Marcelo, Tia Izabel e i genitori di Paolo, mi saluta con la mano. Le faccio l'occhiolino in risposta e poi applaudo con entusiasmo quando gli sposi volteggiano sulla pista per il loro primo ballo.

Guardo il telefono per controllare l'ora. Max è atterrato due ore fa e mi ha mandato un messaggio per dirmi che è per strada. Spero che arrivi in tempo per ascoltare il mio brindisi per Natalia e Paolo. Se riesco a concentrarmi su Max mentre parlo a tutti i presenti, forse riuscirò a trattenere le lacrime.

Jaslene mi passa accanto a passo svelto, con lo sguardo che rimbalza per la sala come se stesse scrutando l'ambiente alla ricerca di potenziali problemi.

«Stai andando benissimo», le dico.

«Eh?», fa lei, voltandosi verso di me. «Oh, grazie. Senti, stanno iniziando a servire lo champagne, quindi dirò al DJ che inizierai tra poco. Sei pronta?».

In una mano stringo un foglio di carta e nell'altra tengo un bicchiere di champagne vuoto, quindi le alzo entrambe in aria. «Non appena avrò le mie bollicine, sarò pronta a partire».

«Ottimo», replica Jaslene. «In bocca al lupo». Poi se ne va, diretta con passo rapido verso la cabina del DJ. La mia migliore amica è super concentrata e non ha tempo per le chiacchiere. Sono così orgogliosa di lei che mi viene piangere. "Vola, uccellino. Vola".

Poco dopo, arriva un cameriere e versa champagne a tutti i presenti al nostro tavolo.

La musica si affievolisce, segnalando che è arrivato per me il momento di prendere posto sulla pista da ballo. Il DJ mi raggiunge e mi porge un microfono.

Ci picchietto sopra con un dito. «Salve a tutti. Posso avere la vostra attenzione, per favore?». Nella sala cala il silenzio, e il mio sguardo viene attirato da una figura solitaria in piedi all'ingresso del patio. *Max*. Indossa un abito blu cobalto e una cravatta a pois bianchi e neri. Al mio cuore basta solo sapere che è qui per andare in tilt.

Alza una mano e dice con il solo movimento delle labbra: «Ciao». Lo guardo mentre parla brevemente con Jaslene e poi trova il nostro tavolo, infilandosi al suo posto nel modo più discreto possibile, pur salutando i nostri compagni di tavolo.

Ora che il chiacchiericcio eccitato dei festeggiamenti si sta spegnendo come richiesto, la mia incapacità di riempire il silenzio suscita mormorii tra gli ospiti. "Oh, giusto. Il brindisi". «Sono la cugina preferita di Natalia, Carolina Santos. Io…».

Natalia spunta al mio fianco e mi porge un foglio di carta.

Scuoto la testa mentre lo leggo, poi condivido il messaggio con tutti. «Prima di brindare alla coppia, per conto di Natalia devo informarvi che, durante questo evento, dovremmo astenerci da dichiarazioni d'amore pubbliche, annunci di gravidanze o proposte di matrimonio. I trasgressori saranno cacciati a loro spese».

Il messaggio suscita molte risatine spontanee, dopodiché Natalia alza lo strascico della tuta e si esibisce in un inchino verso la folla.

Una volta che mia cugina è tornata a sedersi accanto a suo marito, prendo un respiro profondo e ricomincio: «A essere sincera, mi ha sorpreso che Natalia e Paolo abbiano chiesto a me di fare un brindisi al loro matrimonio. Vedete, anche se di mestiere faccio la wedding planner, in pubblico non sono quel che si dice la persona più espressiva. Però, mentre preparavo questo discorso, mi sono resa conto di avere delle opinioni precise sull'amore, alcune delle quali me le sono formate solo di recente...».

Max

Il portamento e l'eleganza di Lina sono perfetti per l'occasione. I capelli le ricadono sciolti di lato in un'acconciatura che ricorda il glamour della vecchia Hollywood, e il suo vestito color pesca chiaro le sfiora il corpo come una morbida carezza. Tuttavia, la mia mente torna ai momenti in cui era infilata dentro una palla gonfiabile alla Surrey Lane Farm. Il ricordo mi fa sorridere, ma passa subito in secondo piano quando la sento dire che ha delle opinioni precise sull'amore, alcune delle quali se le è formate solo di recente.

Mi raddrizzo sulla sedia e mi chino in avanti, pronto a concentrarmi su ogni parola che sta per pronunciare.

Lei si lecca le labbra e mi guarda con intensità. «Vedete, da quando ho memoria, l'idea di amare qualcuno mi torceva le budella e mi faceva suonare mille allarmi nella testa. Temevo che farlo mi avrebbe resa debole e che, quando quella persona se ne sarebbe andata, mi sarei resa ridicola nel tentativo di convincerla a restare. Certo, l'amore può essere incasinato. Ci tira fuori emozioni che possono portarci a raggiungere i nostri picchi più alti e i nostri recessi più infimi. Ma ecco cosa ho finalmente capito: l'amore non funziona in astratto, che sia romantico o meno, ma opera tra *persone*. Quindi, cercare di evitarlo in astratto non ha senso; sarebbe logico come cercare di combattere un fantasma. E sì, aprirci all'amore può rivelare le nostre debolezze, ma con la persona giusta può rivelare anche i nostri punti di forza. Nel momento in cui abbassiamo la guardia con qualcuno e lo facciamo entrare nella nostra vita (e intendo entrare *davvero* nella nostra vita) siamo al massimo della vulnerabilità, ma siamo anche completamente aperti a un'esperienza bellissima, *se* l'altro ci ricambia. Una volta ho chiesto a Natalia come faceva a sapere che Paolo era la persona giusta per lei, e lei ha risposto: "L'ho capito perché non avevo paura di amarlo". È stato così semplice. E adesso lo capisco. Ha trovato la persona per la quale era disposta ad abbassare il proprio scudo, e lui l'ha ricambiata. Non hanno approfittato delle reciproche vulnerabilità. Invece, si sono nutriti a vicenda, si sono aperti all'amore, e oggi sono qui a condividere con noi parte della loro bellissima esperienza».

Il cuore mi martella nel petto. Molte delle parole di Lina riprendono le nostre conversazioni. Settimane fa, ho descritto il suo compagno perfetto, e ho detto che sarebbe stato pieno di vita come la sua famiglia. L'avrebbe adorata, l'avrebbe indotta a sciogliersi lo chignon di tanto in tanto, l'avrebbe fatta sentire frustrata, ma l'avrebbe fatta piangere solo per le ragioni più sdolcinate. Natalia mi ha detto che quell'uomo è il peggior incubo di sua cugina, e ora capisco perché: perché, con lui, Lina non sarebbe in grado di nascondersi dietro alla propria scorza esteriore. Lui vedrebbe la vera Lina, come l'ho vista io. E sì, lei sarebbe vulnerabile, ma anche aperta all'amore.

L'implicazione di tutto questo si rivela come un riflettore che all'improvviso rischiara tutti gli angoli in ombra di una stanza poco illuminata. Andrew non era quella persona. Ed è proprio per questo che lei voleva sposarlo: perché non lo amava.

Ma, anche se Lina ha amato mio fratello in qualche momento, di certo non lo ama adesso. Lo ha appena detto lei stessa:

amare significa abbattere i propri muri per la persona che è disposta a scalarli. Andrew non ci ha mai provato. Ma io sì. Perché per lei *sono io* quella persona.

Alla fine, non importa se sono la prima, la seconda o la quindicesima scelta di Lina; ciò che conta è che io sia la scelta *giusta*. E non è lei a dover dimostrare che io sono la cosa più importante nella sua vita. No, la responsabilità spetta a *me*, che devo dimostrare di essere l'uomo migliore per lei. Ogni giorno. Per tutto il tempo che lei mi vorrà. *Se* mi vorrà ancora.

Lina

Sollevo in aria il mio calice di bollicine. «Perciò, brindiamo a Paolo e Natalia. Che i vostri giorni siano pieni di amore e le vostre notti siano piene di tranquillità».

«E di sesso», esclama Natalia prima di bere un bel sorso di champagne e di stampare un forte bacio sulle labbra di Paolo.

Gli ospiti ridono, e il DJ fa partire un brano *pagode* che fa alzare la gente dalle sedie. Questo stile di musica brasiliana ha un ritmo medio e tende ad attirare coloro che non sono in vena di scuotere i fianchi a velocità supersonica come richiede la samba.

Io mi avvio verso il mio tavolo mentre la gente mi passa accanto per trovare un posto sulla pista da ballo. Quando raggiungo Max, lui si alza in piedi e mi porge la mano.

La prendo, anche se non so cosa vuole o dove stiamo andando. «Ciao».

«Possiamo parlare?», mi chiede, senza ricambiare il mio saluto. La sua espressione è tesa, e il suo tono impaziente. «In un posto tranquillo?»

«Certo. C'è un giardino sul tetto. Vuoi che andiamo lassù?».

I suoi lineamenti si rilassano. «Sarebbe fantastico».

Mentre saliamo le due rampe di scale che portano al tetto,

faccio fatica a riprendere fiato. Ho riversato molte emozioni in quel brindisi, e ora mi sento svuotata.

Max spinge la porta d'acciaio che conduce all'esterno e mi fa cenno di uscire prima di lui. L'ambiente è pieno di piante, e alcune aiuole aggiungono un tocco di colore. I divani e le sedie al centro del giardino sono invitanti, ma io sono attratta dalla ringhiera in ferro battuto che ne segna il perimetro.

Mi sposto in quella direzione, e Max mi segue.

«Allora, di cosa vuoi parlare?», gli domando.

Lui scuote la testa, poi mi guarda. «Voglio parlare del fatto che sono stato uno cretino testardo».

Oh, va bene, allora. Alzo un sopracciglio. «Continua pure. A te la parola».

«Ti ho detto che non posso essere la tua seconda scelta, e che ci sono troppi trascorsi tra me e Andrew per poterli superare. Ma mi sbagliavo. Mi sbagliavo assolutamente e completamente. Non importa se sono la tua prima o la tua centesima scelta, purché io sia la scelta *giusta*. E lo sono, Lina. Te lo giuro. Scalerò i tuoi muri per dimostrarti quanto tenga a te. E prenderò ogni tua parte vulnerabile e la tratterò con cura. Ho fatto una cazzata. Lo so. Ma, se me lo permetti, passerò il resto dei miei giorni a dimostrarti che sono la persona per te. Perché ti amo».

Oh, Dio. Sto per scoppiare a piangere, e non me ne importa niente. Le lacrime sono lì, in attesa che io accordi loro il permesso di scendere; e io glielo concedo. Perché Max mi ama. Quest'uomo bellissimo, intelligente e affascinante, che è stato in sintonia con me fin dal primo giorno, mi ama. E questo vale bene qualche lacrima.

Lui colma la distanza che ci separa e mi accarezza una guancia. «Lasciami entrare di nuovo, tesoro. Consentimi di essere la persona che ti coprirà le spalle e che non ti giudicherà mai. Che ti adorerà e ti permetterà di lasciarti andare». Mi passa i pollici sotto gli occhi. «L'unico che ti farà piangere solo per le ragioni più sdolcinate».

Il cuore mi sta martellando dentro al petto come se cercasse di rispondere per me. Ma sono felice di lasciare che sia la mia voce a fare il lavoro più pesante. «Sarò onesta: mi hai sempre spaventata. Riponendo la mia fiducia in te e nella nostra relazione, mi espongo a un tipo di dolore da cui non mi riprenderò facilmente. Ma credo che tu ti sia guadagnato quel posto, e sono pronta a fare il grande passo. Perché mi hai fatto riflettere sullo scudo che circonda il mio cuore e su chi merita di superarlo. Sono sicura che tu sia il mio spazio sicuro. So che con te posso essere esattamente quello che sono, e che non mi giudicherai per questo. Anzi, mi amerai proprio per questo. E anche io voglio essere questo spazio sicuro per te. Quando hai una giornata terribile o qualcosa va storto, voglio che pensi a me e alle mie braccia come a un luogo di conforto. Perché ti amo, Max, e anche io voglio stare con te».

Lui serra gli occhi per alcuni secondi. Quando li riapre, sono luminosi e brillano di affetto, come se avesse immaginato ciò che verrà dopo e quello che ha visto gli fosse piaciuto.

«E, tanto per essere chiari», continuo. «Tu non sei né la mia prima né la mia seconda scelta. Sei la mia *unica* scelta».

«Lina».

C'è così tanta emozione dentro quell'unica parola. È come se avesse aggiunto una nuova voce al dizionario: *Lina*, sostantivo: *il mio amore, il mio futuro*.

Con un sorriso che mi fa accelerare il cuore, Max mi prende tra le braccia e mi sfiora le labbra con le sue. La sua bocca è al tempo stesso seducente e morbida, mentre suggelliamo la nostra nuova condizione con un bacio: siamo innamorati, stiamo insieme e non potrei essere più felice di scoprire cosa ci riserverà la vita.

Poi mi ricordo dove ci troviamo, così affondo ancora di più nel suo abbraccio e gli dico: «Continuiamo prossimamente, vero?».

Mi preme le labbra sulla fronte. «Continuiamo *per sempre*».

Il suono di qualcuno che tira su con il naso ci induce a separarci. Mi volto e vedo mia madre, Tia Viviane e Tia Izabel accanto alla porta d'acciaio. Tia Izabel si tampona gli occhi con un fazzoletto. Mia madre, che sfoggia un sorriso trionfante, allunga la mano in direzione di Tia Viviane, la quale fruga nella borsetta brontolando e poi le schiaffa in mano una banconota da venti dollari.

Io rimango a bocca aperta. «Mãe, hai scommesso su di me?».

Lei scuote la testa. «No, non lo farei mai, *filha*. Ho scommesso su Max».

Lui si china verso di me e sussurra: «Tua madre è una donna intelligente».

Lo è di sicuro e, per quanto riguarda questa scommessa, seguirò semplicemente il suo esempio. Qualche settimana fa, le probabilità potevano non essere a favore di Max, ma, d'ora in poi, punterò su di lui ogni giorno.

Ringraziamenti

Scrivere commedie romantiche non è mai facile (la comicità è del tutto soggettiva, e a volte le battute sui piselli fanno fiasco), ma scrivere commedie romantiche quando il mondo è in fiamme è particolarmente difficile. È un'impresa che richiede disciplina (perché razionare il tempo trascorso sui social media è d'obbligo), capacità di concentrarsi per un tempo prolungato sull'obiettivo di diffondere gioia nonostante la tristezza che ci circonda, e l'assistenza entusiasta di un gruppo di supporto da paura che capisca perfettamente cosa si sta cercando di fare. Oh, e poi c'è bisogno di spuntini deliziosi, tanti, tantissimi spuntini deliziosi. Notate anche che i componenti del vostro gruppo di sostegno da paura spesso vi impediscono di cadere nella trappola dei social media («Mamma, sei di nuovo su Twitter?»), vi portano degli snack («Cosa? Non hai mai mangiato una ciambella Krispy Kreme? Dobbiamo colmare questa lacuna nel tuo percorso gastronomico, subito!») e sono esperti nell'arte di portare gioia nella vostra vita (continua con le gif esilaranti, Sarah). Tutto questo per dire che le persone che formano il mio gruppo di supporto meritano una montagna di ringraziamenti per aver contribuito a mettere questo libro nelle mani dei lettori. Perciò, questo è per gli straordinari individui, nominati e non, che fanno parte del mio gruppo di sostegno, e per le seguenti persone che meritano un ringraziamento speciale.

Mio marito: mentre scrivo, stai accompagnando le bambine a scuola, due settimane dopo aver subito un intervento chirurgico a un piede, perché io devo consegnare questi ringraziamenti al mio editore entro stamattina. Questo riassume il supporto che mi hai dato in questi anni. Sei uno degli uomini migliori e più preziosi che abbia mai conosciuto, e sono davvero fortunata ad averti nella mia vita. Ti amo, sempre e comunque.

La mia figlia maggiore, Mar-Mar, che mi ha tenuto compagnia quando me ne stavo rintanata nel mio ufficio per scrivere e correggere questo libro, mi ha tenuta per mano mentre lottavo per trovare la giusta frase di apertura (sì, è stato un problema) e ha contribuito al brillante design della copertina: il tuo assegno *non* arriverà per posta, ma sarai ricompensata con snack e abbracci. Ti adoro.

La mia figlia minore, Nay-Nay, che si offriva volontaria per portarmi il caffè quando ne avevo bisogno, lasciava nel mio ufficio post-it per raccontarmi fatti casuali per ragioni che ancora mi sfuggono, e mi ha tirato su di morale ogni volta che mi sono sentita giù: sei una delle ragazze più dolci che conosca e sì, sono totalmente di parte, ma sono io a dettare le regole. Fine della discussione.

Mia madre: *Mãe*, non avevo bisogno di un promemoria che mi ricordasse tutti i motivi per cui sei la mia ispirazione, ma è bello che vengano ricordati in un libro. *Eu te amo muito.*

La mia superagente, Sarah Younger: sono davvero fortunata a beneficiare della tua "cazzutaggine". Ti ringrazio perché sei sempre al mio fianco, perché sai come gestire ogni situazione e perché mi aiuti a crescere come scrittrice e come persona.

La mia favolosa editor, Nicole Fischer: grazie a te, la mia macedonia di parole ora è un libro. Vedi? Avevo ragione quando dicevo che sei una maga. La tua guida e la tua pazienza sono sempre apprezzate e i tuoi "lol" mi fanno sempre sorridere.

La mia *prima*, Fernanda, che ha sopportato un milione di domande sugli accenti in portoghese e sui cibi piccanti brasiliani: significa molto per me che tu sia stata sempre disponibile a intervenire e ad aiutarmi anche con brevissimo preavviso. Ti voglio bene, *mulher*!

La mia amica e partner in crime, Tracey Livesay: le nostre telefonate e i nostri messaggi mi hanno aiutata a superare alcune giornate *difficili*. Spero di aver fatto lo stesso per te. Sono così felice che tu sia la mia amica del "Oh, tesoro, no".

I miei compatrioti di Romancelandia: la mia gang #4Chicas (Priscilla Oliveras, Sabrina Sol e Alexis Daria), Olivia Dade, le #BatSignal Ladies e la #STET Crew: grazie per avermi chiesto ripetutamente come stavo, per avermi sfidato e per aver fatto il tifo per me. Smack!

Le mie lettrici beta, Anna Coqui, Soni Wolf e Susan Scott Shelley: questo libro è più forte di quanto sarebbe stato se non mi fossi affidata al vostro prezioso feedback. Non potrò mai ringraziarvi abbastanza.

Liz Lincoln: un milione di ringraziamenti a te per essere intervenuta e avermi prestato un paio di occhi in più di cui avevo disperatamente bisogno.

E, infine, tutte le meravigliose persone di Avon/HarperCollins che hanno sostenuto e continuano a sostenere i miei libri: siete l'unico A-Team che riconosco.

Indice

p. 7 Prologo
15 Capitolo 1
25 Capitolo 2
31 Capitolo 3
40 Capitolo 4
49 Capitolo 5
57 Capitolo 6
66 Capitolo 7
80 Capitolo 8
92 Capitolo 9
99 Capitolo 10
106 Capitolo 11
114 Capitolo 12
124 Capitolo 13
132 Capitolo 14
140 Capitolo 15
150 Capitolo 16
157 Capitolo 17
169 Capitolo 18
177 Capitolo 17
188 Capitolo 20
196 Capitolo 21
203 Capitolo 22
210 Capitolo 23
215 Capitolo 24
226 Capitolo 25

p. 235 Capitolo 26
245 Capitolo 27
253 Capitolo 28
265 Capitolo 29
274 Capitolo 30
282 Capitolo 31
293 Capitolo 32
305 Capitolo 33
315 Capitolo 34
325 Capitolo 35
330 Capitolo 36

343 *Ringraziamenti*

Elena Armas

FACCIAMO FINTA CHE NON FINIRÀ

Volume di 384 pagine, € 9,90

Rosie Graham ha un segreto. Anzi, ne ha diversi. Ha appena lasciato un lavoro strapagato per dedicarsi a un altro tipo di carriera: desidera diventare una scrittrice di romanzi rosa. Il suo futuro però si preannuncia tutt'altro che luminoso, anche se Rosie è convinta di potercela fare. Non ha ancora detto alla sua famiglia del cambio di rotta perché troppo occupata a combattere con un terribile blocco dello scrittore e un appartamento fatiscente. Prima che il soffitto le crolli addosso, decide di occupare abusivamente l'appartamento dell'amica Lina, mentre lei è fuori città. Ma Rosie non sa che la casa è già stata prestata al cugino dell'amica, l'irresistibile Lucas, che le offre di restare. E così Rosie finisce per diventare coinquilina del ragazzo per cui ha una cotta, e che segretamente stalkera su Internet da mesi. Per di più Lucas, per aiutarla a ritrovare l'ispirazione narrativa, le propone una serie di appuntamenti romantici. Rosie non ha nulla da perdere, in fondo Lucas deve ripartire tra poco più di un mese e la sua stupida cotta online è totalmente sotto controllo. O quasi…

Lucy Score

MAGGIE CAMBIA CASA. MAGGIE MOVES ON

Volume di 448 pagine, € 9,90

Maggie Nichols è pronta per una nuova entusiasmante sfida: restaurare una fatiscente villa vittoriana in soli quattro mesi. Impresa impossibile per chiunque, ma non per lei. La talentuosa star del design, reginetta di YouTube, è arrivata nella cittadina di Kinship, nell'Idaho, pronta a incantare migliaia di fan con una delle sue celebri opere di ristrutturazione: lavorerà sodo e progetterà un'altra casa da sogno, senza concedersi distrazioni. C'è solo un problema. Pronto a mandare in fumo i suoi piani, c'è l'affascinante paesaggista Silas Wright. Uno che, tanto per cominciare, la provoca in continuazione con sguardi bollenti. E non la smette di girarle intorno a torso nudo… o senza pantaloni. Maggie sa bene che, se vuole completare il lavoro in tempo, un'avventura è l'ultima cosa di cui ha bisogno. Non importa quanto la sola vista di Silas sia in grado di farle saltare il cuore in gola. Farà del suo meglio per non lasciarsi coinvolgere. Anche se i muri che ha costruito intorno al suo cuore rischiano di essere demoliti insieme ai tramezzi dell'antica casa...

NEWTON COMPTON EDITORI